주홍 글씨

너새니얼 호손 지음   김수영 옮김

주홍 글씨

초판 1쇄 인쇄 · 2023년 4월 20일
초판 1쇄 발행 · 2023년 4월 30일

지은이 · 너새니얼 호손
옮긴이 · 김수영
펴낸이 · 한봉숙
펴낸곳 · 푸른사상사

주간 · 맹문재 | 편집 · 지순이 | 교정 · 김수란, 노현정 | 마케팅 · 한정규
등록 · 1999년 7월 8일 제2-2876호
주소 · 경기도 파주시 회동길 337-16 푸른사상사
대표전화 · 031) 955-9111(2) | 팩시밀리 · 031) 955-9114
이메일 · prun21c@hanmail.net
홈페이지 · http://www.prun21c.com

ISBN 979-11-308-2028-6   03840
값 24,000원

The Scarlet Letter Nathaniel Hawthorne

너새니얼 호손

주홍 글씨

—

김수영 옮김

푸른사상
PRUNSASANG

『주홍 글씨』 1878년 출판본에 수록된 메리 핼럭 푸트(Mary Hallock Foote)의 삽화

1

감옥 문

    수염이 터부룩한 사람들의 한 떼가 퇴색한 옷을 입고 뾰족한 회색 모자를 쓰고 거기에는 여자도 섞여 있었는데 모자를 쓴 사람도 있고 안 쓴 사람도 있고 그런 군중들이 커다란 목조건물 앞에 모여 있었다. 입구의 큰 대문은 육중한 참나무로 되어 있고 전면에 끝이 뾰족한 쇠못이 박혀 있었다.

    새 식민지의 창설자들은 누구나가 원래는 그야말로 인간적인 도의와 행복의 유토피아를 만들려고 하면서도 그들 초기의 실제적인 필요물로서 그 처녀지의 일부를 묘지에 할당하고 또한 그 밖의 일부를 감옥의 대지로 쓰는 것을 불가불 인정해오고 있다. 이 법칙에 따라 보스턴의 조상들도 콘힐[1]의 어느 근처에 최초의 감옥을 세운 것은 쉽사리 짐작할 수 있는 일이다. 때를 놓치지 않고 최초의 매장지를 아이작 존슨[2]의 땅에다가 그

---

1 콘힐(Cornhill) : 매사추세츠주 보스턴에 있었던 거리. 현재의 시청 광장 자리에 위치함.
2 아이작 존슨(Isaac Johnson, 1601~1630) : 영국의 성직자. 1630년 윈스럽 함대와 아메리카로 항해하여 매사추세츠 세일럼에 도착. 킹스 채플의 매장지를 제공함. 쇼무트 트리마운틴(Shawmut Trimountain)으로 알려진 정착지를 보스턴으로

의 묘지 주위에 정해놓은 것도 거의 같은 이유에서였을 것이다. 그 묘지는 결국 킹스 채플[3]의 옛 묘지 바로 중심으로 되어버렸고 수많은 무덤들이 오늘날에는 그 주위에 몰려 있다. 이 거리가 생긴 후 15년이나 20년가량 되었을 때에는 목조건물의 유치장이 이미 비바람에 거슬리고 그 밖의 세월의 자취들 몸에 부치게 된 것은 확실하고, 그것이 또한 그 음산해 보이는 표면에 한층 더 어두운 인상을 주게 했을 것이다. 그 참나무 대문의 육중한 쇠고리에 생긴 녹은 이 신세계의 다른 어떤 물건보다도 고색창연하게 보였다. 죄과(罪過)에 관계되는 그 물건들이 다 그렇듯이, 젊은 시절을 모르고 지낸 것 같은 모습이다. 이 추악한 큰 건물 앞에, 그것과 큰길의 찻길 사이에 풀밭이 있었다. 우엉이며 비름이며 나팔꽃이며, 그 밖의 볼품없는 풀들이 잔뜩 나 있었다. 그것들은 분명히 일찍부터 문명사회의 감옥이라는 나쁜 꽃을 심은 이 터전에 무슨 서로 기맥이 상통되는 점을 발견했던 모양이다. 그런데 문간 한쪽에는, 거의 문턱 아래까지 뿌리를 뻗치고, 찔레꽃 덤불이 나 있었다. 때마침 6월이라, 덤불 위에는 온통 구슬 같은 꽃송이들이 달려 있었다. 죄수가 들어가거나, 선고를 받은 죄수가 형장으로 끌려 나오거나 할 때면, 대자연의 깊은 마음씨가 그를 불쌍하게 생각하고, 그에게 친절을 보여주기 위해서, 그 향기와 연약한 아름다움을 그들에게 선사하고 있는 듯이 그것은 생각되는 것이었다.

이 찔레꽃 덤불은 이상한 인연으로 역사 위에 살아남아 있다. 그러나 그것이 단순히 옛날에 그 덤불 위를 덮고 있던 큰 소나무와 참나무가 없어진 뒤에까지, 그다지도 오랫동안 무참한 옛 광야에 살아남아 있게 되

개명함.

3 킹스 채플(King's Chapel) : 미국 매사추세츠주 보스턴에 위치한 유니테리안파의 교회당이자 성공회의 교회.

었다는 것인지, 혹은 성자가 된 앤 허친슨[4]이 감옥의 문으로 들어갔을 때, 그의 발에 밟힌 땅에서 났다는 것인지, 이런 얘기에는 상당한 근거가 있어서 믿을 만한 것이지만, 그것이 어느 쪽인지는 결정을 내리지 않기로 하자. 이 소설의 얘기는 이 불길한 문에서부터 시작하게 되는데, 바로 그 문턱 위에 찔레꽃이 피어 있는 것을 보았으니까, 위선[5] 그 꽃을 한 송이 따서 독자에게 진정(進呈)할 수밖에 없다. 그것은 아마도 이 인간의 연약함과 슬픔에 대한 이야기의 도중에서 발견하게 될 달콤한 도의(道義)의 꽃을 상징하고 또한 이 이야기의 어두운 결말을 누그려주는 데 얼마간 도움이 될 것이라고 생각된다.

4　앤 허친슨(Ann Hutchinson, 1591~1643) : 1634년 가족을 데리고 매사추세츠로 이민. 청교도 사이에서 일어난 율법폐기론 주장자로 소송에 휘말려 교회에서 추방당함. 종교 자유의 상징으로 여겨짐.
5　위선(爲先) : 어떤 일에 앞서서. 우선.

2

장터

감옥 거리의 감옥 풀밭, 어느 여름날 아침의 일, 때는 지금으로부터 약 200년 전이다. 잔디밭에는 보스턴 주민들이 상당히 많이 모여 있었다. 모두들 한눈도 팔지 않고, 쇠못이 박혀 있는 참나무 대문을 쳐다보고 있었다. 어떤 다른 곳의 주민들 사이에서나, 혹은 뉴잉글랜드[1]의 역사 중에서도 좀 더 후의 시대였더라면, 이 양민들의 수염 난 얼굴을 돌처럼 굳어지게 한 험악한 공기가 무슨 무서운 사건이 일어난 표적이라고 볼 수 있었을 것이다. 어떤 유명한 죄수에 대해서 벌써부터 예기하고 있던 사형 집행 같은 일이 있는지도 모르고, 그 법정의 판결이야말로 일반 대중의 감정의 판단을 확증한 것에 지나지 않았을 것이다. 그러나 초기의 청교도들의 성격의 준엄성 속에는 그러한 종류의 추측이 결코 그렇게 명백하게 내려질 수 없는 것이 있었다. 게으름쟁이 흑인 노예나, 혹은 양친이 관청의 관리들의 손에 넘겨준 불행한 어린아이가 태형장에서 태형을 받으려 하

---

1 뉴잉글랜드(New England) : 미국 북동부의 대서양 연안에 있는 6개 주(매사추세츠, 코네티컷, 로드아일랜드, 버몬트, 메인, 뉴햄프셔) 지역.

고 있었는지도 모른다. 안티노미아파(派)[2]의 중이나 퀘이커교도[3]나 혹은 그 밖의 이단적인 식자가 시외로 쫓겨나는 것이거나 난폭한 집 없는 토인이 백인의 화주를 마시고 거리에서 술주정하고 행패를 해서 태형을 받고 숲속으로 쫓겨 가는 것이었는지도 모른다. 지사의 과부로서 사나운 성격을 가진 우리들의 히빈스 노파[4] 같은 마술쟁이 여자가, 교수대 위에서 처형을 받으려고 했는지도 모른다. 어쨌든 구경꾼들로서는 당시의 민중들에게 흔히 있는 한결같은 엄숙한 태도를 하고 있었던 것이다. 그들 사이에서는 종교와 법률이 거의 동일한 것으로 되어 있고, 그들의 성격으로서는 그 두 가지가 서로 밀접하게 얽히어져서 일반 대중의 징계 행위라면 가장 엄격한 것도 다 같이 존중해야 하고 두려워해야 할 일로 되어 있었던 것이다. 위법자가 처형대 위에서 그러한 방관자들에게 구할 수 있는 동정은 실로 미미하고도 냉담한 것이었다. 또한 한편으로는, 오늘날 우리들이 어느 정도의 웃음거리가 되는 불명예나 굴욕을 각오하는 데 지나지 않는 형벌도 그 당시에 있어서는 사형과 똑같은 준엄한 무게를 지니게 되는 수가 있었다.

---

2 이 일파(一派)는 요하네스 아그리콜라(Johann Agricola)의 신앙만능론을 믿는 사람들이었다. 기독교는 신앙으로 말미암아 도덕적 구속을 면할 수 있다는 설을 준봉하고 있다. ─역주
안티노미아니즘(Antinomianism) : 율법폐기론.

3 정신적인 명칭은 프렌드 교파(敎派). 영국의 조지 폭스에게서 시작된 이 일파는 1650년대에 미국에 들어왔는데, 기성 교회를 무시하고 종교정치에 반대했기 때문에 청교도들로부터 모진 박해를 받았다. '퀘이커'란 몸을 떠는 사람들이란 뜻인데, 그들의 신앙심이 높아질 때는 몸을 떨게 된다고 해서 그렇게 불리어진 것이다. ─역주

4 마술을 부렸기 때문에 사형을 받았다. 지사의 과부라고 했지만 나중에는 누이동생이라고 나온다. ─역주
히빈스(Ann Hibbins, ?~1656) : 마녀로 몰려 처형된 미국 여성.

우리들의 이야기가 시작되는 그 여름날 아침, 군중 속에 섞여 있던 몇 사람의 부인네들이 이제부터 일어나려고 하는 형벌이 어떠한 것이든 그 것에 특별한 흥미를 갖고 있는 듯이 보인 것은 주목할 만한 상황이었다. 그다지 품격이 있는 시대가 아니기 때문에, 흉잡힐지 모른다는 생각에서 페티코트나 파딩게일[5]을 입은 여자는 사람들이 모여 있는 앞에 나가지는 않는다든지 사형이 집행되는 처형대 주위로 몰려드는 군중 속으로 적지도 않은 몸집으로 비비고 들어가는 일을 삼가는 일은 없었다. 구 영국에서 태어나고 자라난 아낙네와 딸들에게는 도의상으로나 물질상으로 6, 7대를 격한 아름다운 자손들과 비해 볼 때 훨씬 투박하고 거친 데가 있었다. 다시 말하자면 조상 이래 대대의 어머니들이, 그 자식들에게 한층 가냘픈 꽃을 한층 더 섬세하고 짤막한 아름다움을, 그리고 한층 더 연약한 체질을, 그렇기는 하지만 자기들보다 힘과 견고한 점에 있어서는 떨어지지 않는 성격을 전해 내려오고 있었던 것이다. 감옥의 큰 대문 앞에 서 있던 아낙네들은, 그 사나이 같은 엘리자베스 여왕(여성의 대표자로서는 적격이 아니라고 볼 수 없는 사람이다) 이 시대에서부터, 반세기도 지나지 않은 시대에 있었다.[6] 그들은 여왕의 나라의 부인들이었다. 그리고 그들이 태어난 나라의 쇠고기와 술이 그들의 심신의 조직 속으로 그것들보다 조금도 낮가지 않는 품질의 도의의 상식(常食)과 함께, 충분히 들어가 있었다.[7] 그 때문에 빛나는 아침의 햇빛은 폭넓은 어깨와 풍만하게 발달한 가슴에 내리

---

5 서양 여자들이 입는 치마. 파딩게일은 허리가 좁고 아래가 떡 벌어진 치마. ─역주
6 엘리자베스 여왕이 영국을 통치한 것은 1558년부터 1603년까지였으니까, 뉴잉글랜드의 제2세들은 약 50년 뒤떨어진 셈이다. ─역주
7 영국 사람들은 쇠고기와 맥주를 좋아하는 것으로 유명하다. 도덕의 상식(常食)이라고 하는 것은 교양을 뜻하는 것이다. 그것도 별로 세련된 것이 못 되었다는 의미이다. ─역주

쬐고, 동그랗고 빨간 두 뺨 (그것은 멀리 떨어진 본국의 섬에서 성숙하고, 뉴잉글랜드의 공기 속에서도 아직 창백해지지도 않고 살이 내리지도 않았던 것이다) 위에 내리쬐고 있었다. 그 밖에 또한 이 아낙네들에게는 말투에 대담성과 명랑한 데가 있어서 오늘날의 우리들로서는 그 말의 목적하는 것에 관해서나, 또한 그 음량에 관해서 적지 아니 깜짝 놀랄 만한 데가 있었다.

"글쎄, 이것 봐요." 험상궂게 생긴 50대의 아낙네가 말했다. "내 생각은 이래요. 이렇게 하는 게 훨씬 세상을 위해서 좋지 않겠는가 말예요. 만약 우리 여자들이, 여자들도 누구나 다 어엿한 교회의 신자로서 남의 뒷손가락질을 받을 만한 짓을 한 일이 없는 사람들뿐이니까 이 헤스터 프린 같은 죄수를 우리들의 손으로 다루는 게 어떨까요. 어떻게 생각해요? 여러분은 만약 그 화냥년이 여기 있는 우리 다섯 사람 앞에서 재판을 받게 되었다면 그 훌륭하신 판사님이 내린 것 같은 판결로 끝장이 날 수 있었을까요? 원, 어림도 없는 소리죠!"

"누가 얘기를 하더구면요." 다른 여자가 말했다. "그 딤스데일 목사님은 여간 기분 나빠하고 계시지 않대요. 그런 추문이 자기의 교회원 중에서 났다고 해서요."

"판사님들은 신앙이 깊은 분들이지만 너무 자비심이 지나쳐요. 사실은," 세 번째의 늙수그레한 부인이 덧붙여 말했다. "아무리 적게 먹이더라도, 헤스터 프린의 이마빡에 화인(火印)[8]을 찍을 정도는 해야 해요. 헤스터 부인도 그렇게 했더라면 좀 따끔했을 텐데, 필시. 그렇지만 그년은 그렇게 뻔뻔스러운 년이니까 그년의 저고리 가슴에 헝겊대기쯤[9] 붙여놓았데야 콧방귀도 안 뀔 거예요. 그렇지 않아요, 두고 보아요, 그년은 이제 브

---

8 옛날 서양에서는 죄인이나 매춘부의 이마에 화인을 찍는 관습이 있었다. — 역주
9 주홍 글자를 가리킨 것. — 역주

로치나 무슨 그런 천한 패물로 그것을 가리고 여전히 뻔뻔스럽게 길거리를 나다닐 테죠."

"그렇지만," 어린애 손목을 잡고 있는 젊은 아낙네가 훨씬 부드러운 목소리로 참견했다. "도장 찍은 것은 어떻게 해서 감출 수 있다 하더라도 괴로운 마음의 고통은 그리 쉬이 없어지지는 않을걸요."

"도장이든 화인이든, 저고리 가슴 위에 찍든 이마빡 맨살에다 찍든 그게 다 무슨 소용이 있어요?" 여기에 모여 있는 자임 판사들 중에서는 제일 냉혹하고 얼굴이 못생긴 여자가 부르짖었다. "이 여자는 우리 모든 여성들에게 치욕을 주었으니까, 죽는 게 마땅해요. 그런 법률이 없을 리가 없어요. 정말 있단 말예요. 성서에도 있구 법률책에도 있어요. 이렇게 되면 판사들은 그런 법률을 활용하지 않았으니까, 자기의 부인이나 딸이 어떤 못된 짓을 해도 그때는 아무 말도 못 하게 됩니다!"

"아주 대단들 하시군, 부인들은," 군중 속의 어떤 한 사나이가 큰 소리로 외친다. "부인들에게는 도의라는 것이 기껏 교수대라는 무서운 도구에서밖에는 나오지 않는 모양이시구먼? 어지간히 끔찍한 소리들을 하시는구먼! 자아, 여러분. 저 큰 대문의 쇠고리가 돌아갔어요. 이제 장본인인 프린 님이 나타납니다."

옥문이 안에서부터 활짝 열리더니, 위선 제일 처음에 햇볕 속에서 나오는 꺼먼 그림자처럼 나타난 것은 사납고 흉칙하게 생긴 형리, 허리에는 칼을 늘어뜨리고 손에는 관장(官杖)을 쥐고 있다. 이 사람은 그 모습에서부터 벌써 청교도의 법률 강령의 음산한 준엄성을 여지없이 나타내고 있었다. 그 법률 강령이 죄인에게 대하는 맨 마지막의 가장 준엄한 적용을 집행하는 것이 그의 직책이었던 것이다. 왼손에 쥐고 있는 관장을 높다랗게 치켜들고 바른 손은 젊은 여자의 어깨에 걸치고, 그런 모습으로 여자를 앞쪽으로 밀어내고는 감옥의 큰 대문 어귀까지 오자, 여자는 그를 옆으로 떼다 밀었다. 자연의 위품과 성격의 힘이 뚜렷이 나타난 행동이었다. 그리고 마치 그녀 자신의 자유의사에 의한 것처럼, 여자는 푸른 하늘 아래로 걸어 나왔던 것이다, 그녀는 갓난애를 팔에 껴안고 있었다. 석 달쯤 되는 갓난아기는, 그의 조그만 얼굴이 너무 환한 햇빛을 받자 눈을 깜박거리면서 얼굴을 돌이켰다. 그것은 이 갓난아기는 여태 어둠침침한 빛과 캄캄한 방 안에서만 살아왔던 까닭이었다.

그 젊은 여자 — 이 애기의 어머니 — 가 군중들 앞에 자태를 나타내자, 그녀의 최초의 충동은 애기를 자기의 가슴속에 꼭 부둥켜안는 일이었던 성싶다. 그것도 어머니로서의 애정의 충동에 의한 것이라기보다는 자기의 옷에 꿰매어놓았거나 달아놓은 무슨 표적을 그렇게 해서 감추려고 하는 듯싶었다. 그러나 이내 그녀는, 이미 하나의 수치의 표적이 있는 이상, 그것으로 또 하나의 표적을 감춰보려 해봤자 소용이 없다는 것을 알고 갓난애를 한쪽 팔에다 옮겨 안고, 불에 단 것 같은 얼굴을 하면서도 거만한 미소를 띠며 깜짝하지 않는 눈초리로 거리의 사람들과 근처의 사람들을 둘러보았다. 그녀의 저고리 가슴에는 새빨간 천에, 금실로 정성스럽고 화려하게 수를 놓아 단을 댄, A라는 글자가 나타나 있었다. 그것은 상당히 미술적이고도, 풍부하고 호화로운 상상력을 가지고 만들어진 것으로, 그녀의 입고 있는 옷의 최후의 가장 적합한 장식의 효과를 충분히 나타내고 있는 듯이 보였다. 그리고 이 옷은 이 시대의 취미[10]에 따른 훌륭한 것이었지만 이 식민지의 절약령(節約令)[11]에 의해서 허락된 한도를 훨씬 넘어선 사치스런 것이었다.

---

10 엘리자베스 여왕 시대는 영국에서 가장 사치스러운 시대였다. —역주
11 평민의 사치를 금하고, 특권계급의 위신을 보호하는 것을 목적으로 한 법령인데, 대략 1100년경부터 1600년경까지 실시되었다. —역주

그 젊은 여자는 키가 크고 풍성한 몸집의 아름다운 자태를 완전히 구비하고 있었다. 숱이 많은 까만 머리카락은 햇빛을 받고 그 윤기가 더욱 빛났다. 얼굴은 단정하고 반듯한 이마와 깊은 눈초리는 인상적이었으며 당시의 숙녀 계급의 기품이 그렇듯이, 그녀의 자태는 상류 부인의 느낌을 주었다. 일종의 어떤 장엄하고 위엄 있는 기품이 있는 것이, 요즘 세상에서 말하는 상류 부인의 특징 같은 섬세하고 연약한 아름다움과는 다른 점이 있었다. 그리고 헤스터 프린이 옛날식의 의미에서 상류 부인이라는 느낌을 준 것도 이 감옥에서 나올 때처럼 그것이 유표[12]나게 보인 적은 없었다.[13] 그전부터 그녀를 알았었고, 그녀가 비참한 구름에 싸여 암담한 모습을 하고 있을 거라고 예기했던 사람들은 깜짝 놀랐다. 그 아름다움은 환한 빛을 띠고 그녀가 싸여 있던 불행과 치욕은 그 때문에 원광(圓光)을 그리고 있는 듯이 보여서 가슴에 서늘한 것을 느끼게까지 했다. 그러나 그 중에서도 이상하게 애절해 보이는 모습이 강한 느낌을 가진 관찰자들에게는 알 수 있었다고 하는 것도 사실일 것이다. 그녀의 옷, 그것은 사실은 그녀가 감방 안에서, 이렇게 될 때 입으려고 만든, 필사 자기 자신의 마음 내키는 대로 본을 따서 만든 것인데, 그녀의 정신의 태도, 그녀의 절망적인 마음을, 그 분방한 채화적(彩畫的)인 특징에 의해서 나타내고 있다고 생각되는 것이었다. 그러나 모든 사람들의 시선을 끌고, 흡사 그 옷의 임자의 자태를 일변시킨 것처럼 보이게 한 것은! 그 때문에 그전에 헤스터 프린을 잘 알고 있던 남자도 여자도, 지금 처음 그녀를 보는 것 같은 인상을 받은 것은 ─ '주홍빛 글자'였다. 이상하게 꼼꼼한 솜씨로 공들여 수를 놓

---

12 유표(有表) : 여럿 중에서 특히 두드러짐.
13 호손이 이 글을 쓴 시대는 19세기 중엽, 즉 로맨티시즘 시대였다. ─역주
　　번역본에는 편집상의 오류로 이 주석의 위치가 어디인지 알 수 없어 편집자가 임의로 넣었다.

아 가슴 위에 붙인 그것이었다. 그것은 일종의 마법의 힘을 갖고 있었다. 그녀를 보통 인간관계로부터 떼내어서, 그녀 자신의 세계 속에 가두어두는 힘을 갖고 있었다.

"저 여자는 바느질 솜씨가 뛰어난 모양이지요," 구경꾼 중의 어떤 한 여자가 말했다. "하지만 저렇게 요란스럽게 죄의 표지를 붙인 건 저 뻔뻔스러운 화냥년이 아마 처음일 거예요. 그렇지 않아요, 여러분, 어려운 판사님들 앞에서 웃는 낯을 보이고, 귀하시고 높으신 분들이 벌을 주려고 찍어준 것을 도리어 무슨 자랑거리같이 보이고 있으니 말예요. 정말 어이가 없구먼요."

"정말야," 나이 먹은 부인 중에서 제일 무서운 얼굴을 한 여자가 중얼거리면서 "헤스터의 저 예쁜 저고리를 저 매끈한 어깨에서 벗겨버리지 그래. 그리구 저렇게 예쁘게 수놓아 만든 주홍 글자는, 내 류머티즘에 쓰는 플란넬[14] 헝겊 조각이나 주고 빼앗아버리는 게 좋을 텐데!"

"그만 진정하세요, 여러분 — 진정하세요!" 그중 젊은 여자가 속삭였다. "저 여자한테 그런 소리는 그만하세요! 그 글자를 수놓은 한 바늘 한 바늘다, 가슴이 메워지는 듯했을 텐데요."

그 무서운 형리가 관장을 휘두르면서 물러서라는 신호를 했다.

"비켜요, 비켜요 — 모두 다 비켜요, 국왕의 명령이오," 그는 소리를 지르는 것이다. "길을 비켜요. 틀림없이, 프린은 지금부터 오후 한 시까지 남자에게도 여자에게도 어린아이한테도, 이 화려한 옷이 잘 보일 수 있는 곳에 놓여질 테에요. 공명정대한 매사추세츠주(州)의 은덕이오. 법을 어긴 자는 백일청천하에 끌려나오게 되오! 자아, 프린 님, 나를 따라와요. 장거

---

14 플란넬(flannel) : 모직물의 한 가지.

리[15]에서 그 주홍빛 글자를 구경시켜야 해요!"

즉시 한 줄기 조그마한 길이 군중들 틈에 생기었다. 형리가 앞장서고 험상궂은 남자들과 거칠고 윤기 없는 여자들이 불규칙한 행렬을 짓고 따라가는 속에서 헤스터 프린은 그녀의 벌로서 정해진 장소로 걸어간다. 한 떼의 학생들은 호기심에 팔려서 허둥지둥, 눈앞의 사건이 무엇인지도 모르고, 다만 그 때문에 학교가 반나절밖에 공부를 안 한 것을 알고 있을 뿐, 그녀가 걸어 나가는 앞쪽을 달음질치고 있는 것이다. 연방 뒤쪽을 돌아보면서 그녀의 얼굴과, 안겨서 눈을 반짝이고 있는 갓난아기와, 그녀의 가슴 위의 불명예스러운 글자를 흘끗흘끗 바라본다. 그 당시 감옥의 입구에서 장터까지는 그다지 먼 거리는 아니었으나 죄수의 경험에서 재어 보면, 그것은 상당히 긴 거리였을 것이다. 그녀의 태도는 거만해 보였지만, 필시 그녀는 자기를 보려고, 마치 자기의 심장이 그들의 발길에 차이고 짓밟혀지기 위해서 길바닥 위에 내동댕이쳐진 것처럼, 몰려드는 발자국 소리에서 침통한 고민을 느꼈을 것임에 틀림없었다. 그러나 우리들의 천성 속에는 놀라울 만한 자비로운 신의(信義)가 있어서, 고민하는 자도 그의 현재의 괴로움에 의해서 그가 지금 견디고 있는 괴로움의 강도를 알 수가 없다. 주로 그 뒤에 오는 침통이 주는 고민에 의해서 알게 되는 것이다. 그 때문에 헤스터 프린은 거의 평정한 모습을 유지하면서 그녀의 가책의 이 부분을 통과하고, 장거리의 서쪽 끝에 있는 일종의 처형대 끝까지 걸어왔다. 그것은 보스턴에서 제일 오래된 교회의 추녀 밑에 가까운 곳에 서 있었지만, 거의 붙어 있는 것처럼 보이었다. 사실은 이 처형대는 형구(刑具)의 일부를 이루고 있는 것으로 지금으로부터 60년인가 90년 전부터 이미 그것은 단순한 역사적이고 전설적인 것으로 우리들에게 보여

---

15 장(場)거리 : 장이 서는 거리.

지고 있지만, 그 옛날에는 시민 도덕의 향상을 위해서 마치 불란서의 혁명당원 사이의 단두대처럼 유력한 효능이 있는 것이었다. 요컨대 그것은 일종의 가쇄단(架鎖壇)[16]이었고, 그 위에는 징계의 도구의 틀이 마련되어 있다. 그것이 죄수의 머리를 꽉 죄고 일반 대중들에게 구경을 시키기 위해서 고개를 숙이지 못하도록 만들어진 것이다. 죄인에게 욕을 보인다는 이상이 바로 이 나무와 쇠로 만든 기계틀에 노골적으로 체현(體現)되어 있다. 죄인으로 하여금 그의 얼굴을 가리지 못하게 하는 것보다 더 지독한 처사는 그 죄인의 과실이 무엇이든 간에 우리들의 보편적인 인간성을 이이상 무시한 지독한 처사는 아마 없을 것이다. 그런데 그것이 이 형벌의 주요 부분으로 되어 있었다. 그러나 헤스터 프린의 경우에 있어서는 다른 그런 예가 좀처럼 없는 것은 아니었지만, 그녀가 받은 판결에 의하면, 그녀는 일정한 시간 동안 그 단 위에 서 있으라는 것이고, 목을 죄거나 머리를 고정시키거나 하라는 것은 아니었다. 목이나 머리를 죄는 것은 이 흉악한 기계의 가장 지독한 특징이었던 것이다. 자기가 치러야 할 역할을 알고 있었기에 때문에 그녀는 나무로 된 계단 위로 올라가서 사방을 둘러싸고 있는 군중들에게 자기의 모습을 구경시켰다. 길바닥에서 위쪽으로 거의 사람의 어깨만 한 높이 위에 서 있었다. 이 청교도의 무리들 중에 로마 교도가 있었더라면 그는 이 아름다운 부인이 복장과 용모가 그림처럼 아름답고 가슴에 갓난아기를 껴안고 있는 모습에 옛적부터 수많은 저명한 화가들이 솜씨를 다투며 그린 성모의 자태를 상기하는 그 무엇을 발견했을 것이다. 그것도 사실은 다만 대조적으로 그 신성의 모습을 한 그 어

---

16 가쇄단(架鎖壇) : 죄인에게 형구를 씌워서 세워두는 단. '가쇄'는 조선시대에 죄인의 목에 씌우던 나무 칼[枷]과 목이나 발목에 채우던 쇠사슬[鎖]. 번역본에는 '架鎖'라고 했지만 정확한 한자어는 '枷鎖'이다.

린 애기가 이 세상을 구제하게 되는 순결한 모성의 자태를 상기케 하는 그 무엇을 발견했을 것이다. 여기에는 인간의 가장 신성한 특질 속에 가장 깊은 미의 오점이 있고, 이 부인의 아름다움에 의해서 오로지 이 세상이 한층 더 어두워지고, 그녀가 낳은 애기 때문에 한층 더 희망을 잃은 것 같은 결과로 되어 있었다.

이 장면의 정경은 경건한 느낌이 떠돌기까지도 하였다. 그런 느낌은 사회가 그것을 보고 겁내고 몸을 떨지 않고 벙긋이 웃어 넘길 만큼 썩어빠지기 전에는 항상 동포의 죄과와 치욕의 광경에 수반되어 있는 것이다. 헤스터 프린의 수형(受刑)을 목격한 사람들은 아직도 그 단순성을 넘어서지는 않고 있었다. 그들은 사형이라는 것이 그녀에게 정해진 판결이라면 사형을 하는 것을 보는 것만으로 엄숙해지고, 그 참혹한 광경에 아무 소리도 말 한마디 하지 못했을 것이다. 그러나 지금 또 하나의 사회적 상태가 가진 냉혹하고 무정한 처사, 다시 말하자면 지금 보는 바와 같은 구경거리로 만드는 처사에도 다만 일장의 웃음거리로 보아 넘기려는 기미는 조금도 없었던 것이다. 그런 사건을 조소의 재료로 하려는 심정이 막상 있다고 하더라도, 다름 아닌 지사를 위시해서 참사(參事), 재판관, 사령관, 거리의 관리 같은 높으신 분들이 모두들 엄숙한 얼굴을 하고, 집회소의 노대 위에 앉고 서고 하면서 형대 위를 내려다보고 있는 앞에서는 감히 그런 마음을 품거나 생겨날 여지 없이 압도되어버렸을지도 모른다. 그런 높은 인물들이 그들의 지위와 관직의 위엄을 손상시키지 않을 정도로, 그러한 광경의 일부를 형성하고 있을 때에는 법의 판결이 가해진다는 것에 엄숙하고 강력한 의미가 있는 것이라고 추측해도 된다. 요컨대 군중들은 우울하고도 진지했다. 불쌍한 범인은 천 개의 가차 없는 눈초리가 자기를 바라보고, 게다가 자기의 가슴에 눈동자를 모으고 있는 그 압박 밑에서 여자의 몸으로 가질 수 있는 최대한 훌륭한 몸가짐을 했다. 그것은 거의 견딜 수 없는 일이었다. 충동적이고, 열정적인 성격이었지만 그녀는 마음을 반석같이 가라앉히고 모든 종류의 모욕으로 나타나오는 공중의 무례한 가시와 침을 독이 묻은 칼을 받는 마음으로 받아들였다. 그런데 군중들의 마음의 장엄한 분위기 속에는 보다 더 무서운 특징이 있었고, 그녀는 그 모든 사람들의 준엄한 얼굴이 자기를 바라보고 조소 속에서 껄껄대는 웃음소리가 — 남자들도 여자들도 조그마한 새된 목소리를 한 어린애까지도 모두 다 지지 않고 웃어대는 소리가 — 물결쳐 일어난다면, 헤스터 프린은 필시 그들에게 쓰디쓴 염오[17]에 가득 찬 미소를 띠고 그에 답변했을 것이다. 그러나 그녀가 받지 않으면 아니 되는 운명인 납덩어리 같은 무거운 수고(受苦)의 밑에서는 아무래도 가슴이 터지도록 고함을 치고 처형대 위에서 땅 위로 몸을 던지거나, 아니면 곧 미쳐버리고 말 것 같은 생각만이 때때로 드는 것이었다.

그런데 또 가다가는 그녀가 가장 두드러진 중심으로 되어 있는 이 장면 전체가 그녀의 눈에서 사라져버리는 것처럼 생각되기도 하고, 또한 적어도 한 뭉치의 불완전한 모습을 한 유령 같은 형태를 한 물건처럼 어슴푸레하게 눈앞에서 엷은 빛을 발하고 있는 것같이 생각되는 때도 있었다. 그녀의 마음은 특히 그녀의 기억은 이상하게도 활발했다. 서부의 광야 끝에 거칠게 깔려 있는 이 조그마한 거리의 행길과는 다른 풍경을 또한 수많은 끝이 뾰족한 모자 챙 밑에서 찡그린 낯을 하고 자기를 바라보고 있는 것과 다른 얼굴을 끊임없이 머릿속으로 생각하고 있었다. 추억, 가장 보잘것없고 가장 미미한 일들 유년 시절과 학생 시절의 이 일 저 일, 운동, 유희, 어린애 같은 싸움, 처녀 시절의 조그만 집안일들이 그녀의 머릿속으로 몰려들었다. 그것들은 그 후의 생애에서 가장 중대했던 일들의 어

---

17 염오(厭惡) : 마음으로부터 싫어하여 미워함.

떤 것과도 서로 어울리고 갑의 추억의 그림첩도 을의 그것과 똑같고 선명하게, 마치 모두가 다 같이 같은 중요성을 갖고 있는 듯이 생각되고, 또한 모두가 다 같이 유희처럼 생각되었다. 아마도 그것은 그녀의 정신이 그 자신을 환등(幻燈) 같은 형상을 그려냄으로써 현실의 잔인한 압박과 쓰라림에서 벗어나게 하기 위해서 본능적으로 안출해낸 방법이었을 것이다. 그것은 그렇고 좌우간 이 형대의 높은 단은 헤스터 프린에게 그녀가 행복한 유년 시절 이래 걸어온 전도정(全道程)을 펼쳐 보인 하나의 시점(視點)이 되었던 것이다. 비참한 높이 위에 서서 그녀는 다시 한번 태어난 구 영국의 마을을 보고, 또한 자기가 자라난 집을 보았다. 잿빛 돌로 된 이미 허물어져가는 집이었고, 빈곤에 찌든 모습을 하고 있었지만 현관 위에는 반쯤 지워져가는 가문(家門)을 말해주고 있는 것이었다. 아버지의 얼굴도 보았다. 벗겨진 앞이마, 거룩한 하얀 수염, 그것은 옛날의 엘리자베스조(朝) 시대식의 주름 깃 위에 늘어져 있었다. 어머니의 얼굴도 보았다. 노상 얼굴 위에 떠나지 않고 어려 있는 조심성 있고 근심스러운 사랑의 표정, 그리고 그것은 어머니가 세상을 떠나고 난 뒤에도 가끔 그녀의 걸어가는 길 위에서 부드러운 꾸지람이 되어서 발을 멈추게 했던 것이다. 그녀 자신의 얼굴도 보았다. 소녀의 아름다움이 불타듯이 빛났고, 노상 들여다보는 어둠침침한 거울 속에서도 환하게 빛을 내는 듯이 보였다. 그중에서 그녀는 또한 다른 얼굴을 보았다. 어지간히 나이가 든 남자의 얼굴로서 창백하고 꺼칠한 학자 같은 얼굴, 그의 눈은 수많은 딱딱한 책들을 읽기 위해서 켜 놓은 등불빛 때문에 몽롱하게 흐려져 있었다. 그런데 그 똑같은 흐리멍덩한 눈알이 일단 인간의 영혼을 읽으려고 할 때에는 이상한 투시력을 갖고 있었다. 이 서재와 은둔 생활을 하는 사나이의 모습은 헤스터 프린의 여자다운 상상에 선명하게 떠올랐다. 약간 보통 사람하고 다른 기형적인 것이 왼쪽 어깨가 바른쪽 어깨보다 얼마간 높아 보였다. 다음에 기억의 화랑(畫廊) 속에서 그녀 앞에 나타난 것은 노상 분잡하고 좁은 행길과 높은 회색 집과 커다란 절과 그리고 오랜 세월의 자취가 붙은 이상한 양식의 커다란 공공건물들로서 그것들은 대륙의 어떤 거리의 광경이었다. 거기서 새로운 생활이 그녀를 기다리고 있었다. 역시 기형적인 학자와의 관계가 있었다. 새로운 생활이라고 하지만 그것은 허물어져가는 울타리 위의 푸른 이끼의 꽃송이 모양으로 세월이 썩힌 것을 먹고 연명하는 생활이다. 끝으로 이러한 주마등처럼 무상하게 변하는 장면 대신에 청교도 식민지의 이 우중충한 장거리가 다시 돌아왔다. 거리의 사람들은 모두 다 여기에 모여 있다. 모두가 헤스터를 향해 준엄한 눈초리를 던지고 있다 — 그렇다, 그녀를 향해서다 — 형대의 높다란 단 위에 그녀는 서 있다. 팔에는 갓난아기를 껴안고 있었다. 그녀의 가슴에는 주홍빛 A자가 금실로 놓은 화려한 수를 단 채 붙어 있다!

이런 일이 사실일 수가 있는가? 그녀는 애기가 울음을 터뜨릴 정도로 애기를 세차게 부둥켜안았다. 그녀는 눈을 내리깔고 주홍빛 글자를 보았다. 그리고 자기의 손가락으로 그것을 만져보기까지 하였다. 자기의 자식과 자기의 치욕이 사실인지 아닌지를 확인해보고 싶었다. 그렇다! 이것이 바로 그녀의 현실이었다. — 그 밖의 모든 것은 사라지고 없었다.

3

발견

그 주홍빛 글자를 단 사람은 사람들의 엄중한 관찰의 관혁[1]이 되고 있다는 이 강렬한 의식으로부터 겨우 벗어났다. 그것은 군중들의 바깥 둘레에 한 사람의 모습을 발견했던 까닭이다. 그녀의 정신은 불가불 거기에 쏠리게 되었다. 인디언 한 사람이 토인 옷을 입고 거기에 서 있었던 것이다. 그러나 토인들은 이 영국 식민지에 가끔 찾아오고 있기 때문에 한 사람의 토인이 그녀의 마음에서 모든 다른 사물이나 관념을 제거해버리게 된다는 것은 있을 수 없는 일이다. 토인의 옆에 그리고 분명히 토인과 함께 와 있다는 것을 알 수 있었지만, 백인이 한 사람 서 있었다. 이상하게도 개화인 옷차림과 야만인의 옷차림을 뒤범벅한 복장을 하고 있었다. 그는 키가 작고 얼굴에는 깊은 주름살이 지고 아직 그다지 나이가 먹은 편은 아니다. 얼굴 모습에는 현저한 예지의 자국이 엿보이고, 말하자면 정신적 부분의 수양을 쌓아왔기 때문에 육체적인 부분도 그와 비슷한 형태를 갖추지 않을 수 없게 되고, 마침내 그것이 분명한 특징을 가지고 외부에까지 나타나게 된 것 같은 얼굴이다. 얼른 보기에는 여러 가지 의상을 마구 몸에 걸침으로써 체구의 특징을 감추거나 없애려고 노력하고 있는 것 같았지만

---

1 관혁(貫革):'과녁'의 원래 말.

헤스터 프린에게는 이 사람의 어깨의 한쪽이 다른 한쪽보다 높다는 것을 충분히 알 수 있었다. 그의 수척한 얼굴, 그리고 몸집이 기형적으로 이상하게 보이는 모습을 처음 목격한 순간 그녀는 또다시 자기의 애기를 가슴에다 세차게 껴안았기 때문에 또다시 애기는 불쌍하게 괴로운 울음소리를 냈다. 그러나 어머니의 귀에는 그 소리는 들리지 않는 모양이었다.

이 낯선 사나이가 장거리에 도착한 후 아직 그녀의 눈에 띄기 얼마 전부터 이 사나이는 헤스터 프린을 유심히 바라보고 있었다. 맨 처음에는 그다지 주의를 집중하지 않았다. 노상 주로 내부를 보는 습관이 있고, 외부적인 일 같은 것은 그것이 마음속의 어떤 일과 관련이 있지 않는 한 가치도 중요성도 그다지 없다고 생각하는 사나이에게는 있을 수 있는 일이었다. 그러나 이내 그의 눈초리는 날카로워지고 투시력을 갖게 되었다. 몸부림치는 공포감이 그의 얼굴 위에서 신음하고 있었다. 마치 그의 얼굴 위를 날쌔게 미끄러져 가는 뱀, 그 뱀이 잠시 걸음을 멈추고는 몸을 비비틀고 괴로워하는 모습을 역력히 보여주고 있는 것같이 보였다. 그의 얼굴은 어떤 이상한 강력한 감정으로 어두워져 있었다. 그러나 그것을 그는 자기 의지의 힘으로 재빠르게 억제했다. 아주 짧은 한순간을 제외하고는 그의 표정은 조금도 평정을 잃지 않은 태연한 것이라고 볼 수 있었다. 잠시 후 번민은 거의 흔적도 없이 사라지고 이내 완전히 그의 본성의 밑바닥으로 가라앉아버렸다. 헤스터 프린의 눈이 그의 눈을 쏘아보고 있는 것을 보자, 그리고 그가 누구인지를 그녀가 알고 있다는 것을 알자, 그는 천천히 조용하게 그의 손가락을 치켜들고 공중으로 일부러 높이 올리고는 이내 입술에 그것을 대 보였다.

그리고 근처에 서 있는 거리 사람의 어깨에 손을 대고 세속적인 의젓한 모습으로 그는 말을 걸었다.

"잠깐 여쭤보겠는데요," 그는 말했다. "저 여자는 누구입니까? — 그런데 어째서 저렇게 욕을 당하고 있지요?"

"노형은 이 근처의 소식을 잘 모르시는 모양이구면," 거리 사람은 질문한 사람과 그와 동행인 야만인을 의아한 눈초리로 바라보면서 대답했다. "그렇지 않고서야 헤스터 프린과 그에 대한 추문을 모를 리가 없을 텐데. 저 여자는 굉장히 불미한 사건을 일으켰어요. 그것두 딤스데일 선생님의 교회에서 말예요."

"그래요," 상대방은 대답했다. "나는 이 근처에는 생소한 사람입니다. 본의 아닌 방랑 생활을 하면서 여러 나라를 돌아다니는 몸이니까요. 바다에서 육지에서 슬픈 일을 만나서 오랫동안 남쪽의 토인들 사이에 붙잡혀 있었는데 이제 이 토인한테 끌려서 여기에 와서 내 몸값을 치르고 속박에서 벗어나려는 참예요. 그런 처지에 있는 사람이니 어디 얘기 좀 들려주세요. 이 헤스터 프린 — 이라고 그랬던가요? — 이 여자의 죄가 무엇인지, 어째서 저 처형대 위에 서게 됐는지?"

"그러시구면. 야만인의 땅에서 고생하고 오신 뒤에 이 얘기를 들으시면 필시 반가우실걸." 거리 사람은 말했다. "그리구 이 나라에 와보니 죄를 저지른 사람은 반드시 찾아내서 위정자와 백성들 앞에서 벌을 받게 마련이죠. 이 뉴잉글랜드는 얼마나 좋은 고장입니까. 저 여자는 말예요, 아시겠습니까, 어느 학자의 아내인데요, 영국에서 태어나 훨씬 전에는 암스테르담에 살고 있었는데 몇 년 전에 그 남자는 바다를 건너 우리들 매사추세츠 사람들과 함께 운수를 시험해보러 올 작정을 했어요. 그런 목적으로 남자는 아내를 먼저 건너오게 하구 자기는 뒤에 남아서 무슨 필요한 일을 정리하구 있었어요. 그런데 말이죠, 2년인가 2년도 채 못 되는 동안을 저 여자는 이 보스턴의 주민으로 살고 있었는데요, 그 학자인 프린 씨한테서 소식이 끊기었어요. 그래서 젊은 유부녀가 말이죠, 바람이 나서 —"

"아, 아아, 알았어요." 낯선 사나이는 쓰디쓴 미소를 띠면서 말했다. "얘기를 들어보니 남편이 학자라는데, 학자라면 이런 일이 생기리라는 것쯤은 책에서라두 보고 알 수 있을 만한데요. 그리구 미안하지만 여자가 안고 있는 갓난애—한 석 달이나 넉 달밖에는 안 된 아이 같은데—의 아버지는 누구입니까?"

"사실은, 글쎄 그게 수수께끼랍니다. 그것을 알아낼 만한 다니엘[2]이 없군요." 하고 거리 사람은 대답했다. "헤스터 부인은 막무가내로 그것을 밝히지 않고 재판관들이 아무리 머리를 짜내어봐두 모른단 말예요. 아마 그 짓을 한 놈은 이 불쌍한 광경을 보구 서 있을 겁니다. 사람들은 알지 못하지요. 하지만 하느님이 알구 계신다는 것은 모르고."

"그 학자라는 사람이," 낯선 사나이는 또 한 번 미소를 띠면서, "자기가 와서, 수수께끼를 풀려고 하지는 않나요."

"살아 있다면 그렇게 하겠죠." 거리 사람은 대답했다. "그러게 말이죠. 우리들의 매사추세츠의 재판관들은 이 부인이 젊고 아리따운 것을 생각하고 틀림없이 강한 유혹에 끌려서 타락하게 된 거겠지, 그리고 필시 이 젊은 여자의 남편 되는 사람은 바다 밑에 들어 있겠지 하고 생각하구 있기 때문에 엄격한 법률을 극단적으로 여자에게 집행할 만한 기력이 없어요. 그 형벌은 사형이니까 말예요. 재판관들의 크나큰 자비와 애정의 덕분으로 프린은 단 세 시간 동안만 형대 위에 서 있으면 되고, 그리구 난 뒤에는 이 세상에 살아 있는 동안 가슴에 치욕의 낙인을 붙이고 있어야 된다는 것으로 되었어요."

"훌륭한 판결이군요!" 의젓하게 고개를 끄덕이면서 낯선 사나이는 말했다. "그렇게 되면 저 부인은 살아 있는 설교로서 죄를 짓는 사람에 대해서 훈계가 될 수 있지요. 결국 묘석 위에 그 불명예스러운 글자가 새겨지기

---

2 다니엘은 『구약성서(舊約聖書)』에 나오는 재판관.—역주

까지는. 그렇지만 그 무엄한 짓을 한 상대방이 적어도 교수대 위에 저 여자하구 함께 서 있지 않는 것은 곤란한 일이군요. 그렇지만 알게 되겠죠! — 알게 될 거예요! — 알게 될 겁니다!"

그는 공손하게 그 얘기를 해준 거리 사람에게 고개를 숙이고 같이 온 토인에게 두세 마디 수군거리고는 군중 속으로 지나서 가버렸다.

그동안에 헤스터 프린은 그녀의 형대 위에 서 있었다. 여전히 그 낯선 사나이를 뚫어지게 바라보고 있었다. — 열심히 뚫어지도록 바라보면서 정신을 빼앗기고 있는 순간에는 눈에 보이는 세계의 모든 것이 그와 자기의 두 사람만을 남기고는 모조리 꺼져 없어질 듯이 생각되었다. 그렇게 되어 만약 단둘이서만 만나게 된다면 필시 지금 이렇게 대낮의 뜨거운 햇빛이 그녀의 얼굴에 찌는 듯이 내리쪼이고 그 얼굴에 떠오른 치욕에는 욕된 주홍빛 표지, 두 팔에는 죄로 태어난 갓난아기를 안고 거리 사람들은 마치 명절날이라도 만난 것처럼 들뜬 기분으로 몰려와서 얼굴의 도구(道具)를 구멍이 뚫어질 듯이 보고 있는(그 얼굴은 노변의 조용한 부드러운 불빛 속에서 가정의 행복한 그늘 속에서 혹은 교회에서 가정부인의 면사포 밑에서만 볼 수 있는 것이었다) 이런 때에 만나느니보다는 훨씬 더 무서웠을 것임에 틀림없다. 부끄럽긴 했지만 그녀는 이 수천 명의 구경꾼이 있는 것에 하나의 피난처[3]를 발견했다. 이렇게 여기에 서서 수많은 사람들이 그 사나이와 자기와의 사이에 있는 편이 얼굴을 맞대고 그 사나이와 단둘이서 만나는 것보다는 낫다. 그녀는 말하자면 공중(公衆)의 면전으로 도망쳐 온 것이고, 보호가 자기한테서 제거되는 순간을 두려워했다. 그런 생각에 잠겨 있었기 때문에 그녀는 자기의 뒤쪽에서 부르는 소리도 듣지 못했다. 그래서 그 목소리는 두 번 세 번 커다란 엄숙한 어조로 군중 전체에 다 들리도록 그녀의

---

3 피난처 : 번역문에서는 '비난처'로 표기되었지만 오자로 보임. 원문은 shelter.

이름을 연거푸 불렀다.

"내 말을 들어봐요. 헤스터 프린!" 하고 그 목소리는 말했다. 헤스터 프린이 서 있는 단 바로 위쪽에 노대처럼 된 것이 있고, 그것은 말하자면 천장이 없는 화랑같이 생겼고 그것이 집회소에 붙어 있었다는 것은 이미 말한 바 있다. 여기에 모여 있는 수많은 재판관들 중에서 그 당시 그러한 공중을 상대로 하는 행사에 반드시 끼이는 모든 예식을 갖추고 이 장소에서 흔히 유고(諭告)[4]가 선포되었던 것이다. 이 장소에 지금 우리들이 말하고 있는 광경을 보려고 지사 벨링엄[5] 씨 자신이 앉아 있었다. 네 명의 경관이 그의 의자 주위에 창을 들고 서서 의장 호위병 노릇을 하고 있었다. 그는 모자에 거무죽죽한 깃털을 달고 수로 단을 댄 외투를 입고 그 밑에는 꺼먼 우단[6] 바지를 입고 있었다. 어지간히 나이가 든 신사로서 고초를 겪은 자취가 얼굴 위에 잡힌 수많은 주름살에 적혀져 있었다. 그는 이 신사회의 대표자로서, 두목으로서 부적당하지는 않았다. 이 신사회는 그 기원과 진보를, 그리고 현재의 발전하는 상태를 청년의 혈기에 그 근원을 두고 있는 것이 아니라, 장년자(壯年者)의 준엄한 중용(中庸)을 터득한 정력과 노년자(老年者)의 가라앉힌 지혜에 두고 있었다. 따라서 상상하고 희망하는 것이 적었던 것에 비해서 성취한 일은 많았던 것이다. 이 장관이 앉아 있는 주변에 있는 다른 우수한 여러 인물들은 그들의 용모의 위엄으로 쉽사리 알아볼 수 있었다. 그것은 권력의 형식이 신(神)이 만든 물건의 성성(聖性)을 지니고 있다고 느껴진 시대에 속하는 용모였다. 그들은 두말할 것도 없이 좋은 사람들이었고, 공정하고 현명한 사람들이었다. 그러나 전 인류가 가운데서 똑같은 수의 분별 있고 덕망 있는 사람을 골라낸다고 하더라

---

4 유고(諭告) : 나라에서 시행할 어떤 일을 백성에게 공포함. 또는 그 공포.

5 Richard Bellingham(1592~1672) : 매사추세츠 주지사(1665~1672).

6 우단(羽緞) : 짧고 고운 털이 촘촘히 심어진 직물.

도 그 사람들이 한 사람의 과오를 범한 여자의 마음을 판단하고, 그 선악(善惡)의 실매듭을 풀어내기 위해서 앉아 있을 만한 자격이 부족하다는 점에 있어서 지금 헤스터 프린이 고개를 돌린 근엄한 얼굴의 현인들 이상의 것을 찾아내기란 용이한 일이 아니었을 것이다. 사실상 그녀는 자기가 기대할 수 있는 여하한 동정도 눈앞의 보다 더 크고 보다 더 따뜻한 군중들의 마음에 달려 있다는 것을 의식하고 있는 듯했다. 왜냐하면 그녀가 노대 쪽으로 눈을 돌렸을 때 불행한 이 여자는 얼굴이 새파랗게 질리고 몸이 떨리기 시작했던 것이다.

그녀의 주의를 끈 목소리는 유명한 목사 존 윌슨의 소리였다. 보스턴에서 제일 나이가 많은 목사이고, 그 당시에 이 직책에 있던 사람들이 거의 모두 다 그러했듯이 대학자이고, 게다가 친절하고 쾌활한 사람이었다. 그러나 이 친절하고 쾌활한 성질은 그의 지적인 성품보다도 비교적 부주의하게 발달했기 때문에 사실상 그에게 즐겁게 생각되었다기보다는 오히려 수치스러운 일이라고 생각되었던 것이다. 거기에 서 있는 그는 반백의 머리카락을 두건 밑으로 드러나 보이게 하고, 그의 회색 눈은 서재의 등불의 등피를 씌운 불빛에 길이 들어서 헤스터 프린의 갓난아기의 눈처럼 이 눈부신 햇빛 속에서 연방 눈을 깜빡거리고 있었다. 그는 우리들이 항용 옛날 설교 책의 면지에 붙어 있는 그림에서 볼 수 있는 거무칙칙한 판화의 초상화 같았다. 그리고 그런 초상화가 설교 책에서 걸어 나와서 인간의 죄악과 열정과 고민 같은 문제에 이러쿵저러쿵 간섭할 자격이 없는 것처럼 이 목사도 노대에 나타나서 헤스터의 문제를 운운할 자격이 없는 것 같았다.

"헤스터 프린," 하고 목사는 말했다. "나는 여기에 있는 나의 젊은 형제 이분이 설교하는 말을 당신이 들은 일이 있다고 하는데, 이분하고 나는 다투었어요." —그리고 윌슨 씨는 그의 손을 옆에 있는 얼굴이 창백한 젊은이의 어깨에 얹었다. —"나는 말예요, 이 훌륭한 젊은 분에게 당신을 잘 처리하도록 여기 이 하느님께서 내려다보시는 앞에서 이 성실하고 신중한 여러 관리님들 앞에서 당신의 무엄한 죄를 잘 처리하시도록 권고했던 거예요. 나보다도 당신의 성품을 더 잘 알고 있으니까, 이분이 판단하면 어떤 논법을 써야 하는지 부드럽게 해야 하는지 무섭게 해야 하는지, 그리고 결국 당신의 고집을 꺾고 급기야는 누가 당신을 이런 비참한 타락에 끌어들였는지 그 사나이의 이름을 감추지 않게 되는 법을 이분은 잘 알고 있어요. 그런데 이분은 내 말에 반대하고 있어요. 젊은이들에게 흔히 있는 지나친 온정이지. 나이 먹은 사람보다 훨씬 더 분별이 있는 소리인데 — 부인에게 그 마음의 비밀을 이런 청천백일하에서, 그리고 이렇게 많은 군중들이 모여 있는 앞에서 억지로 털어놓게 하는 것은 여자의 본성을 부당하게 취급하는 것이라는 거예요. 그런데 사실은 나도 이분에게 충분히 얘기했지만, 죄를 범하는 것이 부끄러운 일이지. 그것을 공표하는 것은 부끄러운 일이 아니란 말예요. 이거 봐요, 딤스데일 군, 다시 한번 의견을 묻겠는데, 이 불쌍한 죄인의 영혼을 다스리는 일을 군이 해야 하겠나요, 내가 해야 하겠나요?"

노대 위에 자리 잡고 있는 위엄 있는 사람들, 경건한 사람들과 사이에서 웅성거리는 소리가 들렸다. 그러자 지사 벨링엄 씨는 그 웅성거리는 소리를 대표해서 수위를 위압하는 듯한 목소리로, 하지만 옆에 있는 젊은 목사에 대한 체면도 생각하면서 그 사람을 보고 입을 열었다.

"딤스데일 님." 하고 그는 말했다. "이 부인의 영혼에 대한 책임은 주로 당신께 달려 있습니다. 그러니까 이 부인에게 잘 타일러서 회개하고 고백하게 하는 것은 당신께서 할 일이고, 그 책임의 표시가 되고 결말이 되는 일이 그것입니다."

이 문책이 직접적인 것이었기 때문에 군중의 눈은 모조리 딤스데일 목사에게로 쏠렸다. — 그 사람은 젊은 목사로서 영국의 훌륭한 대학을 졸업하고, 그 시대의 학문을 모조리 이 우리들의 원시림 속에 소개한 사람이었다. 그의 웅변과 종교적 열정은 그의 직책에 있어서 높은 지위를 얻을 수 있는 증명을 이미 부여하고 있었다. 그는 용모가 뛰어나게 잘생기고, 넓고 하얀 이마가 튀어나오고, 눈은 커다란 밤색으로 우울해 보이고, 입은 애를 써서 억지로 다물고 있을 때 이외에는 노상 가냘프게 떨리는 것이 신경질적인 것과 자기 억제의 힘이 강한 것을 나타내고 있었다. 선천적으로 탁월한 재능과 학자다운 교양을 갖고 있으면서도 이 젊은 교도자에게는 그의 얼굴이 수심에 차 있고 불안하고 거의 공포에 떨고 있는 것 같은 모습을 볼 때 스스로 길을 잘못 디딘 것을 느끼고 있는 사람 같은, 그리고 인간 생활의 길에서 방향을 잃고 어디에 자기 몸을 감출 피난처라도 있으면 비로소 마음이 놓이겠다고 생각하는 듯한 모습이 어딘지 있었다. 그 때문에 그의 의무가 허락하는 한도 내에서 그는 그늘이 짙은 자기의 길을 걷고 그럼으로써 자기를 단순히 어린아이처럼 지켜왔다. 어쩌다가 공중이 모인 자리에 나가게 되면 참신하고 향기로운 안개 같은 맑은 사상을 갖고 있었기 때문에 사람들이 말하는 것처럼 그것이 천사의 말 같은 힘을 그들에게 향해서 던지게 되었던 것이다.

목사 윌슨 씨와 지사가 공공연히 일반 대중들의 주의를 환기시키고 더럽혀지긴 했지만 신성불가침한 부인의 영혼의 신비에 대해서 모든 사람들이 듣고 있는 앞에서 증언하라고 육박한[7] 청년은 그런 사람이었던 것이다. 그의 이러한 곤란한 입장이 그의 두 볼의 핏기를 없애고 입술을 부들부들 떨리게 했다. "저 부인에게 말을 해봐요." 하고 윌슨 씨가 말했다. "저 사람의 영혼으로서는 중대한 일예요. 그러니까 지사 각하도 말씀하신 것처럼 저 사람의 영혼을 맡고 있는 군으로서도 중대한 일예요. 잘 말해

---

7 육박(肉薄)하다 : 바싹 가까이 다가붙다.

서 진실을 고백하도록 하세요!"

딤스데일 목사는 머리를 숙이고 잠자코 기도드리고 있는 듯이 보였다. 그러더니 곧 앞으로 걸어 나왔다.

"헤스터 프린," 그는 노대에서 몸을 꾸부리고 아래를 내려다보고 그녀의 눈을 똑바로 쳐다보면서 "당신은 지금 선생님이 말하신 것을 들으셨겠지요. 그리고 내가 의무로서 짊어지고 있는 것도 아셨겠지요. 당신이 진실로 당신의 영혼의 편안을 얻기 위한 것이라고 생각하고, 또한 당신이 지상에서 받는 형벌이 결국 그것으로 보다 더 구원을 얻기 쉽게 될 것이라고 생각하신다면 제발 당신의 죄를 함께 저지른 사람, 괴로움을 함께 나눈 사람의 이름을 말해주세요. 그 사람에 대한 옳지 않은 동정심이나 자비심에서 입을 열지 않는 일이 있어서는 아니 됩니다. 네, 아셨겠지요. 헤스터 님, 그 사람이 비록 높은 자리에서 떨어져 당신 곁 치욕의 계단 위에 서게 되는 한이 있더라도 한평생 죄지은 마음을 숨기고 사느니보다 그편이 훨씬 나을 테니까요. 당신이 잠자코 있는 것이 그 사람을 위해서 무슨 좋은 일이 될까요. 다만 그 사람을 유인해서 말하자면 억지를 써서 죄과 위에 위선을 더 쌓게 할 뿐이지요. 하느님은 당신에게 분명히 불명예를 허락하셨어요. 이것은 그렇게 함으로써 당신의 마음속에 있는 악과 당신의 마음 밖에 있는 슬픔에 뚜렷한 개가[8]를 올리게 하기 위한 것입니다. 아시겠어요. 당신과 당신의 그 사람에게 — 필시 용기가 없어서 자기의 손으로는 들지 못하는 — 괴로운 그러나 마음의 양식이 되는 잔을 당신은 그 사람에게 주지 않고 있는 것입니다!"

젊은 목사의 목소리는 떨리면서도 유쾌하고, 풍부하고, 깊고 그리고 머뭇거리는 기미가 있었다. 말의 직접적인 의미보다도 말에서 분명히 풍겨

---

8 개가(凱歌) : 싸움에서 이기고 돌아올 때 부르는 노래. 개선가.

나오는 그 감정이 그 말을 모든 사람들의 가슴속에 울려 퍼지게 했다. 그리고 듣는 사람들을 똑같은 하나의 동정의 실로 묶어놓았다. 헤스터의 가슴에 안겨 있는 불쌍한 갓난아이까지도 똑같은 감동을 받고 지금까지 공허했던 눈초리를 딤스데일 쪽으로 돌리고 그 조그만 두 팔을 즐거이 들리고 원망스럽게 들리는 소리로 중얼거리면서 하늘 높이 치켜 올렸다. 목사의 교훈이 하도 힘찼기 때문에 사람들은 이쯤 되면 헤스터 자신이 그 죄있는 사람의 이름을 말하든지 아니면 죄 있는 사람 자신이 그가 서 있는 곳이 높은 곳이든 얕은 곳이든 간에 마음속의 피치 못할 필연에 의해서 앞으로 나가서 교수대 위로 올라가지 않을 수 없을 것이라고 모두들 믿게 될 정도였다.

헤스터는 머리를 흔들었다.

"여인이여. 하나님의 자비심도 한도가 있어!" 하고 윌슨 목사는 앞서보다 거친 목소리로 호령했다. "그 철없는 갓난애까지도 지금 그대가 들은 설교에 동의하고 확인하고 있지 않은가. 이름을 말해보아! 그렇게 해서 회개하면 그 가슴에서 주홍빛 글자가 떨어질 게 아닌가."

"싫어요!" 헤스터 프린은 윌슨 씨가 아니라 젊은 목사의 고민하는 눈을 바라보면서 대답했다. "너무 깊게 낙인이 찍혔어요. 글자를 떼어버릴 수는 없어요. 그분의 고민까지도 나의 고민과 함께 참고 견디고 싶어요!"

"말해라!" 다른 사람의 목소리가 차갑고도 거칠게 형대 주변의 군중들 속에서 들려왔다. "말해라, 그리구 어린애를 애비한테 주어라!"

"말하지 못하겠소이다!" 헤스터는 죽은 사람의 얼굴처럼 창백해졌다. 그러나 그 목소리, 분명히 그녀의 귀에 익은 목소리에 답하면서 외쳤던 것이다. "내 아이에게는 하늘의 아버지를 찾게 하겠소이다. 땅 위의 아버지는 알릴 수 없소이다!"

"말하지 않는구먼!" 딤스데일은 중얼거렸다. 노대에서 몸을 굽히고 내려다보면서 가슴에 손을 대고 자기 호소의 결과를 기다리고 있었던 것이다. 그는 긴 한숨을 쉬고 뒤로 물러섰다. "놀라울 만한 힘과 넓은 도량을 가진 여자의 마음이군! 아무리 해도 말을 안 하는구먼!"

불쌍한 죄수의 마음이 좀처럼 말을 듣지 않는 것을 보고 나이 먹은 목사는 미리부터 이런 경우에 대비하려고 준비한 게 있었기 때문에 군중을 향해서 죄에 관한 설교를 시작했다. 죄악의 여러 가지 조목에 대해서 이야기하고 특히 주홍 글자에 관련된 얘기를 많이 했다. 그는 이 상징에 대해서 유달리 힘차게 한 시간이나 군중들 머리 위에 웅변을 토하면서 자세한 이야기를 늘어놓았다. 그 때문에 군중들의 상상(想像) 속에서는 이 글자에 대한 새로운 공포가 솟아났고, 그 분홍빛이 지옥의 밑바닥의 불꽃에서 따온 것이 아닌가 하는 생각까지 들게 했다. 그동안에 헤스터 프린은 내처 치욕의 형대 위에 서 있었다. 표정 없는 눈초리로 피곤한 모습을 하고 있었다. 그날 아침 그녀는 인간이 참을 수 있는 모든 것을 참고 견디었다. 그녀의 성품은 과도하게 세찬 괴로움을 받아도 기절을 하고 거기에서 도망치는 따위의 것이 아니었기 때문에 그저 돌처럼 굳은 무감각의 껍질 속으로 그의 정신이 숨어버리는 수밖에 달리 도리가 없었다. 육체의 기능은 그러면서도 완전히 움직이고 있었던 것이다. 이런 상태에 놓여 있었을 때, 그 설교자의 소리는 무정하고 무익하게 그녀에게 울려왔다. 어린애는 그 가책의 시간이 반을 넘자 울어대기 시작했고 그 울음소리는 가슴을 찌르는 듯했다. 그녀는 기계적으로 그것을 달래려곤 했으나 그 슬픔에 동정하는 듯한 기색은 조금도 보이지 않았다. 여전히 거만한 태도로 그녀는 감옥 안으로 끌려 들어갔다. 그리고 철문의 입구 속으로 들어가면서 공중의 응시(凝視)에서 벗어났다. 그녀의 뒷모습을 지켜본 사람들의 속삭이는 소리를 들어보면 그 주홍빛 글자가 감옥 속의 어두운 복도 안에서 처절한 광채를 발하고 있었다고 한다.

4

대면

감옥에 돌아온 후, 헤스터 프린은 신경이 극도로 흥분한 상태에 있었기 때문에 노상 감시를 필요로 했다. 자기의 손으로 자기의 몸을 해칠 우려도 있었고, 반미치광이처럼 불쌍하게도 갓난애에게 해를 끼칠 우려도 있었다. 밤이 되어도 그녀는 꾸짖어보아도 또한 벌을 받게 된다고 공갈을 쳐보아도 여전히 말을 듣지 않았기 때문에 브래킷 전옥[1]은 의사를 불러오는 것이 좋겠다고 생각했다. 전옥은 그 의사를 모든 문화적인 과학 치료법에 능통한 사람이고 또한 야만인들이 숲속의 약초와 약근[2]에 대해서 알고 있는 것도 그들만큼 잘 알고 있는 사람이라고 전했다. 사실 의사의 도움이 절실히 필요했다. 그건 헤스터 자신을 위해서만이 아니다. 어린애를 위해서 더 급했다. ― 어머니의 가슴에서 영양을 취하는 이 아이는 어머니의 몸속에 잔뜩 퍼져 있는 혼란과 고민과 절망을 젖과 함께 모조리 빨아들인 모양이었다. 바야흐로 어린아이는 몸을 비비 꼬고 경풍[3]을 일으

---

1 전옥(典獄) : 교도소의 우두머리.
2 약근 : 약재의 뿌리.
3 경풍(驚風) : 주로 어린이들에게 나타나는 증상의 하나. 풍(風)으로 인해 갑자기 의식을 잃고 경련이 있는 병증.

키면서 그 조그마한 체구로, 오늘 낮에 헤스터 프린이 참고 견딘 마음의 고민을 여실히 반영하는 증상을 나타냈다.

전옥의 바로 뒤를 따라 어둠침침한 감방 안으로 자태를 나타낸 것은 이상한 풍채의 인물이었다. 이 사람은 아까 군중 속에 끼어서 일찍이 이 주홍빛 글자를 단 여자에게 비상한 깊은 관심을 보인 사람이었다. 그는 감옥 안에 유하고 있었다. 무슨 범죄의 혐의가 있어서가 아니라 그를 처리하는 방법으로 가장 편리하고 적당한 길이라고 생각했기 때문이며 곧 지사가 그의 몸값을 치르는 데 대해서 토인의 추장과 의논을 하기로 되어 있었다. 그의 이름은 로저 칠링워스라고 했다. 전옥은 그를 방 안으로 데리고 들어오자, 그가 들어온 뒤의 갑작스럽게 방 안이 쥐 죽은 듯이 조용해진 것에 깜짝 놀라서 잠시 동안 걸음을 멈추고 서 있었다. 그도 그럴 것이 헤스터 프린이 별안간 마치 죽은 사람처럼 아무 말도 안 하고 조용해졌기 때문이었다. 어린아이는 여전히 낑낑거리며 울고 있었다.

"저어, 환자하고 단둘이 있게 해줄 수 없겠습니까," 하고 의사는 말했다. "틀림없이 조용히 하게 해드릴 테니까요. 약속하겠어요. 프린 부인은 이제부턴 명령에 잘 복종하게 될 테니 안심하세요."

"아아, 정말 그렇게 해주셨으면" 하고 브래킷은 대답했다. "당신은 분명히 명의(名醫)이시로군. 정말이지 이 여자는 무슨 귀신한테 씐 것 같았어요. 매질이라두 해서 그 귀신을 몰아내는 일이라면 나도 얼마든지 했겠는데요."

낯선 사나이는 자칭 의사라고 일컫고 나선 인술을 업으로 하는 사람에게 특유하고 조용한 태도로 방 안으로 들어왔다. 전옥이 물러간 뒤 그 부인과 단둘이서 대면하게 되어도 그의 태도는 변하지 않았다. 여자가 군중들 속에서 넋을 잃고 그 사나이를 바라다보았다는 것은, 그와 그녀와의 사이에 지극히 친밀한 관계가 있다는 것을 시사하는 것이었다. 의사는 우선 어린아이를 진찰했다. 사실상 지금 바퀴 달린 침대 속에 누워서 괴로워하고 있는 갓난아기의 울음소리는 백일을 제쳐놓고라도 우선, 어린애를 달래는 일이 가장 긴급한 일이라는 생각을 갖게 했다. 그는 아이를 진찰하고 나서 가죽 상자를 열었다. 그 상자를 그는 옷 속에서 꺼내놓았던 것이다. 거기에는 약품이 들어 있는 모양이었다. 약품 하나를 그는 찻잔의 물에다 탔다.

"옛날에 연금술을 연구한 데다가, 지난 일 년 이상을 초근목피의 효능을 잘 아는 사람들 사이에서 살다 왔기 때문에 나는 사도(斯道)⁴의 박사 따위보다 더 훌륭한 의사가 될 수 있었어. 자아, 여기 있어! 이 아이는 당신 자식야. ─ 내 자식은 아냐 ─ 내 목소리나 얼굴을 알아볼 리가 없지. 그러니까, 당신 손으로 약을 먹여."

헤스터는 내어주는 약을 받지 않았다. 그와 동시에 공포에 가득 찬 표정으로 그의 얼굴을 노려보고 있었다.

"아무것도 모르는 아이한테 복수를 하겠단 말이죠?" 그녀가 속삭였다.

"바보 같은 소리 말아!" 의사는 반은 비웃는 듯하고 반은 달래는 듯한 어조로 대답했다. "무엇 때문에 이 불의의 자식을, 불쌍한 갓난아이를 해치겠어. 이 약은 참 잘 들어. 내 자식 ─ 내 핏줄을 타고 당신의 핏줄을 탄 ─ 이 아이라 하더라도 이 이상의 더 기막힌 약은 쓸 수 없어."

사실 마음이 사리를 판단할 수 없는 상태에 있었기 때문에 그녀가 여전히 망설이고 있으므로 그는 아이를 두 팔로 껴안고 자기의 손으로 그 약물을 먹이었다. 약의 효과는 즉시 나타났다. 그리고 의사의 말을 입증했다. 조그만 환자의 신음 소리는 갑자기 작아지고 손발을 비틀던 경풍도 차차 멎고 고통이 없어진 뒤의 갓난아기가 항용 그렇듯이, 고운 숨소리

---

4 사도(斯道) : 어떤 전문적인 방면의 도(道)나 기예.

로 잠이 들었다. 의사, 분명히 의사라고 불리어도 부끄러울 게 없는 이 사람은 다음에는 어머니의 진찰을 시작했다. 조용히 그리고 될 수 있는 대로 세밀하게 그는 맥을 짚어보고, 그녀의 눈동자를 들여다보았다. ― 그의 노려보는 눈초리는 옛날처럼 다정하고, 그러면서도 서먹서먹한 차디찬 것이었기 때문에 그녀의 마음을 서늘하게 할 정도였다 ― 그리고 드디어 그는 진찰을 다 마치고 다른 물약을 만들기 시작했다.

"나는 망각수(忘却水)[5]나 망우제(忘憂劑)[6] 같은 것은 모르지만," 그는 말했다. "야만인의 나라에서 새로운 비법을 많이 배워 왔어. 이것도 그중의 하나야. ― 토인이 가르쳐준 처방인데 내가 파라켈수스[7]류(流)의 학문을 가르쳐주었더니 그에 대한 보답이었지. 마셔보아. 죄를 짓지 않은 양심만한 효력은 없겠지만. 그것은 내가 줄 수는 없지. 하지만 이것으로도 당신의 그 흥분은 가라앉힐 순 있어. 폭풍이 이는 바다의 파도 위에 기름을 부은 것처럼."

그가 헤스터에게 약잔을 내주자 그것을 받아들고 멍청한 눈초리로 지그시 그를 바라보았다. 완연한 공포라고는 할 수 없지 ― 약을 주는 목적이 무엇인가 하는 의혹에 찬 눈초리였다. 자고 있는 어린아이 쪽도 바라

---

5 희랍 신화에 의하면, 지옥으로 들어가는 곳에 레테라는 강(江)이 있는데, 죽은 사람이 이 강물을 마시면 전세(前世)의 일을 모두 다 잊어버리게 된다고 한다. 레테는 망각이라는 뜻. ―역주

6 망우제는 희랍 원명으로 네펜테, 호머의 서사시 『오딧세이』에도 나오는데, 호머는 이 약을 설명하면서 '모든 고통과 분노를 잠들게 하고, 비애(悲哀)에 망각을 가져다주는 약'이라고 했다. ―역주

7 그의 본명은 필리푸스 아우레올루스 테오프라스투스 봄바스투스 폰 호엔하임. 1493년 서서(瑞西, 스위스)의 아인지델른에서 나서, 1541년에 세상을 떠났다. 마술, 연금술, 점성술, 의술을 행하면서 유럽 각지를 편력했다. 독일 바젤대학에서 물리학과 의학을 강의하기도 했다. ―역주

보았다.

"나는 죽을 것을 생각해보았어요," 헤스터는 말했다. —"죽으면 좋겠다고 생각했어요. —그것을 하느님께 빌려고도 생각했어요. 나 같은 사람도 무슨 기도를 드릴 자격이 있다면 말예요. 그렇지만 이 약잔 속에 있는 것이 죽음이라면 다시 한번 생각해보아 주세요. 내가 마시는 것을 보기 전에. 자아 이렇게 입술에 대었어요."

"어서 마셔," 여전히 냉정히 침착성을 보이면서 대답했다. "헤스터, 당신은 그렇게 나를 모르는가? 내가 하는 일이 언제나 그렇게 경박했었던가? 막상 내가 복수를 할 수단을 생각한다 하더라도, 그것은 살려놓고 하는 게 제일 좋지 않겠어. —생명을 위태롭게 하는 모든 힘을 없애는 약을 주는 것이 제일 좋지 않겠어. —그리고 이 타는 듯한 치욕의 낙인이 언제까지나 네 가슴에서 불꽃을 내고 있게 하는 게?" 하고 말하면서, 그는 그의 기다란 둘째 손가락을 주홍빛 글자 위에다 놓았다. 그러자 그 글자는 여태까지 작열하고 있었던 것처럼 헤스터의 가슴속으로 타들어가는 듯이 생각되었다. 그는 그녀가 자기도 모르게 몸을 움찔하는 것을 보고 미소를 띠었다.

"그러니까, 살란 말야, 운명을 몸에 지니고 참아가란 말야. 여러 사람들 앞에서 —남편이라구 부르던 사람 앞에서 —이 어린애의 눈앞에서. 그러니까 살아 있기 위해서 이 물약을 마셔."

더 이상 언쟁도 하지 않고 주저도 하지 않고, 헤스터 프린은 약잔을 들이마셨다. 그리고 의사가 가리키는 대로 아이가 자고 있는 침상 위에 가 앉았다. 의사는 이 방에 단 하나밖에 없는 의자를 끌어당겨 그녀 옆에 가 앉았다. 그녀는 이렇게 준비를 하는 것을 보고 몸서리가 쳐지지 않을 수 없었다. 말하자면 그녀는 그가 —육체의 고통을 구하기 위해서, 인도라든가 주의라든가 혹은 말하자면 세련된 잔인(殘忍)이 그에게 강요한 모든 것을 해치운 그가 — 다음에는 자기 때문에 가장 회복하기 어려운 깊은 상처를 받은 사나이로서 지금 자기에게 대하려고 하는 것을 느꼈기 때문이라.

"헤스터," 하고 그는 말했다. "나는 어째서 당신이 또 어떻게 당신이 구렁텅이 속에 빠지게 됐는지 아니 오히려 그 내가 당신을 본 형대 위에 올라서게 되었는지 묻지 않겠어. 그 이유는 먼 곳에서 찾을 필요가 없어. 내가 어리석었기 때문이고, 당신이 약했기 때문이야. 나는 — 사색하는 사람야 — 커다란 서고의 책버러지이고 — 이미 내리막길에 선 사람이고, 지식을 구해서 허기진 꿈을 키우느라고 거의 한평생을 바친 사람이야. — 당신 같은 젊음과 아름다움을 가진 사람하고는 거리가 먼 사람이지. 태어났을 때부터 남 같은 몸을 갖고 있지 못하고, 그 육체적인 불구(不具)를 지적(知的) 재능을 가지고 젊은 여자의 눈을 감춰보려고 생각했지만, 어찌 나 자신을 속일 수야 있었겠어? 사람들은 나를 생각이 깊은 사람이라고 말했어. 현인(賢人)이라는 것이 모든 자기의 일에 대해서 현명한 사람이라면, 나는 이번의 일까지도 전부 미리 알고 있어야 했을 거야. 그 광막하고 어둠침침한 삼림지대에서 나와서, 이 기독교도의 식민지에 들어올 때, 우선 제일 먼저 눈에 띄는 것은 당신이 헤스터 프린이 치욕의 초상이 되어 사람들 앞에 서 있는 모습일 것이라고 알고 있었어야 했을 거야. 아니, 그 교회의 낡은 돌층대를 두 사람이 신혼부부로서 걸어 내려온 그 순간에 벌써 우리들의 길 끝에서 타고 있는 주홍빛 글자의 커다란 봉화를 볼 수 있어야 했을 거야!"

"당신도 아시다시피," 하고 헤스터는 말했다. — 기분은 우울했지만 지금 그녀의 치욕의 낙인을 향해서 조용히 찔러 넣은 마지막 칼의 찌름을 그대로 참고 있을 수가 없었다. — "당신도 아시다시피 나는 당신에게 정직했어요. 나는 사랑을 느끼지 못했어요. 그런 기색조차 보이지 않았어요."

"그랬어!" 그는 대답했다. "내가 바보였지! 그것은 아까 말했지. 그런데 그때까지는 나는 나의 인생을 헛되이 보내고 있었어. 세상은 정말 재미가 없었어. 내 마음은 수많은 손님을 맞아들일 수 있을 만한 주택이었어. 그러나 쓸쓸하구 차가웠어. 가정의 화로가 없었어. 나는 한번 불을 지펴보구 싶었어. 그건 그다지 분에 겨운 꿈이라고는 생각되지 않았어. ― 나는 나이가 먹었고 침울했고 병신이었어. ― 그렇지만 어디에나 굴러 있고 사람들이 마음대로 주워 모을 수 있는 그 단순한 행복이 나의 것이 될 수 없을 만큼 과분한 것이라곤 생각되지 않았어. 그래서 헤스터, 나는 당신을 내 가슴속으로 끌어들였고 제일 깊은 안방에다 맞아들였어. 그리고 당신이 있음으로 해서 생긴 온기로 당신을 따뜻하게 해주려고 했어!"

"나는 정말 당신한테 못할 노릇을 했군요." 헤스터는 중얼거렸다.

"피차 다 나빴지." 그는 대답했다. "내가 우선 나빴어. 나는 당신의 꽃봉오리의 젊음을 유인해서 나의 노쇠에 허위의 부자연스러운 관계를 맺었으니까. 그러니까 헛되이 사색하고 길을 터득하지 못한 인간으로서 나는 복수를 하지는 않아. 당신한테 간계를 꾸미지는 않아. 당신과 나 사이의 저울은 이긴 쪽도 진 쪽도 없이 어지간히 팽팽하게 되어 있어. 그렇지만 헤스터, 우리들 두 사람한테 무례한 짓을 한 사나이는 살아 있어! 누구야?"

"그걸 묻지 마세요!" 그의 얼굴을 단호한 표정으로 쏘아보면서 헤스터는 대답했다. "그것은 말할 수 없어요!"

"죽어도 말할 수 없단 말이지?" 음험하고도 자신 있는 예지의 미소를 띠면서 그는 되물었다. "말할 수 없다. 그렇지만 헤스터, 세상에는 ― 이 외부의 세계에서도 또한 눈에 보이지 않는 사람의 마음속의 세계에서도, 어느 깊이까지는 그것을 해명하려고 전심전력을 다해서 온몸을 바치고 있는 사람에게 끝까지 감출 수 있는 일이라곤 하나도 없는 거야. 당신은 거의 비밀을 기웃거리는 수많은 사람들에게는 그 비밀을 감출 수 있을지도 몰라. 또한 오늘 관리들이 당신의 가슴에서 그 사나이의 이름을 **빼내**서 단 위에 같이 설 수 있는 짝을 만들어주려고 했을 때 한 것처럼 관리들한테는 감출 수 있을지도 몰라. 그러나 나는 그들이 갖고 있는 것과는 다른 감각을 가지고 심문하러 온 거야. 나는 그 사나이를 찾아낼 거야. 책 속에서 진리를 찾아낸 것처럼, 연금술로 금을 찾아낸 것처럼 말야. 그 사나이가 그렇다는 것을 눈치챌 만한 공감을 나는 갖고 있어. 그 사나이가 떨고 있는 것이 보일 거야. 내 자신이 나도 모르는 사이에 갑자기 몸을 떠는 것을 느끼게 될 거야. 조만간 그 사나이는 반드시 내 손 안에 들어와!"

그녀를 노려보고 있는 얼굴에 주름이 잡힌 학자의 두 눈은 불꽃처럼 달아[8] 있다. 헤스터 프린은 자기의 가슴속에 숨겨둔 비밀이 갑자기 드러나지나 않을까 겁이 나서 두 손으로 가슴을 부둥켜안았다.

"그 사나이의 이름을 아무래도 못 밝히겠단 말이지? 그렇지만 그 사나이는 내 것이나 마찬가지야." 그는 다시 입을 열었다. 마치 운명이 당장에 자기편에 서게 된 것 같은 확신에 찬 표정이었다. "그 사나이는 당신처럼 치욕의 글자를 옷에 붙이고 있지는 않아. 그렇지만 나는 그의 마음에 그것이 써 있는 것을 읽을 수 있어. 하지만 그 사나이 때문에 걱정할 필요는 없어. 내가 하느님이 하시는 응징의 길에 간섭하거나 혹은 내 자신에게 손해가 돌아오는 인간의 법률에 내맡기는 일 같은 것을 하리라고 생각하지는 말어. 또한 그 사나이의 생명에 대해서 무슨 간계를 꾸미리라고도 생각하지는 말어. 아니 그뿐만이 아니라 만약 내가 상상하고 있는 것처럼

---

8 달아 : 번역본에는 '닳아'로 표기됨.

그 사나이가 그럴듯한 지위에 있는 사람인 경우에 그의 명예를 어떻게 하리라는 생각도 없어, 죽이지 않아도 돼. 외부의 명예에 숨어 있을 수 있다면 숨어 있게 내버려두지. 그렇지만 그 사나이가 내 것이라는 것에는 변함이 없어!"

"당신의 행동은 인자한 것 같아요." 헤스터는 당황하고 놀란 표정으로 말했다. "그러나 당신의 말을 듣자니 당신은 정말 무서운 사람예요!"

"단 한 가지만, 지난날에 나의 아내였던 당신에게 명령하겠어." 하고 학자는 말을 이었다. "당신은 당신 애인의 비밀을 지키고 있어. 그와 마찬가지로 나의 비밀도 지켜줘야 돼. 이 나라에서는 아무도 나를 아는 사람은 없어. 아무한테도 나를 남편이라고 발설하지 않도록 해주어. 이곳에 이 지구상의 미개의 변경에 나는 천막을 치겠어. 다른 곳의 어딜 가도 난 방랑자이구, 인간관계를 맺을 수가 없어. 그러나 여기에는 여자가 있고 사나이가 있고, 어린아이가 있고 그 사람들과 나와의 사이에는 가장 강한 인연이 얽혀 있어. 그것은 사랑이라도 좋고 미움이라도 좋아. 바른 것이라도 좋고 바르지 않은 것이라도 좋아. 헤스터, 당신이나 당신붙이들은 나한테 속해 있단 말야. 나의 가정은 당신이 있는 곳, 그 사나이가 있는 곳에 있어. 그러나 나를 버리지는 말어!"

"어째서 그런 일을 원하시죠?" 하고 헤스터는 물었다. 무슨 영문인지 모르지만 이 비밀의 계약을 생각하니 온몸이 오싹해졌다. "왜 떳떳이 세상에 이름을 밝히고 나서서 나를 당장에 버리지 않으세요?"

"그것은 말야," 하고 그는 대답했다. "성실치 않은 여자의 남편이 받게 되는 더러운 수치를 받기 싫어서 그래. 그 밖에도 이유는 있을 거야. 하지만 아무튼, 세상에 알려지지 않고 살다가 죽는 것이 나의 목적이야. 그러니까 세상에 대해선 당신의 남편은 이미 죽은 사람으로, 혹은 아무 소식도 영원히 없는 사람으로 해두란 말야. 말로도 몸짓으로도 안색으로도 나는 알고 있다는 내색은 하지 말어. 특히 당신이 알고 있는 남자한테 이 일을 알리면 안 돼. 이 약속을 만일에 깨뜨리면 그야말로 큰일 날 줄 알어! 그 사나이의 명예도 지위도 생명도 나의 수중에 있으니까, 알겠어!"

"당신의 비밀을 지키겠어요. 그 사람들의 비밀과 함께." 하고 헤스터는 말했다.

"맹세해!" 그는 명령하듯이 말했다.

그녀는 맹세했다.

"그럼, 프린" 하고 늙은 로저 칠링워스 — 이제부터는 이 사람을 그렇게 부르기로 하자 — 는 말했다. "난 가겠어. 어린애하고 그 주홍 글자를 데리고 잘 있어. 어떻게 된 거지 헤스터? 당신이 받은 선고문에는 잘 때도 그 낙인을 달고 있기로 되어 있소? 밤에 허깨비를 보거나 꿈에 가위를 눌리지 않으니까 무서운 생각이 안 들어?"

"왜 나를 보구 그렇게 웃지요?" 헤스터는 그의 눈 표정에 괴로움을 느끼면서 물었다. "당신은 우리들이 있는 언저리의 숲속을 헤매고 있는 껌정 귀신 같은 사람 아녜요? 당신은 나의 영혼을 파멸시키겠다는 서약에 나를 끌어넣었지요?"

"당신의 영혼이 아냐." 그는 다시 미소를 띠면서 대답했다. "당신의 영혼이 아냐!"

5

바느질하는 헤스터

헤스터 프린의 감금 기간은 끝났다. 감옥 문은 열리었고 그녀는 햇빛이 비치는 밖으로 나왔다. 햇빛은 모든 사물 위에 구별 없이 비치고 있었지만 그녀의 기진맥진한 아픈 마음에는 그녀의 가슴 위에 있는 주홍빛 글자를 선명하게 보여주는 것밖에는 다른 목적은 없는 듯이 생각되었다. 아마도 이렇게 그녀가 감옥의 감방을 나와서 처음으로 아무도 따라오는 사람도 없이 걸어가는 걸음 속에야말로 아까 이야기한 행렬이나 구경거리가 되던 때보다도 한층 더 진실한 고충이 있었을 것이다. 그때는 세상 사람들이 모두 그녀에게 손가락질하려고 모여들어서 그녀는 모든 세상 사람들에게 공통된 치욕의 구경거리가 되었던 것이다. 그때 그녀는 신경의 부자연한 긴장과 성격의 항쟁력을 있는 대로 발휘하면서 그것에 지탱되고 있었다. 그리고 그 성격의 힘은 이 장면을 하나의 처절한 개가(凱歌)로 바꾸어놓을 수 있었던 것이다. 또한 그것은 여자의 일생에 단 한 번밖에 일어나지 않는 동떨어진 고립된 사건이고 그 때문에 그에 대응하기 위해서는 장래의 여축[1] 같은 것은 생각하지 않고, 몇 년 동안을 조용히 소모

---

1 여축(餘蓄) : 물건이나 돈 따위를 아껴 쓰고 나머지를 모아둠.

할 수 있을 만한 생명력을 한꺼번에 발분시켜도 되었다. 그녀를 벌한 법률 그 자체 ─ 준엄한 얼굴을 한 거인이지만, 그의 철 같은 팔에는 지탱할 수 있는 힘과 파괴할 수 있는 힘이 다 같이 들어 있다 ─ 가 그녀의 치욕의 무서운 시련을 통해서 그녀를 떠받들어주고 있었다. 그러나 지금은 감옥 문에서 이렇게 누구 하나 따라오는 사람도 없이 걸어 나오자 일상적인 습관이 시작되었던 것이다. 지금은 그녀의 성격의 보통 일상적인 힘에 의지해서 그 습관을 지탱하고 지속해나가지 않으면 아니 된다. 그렇지 않으면 그 밑으로 가라앉게 되든가 해야 할 것이다. 그녀는 미래의 도움을 받고 현재의 비통을 뚫고 나갈 수 있는 힘을 빌린다는 것은 이제 되지 않았다. 내일은 내일의 시련을 갖고 올 것이다. 그다음 날도 역시 그럴 것이다. 그리고 그다음 날도 모든 날이 모든 날의 시련을 갖고 올 것이다. 그것이 또한 언제나 똑같은 짓이고 그것은 지금 벌써 말할 수 없이 참기 어려운 비통으로 되어 있던 것이다. 먼 미래의 나날도 느릿느릿 걸어갈 것이다. 여전히 똑같은 짐을 그녀의 등에 실리고 낑낑거리고 걸어가게 할 것이고 그것을 내려놓게 되는 날은 없을 것이다. 그 비참을 모두 치욕의 퇴적 위에 쌓고 또 쌓고 하게 될 것이다. 그 오랜 세월 동안, 그녀는 개성을 잃고 설교자와 도덕가의 손가락질을 받는 일반적인 상징이 될 것이다. 그리고 그들은 여자의 연약함과 죄 많은 정열의 심상(心像)을 한층 더 선명화하고 구체화할 것이다. 그리하여 나이 젊은 순결한 사람들은 저 여자를 보라는 교훈을 받을 것이다. 가슴에 타는 듯한 주홍빛 글자를 붙이고 있는 그녀를, ─ 어엿한 부모한테서 태어난 귀여운 딸인 그녀를 ─ 얼마 안 있으면 또 하나의 여자가 될 갓난아이의 어머니인 그녀를 ─ 한때는 티 없이 순결했던 그녀를 ─ 죄악의 자태와 육체와 현실로 보라고 가리킬 것이다. 그리고 그녀의 무덤 위에는 그녀가 거기로 가지고 가지 않으면 아니 되는 불명예가 단 하나의 장식이 될 것이다.

그것은 이상하게 생각될지도 모른다. 그녀는 광활한 세상을 앞에 두고 — 어지간히 넓고 막연한 이 청교도의 식민지 안에서만 살아야 한다는 제한이 그녀의 형벌의 선고문 속에 있어서 그녀를 구속하고 있는 것은 아니다 — 자기가 태어난 고향에라도, 그 밖의 어디 유럽의 다른 나라에라도 자유로이 돌아가서 거기에서 새로운 환경 밑에서 자기 과거의 내력을 감추고 살면, 전혀 딴 사람처럼 살 수도 있다. — 또한 캄캄한 낯선 삼림지대를 넘어가는 길도 눈앞에 트여 있고 거기에 가면 그녀의 결기 있는 성격이 그녀를 벌한 법률과는 다른 생활 습관을 가진 백성들과 잘 동기화하게 될지도 모르니까 — 그것은 이상하게 생각될지도 모른다. 이 여자는 이 고장을 아직도 가향(家鄉)[2]이라고 부르고 있는 것이다. 이 고장에 있으면, 이 고장 이외에서는 결코 그런 일은 없지만, 그녀는 아무래도 치욕의 전형이 되지 않으면 아니 된다. 그렇지만 숙명이라는 것이 있다. 인력으로는 거역할 수 없는 피치 못할 감정이다. 그것은 필연적인 힘을 갖고 있다. 노상 인간으로 하여금 유령처럼, 무슨 크나큰 두드러진 사건에 의해서 그 사람의 일생에 색칠을 한 장소의 주변을 서성거리게 하고, 거기를 종종 찾아가게 한다. 그것은 그의 일생을 구슬프게 한 빛깔이 어두우면 어두울수록 그만큼 더 거역할 수 없는 힘이 된다. 그녀의 죄, 그녀의 불명예는 땅속으로 뻗은 뿌리였다. 마치 새로운 출생이 전생(前生)보다도 한층 더 강한 동화력을 가지고 그 당시 아직 순례자나 방랑자에게조차 불유쾌한 고장이었던 그 삼림지대를 헤스터 프린의 황량한 그러나 필생의 가향으로 바꾸어놓은 것 같은 것이었다. 지상의 다른 어떤 고장도 — 저 영국의 시골의 마을, 거기는 옛날에 벗어버린 의복처럼 행복한 유년 시절과 티 없이 깨끗한 처녀 시절이 아직도 어머니의 무릎 아래에 소중히 간

---

2 가향(家鄉) : 자기 집이 있는 고향.

직되고 있다고 생각되는 고장이지만, 그곳도 여기에 비하면 그녀에게는 서먹서먹한 고장이었다. 그녀를 여기에 묶어놓고 있는 사슬은 쇠고리로 만들어진 것이었다. 그리고 영혼의 밑바닥까지 할퀴어서 상처를 내놓았다. 그렇지만 끊어버릴 수는 없었던 것이다. 어쩌면 또한 — 아니 분명히 그것임에 틀림없다. 그녀는 그 비밀을 자기 자신에게도 감추고 있었다. 그리고 뱀이 구멍에서 나오려고 하는 것처럼, 애를 쓰고 억지로 그녀의 가슴에서 나오려고 할 때에는 언제나 파랗게 질리곤 했다. — 어쩌면 그 전의 것하고는 다른 감정이 그녀를, 생명에 관계되는 위험이 있었던 장소의 행길 한가운데 머물러 있게 했는지도 모른다. 거기에 그녀가 결합하고 있는 사람이 살고 있었다. 걸어 다니고 있었다. 지상에는 승인을 받지 못하더라도 두 사람이 함께 최후의 심판의 단 위에 서게 되면 그것이 그들의 결혼의 제단이 될 것이고, 그렇게 되면 무한한 징벌의 책고(責苦)를 둘이서 같이 영원히 받게 되는 인연으로 결합되어 있다고 그녀는 생각하고 있었다. 몇 번씩 되풀이해서, 영혼의 유혹자는 이 생각을 헤스터의 가슴에다 떠맡겼다. 그리고 그녀가 그것을 움켜쥐고 내던져버리려고 애쓸 때의, 열정적이며 절망적인 희열을 보고, 껄껄대고 웃어댔던 것이다. 그녀는 그 생각을 자세히 살펴보려고도 하지 않고 허둥지둥 가슴의 감방 속에 감금시켜버렸다. 그녀의 신념으로 된 것은 — 반은 뉴잉글랜드의 주민으로서 계속해 머물러 있는 동기로서 결국 그녀의 이유가 되게 한 것은 반은 진리이고 반은 미혹이었다. 그녀는 혼자서 생각했다. 여기에 그녀의 죄과의 장면이 있다. 지상의 형벌의 장면도 여기가 아니면 아니 된다. 그리고 필시 나날이 받는 치욕의 책고는 드디어 그녀의 영혼을 깨끗이 씻어줄 것이다. 그리고 전날에 잃은 것과는 다른 순결을 만들어줄 것이다. 수난(受難)의 결과로 좀 더 성인(聖人)다운 깨끗한 생활을 가질 수 있을 것이다.

헤스터 프린은 그 때문에 도망을 가지 않았다. 거리의 변두리, 반도(半島)의 경계를 넘어서지 않은 곳, 그러나 인가에 그다지 가깝지 않은 곳에 한 채의 조그마한 초가집이 있었다. 그것은 초기의 이민이 세운 것이었는데 주변의 땅이 너무 메말라서 농사에 적합치 않아 버리고 간 것이었다. 그런데 비교적 인촌에서 떨어져 있었기 때문에 이미 그 당시에는 이민 간에도 사교적 활동의 습관이 시작되어 있었는데도 불구하고 그 권외에 놓여져 있었던 것이다. 해변가에 서 있었기 때문에 함지 같은 숲에 덮인 언덕을 서쪽으로 바라다볼 수 있는 위치에 있었다. 이 반도에 나는 유일한 식물인 자차분한 잡목 숲은 여기에 숨어 있기를 즐겨하는 혹은 적어도 숨어 있어야 할 물건이 있다는 것을 표시할 수 있을 정도로는 이 시골 사람들의 눈에서 가리어져 있지 않았다. 이 조그마한 쓸쓸한 집에 갖고 있는 얼마 안 되는 세간 도구를 들여놓고 그지음[3] 아직도 감시와 주의를 게을리하지 않은 당국의 허가를 맡고 헤스터는 어린애와 함께 들어가 살았다. 신비적인 혐의의 그늘이 이내 이 고장을 둘러싸게 되었다. 무슨 일로 이 부인이 인간의 자비의 권외로 쫓겨나게 되었는지를 모르는 근처의 어린아이들은 집턱 앞까지 몰래 다가와서 그녀가 이 시골집의 창가에서 바느질을 하거나 문턱에 서 있거나 조그만 마당에서 일을 하거나 거리로 나가는 조그만 행길을 걸어오거나 하는 것을 바라보는 것이었다. 그리고 가슴에 붙어 있는 주홍빛 글자를 보자 이상한 전염적인 공포를 느끼고 도망치는 것이었다.

헤스터의 살림은 적적했다. 그리고 이 지구상에 누구 하나 찾아주는 친구도 없었지만, 그래도 그녀는 무슨 식량 같은 것이 떨어지는 위험은 받지 않았다. 그녀는 손에 익은 기술이 있어서 윤택하지 않은 비교적 그 범

---

3   그지음 : 그즈음. '지음'은 '즈음'의 비표준어.

위가 좁은 이 땅에서도 부쩍부쩍 자라나는 아이와 자기 자신을 위해서 충분히 식량 정도는 얻을 수 있었다. 그것은 — 그때나 이때나 여자가 가질 수 있는 거의 단 하나의 것이지만 — 바느질하는 기술이었다. 그녀는 그 가슴에 이상하게 수를 놓은 글자로, 그녀의 섬세하고 상상적인 숙련의 견본을 붙이고 있었다. 그것은 궁정의 귀부인들이 비단과 금으로 짠 천에 인간의 기교의 보다 더 풍부하고 보다 더 정신적인 장식을 가미하기 위해서 이용하는 것이었다. 이 지방의 청교도풍의 복장은 대체로 공통된 특징으로서 꺼먼 색의 단순한 것이기 때문에 사실상, 그녀의 손일이 할 수 있는 한결 아름다운 치장을 요구하는 일은 그야말로 드물었을지도 모른다. 그러나 이러한 종류의 것을 만드는 데 무엇이든 공들인 것을 좋아한 이 시대의 취미는 그 영향을 우리들의 엄격한 조상들에게도 파급하지 않을 수 없었다. 그들은 그 가지각색의 수많은 유행의 풍속을 고국에 버리고 온 사람들이었다. 그것이 없이 견디기는 한결 서운하고 쓸쓸했을 거라고 생각되지만. 그런데 공적인 의식 이를테면 승직[4]의 임명식이라든지 관리의 임명식이라든지, 새 정부가 인민들에게 보여주는 여러 형식에서 장엄한 분위기를 자아낼 수 있는 것은 정책상 모두가 당당하고 위품 있는 예의 절차의 용구를 쓰고 공들인 세련된 장엄미가 떠도는 것이 특색이었다. 깊은 주름을 잡은 깃, 섬세한 가공을 한 띠, 현란한 수를 놓은 장갑, 이러한 것들은 모두 권력의 고삐를 잡고 있는 관리로서의 위엄에 필요한 것이라고 생각되었고 또한 그 절약령(節約令)이 일반 평민들에게 이러한 것과 그의 비등한 것들의 사치를 금하고 있던 때에도 지위나 재부에 있어서 위엄 있는 개인에게는 쉽사리 허락되고 있었던 것이다. 장례식의 차림에 있어서도, — 시체의 수의를 위해서도, 또한 가지각색의 표상적인 의류를

---

4 승직(僧職) : 종교적 직무.

까만 천과 백설 같은 베로 만들어서 살아남은 사람들의 슬픔을 형식으로 표시하기 위해서도, — 그러한 손일에 대해서 종종 특수한 주문이 있었다. 그리고 그것은 헤스터 프린이 공급할 수 있는 것이었다. 갓난아기들의 하얀 옷 — 그 당시에는 갓난아이도 예복을 입고 있었다 — 도 역시 일만 해주면 돈을 벌 수 있는 또 하나의 일거리로 되어 있었다.

제법 빠르게 헤스터의 수예품은 현대어로 유행이 되었다. 그런 비참한 운명의 여자에 대한 동정심에서인지, 또는 하치 않은[5] 평범한 물건에도 터무니없는 가치를 부여하는 병적인 호기심에서인지, 혹은 또 다른 사람들이 얻고 싶어도 얻을 수 없는 것을 어떤 사람들에게 베풀어줄 수 있는 힘이 있는 어떤 눈에 보이지 않는 사정이 지금처럼 그때도 있었던지, 혹은 헤스터가 실제로 결핍되어 있던 부족을 채워주고, 그녀가 없었더라면 그대로 결핍된 채로 있어야 할 것이었던지, 아무튼 바느질 일을 해서 소비해도 좋다고 생각되는 시간을 일을 하고 헤스터가 손쉽고 훌륭하게 보수를 얻을 수 있는 일을 갖고 있었던 것은 확실하다. 공적인 성대한 예식 같은 때, 죄지은 사람의 손으로 만든 옷을 입는다는 것을 허영심은 필시 당황감을 느끼고 꺼려했을지도 모른다. 그녀의 수예품은 지사의 소매에 나타났다. 군인들은 그것을 깃에 달았다. 목사는 띠에 달았다. 그것은 갓난애의 조그만 모자를 장식했다. 그것은 죽은 사람의 관 속에 넣어졌다. 나중에는 곰팡이가 슬고 썩어버렸을 것이다. 그러나 단 한 번도 신부(新婦)의 깨끗한 수치심을 감추기 위한 하얀 면사포를 꾸미는 데 그녀의 숙련된 솜씨가 요청되었다는 것은 기록에 남아 있지 않다. 이러한 예외야말로 사회가 그녀의 죄 위에 눈살 찌푸린 그 끊임없고 가차 없는 엄격성을 표시하고 있는 것이었다.

---

5 하치 않다 : 하찮다.

헤스터는 가장 검소한 절약된 생활을 하고 살아가는 데 필요한 그 이상은 아무것도 원치 않았다. 그러니까 그녀는 자신과 아이를 위해서 필요한 간단한 것을 충분히 줄 수 있을 정도면 되었다. 그녀 자신의 옷은 아주 허름한 천으로서, 지극히 음산한 빛깔을 하고 있었다. 단 하나의 장식 — 그 주홍빛 글자 — 을 붙이고 있었는데 그것을 붙이고 있는 것은 운명이었던 것이다. 어린아이의 옷은 이와는 반대로 상상력이 작용한, 어찌 보면 지나치게 공상적인 솜씨를 부린 데가 있었다. 그것은 사실상 조그만 계집애에게 일찍부터 나타나서 부쩍부쩍 성장해 나가는 꿈처럼 귀여운 매력을 돋우어가는 데 필요한 것이었다. 그러나 그것은 또한 한층 더 깊은 의미를 갖고 있는 듯이 생각되었다. 그에 대해서는 나중에 또 이야기하기로 하자. 어린아이를 예쁘게 치장하는 데 필요한 소액의 비용을 제외하고는 헤스터는 남는 돈을 모두 자선을 위해서 썼다. 그녀 자신보다도 비참하고 불쌍한 사람들을 위해서. 그런데 그런 사람들은 이렇게 부양해주는 자선의 손길을 모욕하는 일이 적지 않았다. 그녀를 자기의 기술을 돈벌이를 위해서 더 쓰면 더 유리하게 될 시간을 많이 소비해서, 구차한 사람들에게 줄 허름한 옷들을 만들고 있었다. 이러한 방면의 노동에는 분명히 속죄의 고행이라는 생각이 있었다. 또한 분명히 그만한 시간을 그러한 거친 손일에 바치는 데에는 즐거움을 희생한다는 진실된 염원이 있었다. 그녀의 성격 속에는 화려하고 일락적(逸樂的)이고 동양적인 특질, — 현란한 아름다운 것에 대한 취미가 있었다. 그리고 이것은 재봉의 정묘한 일에서밖에는 그녀의 인생의 모든 방면에서 찾아보아도 달리 발휘할 수 있는 방법이 없었던 것이다.

여자는 남자들에게는 알 수 없는 유쾌한 기분을 미묘한 바느질 일에서 느끼는 것이다. 헤스터 프린으로서는 이것이야말로 그녀의 삶은 정열을 표현하는 따라서 이것을 달래는 한 방법이 되었을지도 모른다. 그러나 다른 모든 즐거움을 배척한 것처럼 그녀는 그것을 죄과로서 배척했다. 이처럼 양심이 중요하지도 않은 일에 병적으로 간섭하는 것은 필시 진정하고 착실한 회개는 되지 않을 것이다. 무슨 의심스러운 무슨 그 밑에 뿌리 깊은 과오가 잠재해 있는 것같이 생각된다.

이런 일로서 헤스터 프린은 세상에서 한 역할을 연출하게 되었다. 선천적으로 성격이 강하고 희한한 재간을 갖고 있었기 때문에 이미 카인의 낙인을 찍힌 것보다 부인으로서는 그보다 더 견디기 어려운 도장이 그녀 가슴에 찍혀 있었지만 세상은 완전히 그녀를 버릴 수는 없었다. 그러나 사회와 그녀와의 모든 교섭에 있어서 그녀가 사회에 속해 있는 것처럼 느껴지는 것은 하나도 없었다. 모든 태도며 모든 말이며 그녀가 접촉하고 있는 사람들의 침묵까지가 그녀는 추방되었다는 것, 마치 다른 세계에서 살고 있는 것처럼, 혹은 다른 사람과는 틀리는 기관과 감각으로 보통 사람들의 세계와 교통을 하고 있는 것처럼 고독하다는 것을 의미하고 있었다. 그리고 이따금씩 그것을 표현했다. 그녀는 도덕적인 관계에서는 떨어져 있었지만, 그의 바로 가까운 근처에 서 있었다. 흡사 유령이 친밀한 노변(爐邊)에 다시 찾아와도, 자기의 몸은 이미 다른 사람에게는 보이지도 느껴지지도 않는 듯한 것이었다. 가정의 즐거움에 미소를 띠지 않고 골육의 슬픔에 탄식하지 않는 듯했다. 금지된 동정심을 나타내는 데 성공하는 일이 있어도 다만 공포와 무서운 염오의 감을 자아내기만 하는 듯했다. 사실상 이러한 정서와 그 밖에 가장 쓰디쓴 조소야말로 그녀가 보편적인 심정 속에 남겨두고 있는 단 하나의 것인 것처럼 생각되었다. 섬세한 감정이 있는 시대는 아니었다. 그리고 그녀의 위치는 그녀도 잘 알고 있었고 그것을 잊어버릴 우려는 조금도 없었지만 가다가 가장 느끼기 쉬운 점에 거세게 스치게 될 때 빈번히 그녀 앞에 뚜렷한 자태를 나타냈고 그녀는 새로운 고민을 경험하게 되는 것이었다. 구차한 사람들은 아까도 말한 것처럼 그녀가 자선의 목적으로 찾아낸 것이지만 곧잘 그녀가 구원을 하려고 내민 손길을 비웃고 욕했다. 상류계급의 부인들도 마찬가지로 그녀가 일 때문에 그들의 집 문을 열고 들어가자 그녀의 마음에 쓰디쓴 물방울을 떨어뜨리는 것이 보통이었다. 어떤 때는 부인들이 잘하는 일상적인 하찮은 일에서 정묘한 독을 만들어내는 그 잔잔한 악의의 연금술로 또 어떤 때는 훨씬 더 노골적인 표현으로 그것은 그것을 받는 사람의 무방비한 가슴에는 마치 부스럼이 곪은 데를 세차게 때리는 것처럼 아프게 떨어져 내렸던 것이다. 헤스터는 자기를 오랫동안 잘 꺾고 타일러왔다. 이러한 공격에 결코 대항하지 않았다. 다만 어찌할 수 없이 그 새파랗게 질린 불 위로 올라와서는 다시 그 가슴속으로 가시어가는 새빨간 불길을 가지고 대할 뿐이었다. 끈기 있게 참았다 — 사실상 수난자였다 — 그러나 적을 위해서 기도를 드리는 일은 하지 않았다. 그녀로서는 용서해주고 싶은 충동을 느끼다가도 만약 그 축복의 말이 완강하게도 저주로 비틀어지게 될까 보아 그것이 겁이 났던 것이다. 끊임없이 그리고 천 개도 더 되는 가지가지의 형태로 그녀는 무수한 고민이 그녀의 가슴에 용솟음치는 것을 느꼈다. 그리고 그것은 모두가 그 청교도의 재판소가 내린 죽지 않고 노상 살아 있는 선고가 원인이 되어 그녀를 교묘하게 조롱하고 있는 것이었다. 목사는 행길 한복판에 서서 훈계의 말을 건다. 그리고 그것은 이 불쌍한 죄 많은 여자의 주위에 조소와 찡그린 얼굴이 뒤섞인 인상을 이루게 하는 것이었다. 교회에 들어가서 하늘의 아버님 안식일의 미사에 자기도 한몫 끼어볼까 하면 그녀 자신이 오늘의 설교가 재료가 되는 불행을 맛보게 되는 수가 많다. 그녀는 점점 어린아이들을 무서워하게 되었다. 그들 어린아이들은 동행이라고는 단 하나밖에 없는 딸아이만을 데리고 거리를 잠자코 부지런히 걸어가는 이 음산한 여자에게 무슨 무서운 것이 있다는 막연한 생각을 그들의 부모한테서 받고 있는 것이다. 그 때문에 그녀가 다 지나가기를 기다리고 있다가 아이들은 뒤에서 날카로운 소리를 지르면서 뒤따라왔다. 그리고는 무슨 말인지 던졌다. 그것은 아이들의 마음에서 뚜렷한 의미를 갖고 있지 않았지만 그녀에게는 무의식중에 입술에서 튀어나온 말이라 여간 소름 끼치지 않았다. 그런 것을 보고 들을 때마다 그녀의 망신은 널리 퍼져서 세상 사람들이 하나도 모르는 사람이 없는 증거처럼 생각되었다. 가령 나무의 잎들이 그 뒷공론을 몰래 소곤거렸다 하더라도 ― 여름의 산들바람이 그것을 수군거리면서 퍼치고 다녔다 하더라도 겨울의 낙엽들이 소리 높이 외치고 다녔다 하더라도, 이 이상 뿌리 깊은 고통은 주지 않았을 것이다. 또한 새로운 눈초리를 받을 때에는 다른 특별한 가책이 느껴졌다. 낯선 사람이 이상스레 주홍빛 글자를 바라본다 ― 누구 하나 그러지 않고 지나치는 사람은 없었다 ― 그럴 때면 헤스터의 영혼에는 새삼스럽게 그 글자가 뜨겁게 타들어오는 것이었다. 그 때문에 종종 자기도 모르게 손으로 그곳을 감추지 않을 수 없는 충동을 느꼈다. 그러나 항상 감추지 않고 참고 있었던 것이다. 그러나 또한 노상 낯익은 눈도 역시 마찬가지로 그녀에게 고민을 주는 것이었다. 다 알고 있다는 듯한 쌀쌀한 눈초리로 바라보는 것은 말할 수 없이 쓰라린 것이었다. 요컨대 철두철미 헤스터 프린은 노상 남의 눈이 그 낙인 위에 놓여 있는 것을 느끼고 그러한 무서운 고민을 갖고 있었던 것이다. 그 낙인이 찍힌 곳은 절대로 둔감해지지는 않았다. 그렇기는커녕 오히려 날이 갈수록 가책이 더해짐으로써 더욱더 민감해지는 것같이 생각되었다.

그러나 때때로 며칠 동안에 한 번쯤 혹은 몇 달 동안에 한 번쯤 순간적으로 그러한 치욕적인 낙인을 바라다보는 눈, 인간의 눈이 위안을 주고 그녀의 고민의 절반을 분담해주는 것같이 생각되는 일이 있었다. 그러나 다음 순간에는 그것은 다시 씻은 듯이 없어지고 한결 더 뿌리 깊은 고통이 욱신거리기 시작한다. 왜냐하면 그 짧은 순간에 그녀가 새로운 죄를 지었기 때문이었다. 헤스터 한 사람만이 죄를 지었던가.

그녀의 상상력은 다소간 자연스럽지 못했다. 그리고 만약에 그녀가 좀 더 연약한 도덕적이고 지적인 소질의 사람이었더라면 이 기묘하고 고독한 삶의 고통 때문에 한층 더 자연성을 상실했을 것이다. 외부적으로 그녀가 관계하고 있는 이 조그만 세상을 그런 쓸쓸한 걸음걸이로 여기저기 걸어다니느라면 헤스터에게는 — 그것은 전혀 공상이었을지도 모르지만 그렇다 하더라도 거역할 수 없는 강력한 것이었다 — 이 주홍빛 글자가 새로운 감각을 그녀에게 부여한 것처럼 느껴졌다. 헤스터는 그렇게 느꼈고 또한 공상했던 것이다. 그녀는 그것이 다른 사람의 가슴속에 있는 숨은 죄를 감응적으로 알아차리는 힘을 부여했다고 생각하고 가슴이 찔끔했다. 그러나 그렇게 생각하지 않을 수 없었다. 이렇게 해서 알게 된 뜻밖의 계시에 그녀는 몸을 떨면서 두려워했다. 도대체 그 계시는 무엇일까? 악마가 기회를 타서 속삭인 것에 지나지 않은가. 악마는 아직 절반밖에 그의 희생이 되지 않고 있는 이 고민에 몸부림치는 여인을 향해서 깨끗한 모습을 외면상으로 보이고 있는 것도 허위에 지나지 않는다. 만약에 진실이 모든 장소에서 표시되어야 한다면 주홍빛 글자는 헤스터 프린 이외에도 수많은 사람들의 가슴 위에서 타 있어야 할 것이다 하고, 의기양양하게 설득하려고 하는 것이 아니었을까. 혹은 그녀는 그러한 암시를 — 지극히 막연하면서 지극히 뚜렷한 것을 — 참된 것으로 받아들이지 않으면 아니 되는가. 그녀의 모든 비참한 경험 중에서 이 감각만큼 무섭고 기분 나쁜 것은 없었다. 가끔 감히 그런 생각을 품어서는 아니 될 때에 이 감각이 발랄하게 버르장머리 없이 발동했기 때문에 그녀는 적지 아니 괴로워하고 가슴이 서늘해졌다. 어떤 때에는 그 당시 고래(古來)의 존경의 풍습에서 경건과 공정(公正)의 전형적인 인물로서 천사와 사귀고 있는 사람에 대하듯이 우러러보고 있던 거룩한 목사나 고관의 옆을 지나칠 때 그녀의 가슴에 있는 주홍빛 치욕의 낙인이 감응의 맥박을 울리는 일도 있었다. "무슨 귀신이 내 옆에 와 있는가?" 하고 헤스터는 곧장 혼자서 생각하는 것이었다. 하는 수 없이 눈을 들고 보면 어디를 보아도 그 지상의 성자의 자태밖에는 다른 사람은 아무도 없었다. 또한 수많은 사람들의 소문에 의하면 한평생 그 가슴에 눈을 안고 살아왔다는 늙은 부인의 새침한 얼굴을 볼 때도, 역시 신비적인 죄의 자매(姉妹)라는 생각이 완강하게 나타나서 난처해지는 것이었다. 그 부인의 가슴에 있는 햇빛을 보지 않은 눈과 헤스터 프린의 가슴에서 타고 있는 수치와 — 이 두 가지 것의 어디에 공통점이 있는가? 그러자 또다시 전기 같은 전율이 일어나서 그녀에게 경계를 주는 것이다. —"보라 헤스터, 여기에도 짝이 있다!" 고개를 들고 보니 젊은 아가씨의 눈이 주홍빛 글자를 보고 부끄러운 듯이 곁눈질을 하다가 재빨리 눈을 돌리고 있는 모습이 보였다. 아가씨의 두 볼에는 가냘픈 주홍빛이 떠돌고 마치 자기의 순결이 그 순간적인 곁눈질로 더럽혀졌다는 듯한 시늉을 하고 있다. 오오 악마여, 이 치명적인 상징을 부적(付籍)으로 준 자여. 젊은 사람 가운데에도 늙은 사람 가운데에도 이 불쌍한 죄인이 존경할 만한 것을 하나도 남겨놓아주지 않는가? — 그처럼 신앙을 잃는 일이야말로, 죄과의 결과의 가장 슬픈 일의 하나다. 헤스터 프린이 이 세상 사람 중에 자기와 같은 죄가 있는 사람은 없다고 믿으려고 애쓰고 있다는 것은 이 자기 자신의 연약과 인간의 냉엄한 법률의 불쌍한 희생이 된 사람 속에서도 아직 부패하지 않은 것이 있다는 증거라고 생각해주시기 바란다.

이 황량한 구시대에 그들의 상상을 자극시킨 일에 대해서 노상 이상한 공포심을 품고 있던 무지한 백성들은 이 주홍빛 글자에 대한 하나의 이야기를 갖고 있었다. 그 이야기는 우리들이 쉽사리 하나의 무서운 전설로 꾸며낼 수 있는 것이었다. 그들은 이 상징이야말로 지상의 물감통으로 염색을 한 단순한 주홍빛 천이 아니라, 지옥의 불로 달군 것이고 헤스터 프린이 밤중에 바깥을 걸어 다닐 때면 새빨갛게 타오르는 것이 보였다고 확언하고 있었다. 그런데 역시 그 낙인은 사실상 헤스터의 가슴을 뿌리 깊게 불태우고 있었기 때문에 이런 풍설 속에는 우리들 현대의 회의심은 좀처럼 인정하려 들지는 않을지 모르지만 상당한 진리가 포함되어 있다고 말하지 않을 수 없는 것이다.

6

진주(眞珠)[1]

 우리들은 아직 거의 그 어린아이에 대한 이야기를 하지 않고 있다. 그 꼬마, 그 천진난만한 생명은 측량할 수 없는 하나님의 섭리에 의해서 불의의 정열의 불더미 속에 태어난 아름다운 불사의 꽃이다. 그것이 자라나는 것을 볼 때마다 나날이 밝은 빛을 더해가는 아름다움, 이 어린것의 조그만 얼굴 위에 떨리는 햇빛을 던져주는 지혜를 볼 때마다 그것은 얼마나 이 구슬픈 부인에게 희한하게 생각되었을까. 그녀의 진주! — 라고 하는 것이 헤스터가 붙인 이름이지만 그것은 무슨 그 아이의 얼굴 모양을 나타내는 이름은 아니었다. 그 얼굴에는 진주와 견주어서 머리에 떠오를 수 있는 조용하고 하얗고 정(情)에 불타지 않는 빛 같은 것은 아무것도 없었다. '진주'라고 이름을 붙인 이유는 이 아이가 대단한 가치 있는 것이라는 뜻 — 그녀가 갖고 있는 모든 것과 바꾼 — 어머니의 단 하나의 보물이라는 뜻이었다. 정말 얼마나 신기한 일인가! 사람들은 이 여자의 죄를 주홍빛 글자로 표시하였다. 그 글자의 효험(效驗)의 강인성, 비참을 자아내는 힘의 강인성은 사람들의 여하한 동정도 그녀의 곁에는 오지 않게 하고

---

1 진주(Pearl) : 역자는 이 이름을 '펄'이 아닌 '진주'라고 쓰고 있음.

곁에 오는 것이라고는 똑같은 죄에 고민하는 자의 동정뿐이었다. 그러나 하나님은 사람들이 그런 벌을 준 죄의 직접적인 결과로 그녀에게 귀여운 아이를 내려주시었다. 그 어린것이 있는 곳은 똑같은 불명예스러운 가슴 위이었지만 그것은 그 부모를 영원히 인류의 후예로 연결시키고 드디어는 하늘 위에서 축복된 영혼으로 되게끔 하기 위한 것이 아니었던가. 그러나 이런 생각은 헤스터 프린에게 희망을 갖게 하기보다는 오히려 의구심을 품게 했다. 그녀는 자기의 행위가 사악한 것이었다는 것을 알고 있었다. 그 때문에 그 결과가 좋은 것이 되리라고는 도저히 믿을 수 없었다. 나날이 어린것의 심신이 성장하는 것을 바라보면서 무슨 거칠고 어두운 성벽이 있는 게 아닌가, 이 어미가 이 아이를 낳은 그 죄과에 호응하는 것이 나타나지나 않을까 하고 노상 두려워하고 있었다.

분명히 육체상의 결함은 없었다. 그 완전한 자태, 그 활력, 아직도 시험해본 일이 없는 수족을 놀리는 교묘한 자연스러움, 이런 것을 볼 때 이 어린것은 에덴동산에 태어날 만하다고 생각되었다. 이 세상의 최초의 부모가 쫓겨난 뒤에는 천사들의 장난감으로 거기에 남겨두어야 했으리라고 생각되었다. 티 없는 아름다움과는 반드시 양립되는 것이 아니지만 이 아이는 선천적인 품위를 갖추고 있었다. 아무리 간단한 옷을 입혀도 보는 사람에게는 그것이 가장 어울리는 옷같이 언제나 느껴졌다. 그렇지만 귀여운 진주는 촌티 나는 옷은 입고 있지 않았다. 어머니는 이제부터 이야기를 해나가는 것을 보면 한결 더 잘 알 수 있지만, 병적인 목적으로 해서 손에 들어오는 것 중에서 그중 화려한 천을 구해서 자기 상상의 재능을 있는 대로 힘껏 발휘해서 옷을 만드느라고 노력했다. 그것을 어린아이에게 입히고 세상 사람들의 눈에도 띄게 했던 것이다. 이렇게 치장을 해 입힌 조그마한 휘황한 자태, 그리고 화려한 옷으로 해서 얼마간 얼굴이 잘생긴 것쯤은 그것에 눌려서 눈에 띄지 않을 만한 옷차림을 통해서 빛을 발하는 진주의 선천적인 아름다운 광채는 이 어둠침침한 시골집의 마룻바닥 위에 있을 때는 그 몸의 주위에 희한한 빛의 원주(圓周)를 그리었다. 그렇지만 불그스름한 웃옷이 세찬 장난에 흙투성이가 된 것을 입고 있어도 역시 변함없는 완전한 그림 같은 자태로 보였다. 진주의 자태는 무한한 변화의 모습이 연이어 나타나는 매력을 속에 갖추고 있어서 이 한 아이의 속에 수많은 아이들이 있었다. 야생의 꽃의 아름다움을 가진 시골 아이와 어린 왕녀가 갖고 있는 어여쁜 화미(華美) 사이에 있는 모든 조류의 아름다움이 포함되어 있었다. 그러나 모든 것을 통해서 열정적인 기질이 있었다. 어떤 깊이 있는 색조(色調)가 있었고 그것을 언제나 잃지 않고 있었다. 가령 그런 여러 가지 변화 속에서 하나라도 색조가 엷어지고 약해지는 것이 생기면 그녀의 가치는 없어지는 게 되고 — 이미 진주라고 할 수 없게 될 것이다!

이런 외부적인 변화성은 그녀의 내면의 생명의 여러 가지 특색을 나타내고 있었다. 그녀의 성품은 다방면인 동시에 깊이를 갖고 있었다. 그러나 — 만약 그렇지 않았다면 헤스터의 두려움이 그녀를 속이고 있었을 것이다 — 그녀가 태어난 세상에 대한 연관성과 적합성을 결하고 있었다. 이 아이는 법규에 순응하게 할 수는 없었다. 이 아이가 이 세상에서 태어났을 때 이미 대법(大法)은 깨지게 된 것이다. 그리고 그 결과인 하나의 존재는 그녀의 여러 가지 요소에 있어서 아름답고 찬연한 것이었는지는 모르지만, 모든 점에서 질서가 없고 혹은 질서가 있다 하더라도 독자적인 것이고, 그중에서 변화와 정돈의 기점(基點)을 발견한다는 것은 무척 어렵거나 불가능한 것으로 보였던 것이다. 이 아이의 성격을 설명할 수 있는 것은 헤스터뿐이었다. — 그것도 지극히 막연하고 불완전한 것이었지만 — 진주가 정신적인 세계에서 그녀의 영혼을 흙으로 만들어진 것을 체구로 되게 하는 것을 흡수하고 있던 소중한 시기의 그녀 자신의 상태를 생각해봄으로써 헤스터만이 그것을 할 수 있었다. 어머니의 열정적인 상태야말로 아직 태어나지 않은 어린아이에게 그 정신생활의 빛을 물려준 매개물이었던 것이다. 그 때문에 그 근원은 아무리 결백하고 티 없는 것이었다 할지라도 그 빛은 진홍과 금빛의 깊은 오점을 열화(熱火)의 광채를, 암흑의 그림자를, 또는 그 중간에 있는 물질의 길들일 수 없는 빛을 받아들이고 있었던 것이다. 특히 그 당시 헤스터의 정신의 전쟁은 진주의 내부에 영원히 스며들어 있었다. 그녀는 자기의 광포한 절망적이고 반항적인 기분, 걷잡을 수 없는 성미, 그리고 그녀의 가슴에 구름처럼 뭉쳐 있는 우울과 실의조차도 아이의 속에서 다시 찾아볼 수 있었다. 그런 것들은 지금 어린애의 아침 햇빛 같은 기질 속에 반영되어 있다. 그러나 후일 지상의 생활을 하게 되는 날이 오면, 폭풍우와 회리바람²을 마구 일으키게 될 것 같다.

이 시대에 있어서는 가정교육이 지금보다 훨씬 중하고 엄격한 것이었다. 얼굴을 찡그리고 무섭게 꾸짖고 성서의 가르침이라고 해서 가끔 매질하는 것 같은 것이 그 방법이었는데, 그것은 단순히 눈앞에 보이는 나쁜 일을 벌하는 수단일 뿐만 아니라 모두가 아이들의 여러 미덕의 성장을 위한 건전한 수양법이라고 생각되었다. 그러나 헤스터 프린은 이 외딸의 인자한 어머니로서 과도하게 엄격하다는 점에서 잘못을 저지를 위험은 없었다. 그렇지만 그녀 자신의 실패와 불행을 생각해서라도 이렇게 자기의 손에 맡겨진 아이의 신성(神性)을 부드럽고 엄중하게 다스려 나가려고 부지런히 애쓰고 있었다. 그러나 그 일은 힘에 겨웠다. 미소 짓는 방법과 얼굴을 찡그리는 방법을 번갈아 시험해보고 두 가지 방법이 다 그다지 효과가 없다는 것을 알자 헤스터는 마지막에는 아이를 그대로 내

---

2 회리바람 : '회오리바람'의 준말.

버려두고 아이 자신의 충동으로 움직이도록 보고 있을 수밖에 다른 도리가 없었다. 육체적으로 강요하거나 구속하는 일은 물론 그것이 계속하고 있는 동안은 효과가 있었다. 그 밖의 종류의 훈련에 있어서는 이지에 호소하는 것이든 감정에 호소하는 것이든 무엇이나 귀여운 진주는 그 순간의 기분에 따라서 말을 잘 듣는 것도 있지만 듣지 않는 것도 있었다. 어머니는 아직도 진주가 어렸을 때 그 독특한 눈초리를 하는 것을 잘 알고 있었다. 그런 눈초리를 할 때에는 아무리 꾸짖고 타이르고 달래보아도 결국은 허사라는 예고가 되는 것이었다. 그것은 지극히 영리해 보이는 그러면서도 까닭을 모르는 여간 고집이 세지 않은, 어떤 때는 무척 짓궂은 눈초리로서 대체로 그와 동시에 힘차고 쾌활한 것이었다. 그런 때에는 헤스터도 과연 진주는 사람의 자식인가 하고 의아한 생각이 들 정도였다. 그녀는 공기의 요정(妖精)이고 얼마 동안 이 시골집의 마룻바닥 위에서 마음대로 유희하고 뛰놀다가 불현듯이 조소의 미소를 보이면서 날아가버리는 게 아닌가 하는 생각도 들었다. 그 눈빛이 그녀의 광포하고 반짝거리는 새까만 두 눈에 나타날 때는 언제나 무슨 이상한 인간의 손으로는 잡을 수 없는 아득하고 유원한[3] 기운이 그녀의 몸을 싸고 있는 듯이 느껴졌다. 마치 그녀는 공중을 날아다니고 있는 것이고 어디에서 왔는지 어디로 가는지도 모르는 미광(微光)처럼 사라져버리는 게 아닌가 하는 생각도 들었다. 그것을 보면 헤스터는 어린것의 곁으로 달려가지 않을 수 없었다. ─꼬마 요정이 이런 때에는 노상 달아나기 시작하는 것을 쫓아가서─그녀를 잡아 자기 가슴에 꼭 껴안고 진심으로 입을 맞춘다. ─그것도 넘쳐흐르는 애정에서 그러는 것이 아니라, 진주가 육체를 가진 아이이고 결코 빈 것이 아니라는 것을 자기 자신에게 다짐하기 위

---

3 유원(悠遠)하다 : 아득히 멀다.

해서였다. 그런데 진주가 붙잡혔을 때의 웃음소리는 희열과 음악에 차 있는 것이기는 했지만 어머니의 마음을 여태까지보다도 한층 더 의아스러운 기분이 들게 하는 것이었다.

이렇게 되어서 어머니가 그처럼 비싼 값으로 산, 말하자면 어머니 세계의 전부인 단 하나의 보물과 어머니 사이에 이따금씩 일어나는 미칠 듯한 당황감의 근원이 되는 마성에 가슴이 아파져서 헤스터는 가끔 격한 눈물을 흘리곤 했다. 그런 때면 대개 — 왜냐하면 그것이 그녀에게 어떤 영향을 주는지 미처 알 리가 없기 때문에 — 진주는 얼굴을 찡그리고 조그만 주먹을 꼭 쥐고 그 조그만 눈과 코로 엄격하고 무정한 불만스러운 표정을 지어 보이는 것이 일쑤다. 또한 새삼스럽게 깔깔거리고 웃는 수도 있다. 그런데 그것은 여태까지보다도 한층 더 커다란 소리로 마치 인간의 비애를 경험할 수 없고 이해할 수도 없다는 듯한 말같이 들렸다. 그런가 하면 — 그리고 이것은 극히 드물게 일어나는 일이었지만 — 비통의 극단에 달해서 몸을 뒤틀면서 우는 수도 있었다. 그리고 어머니에 대해서 품고 있는 애정을 흐느껴 울면서 띄엄띄엄 실토했는데 마치 가슴속을 덜어놓음으로써 어머니를 생각하는 마음이 있다는 것을 증명하려고 애쓰는 듯이 생각되었다. 그렇지만 헤스터는 그 돌발적인 애정을 안심하고 신뢰할 수는 없었다. 그것은 불현듯이 나타나서는 불현듯이 사라지는 것이었기 때문에 이런 일을 하나하나 생각해볼 때 어머니는 어떻게 해서 신령을 불러일으키기는 했지만 그것을 불러일으키는 술책의 과정에 무엇인지 잘못된 것이 있어서 이 새로운 불가사의한 신경을 조종할 수 있는 주문을 손에 넣지 못한 사람처럼 자기 자신을 느꼈던 것이다. 단 한때 마음을 편히 놓을 수 있는 것은 아이가 누워서 색색 잠을 자고 있을 때였다. 그런 때에는 분명히 자기의 자식이라는 마음이 들었다. 조용하고 구슬프고 즐거운 행복의 시간을 맛보았다. 그러자 — 대개 눈을 뜨려는 눈꺼풀 밑으로 가

날픈 빛이 도는 그 짓궂은 표정을 보이면서 — 귀여운 진주는 눈을 뜨는 것이었다!

얼마나 재빠르게 — 정말 눈 깜박할 사이에! — 진주는 어머니의 항상 준비하고 있는 미소와 무의미한 말이 미치지 않는 남들과 사귈 수 있는 나이에 도달했다. 그리고 지금 만약에 그녀의 맑은 새소리 같은 목소리가 다른 아이들의 떠들고 노는 소리 속에 섞여 있는 것을 헤스터 프린이 들을 수 있다면 그리고 사랑하는 자식의 목소리만은 선머슴 아이들의 떼지어 놀고 떠드는 소리 속에서도 분명히 알아들을 수 있고, 알아들을 수 있었다면 얼마나 행복했을까. 그런데 사실은 그렇지 못했다. 진주는 어린아이들의 세계에서 태어났을 때부터 추방인이었다. 꼬마 악마, 죄과의 표지로 그 죄과 속에서 태어난 그녀는 세례를 받은 아이들 사이에 낄 권리가 없었다. 이 아이가 자기의 고독을 깨달은 그 본능만큼 두드러진 현저한 것은 없었다. 이 고독이야말로 말하자면 그녀의 주위에 허물어뜨릴 수 없는 원주를 그어놓은 운명, 다시 말하자면 다른 아이들과 비해서 그녀의 위치의 특수한 점의 전부를 가리키는 것이다. 헤스터는 감옥에서 나온 뒤로 아이를 대동하지 않고 남이 있는 앞에 나타난 일이 한 번도 없었다. 거리를 걸어 다닐 때면 진주도 꼭 함께 있었다. 처음에는 팔에 안긴 갓난아이로서 그리고 후에는 어머니의 꼬마 친구로서 둘째손가락을 손에 가뜩 쥐고 헤스터가 한 발자국 떼어놓을 데를 서너 너덧 걸음씩 총총거리고 따라갔다. 그녀는 식민지의 아이들이 행길가의 빈 풀밭이나 자기 집의 문간 앞에서 청교도의 교육이 허락하고 있는 재미도 없는 놀이, 말하자면 교회 놀이라든지 퀘이커교도를 매질하는 흉내라든지 토인과 싸우고 목을 자르는 장난이라든지 흉내를 내면서 놀래주는 장난 같은 것을 하면서 노는 것을 보았다. 진주도 보았다. 열심히 바라보았다. 그러나 한데 끼어서 놀려고는 하지 않았다. 다른 아이가 말을 걸어도 대꾸하지 않았다. 가끔 아이들이 진주 주위에 몰려올 때도 있었지만 그녀는 어리면서도 발끈 성을 내고 몹시 사나운 표정을 짓고 돌멩이를 주워 던지고 무슨 소리인지 알아들을 수 없는 날카로운 고함을 지르는 것이다. 그런 때면 그 소리가 어떤 나라 말인지 알아들을 수 없는 말로 소리지르는 무당의 저주(詛呪) 소리처럼 들려서, 어머니는 몸이 오싹해졌던 것이다.

정말이지 이 꼬마 청교도들은 세상에 둘도 없는 완고한 종자들이었기 때문에 이 모녀 사이에 어떤 이상한 딴 세상 사람 같은 보통 사람들과는 다른 것이 있는 것을 어렴풋이 눈치채고 그 때문에 마음속으로 이 모녀를 멸시하면서 입 밖으로 모녀에게 욕설을 퍼붓는 일이 적지 않았던 것이다. 진주는 이 기미를 알고 이런 철없는 아이의 가슴속에 사무쳐 있으리라고 좀처럼 생각할 수 없는 세찬 증오심을 가지고 이에 응수했다. 이런 결렬한 기질의 폭발에는 일종의 공덕도 섞여 있었다. 어머니에게는 위안이 되기도 했다. 왜냐하면 이런 기질 속에는 적어도 뚜렷한 열의가 들어 있었고 이 아이가 곧잘 밖으로 나타내서 어머니를 애먹이는 발작적인 심술과는 다른 것이었기 때문이다. 그럼에도 불구하고 여기에도 또한 헤스터 자신 속에 존재하고 있던 사악의 투영(投影)이 그림자처럼 나타나 있었기 때문에 그녀는 오직 놀라지 않을 수 없었다. 이런 모든 적의와 격정은 불변의 권리에 의해서 진주가 헤스터의 가슴에서 물려받은 것이었다. 어머니도 딸도 다 같이 인간 사회에서 떨어져 와 은둔의 권내에 서 있었다. 그리고 어린아이의 성질 속에서는 그 평정하지 않은 마음의 요소가 분명히 존재하고 있는 듯이 생각되었다. 이 요소야말로 진주가 태어나기 전에 헤스터 프린의 마음을 혼미시킨 것, 그리고 그 후에는 모성(母性)이라는 마음을 부드럽게 진정시켜주는 힘에 의해서 차차 소멸되기 시작하고 있는 것이었다.

진주는 가정에서는 어머니의 집안이나 주변에서 친구를 널리 구하는 일이 없었다. 삶의 마력은 그녀의 끊임없는 창조적인 정신에서 끓어 나와서 허다한 사물에 전해졌다. 흡사 햇불이 닿는 데마다 불을 질러놓는 것과 비슷했다. 생각지도 않은 것들 — 막대기, 넝마 뭉치, 꽃송이 — 이 진주의 요술의 꼭두각시가 되었다. 그리고 아무런 외형적인 변화도 수반하지 않고 정신적으로 그녀의 내부 세계의 무대에서 연출되는 연극에 순응해 오는 것이었다. 그녀의 어린아이 같은 목소리가 그것 하나로서 늙고 젊은 무수한 상상(想像)상의 인물들이 말하는 목소리가 되었다. 늙고 거무죽죽하고 장엄하고 신음하고 한탄하는 여러 가지 말을 바람에 태워서 내던지는 노송(老松)은 청교도의 장로들처럼 보였고 거기에는 거의 아무런 변장을 시킬 필요도 없었다. 마당에 자라나는 흉한 잡초는 그들의 어린아이들이었다. 그것을 진주는 때려눕히고 뽑아내고 하면서 가장 무자비하게 심히 굴었다. 그녀가 지능을 던져서 꾸며낸 형형색색의 형상은 실로 아무런 계열도 없고, 노상 이상한 활동의 상태에 놓여서 활을 쏘는가 하면 춤을 추고 — 곧 가라앉아버리고 마치 너무나 재빨리 너무나 흥분한 삶의 물결에 힘을 탕진하거나 하듯이 — 그러다가는 역시 똑같은 광포한 정력을 가진 다른 물건의 형상이 연달아 튀어나오는 그 모습은 실로 불가사의한 것이었다. 그것은 북극광(北極光)의 변화무쌍한 활약이라고밖에 달리 표현할 도리가 없었다. 그러나 단순히 공상을 발동시킨다는 것, 자라나는 마음이 유희를 하고 논다는 것에 있어서는 영리하고 재간 있는 다른 아이들에게 찾아보기 어려운 점은 얼마 있었을지도 모른다. 다만 진주는 사람으로서 노는 동무가 없었기 때문에 자기가 창조한 환상적인 유상무상(有象無象)을 상대로 해야 하는 경우가 다른 아이들과 비교해서 많았던 것이다. 색다른 점은 이 아이가 자기의 감정에서 태어난 이러한 물건에 대하는 적의였다. 그녀는 동무를 하나도 사귀는 일이 없었다. 언제나 용(龍)의 이빨을 뿌려놓은 그 씨에서 무장한 적군이 솟아 나왔다. 그것을 상대로 그녀는 돌진해 가서 싸우고 있었던 것이다.[4] 말할 수 없이 구슬픈 일이었다. — 그 원인을 자기의 마음속에 느끼고 있던 어머니로서 그것은 또한 얼마나 비통한 일이었던가! — 이런 나이 어린 것 속에 그다지도 원수의 세계가 끊임없이 깨달아지고 거기에서 계속되는 투쟁에 심력(心力)을 그다지도 세차게 발동시켜서 자기의 입장을 관철하려는 모습을 볼 때 얼마나 애처로운 생각이 들겠는가.

진주를 바라보다가는 헤스터 프린은 번번이 일감을 무릎 위에 떨어뜨리고 될 수 있는 대로 감추어두고 싶은 가슴의 고민을 외치게 되었다. 그러나 그것은 자기도 모르게 말인지 신음인지 알 수 없는 소리로 나왔다. —"오오 하늘에 계신 아버지시여 — 아직도 저의 아버지시라면 — 제가 이 세상에 낳은 이 어린것은 무엇입니까!" 그러면 진주는 그 외치는 소리를 듣고 혹은 좀 더 신비스러운 무슨 방법으로 이 고민의 맥박을 깨닫고 그 또렷또렷한 귀여운 조그만 얼굴을 어머니 쪽으로 돌리고 요정 같은 지혜로운 미소를 띠고는 다시 노는 일에 정신을 팔게 되는 게 일쑤였다.

이 어린아이의 행동으로 하나의 특이한 점을 아직 얘기하지 않고 있는 게 있다. 그녀의 생애에서 제일 먼저 눈에 뜨인 것은 — 무엇이었을까? — 어머니의 미소는 아니었다. 다른 아이들 같았더라면 그 조그만 입에

---

4 페니키아의 왕자(王子) 카드모스는 부왕의 명을 받고 누이동생 에우로페를 구원하러 갔다. 에우로페는 제우스 신(神)에 납치되어 갔던 것이다, 카드모스의 부하들은 용(龍)한테 잡혀 먹히고 말았다. 그래서 카드모스는 아테나의 응원을 얻어 용을 죽이고, 그 이빨을 땅에다 뿌렸더니 거기에서 무수한 군대가 솟아 나왔다. 카드모스가 그들 군대에게 보석을 한 알 던져주었더니 그들은 서로 가지려고 싸우다가 다 죽어버렸다. 희랍 신화에 나오는 이야기다. — 역주
번역본에는 편집상의 오류로 이 주석의 위치가 어디인지 알 수 없어 편집자가 임의로 넣었음.

가냘픈 겨우 형태를 갖춘 미소를 띠고 이에 응했을 것이다. 그것이 나중에 생각해보면 정말 미소였는지 어떤지 의아한 생각이 들어서 그렇다는 둥 그렇지 않았다는 둥 귀여운 나머지 시비까지 벌어지게 되는 일도 있다. 그런데 결코 그런 것이 아니었다! 진주가 제일 처음에 알아차렸다고 생각되는 것은—그것을 말해도 좋을는지?—헤스터의 가슴에 있는 주홍빛 글자였다! 어느 날 어머니가 흔들그네 위로 몸을 꾸부리고 있자 어린것의 눈은 그 글자의 금빛 자수의 희미한 빛에 사로잡혀 있었다. 그러더니 조그만 손을 내밀고 그것을 붙잡으려고 했던 것이다. 미소를 띠고 있었다. 분명히 미소를 띠려고 하고 있었다. 뚜렷한 광채가 눈에 있었고 그 얼굴을 훨씬 큰 아이의 얼굴처럼 보이게 했다. 그러자 가슴이 선뜻해져서 헤스터 프린은 그 치명적인 낙인을 움켜쥐고 자기도 모르게 그것을 떼어내려고 했다. 어린 진주의 손이 영특하게도 이것을 만져보려고 한 데서 받은 가책은 실로 무한한 것이었다. 그러자 역시 어머니의 괴로운 고민의 몸짓도 자기를 얼러주려고 한 것이라고 생각했던지 귀여운 진주는 그녀의 눈 속을 빤히 들여다보고 미소를 띠었던 것이다. 그 후부터 어린것이 자고 있을 때밖에는 헤스터는 한시도 마음이 편안하지 않았다. 한시도 편안한 즐거움을 느낄 수 없었다. 하기는 몇 주일 동안 진주의 눈이 주홍빛 글자에 닿지 않고 지내는 때도 가끔 있었다. 그러나 또한 갑자기 뜻밖에도 마치 사신(死神)의 일격처럼 시선이 돌려질 때도 있었다. 그리고 언제나 그 두 눈에는 이상한 미소와 이상한 표정이 어리어 있었다.

어느 때인가는 헤스터가 항용 어머니들이 잘하는 버릇으로 진주의 눈속에 자기의 모습이 비치는 것을 바라보고 있었을 때 이 변덕스러운 요정 같은 특징이 어린것의 눈에 나타난 일이 있었다. 그러자 갑자기—대체로 고독한 여자라는 것은 그리고 마음의 고민이 있는 여자는 까닭 모를 혼미에 사로잡히기가 일쑤다.—그녀는 진주 눈의 까맣고 조그만 거울 속에 자기의 축소된 초상이 아니라 다른 얼굴이 비친 것 같은 생각이 들었다. 그것은 악마 같은 미소를 지은 악의를 띠고 있는 그러면서도 그녀가 잘 알고 있는 얼굴과 비슷한 데가 있었다. 하기는 그것은 미소를 띠는 일은 별로 없었고 또한 악의는 조금도 없지만 그 얼굴이었다. 마치 악마가 어린것을 점령하고 지금 흘끗 얼굴을 내밀고 이쪽을 보고 놀린 것 같은 생각이 들었다. 그 후 가끔 헤스터는 이때만큼 뚜렷하지는 않았지만, 똑같은 착각으로 괴로움을 받았던 것이다.

어느 여름날 오후 진주가 벌써 뛰어다닐 만큼 커진 뒤의 일이었는데 진주는 손에 여러 묶음의 들꽃을 움켜쥐고는 그것을 하나하나 어머니의 가슴에 내던지면서 놀고 있었다. 그것이 주홍빛 글자에 들어맞자 꼬마 귀신처럼 춤을 추면서 웃어댔다. 헤스터는 맨 처음에는 두 손을 들고 그것으로 자기의 가슴을 가리려고 했다. 그러자 자존심에서였던지 체념에서였던지 그녀는 그 충동을 억누르고 상체를 똑바로 세우고는 죽은 사람처럼 얼굴이 새파래져가지고 구슬프게 귀여운 진주의 얼굴의 눈 속을 미칠 듯이 들여다보고 있었다. 여전히 꽃 화살은 날아오고 있었다. 거의 끊임없이 글자의 관혁을 맞추고 있었다. 그리고 어머니의 가슴을 상처로 뒤덮고 있었다. 그리고 이 세상에서 그것을 고치는 약을 발견할 수는 없는 것이다. 아니 저세상에서도 어떻게 하면 좋을지 알 수 없는 것이다. 드디어 어린것은 탄알을 다 써버리고 우두커니 서서 헤스터를 바라보고 있었다. 그 웃음을 띠고 있는 꼬마 악마의 모습은 한정 없이 깊은 까만 눈동자 속에서 내다보고 있었던 — 그것이 내다보고 있었는지 아닌지 다만 어머니는 그렇게 상상하고 있었다. — 것이다.

"얘, 넌 누구냐?" 어머니는 소리를 질렀다.

"어머, 난 엄마의 진주지!" 하고 어린것은 대답했다.

그런데 그녀가 그렇게 말했을 때 진주는 깔깔대고 웃고 있었다. 그리고 꼬마 귀신처럼 우스꽝스러운 몸짓을 하고 깡충깡충 뛰기 시작했다. 그러다가 갑자기 마음이 변해서 굴뚝으로 뛰어 올라가게 될지도 몰랐다.

"정말 너는 내 딸이냐?" 하고 헤스터는 물었다.

결코 공연히 이런 질문을 한 것은 아니었다. 그 순간, 진짜 열성을 상당히 가지고 있었다. 왜냐하면 진주는 신기할 정도로 철이 들었기 때문이다. 어머니는 이 아이가 자기 존재의 비밀의 마법을 분명히 알고 있고 이제 비로소 자기의 정체를 나타내는 게 아닌가 하고 반신반의하고 있었던 것이다.

"그럼, 나는 진주야!" 어린것은 여전히 익살스러운 시늉을 계속하면서 되풀이해 대답했다.

"너는 내 딸이 아냐! 내 진주가 아냐!" 어머니는 농담 비슷하게 말했다. 가장 침통한 비애 속에서 갑자기 장난해보고 싶은 생각이 드는 것은 여태까지도 가끔 있었던 일이다. "그러니까 너는 누구지, 그리구 누가 여기에 보냈지? 말해봐."

"말해봐!" 어린것은 정색을 하고 말했다. 헤스터의 무릎 앞으로 다가와서 꼭 껴안으면서 "응 말해봐!"

"너의 하늘에 계신 아버지께서 보내주신 거야!" 하고 헤스터 프린은 대답했다.

그러나 그녀는 그 말을 약간 머뭇거리면서 말했다. 그것을 또한 어린아이의 날카로운 눈이 눈치채지 못할 리가 없었다. 노상 하는 버릇으로 충동적으로 그랬던지 혹은 악마의 꼬임에 빠져 그랬던지 어린아이는 그 조그만 둘째손가락을 치켜들고 주홍빛 글자를 만졌다.

"그렇지 않아!" 어린아이는 단호하게 외쳤다. "나한테는 하늘의 아버지는 없어!"

"안 돼, 진주! 그런 말 하는 게 아냐!" 어머니는 신음 소리가 끓어오르는 것을 억지로 누르면서 대답했다. "모두 다 하늘의 아버지께서 보내신 거야. 나도 너의 엄마도 하늘의 아버지가 보내주신 거야. 그러니까 너도 물론 그렇지! 만약에 그렇지 않다면 요 깜찍한 어린것아, 어디에서 왔단 말이지?"

"말해봐! 말해봐!" 진주는 자꾸 되풀이해 말했다. 지금은 정색을 하고 묻는 것은 아니었다. 마룻바닥 위를 깔깔대고 웃으면서 뛰어다니고 있었다. "엄마가 가르쳐주어야 해!"

그러나 헤스터는 그녀 자신이 의혹의 음산한 미로 속에 놓여 있었기 때문에 그 물음에 대답할 수가 없었다. 그녀는 생각한다. 그 사람들은 다른 곳에 가서 이 아이의 아비의 혈통을 수소문해보아도 알 수 없고, 그 성질의 이상한 괴벽을 이것저것 보고는 이 귀여운 진주를 불쌍하게도 악귀의 자식이라고 생각하고 있다. 이런 일은 옛날의 가톨릭 시대부터 가끔 이 지상에서도 볼 수 있었던 어머니의 죄의 그늘에서 태어나서 무슨 더러운 악마적인 목적을 이루기 위해서 찾아왔다고들 말하고 있는 것이었다. 루터[5]도 그를 비방하는 수도승들의 말을 들으면 역시 마도(魔道)의 종자에서 태어난 악귀였다. 진주 같은 그런 불길한 인연을 가진 아이도 이 뉴잉글랜드의 청교도들 사이에서 떠도는 말에 의하면 진주뿐이 아니었다.

---

5 루터(Martin Luther, 1483~1546): 독일의 종교개혁가.

7

지사 댁의 객실

헤스터 프린은 어느 날 벨링엄 지사의 관저에 한 켤레의 장갑을 갖고 갔다. 그것은 지사의 주문에 의해서 그녀가 단을 대고 수를 놓은 것으로서, 무슨 큰 의식에 끼고 나가기로 되어 있는 것이었다. 인민 투표가 생긴 결과 이 이전의 통치자의 위치가 가장 높은 지위에서 한두어 걸음 내려앉기는 했지만 그는 여전히 식민지의 관리 사회에서는 움직일 수 없는 유력한 위치를 차지하고 있었다.

수를 놓은 장갑을 전하는 것 이외에, 또 한 가지 훨씬 중요한 볼일이 있었다. 그것이 이처럼 지금 헤스터로 하여금 이 식민지의 일에 이만한 권력을 갖고 활동하고 있는 인물에 회견을 청하게 했던 것이다. 그녀의 귀에 들어온 말에 의하면 이 거리의 주민 중의 유력한 사람들로서 종교에도 정치에도 좀 더 주의 강령을 엄격하고 질서 있게 해야 한다고 생각하고 있는 사람들 중의 어떤 사람들이 그녀에게서 딸을 빼앗아버려야 한다는 한 책략을 생각하고 있다는 것이었다. 진주가 이미 말한 것처럼 악마의 피에서 태어난 것이라고 가정할 때 어머니의 영혼에 대한 기독교도로서의 관심과 근심에서 그녀의 길에 가로놓여 있는 방해물을 제거해주어야 한다고 생각하는 이유는, 선량한 사람들로서 생각할 수 있음 직한 일이다. 또한 한편으로는 이 아이가 진실하게 도덕적이며 종교적으로 성장할 수 있고 드디어는 신(神)의 손으로 구제를 받을 수 있는 요소를 갖고 있다면, 헤스턴 프린이 아닌 어떤 다른 좀 더 생각이 있고 좀 더 적당한 보호자에게 맡기게 함으로써 어린아이는 분명히 그런 유리한 은혜를 한결 더 많이 받을 가망성이 있다고 하는 좋은 생각도 있었다. 이 계획을 추진시킨 사람들 중에서 벨링엄 지사가 가장 적극적인 패의 한 사람이라고 한다. 이런 종류의 일은 좀 더 후의 시대이면 거리의 위원의 관할에 속하는 것이고 그 이상의 기관으로 이관되는 수도 있지만 그 당시에 있어서는 공공연히 논의될 문제로서 높은 자리에 있는 정치가들이 찬부로 갈려서 시비를 한다는 것은 이상하게 생각되고 사실상 상당히 불합리한 일이라고 생각될 것이다. 그런 원시적인 단순한 시대에 있어서는 그러나 헤스터와 그의 딸의 안부 같은 일보다도 훨씬 공중적인 관계가 얕은 일조차도 또한 훨씬 내재적인 중량이 가벼운 일이, 입법자의 토의와 주(州)의 법령이 이상하게 뒤얽혀 있었던 것이다. 이 우리들의 이야기의 시대는 옛날에 돼지 한 마리의 소유권의 싸움이 식민지의 입법자들 사이에 격렬한 싸움거리가 되고 그뿐만 아니라 입법부의 구성 그 자체가 중요한 변동을 받게 된 시대로부터 거리가 있다고 하더라도 그다지 먼 후일의 일이 아니었다.

그 때문에 걱정이 돼서 — 그러나 일반 공중을 상대로 이쪽은 고독한 어머니가 자연의 동정의 지지를 받고 있느니만큼 터무니없는 불리한 싸움이라는 생각이 들지 않을 정도로 자기의 권리를 의식하고 — 헤스터 프린은 쓸쓸한 시골집을 뛰쳐나왔던 것이다. 물론 귀여운 진주를 동반했다. 진주는 벌써 어머니의 주위를 부지런히 뛰어다니고 아침부터 저녁까지 줄곧 돌아다녔고 오늘의 나들이보다 훨씬 더 먼 길도 갈 수 있는 나이가 되어 있었다. 그런데도 그녀는 가끔 필요보다도 오히려 변덕으로 안아달라고 하는 때가 있었다. 그렇지만 이내 또 부리나케 내려달라고 조르고는 헤스터의 앞을 서서 풀이 난 조그만 길을 날쌔게 뛰어가고 깡충깡충 뛰면서 넘어져 다치거나 하지도 않는다. 우리들은 이미 진주의 그림 같은 아름다움에 대해서는 이야기했다. — 깊고 뚜렷한 색조에 빛나는 아름다움, 눈이 부실 정도의 요염, 강렬한 깊이와 타는 듯한 열이 담긴 눈동자, 벌써 무거운 윤이 도는 갈색 머리카락, 그것은 어른이 되면 거의 까만색에 가까워질 것이다. 머리끝에서부터 발끝까지 불이 담겨 있었다. 그녀는 열정이 타는 듯한 순간에 발끈 솟아 나온 나뭇가지였다. 그녀의 어머니는 이 아이의 옷을 고안하는 데 있어서 독특한 호화스러운 경향이 있는 상상력을 힘껏 발동할 수 있는 데까지 발동했다. 그리고 특별한 치장으로 금실을 쓴 이색적인 모양에 풍부하게 수놓은 진홍빛 우단 외투를 입혀놓았다. 이런 강한 색조는 좀 더 볼이 빨갛지 않은 아이라면 초췌하고 창백한 얼굴로 보이게 했을 텐데, 진주의 아름다움에는 탄복할 만큼 잘 어울렸다. 그리고 마치 대지 위에서 춤을 춘 여태 보지 못한 밝은 광채의 불꽃의 분출처럼 생각되었다.

그런데 그 옷, 그리고 이 아이의 체격이 두드러지게 눈에 띄는 특색이 사실은 그것을 바라다보는 사람들에게 불가불 불가항력적으로 헤스터 프린이 그 가슴에 운명으로 붙이고 있는 그 낙인을 생각하게 했던 것이다. 그것은 모양을 달리한 주홍빛 글자였다. 생명이 부여된 주홍빛 글자였다. 어머니 자신이 — 마치 이 주홍빛의 치욕의 낙인은 그녀의 가슴속으로 깊숙이 타들어가서, 그녀가 생각해내는 것은 모두 그 형태를 따게 되는 것처럼 — 공을 들여 똑같은 것을 만들어냈던 것이다. 수많은 시간을 병적인 세심한 공을 들여 그녀의 애정의 목적물과 그녀의 죄와 고민의 표상과의 사이의 유사성을 나타내는 것을 만들어내고 온갖 정성을 다 기울였던 것이다. 그런데 사실상 진주는 애정의 목적인 동시에 죄와 고민의 표상이기도 했다. 다만 이 하나인 동시에 둘인 성질을 진주가 갖고 있었기 때문에 헤스터는 그다지도 완전하게 그녀의 자태 속에 주홍빛 글자를 나타낼 수 있었던 것이다.

둘이 걸어서 거리의 근처까지 왔을 때 청교도의 아이들이 유희를 하고 있었는데 — 이 우울한 아이들에게 유희라고 생각되는 것이다 — 고개를 들고, 서로 자못 엄숙한 얼굴로 얘기하는 것이었다.

"저것 봐. 저 주홍 글자를 단 여자가 간다. 그리구 그것뿐이 아냐. 정말 주홍 글자같이 생긴 꼬마 년이 옆에서 따라간다! 야, 그러니까 두 년한테 흙을 던져줄까!"

그러나 진주는 몹시 담이 큰 아이였기 때문에 얼굴을 찡그리고 발을 구르고 여러 모양으로 조그만 손을 휘두르면서 위협하는 시늉을 하더니 별안간 적들이 모여 있는 한가운데로 돌진해 들어가는 것이다. 그리고 쫓아버리는 것이었다. 그녀가 세차게 그들의 뒤를 쫓아가는 모습은 역병(疫病)을 어린애의 모습으로 나타낸 것 같았고 — 빨간 홍역이나 혹은 털이 나지 않은 심판의 병아리 천사 같았다 — 그녀의 직책은 세상 어린애들의 죄를 벌하는 일인 것 같았다. 그녀는 또한 무서운 커다란 목소리로 고함을 질렀다. 이것은 확실히 도망치는 아이들의 마음을 떨리게 했을 것이다. 싸움에 이기자 진주는 조용히 어머니한테로 돌아와서 미소를 띠면서 그녀의 얼굴을 쳐다보는 것이었다.

그 밖에는 대수로운 사건은 없이 그들은 벨링엄 지사의 관저에 도착했다. 관저는 커다란 목조건물로서 지금도 우리들의 낡은 거리 같은 데에 표본처럼 남아 있는 모양을 하고 있다. 그것들은 지금은 이끼가 끼고 썩고 허물어져서 일찍이 그 어둠침침한 방 안에서 일어나서 벌써 과거의 것이 되고 어떤 일은 기억에 남아 있고 어떤 일은 잊어버려진 수많은 구슬프고 즐거운 일들에 마음이 무거워지는 듯한 모양을 하고 있다. 그러나 그 당시에는 아직 한 번도 죽음이 찾아온 일이 없는 인가(人家)의 그 바깥

쪽에는 흘러가는 세월의 새로움이 있고 양지바른 창에서 비쳐 나오는 즐거움이 있었다. 사실 그것은 매우 즐거운 듯한 모습을 하고 있었다. 벽은 흰 회로 전면이 발라져 있고 유리 가루가 온통 거기에 섞여 있었다. 그 때문에 햇빛이 이 큰 집의 정면을 비스듬히 내리쬐면 벽은 반짝반짝 빛나고, 마치 금강석 가루를 두 손으로 집어 뿌린 것같이 보였다. 그 광채는 엄숙한 점잖은 얼굴을 한 늙은 청교도 지배자의 저택에보다는 오히려 알라딘의 궁전에 어울릴 만했다. 그 백회 벽에는 또한 이 시대의 이상한 취미에 맞게 얼른 보기에 신비적인 기묘한 화상과 도형(圖形)의 장식이 붙어 있었다. 새로 칠했을 때 한 것 같은데 지금은 단단해져서 쉽게 망가지지도 않을 것 같은 것이 후세의 사람들이 보면 경탄해 마지않을 것 같다.

진주는 이 깜짝 놀랄 만한 광채를 띠고 있는 집을 보고 좋아서 이리 뛰고 저리 뛰면서 금방 이 집 정면에 반짝이고 있는 햇빛을 모조리 벗겨서 장난감으로 했으면 좋겠다고 졸라댔다.

"안 돼, 진주야, 착하지!" 하고 어머니는 말했다. "너는 너의 햇빛만을 모아요. 엄마는 갖고 있지 않으니까 줄 수 없어요!"

그들은 대문 쪽으로 가까이 갔다. 그것은 아치형으로 되어 있고 좌우에는 이 높은 문에 달린 좁다란 탑─약간 불쑥 나온 고대(高臺) 같은 것이 있고 두 탑에는 살창살이 붙어 있다. 필요한 때에는 그 위에 여닫는 나무로 만든 덧문도 있다. 현관에 늘어져 있는 쇠방망이를 들어서 헤스터 프린은 신호를 했다. 그러자 지사의 하인이 한 사람 나타났다. ─이래 보여도 원래는 영국의 자유민이었는데 지금은 7년 기한의 노예 노릇을 하고 있다. 이 7년 동안은 주인의 재산으로 되어 있었고, 소나 걸상처럼 마음대로 사고팔 수 있는 상품이다. 노예는 파란 저고리를 입고 있었다. 이것이 당시의 노예 노릇을 하고 있는 하인의 복색이며, 훨씬 전에는 영국 구가의 객실에서 사용되었던 것이다.

"벨링엄 지사 각하는 계신지요?" 헤스터는 물었다.

"네에, 계십니다." 하인은 대답하면서 눈을 휘둥그렇게 뜨고 주홍빛 글자를 바라보았다. 이 지방에 근래에 온 사람이며 여태까지 본 일이 없었기 때문이다. "지사 각하는 계십니다. 그런데 목사님이 한두 분 와 계시고 의사님도 와 계십니다. 지금 만나뵈올 수는 없습니다."

"그렇지만 저는 좀 들어가야겠어요." 이렇게 헤스터는 대답했다. 하인은 그녀의 태도가 단호하고 가슴에 빛나는 표지가 있는 것을 보고 이 나라의 귀부인인 줄 알았던지 굳이 막으려 하지 않았다.

그리하여 어머니와 귀여운 진주는 바깥 객실로 들어오게 되었다. 건물의 재료의 성질, 기후의 변화, 사교 생활의 여러 가지 양식 같은 것을 참작해서 여러 가지로 변경한 점도 있지만 이 새로운 관저를 벨링엄 지사는 본국의 상당한 지위와 재산을 갖고 있는 신사의 저택을 본떠서 만들었던 것이다. 그래서 이 집에는 폭이 넓고 천장도 높다란 큰 객실이 있고 그것이 대체로 다른 온갖 방으로 직접 통하는 입구 같은 역할도 하고 있다. 한쪽 끝에서는 그 대문의 좌우에 조그맣게 불쑥 튀어나온 두 개의 탑 창에서 이 넓은 방으로 광선이 들어오고 있다. 다른 한 끝에는 항용 우리들이 옛날 책에서 볼 수 있는 큰 객실의 궁형 창, 거기에는[1] 푹신한 방석을 놓은 의자가 있었고 그 일부는 석방장으로 가려져 있지만 거기에서는 한결 더 강한 광선이 비쳐 들어오고 있다. 이 방석 위에는 이절지판(二折紙判)[2]의 책이 놓여 있다. 필시 영국 연대기나 그런 종류의 무게 있는 문헌인 것 같다. 그것은 마치 우리들의 시대에도 우리들은 방 한가운데의 식탁 위에 금 장정을 한 책을 놓아두었고, 손님이 오면 펴볼 수 있도록 해두는 것과

---

1 번역문에는 "육고(肉庫)를 겸용한"이라는 표현이 있으나 편집상 오류로 보여 삭제함.
2 이절지판 : 가로 78.8cm × 세로 54.6cm 규격으로 된 서적 판형.

같은 격식. 객실의 가구는 육중한 의자, 그 등받이에는 참나무 꽃을 화환 꼴로 예쁘게 새겨져 있다. 그리고 똑같은 취미의 식탁, 모두가 엘리자베스 시대의 혹은 그보다 더 빠른 시대의 것으로 지사의 선대(先代)의 집에서 여기까지 날라온 조상의 유물들이다. 식탁 위에는—구 영국의 따뜻한 접대의 기질을 고국에 버리고 오지 않았다는 증거로—커다란 놋 술잔이 놓여 있었다. 그 밑바닥에는 헤스터나 진주라도 속을 들여다보면 방금 마신 맥주 찌꺼기가 아직 거품이 되어 남아 있는 것을 볼 수 있었을 것이다.

벽에는 초상화가 죽 걸려 있었다. 벨링엄 집안 대대의 조상을 그린 것으로 어떤 것은 갑옷 투구의 무장을 한 차림이고 어떤 것은 주름 깃을 본데 있게 단 평복 차림을 하고 있다. 낡은 초상화가 언제나 갖고 있는 엄격하고 준엄한 분위기를 모두 지니고 있었다. 그림이 아니라 죽은 영걸들의 유령이나 되듯이 냉혹하고 무정한 좀처럼 용서할 줄 모르는 비평의 눈을 하고 살아 있는 사람들의 희망과 향락을 바라보고 있는 것 같았다.

객실의 안쪽을 삥 둘러싼 참나무 벽 판자 한가운데에 한 벌의 갑옷이 걸려 있었다. 그것은 그 그림 같은 조상 대대의 유물이 아니라 최근대식의 것이었다. 벨링엄이 뉴잉글랜드에 건너온 같은 해에 런던의 일류 무구사(武具師)가 만든 것이었다. 강철로 된 두갑(頭甲)이며 흉갑(胸甲), 후갑(候甲), 경갑(脛甲), 한 쌍의 장갑(掌甲)과 그 밑에는 검이 한 자루 늘어져 있었다. 모든 부분이 특히 투구와 흉갑이 매우 잘 닦아져 있고 하얀 빛을 뿜으면서 마루 위를 온통 환하게 하고 있었다. 이 빛나는 갑옷 투구는 단지 장식으로 놓아두고 있는 것이 아니라 한때는 종종 지사 자신이 입고 무섭게 엄숙한 열병식에 나갔던 것으로 특히 피쿼트 전쟁[3] 때에는 연대의 맨 앞

3 1637년에 뉴잉글랜드의 영국 사람들과 피쿼트 인디언 사이에 벌어진 전쟁.—역주

에 서서 번쩍거렸던 것이다. 왜냐하면 법률가로서의 교육을 받고 베이컨과 코크와 노이와 핀치 같은[4] 사람들을 동업의 친구로서 노상 화제에 올리고 있었지만 이 새 나라의 위급한 시국은 벨링엄 지사를 정치가이며 지배자인 동시에 또한 군인이 되기도 했기 때문이다.

귀여운 진주는 이 집의 반짝거리는 바깥벽을 좋아한 것처럼 빛나는 갑옷을 무척 좋아하고 한참 동안 반짝이고 빛나는 거울 같은 흉갑의 표면을 들여다보고 있었다.

"엄마," 하고 진주는 외쳤다. "엄마가 보여. 와보아! 응!"

헤스터는 어린것을 즐겁게 해주려고 눈을 돌렸다. 그러자 그녀의 눈에 비친 것은 배부른 거울 때문에 기묘하게 주홍빛 글자가 터무니없이 크게 확대되어 나타난 모습이었다. 그녀의 자태 중에서 그중 눈에 띄는 부분으로 되었다. 사실상 그녀는 완전히 그 글자 뒤에 숨어 있는 것처럼 보였다. 진주는 위쪽도 또 가리켰다. 투구에도 똑같은 자기의 모습이 나타나 있었다. 진주는 어머니를 보고 미소를 띠었다. 그 조그만 얼굴에 노상 보아서 눈에 익은 표정인 그 꼬마 악마 같은 영리함을 보이고 있었다. 그 짓궂게 웃고 있는 얼굴도 역시 같은 거울 속에 비쳐 있었다. 그 폭넓고 투박스레 비쳐 있는 모습을 보고 헤스터 프린은, 이것은 내 아이의 모습이 아니다. 진주의 모습이 되려는 악귀의 모습이라고 생각했던 것이다.

"이리 와, 진주!" 하고 그녀는 말하면서 어린것을 잡아당겼다. "이리 와서 이 예쁜 마당을 좀 보아요. 꽃이 피어 있는지도 몰라. 숲속에 있는 것보다두 더 예쁜 것이."

그래서 진주는 궁창(弓窓) 가로 뛰어갔다. 객실의 그중 먼 쪽 끝으로 마당의 길이 환히 내다보이는 곳이었다. 짧게 벤 풀들이 양탄자처럼 깔려

---

4 엘리자베스 시대의 저명한 법학자들이다. ─역주

있고 우거진 관목으로 만들려고 하는데 아직 되지 않은 투박한 애나무들이 그 가를 두르고 있었다. 그러나 집주인은 이미 대서양의 이쪽 편의 이 단단한 땅속에 모진 양분(養分)의 탈취 경쟁을 하고 있는 속에 고국 영국의 조원(造園)의 취미를 영구히 이식해보려는 노력을 단념한 듯이 보였다. 야채는 볼품이 없었다. 호박 덩굴은 먼 곳에 뿌리를 박고 있는 것이 꾸불꾸불 더듬어 와서 그 커다란 열매의 하나를 객실 창의 바로 아래쪽에서 굴리고 있었다. 지사를 보고 이 거대한 야채의 금덩어리는 뉴잉글랜드가 그에게 제공할 수 있는 가장 풍성한 장식이라고 경고하고 있는 듯이 보였다. 하기는 찔레꽃 덤불이 몇 군데 있었다. 그리고 사과나무도 몇 그루 있었다. 아마 이것은 반도에 최초로 이민을 온 블랙스톤 목사가 심은 나무의 후손일 것이다. 그는 초기의 연대기(年代記)를 읽어보면 황소 잔등[5]에 타고 사뭇 돌아다니던 신화적인 인물이다.

진주는 찔레꽃 덤불을 보자 빨간 찔레꽃을 따달라고 울기 시작했고 아무리 달래도 울음을 그치지 않았다.

"울면 안 돼 진주야, 쉬잇!" 어머니는 열심히 말했다. "울지 마아 진주! 어머, 마당에서 누가 오네요. 지사님이 오시네요. 그리고 다른 분도 오시구."

정말, 마당의 똑바로 뚫린 길 위를 집이 있는 이쪽을 향해서 사람들이 여럿이 다가오고 있는 것이 보였다. 진주는 어머니가 달래도 막무가내고 시끄럽게 울어대더니 갑자기 조용해졌다. 어머니의 말에 복종하겠다는 생각에서가 아니라 그 선천적인 민감한 호기심이 이 새로 나타난 사람들의 자태를 보고 발동했기 때문이었다.

---

5 잔등 : '등'의 비표준어.

8

요동(妖童)과 목사

벨링엄 지사가 헐거운 가운과 가벼운 모자를 쓰고 — 이것은 늙은 신사가 가정에 있을 때 즐겨 입는 옷이다. — 제일 앞에서 걸어왔다. 자기 집의 땅을 자랑삼아 보이면서 벌써부터 계획하고 있는 개량의 의견을 누누이 설명하고 있는 모양이었다. 상당히 공들여 만든 넓은 주름 깃이 제임스 왕[1] 시대의 낡은 유행을 생각나게 하고 그 위에 얹힌 반백의 턱수염이 난 얼굴은 마치 쟁반 위에 담은 세례자 요한[2]의 목처럼 보였다. 그의 용모에서 받는 인상은 몹시 준엄하고도 가혹하며 이미 가을철도 지나서 서리가 덮인 것 같았고 그가 골몰해서 자기 주위에 몰아 들이려고 애쓰고 있는 세속적인 일락(逸樂)의 설비나 적용 같은 것은 전혀 어울리지 않았다. 그러나 우리들의 점잖은 조상님들이 — 물론 인간 생활을 다만 시련과 전투의 상태라고 생각하고 말하는 것이 그들의 습관이었고 또한 거짓 없이 재산도 인생도 의무에 따라서는 서슴지 않고 희생할 각오도 되어 있었지

---

1 제임스 1세(James I, 1566~1625): 영국 왕으로 절대왕정을 옹호함.
2 헤롯이 무희 헤로디아의 딸에게 상을 주기 위해서 세례자 요한의 목을 베어 쟁반에 담아주었다는 유명한 이야기가 「마태복음」 14장에 나와 있다. ─ 역주

만 — 자기의 수중에 둬두어도 되는 그런 안락의 수단이나 사치까지도 거부하는 것이 양심에 따르는 표시라고 믿고 있었다고 생각하는 것은 잘못이다. 그런 교훈은 이를테면 존경할 만한 백발의 존 윌슨 목사에 의해서도 설교된 일이 없다. 그 목사의 백설같이 흰 턱수염이 벨링엄 지사의 어깨너머로 보이고 있었다. 그리고 그 턱수염의 주인공은 복숭아와 배를 뉴잉글랜드의 기후에 이식하는 일은 아직도 가망성이 있다. 붉은 포도는 양지바른 마당의 벽에 얼마든지 올릴 수가 있다는 생각을 이야기하고 있었다. 이 노목사는 영국 교회의 부유한 품 안에서 자라나서 모든 선량한 안락한 것에 대해서 오랫동안 지켜온 전통적인 취미를 갖고 있는 것이었다. 설교단 위에서는 또한 헤스터 프린 같은 정도를 벗어난 행위를 공공연히 비난하는 일에는 그야말로 준엄하고 가혹한 태도를 보이고 있었지만, 그의 사생활의 인자한 온정미는 그 시대의 어느 목사보다도 사람들로부터 따뜻한 애정을 그에게 가져다줄 수 있게 하였다.

지사와 윌슨 씨의 뒤쪽에서 다른 두 명의 손님이 걸어오고 있었다. — 한 사람은 목사 아서 딤스데일인데 이 사람은 그 헤스터 프린이 치욕의 구경거리가 된 장면에서 짤막한 본의 아닌 역할을 한 사람이기 때문에 독자 여러분은 기억하고 있을 것이다. 그리고 그의 바로 뒤에 오는 것이 로저 칠링워스 노인, 의술에 상당히 능한 사람으로 벌써 이 거리에 이주해 온 지 2, 3년가량 된다. 이 학자는 의사인 동시에 또한 젊은 목사의 친구이기도 한데, 이 목사는 목양자(牧羊者)로서의 노동과 의무로 너무 고되게 일을 해서 요즘 건강이 극히 좋지 않다는 것이었다.

지사는 손님들을 안내하면서 돌층대를 하나하나 올라왔다. 그리고 널찍한 객실의 들창으로 된 문을 열자 거기에는 바로 문턱에 귀여운 진주가 서 있었다. 방장의 그늘이 헤스터 프린의 몸을 덮어서 그녀의 자태는 환히 보이지는 않았다.

"이게 대체 누구야?" 벨링엄 지사는 말했다. 그의 앞에 있는 주홍빛을 한 조그만 아이를 깜짝 놀란 듯이 바라보면서 "아니 이런 모양은 구경도 하지 못한 건데. 제임스 왕 시대에 내가 한참 때 보구는 이런 모양은 통 못 본 건데! 그때는 모처럼 궁정의 가면무도회에 나가게 되는 것이 여간 즐거운 일이 아니었지. 무슨 명절 같은 땐 요런 어린 요정 같은 것들이 몰려들어서 우리들은 요런 것들을 꼬마 사연자(司宴者)[3]라고 불렀지. 그런데 어떻게 돼서 우리 집에 요런 손님이 와 있지?"

"정말 그렇구나!" 착한 윌슨 노인은 외쳤다. "이게 무슨 새야, 조그만 다홍색 날개를 하구? 나는 햇빛이 극채색을 들창에서 비쳐 들어서 마룻바닥 위에 금빛과 주홍빛 물상을 그릴 때, 이와 똑같은 것을 본 일이 있구면. 그렇지만 그건 본국에서 본 거지. 그런데 아가씨, 당신은 도대체 누구요, 그리구 어째서 엄마가 아가씨를 이렇게 이상한 옷차림을 해주었지요? 아가씨는 기독교인이오? — 문답서가 뭔지 알아요? 아니면 그 심술 궂은 요동이거나 요정(妖精)이오? 그런 것은 우리들은 본국에 두고 왔다고 알고 있는데. 로마교의 유물과 함께 말야, 즐거운 대영제국에."

"나는 엄마의 딸예요." 주홍빛 요동은 대답했다. "그리구 내 이름은 진주!"

"진주? — 홍옥이 아냐! — 아니면 산호! — 혹은 홍장미, 그 빛깔로 판단하면 말야!" 노목사는 대답하면서 손을 들고 귀여운 진주의 볼을 가볍게 두들겨주려고 했지만 뜻을 이루지 못했다. "그런데 엄마는 어디 있지? 아아! 여기 있군." 그는 이렇게 덧붙여 말하고는 벨링엄 지사 쪽을 보고, "이 애가 지금 우리들이 의논한 그 애로군요. 여기 어머니 되는 불행한 부인, 헤스터 프린이 있어요!"

---

3 사연자(司宴者): 연회 때 사회를 보는 사람.

"그래요?" 하고 지사는 외쳤다. "하기는 이 아이의 어머니는 주홍빛 부인일 거야, 그리고 바빌론의 여인형(女人型)[4]에 흡사하다고 판단해야 했을 거야! 그런데 마침 잘 왔구먼. 곧 이 사건을 조사해보기로 합시다."

벨링엄 지사는 들창문 쪽에서 객실 안으로 들어왔다. 세 명의 손님들도 그 뒤를 따랐다.

"헤스터 프린," 그는 말하면서, 그의 선천적인 준엄한 눈으로 주홍빛 글자를 단 여자를 지그시 바라다보았다. "요즘 당신에 대해서 여러 가지로 말이 있었어. 그 일은 충분히 신중하게 논의되었는데 그것은 우리 권력과 세력을 가진 사람들로서, 만약에 거기에 있는 어린것 같은 불멸의 영혼을 갖고 있는 아이를, 이 세상의 구렁텅이 속에 실수를 해서 빠진 자의 손안에서 자라나도록 내버려둔다면 혹시 우리들의 양심이 명하는 바를 충분히 이행하지 못하는 게 되지는 않을까 하는 일이었어. 애 어머니로서 어떻게 생각하지. 어린애가 당신의 곁을 떠나서 좀 더 소박한 것을 입히고 엄격한 훈육을 받고, 하나님의 진리에 따른 교육을 받게 된다면. 당신의 생각으론 어때, 그편이 귀여운 아이를 위해서, 이 세상에서도 또 영원의 위에서도 좋은 일이라구 생각되지 않아? 이런 점에서 볼 때 당신의 힘으로 얼마만 한 일을 할 수 있다구 생각하지?"

"저는, 제가 여태까지 배운 것을 내 자식한테 가르쳐줄 수 있어요!" 하

---

4 '붉은 여자'와 '바빌론'은 모두 다 음녀(淫女)를 의미한다! 이 부분은 신약 「요한 계시록」 17장 3절과 6절에 근거를 두고 있는 말이다. 성경에 씌어져 있는 것은 다음과 같다. "내가 보니 여자가 붉은빛 짐승을 탔는데 그 짐승의 몸에 참람된 이름들이 가득하고 일곱 머리와 열 뿔이 있으며 그 여자는 자주빛과 붉은빛 옷을 입고 금과 보석과 진주로 꾸미고 손에 금잔을 가졌는데 가증한 물건과 그의 음행의 더러운 것들이 가하더라. 그 이마에 이름이 기록되어 있으니 비밀이다, 큰 바빌론이라, 땅의 음녀들과 가증한 것들의 머리라 하였더라."—역주

고 헤스터 프린은 대답하면서 손가락을 붉은 낙인 위에다 대었다.

"이거 봐, 그건 욕된 낙인야!" 하고 지사는 거칠게 대답했다. "우리들이 당신의 아이를 다른 사람의 손에 맡기려고 하는 것도 그 글자가 말하는 죄 때문야."

"그렇지만," 하고 어머니는 말했다. 조용하게 그러나 점점 얼굴이 더 파래져가면서, "이 표지는 저한테 가르쳐주고 있어요. ― 지금 이 순간에도 가르쳐주고 있어요. ― 이 교훈으로 해서 제 아이는 한결 분별 있는 좋은 아이가 될 거예요. 저한테는 아무 이로울 게 없지만요."

"신중히 판단해봅시다." 벨링엄은 말했다. "그리고 우리가 할 일도 잘 생각해봅시다. 윌슨 선생. 이 진주 ― 라구 그랬지 ― 를 잘 조사해봐 주세요. 그리고 저 연배 아이들에게 적합한 기독교도로서의 교육을 받았는지 보아주세요."

노목사는 의자에 앉아서, 진주를 두 무릎 사이로 끌어들이려고 했다. 그러나 어린아이는 어머니 이외에는 아무한테도 가본 일이 없었기 때문에, 열린 창밖으로 도망쳐 나가서 돌층대의 맨 위쪽에 서 있었고, 흡사 예쁜 날개를 가진 열대 지방의 들새처럼 공중으로 날아오를 듯한 자세를 취하고 있었다. 윌슨 씨는 이 갑작스런 변을 당하고 적지 아니 놀란 듯했다 ― 그도 그럴 것이 그는 할아버지 같은 데가 있는 인물이어서 언제나 어린아이들이 따랐던 것이다. ― 그렇지만 좀 더 시험을 해보려고 했다.

"진주야." 그는 무척 엄숙한 어조로 말했다. "너는 좋은 교육을 받아야 한다. 그러면 이다음에 커서 가슴에 아주 값진 진주를 달게 된단 말야. 자아, 이리 와봐요. 누가 너를 만들었는지 알겠니?"

그런데 진주는 누가 자기를 만들었는지 잘 알고 있었다. 말하자면 경건한 가정의 딸인 헤스터 프린은 하늘의 아버지에 대한 얘기를 한 뒤에는 바로 진주에게 그에 대한 진리, 그것은 인간의 정신이 아무리 미숙한 단계에 놓여 있어도 비상하게 열렬한 관심을 갖고 흡수하게 되는 것이지만, 그것을 알려주기 시작했던 것이다. 따라서 진주 — 그녀가 3년 동안의 생애에서 배운 것은 상당히 많았다. — 는 뉴잉글랜드의 기도 초보나 웨스트민스터 문답서의 제1난 정도의 시험은 무난히 통과할 수 있었다. 그런데 어린아이들은 누구나 조금씩은 갖고 있고, 진주는 그중에서도 다른 아이의 열 배나 갖고 있는 그 심술궂은 성격이 가장 난처한 때에 마음을 점령해버리고, 그녀의 입술을 봉해버리고, 옳지 않은 말을 입 밖에 내게 했던 것이다. 손가락을 입에 물고 월슨 씨의 질문을 막무가내로 몇 번씩 대답하지 않으려고 하다가 어린아이는 드디어 나는 만들어지지 않았어요. 엄마가 감옥의 문 옆에 나 있는 찔레꽃 덤불에서 꺾어 왔어요, 하고 대답했다.

이 공상 비슷한 생각은 아마 진주가 창밖에 서 있었기 때문에 지사 집 마당의 빨간 찔레꽃이 가까이 있었던 것과, 게다가 또한 여기에 오는 도중에 감옥의 찔레꽃 덤불이 있는 데를 지나온 것을 생각하고 한 것임에 틀림없었다.

늙은 로저 칠링워스는 얼굴에 미소를 띠고 젊은 목사의 귀에 무엇인가 속삭이었다. 헤스터 프린은 그 노련의 의사를 바라다보았다. 그리고 그 순간에 자기의 운명이 저울 위에 걸려 있는 것을 생각하고, 가슴이 덜컥 내려앉았다. 그녀는 그의 얼굴에 이상한 변화가 생긴 것을 보았던 것이다. — 그것은 얼마 더 징글맞게 보였던지 노상 거무죽죽한 얼굴빛이 한결 더 까맣게 된 것 같았다. 그리고 그 자태는 한결 더 병신이 된 것 같고 — 이런 변화는 그녀가 가까이 그를 알고 있었던 후에 생긴 것이다. 그녀는 흘끗 그와 눈이 마주쳤다. 그러나 곧 정신을 가다듬고 지금 일어난 장면에 주의를 집중시키려고 했다.

"이건 형편없군!" 하고 지사는 외쳤다. 그리고 진주의 대답에 소스라친 마음을 천천히 가다듬으면서, "세 살이나 된 아이야. 그런데 누가 자기를 만들었는지 모른다! 분명히 이 아이는 자기의 영혼에 대해서도, 필시 한결같이 까막눈일 거야. 현재의 타락에 대해서도 미래의 운명에 대해서도! 여러분, 나는 이 이상 더 물어볼 필요는 없다구 생각해요."

헤스터는 진주를 붙잡고 억지로 품 안으로 끌어들였다. 그리고 거의 험악한 표정으로 청교도의 노지사에게 대들었다. 세상에서 버림받고 세상에서 단 혼자서 자기의 마음에 용기를 불어넣어주는 이 단 하나의 보물만으로 그녀는 온 세상을 상대로 어떤 일이 있어도 패하지 않는 권리를 자기는 갖고 있다고 느꼈다. 죽어도 그것을 지킬 각오를 하고 있었던 것이다.

"하나님은 저한테 아이를 주셨어요!" 그녀는 외쳤다. "당신들이 저한테서 빼앗아간 다른 모든 것의 보상으로 이 애를 주셨어요. ─ 이 아이는 저의 행복이에요! ─ 그렇지만 또한 저의 가책이에요! 진주가 있기 때문에 나는 이 세상에 살아 있어요! 진주도 역시 나한테 벌을 주어요! 모르시겠어요. 이 아이는 주홍색 글자예요. 단 하나 사랑할 수 있는 것이에요. 그래서 천만 배로 내 죄를 벌할 수 있는 힘을 갖고 있어요. 이 애를 당신들한테 빼앗길 수는 없어요! 내가 먼저 죽을 테예요!"

"불쌍은 하오만," 불친절하지 않은 노목사가 말했다. "아이는 소중히 기르도록 할 테니까! ─ 당신이 기르는 것보다도 더 잘 키울 테니까."

"하나님이 이 애를 저한테 맡기셨어요," 헤스터 프린은 외치는 듯한 커다란 목소리로 되풀이했다. "저는 이 아이를 내놓을 수 없어요!" 그리고는 그녀는 갑작스러운 충동으로 젊은 목사 딤스데일 씨 쪽으로 몸을 돌렸다. 이 순간까지 그가 있는 쪽으로 눈을 돌리기조차 하지 않았던 것 같았다. "저를 위해서 말씀 좀 해주세요!" 하고 그녀는 외쳤다. "당신은 저의 목사님이셨어요. 저의 영혼을 맡으셨지요. 그러니까 이분들보다도 저를 더 잘 알고 계셔요. 저는 아이를 잃고 싶지 않아요! 저를 위해서 한마디 해주세요. 당신은 아셔요 ─ 이분들이 갖고 있지 않은 동정심을 갖고 계시니까요! — 당신은 제 마음속에 있는 것을 알구 계셔요. 어미의 권리가 무엇인지를 알구 계셔요. 어미가 다만 어린아이와 주홍 글자만 갖고 있을 때, 그 권리가 얼마나 더 강해지는가를. 그걸 생각해주세요! 저는 어린것을 잃고 싶지 않아요! 생각해보세요!"

헤스터 프린이 그 입장에서 미칠 듯한 심정이 된 것을 나타내는 이 격렬하고도 특이한 호소에 젊은 목사는 대뜸 앞으로 걸어 나왔다. 얼굴은 파랗게 질리고 손은 가슴 위에 얹고 있었다. 그의 특이한 신경질적인 성격이 혼란을 일으켰을 때 그가 항상 하는 버릇이었다. 그전에 헤스터의 불명예스러운 공개 장면에서 우리들이 말한 것보다도 더 고생에 시달려서 초췌해 보였다. 그의 건강이 쇠퇴해가기 때문인지 좌우간 그 원인은 어찌 되었든 그의 커다란 꺼먼 눈은 그 고달프고 우울한 깊이 속에 세계를 가득 채울 고통을 담고 있었다.

"이 부인의 말에는 진리가 있어요," 하고 목사는 입을 열었다. 목소리는 맑고도 약간 떨리는 기색이 있었지만 여간 힘차지 않았고 객실을 쩌렁쩌렁 울리고 속이 빈 갑옷이 다 울릴 정도였다. "진리가 있어요. 헤스터가 하는 말에두, 그녀의 느끼는 감정에두. 하느님이 그녀에게 아이를 주셨어요. 어린아이의 성질이나 요구 — 모두가 보아하니 특이합니다. — 에 대해서도 본능적인 지식을 그녀에게 주셨어요. 이것은 다른 사람들은 가질 수 없는 겁니다. 그리고 또한 어머니와 아이 사이의 관계에는 어떤 무서운 신성한 기맥이 있지 않아요."

"오오 — 그게 무슨 말이지요. 딤스데일 선생?' 지사는 말을 막았다. "그게 무슨 말인지 좀 설명해주세요!"

"지금 말씀드린 그대로입니다." 목사는 말을 계속하면서, "왜냐하면 만약에 그렇지 않다고 생각한다면 모든 육체를 가진 것의 창조자이신 하나님 아버지께서는 죄의 행위를 경시하시고 더러운 정욕과 신성한 애정 사이의 구별을 중시하지 않으신다는 말이 되지 않을까요? 아빠의 죄와 엄마의 치욕에서 태어난 이 아이는 하나님의 손에서 온 것이고, 엄마의 마음에 수많은 방법으로 작용하기 위해서 온 것입니다. 그 때문에 엄마는 저렇게 열렬하게 저렇게 정신적인 고통을 받아가면서 아이를 자기가 맡을 권리를 탄원하고 있습니다. 그것은 축복으로서 부여된 것 ― 그녀의 생활에 단 하나의 축복입니다! 그것은 의심할 여지도 없이 방금 엄마가 우리들에게 말한 것처럼 죄의 보상으로 부여된 것이기도 합니다. 뜻하지 않은 순간에 번번이 느껴지는 가책입니다. 모진 고통입니다. 찌르는 듯한 아픔입니다. 항상 되풀이되는 고민입니다. 그것은 불안한 희열의 한가운데에 나타납니다! 저 여자는 이런 생각을 불쌍한 어린아이의 복장에 나타내고 있지 않습니까? 저것을 보면 엄마의 가슴에 타 붙은 붉은 상징을 세차게 우리들에게 상기시킵니다."

"참 좋은 말이오!" 윌슨 씨는 외쳤다. "나는 이 부인이 어린아이를 논다니⁵로 만들려는 소견머리밖엔 다른 좋은 생각은 없는 게 아닌가, 그런 근심이 들었던 거요!"

"결코 절대로 그럴 리는 없습니다!" 딤스데일 씨는 말을 계속하면서, "제 얘기를 믿어주세요. 저 여자는 하나님이 저 아이를 존재하게 한 것에 대해서 하나님이 행하신 장엄한 기적을 인식하고 있어요. 따라서 저 여자는 또한 ― 이것이 제 생각으론 바로 진리입니다. ― 이 혜택이 바로 무엇보다도 엄마의 영혼에 힘을 주고 한결 더 어두운 죄의 구렁텅이에, 만약에 이 일이 없었더라면 필시 악마는 거기에다 저 여자를 쓸어 넣으려고 했을 그 구렁텅이에 떨어지지 않게 하기 위한 의미를 갖고 있다는 것을 느끼고 있을 겁니다. 따라서 지금 여기에 불멸의 영혼을 갖고 있는 아이

---

5 논다니 : 웃음과 몸을 파는 여자를 속되게 이르는 말.

를, 영원한 희열과 비애를 형성할 수 있는 것을 저 여자에게 맡겨서 기르게 하는 것은 저 불쌍한 여인을 위해서 좋은 일입니다. ― 결국은 이 아이에 의해서 정도(正道)를 찾게끔 훈련될 것입니다. 모든 순간에 자기의 타락을 생각하게 되고 동시에 마치 조물주의 신성한 서약인 것처럼 만일에 저 여인이 아이를 하늘에 인도한다면 아이도 또한 그의 양친을 하늘로 데리고 갈 것이라는 것을 배우게 될 것입니다. 이런 점에서는 죄 있는 어머니는 아버지보다도 행복합니다. 그러니까 헤스터 프린을 위해서 또한 똑같이 불쌍한 어린아이를 위해서 하나님이 마련해주신 적당한 상태에 두 사람을 그대로 내버려두는 게 좋을 것 같습니다!"

"당신은 이상하게 열성 있게 웅변을 토하시는군." 하고 로저 칠링워스 노인은 그를 보고 미소를 띠면서 말했다.

"그리고 이 젊은 동지의 말에는 가볍지 않은 의미가 있어." 윌슨 목사는 덧붙여 말했다. "어떻습니까? 벨링엄 각하, 불쌍한 이 여자를 위해서 근사하게 변호를 했다구 생각되는데요?"

"그렇습니다." 하고 지사는 대답하면서 "그러면 이 정도의 토론으로 우리들은 이 사건을 위선 이대로 두어두기로 합시다. 적어도 이 부인에게 금후 추문 같은 게 떠돌지 않는 동안에는. 물론 그렇더라도 노형이나 딤스데일 선생의 감독으로, 정신적이고 지정된 교회 문답시험은 치르게 해주셔야 할 겁니다. 또한 적당한 시기에는 교구 역원이 주선해서 이 아이를 학교에 보내고 집회에도 나가게 해야 할 겁니다."

젊은 목사는 말이 끝나자 일동이 모여 있는 곳에서 몇 걸음 뒤로 물러서서, 방장의 묵직한 주름 그늘 속으로 얼굴을 반쯤 가리고 서 있었다. 그러나 햇빛이 마룻바닥 위에 던진 그의 몸의 그림자는 자기의 호소의 격렬에 떨고 있었던 것이다. 진주는 그 광포한 아귀같이 심술을 부리던 아이가, 살며시 그의 곁으로 발소리도 내지 않고 다가가서 그의 손을 자기의 두 손으로 꼭 쥐고 거기에 자기의 얼굴을 갖다 대었다. 그 애무하는 모양이 어찌나 다정스럽고 어찌나 천연스러웠던지 그것을 보고 있던 어머니는 자기 자신에게 물어보았다. ―"저것이 내 딸 진주일까?" 그러나 그녀는 어린것의 가슴속에 애정이 있는 것을 알고 있었다. 하기는 그것은 거의 언제나 격정의 형태로 나타났고 지금처럼 부드럽고 잔잔하게 표현된 것은 난생처음인 듯했지만. 목사는― 오랫동안 찾고 있는 여자에 대한 경애 이외에는 이런 정신적인 본능에서 자연스럽게 우러나오는 그리고 그 때문에 우리들에게 진정으로 사랑할 만한 가치 있는 것이 있다는 것을 생각하게 하는 어린애의 호의의 표시만큼 기분 좋은 것은 없기 때문에 ― 목사는 주위를 둘러보고는 손을 어린아이의 머리 위에 얹고 잠시 머뭇거리다가 갑자기 어린애의 머리에 입을 맞추었다. 귀여운 진주의 어울리지 않은 애정의 기분은 오래가지 않았다. 그녀는 커다란 소리로 웃으면서 객실 한복판을 환영처럼 가볍게 날아서 저쪽으로 뛰어갔다. 윌슨 노목사는 어린애의 발끝이 과연 마룻바닥 위에 닿고 있는지 어떤지 의심스럽게 생각되어서 물어보기까지 했다.

"저 조그만 말괄량이는 요술을 부릴 줄 알 거야 필시." 그는 딤스데일 씨에게 말했다. "할멈의 빗자루가 필요 없어!"[6]

"이상한 아이야!" 로저 칠링워스 노인은 말했다. "이 아이한테는 분명히 저 어머니를 닮은 데가 있어. 그런데 여러분 어떨까요. 저 아이의 성질을 분석해서 거기에서 하나의 유형을 만들어가지고 그것으로 아버지를 예리하게 맞추어내는 일은, 학자의 연구로 되지 않는 일일까요?"

"안 돼요. 그런 의문에서 출발해서 이교(異敎)의 학문이 실 끝을 따라가려고 하는 것은 죄스러운 일입니다." 하고 윌슨 씨는 말했다. "그보다는

---

6 마녀는 노파의 빗자루를 타고 공중을 날아다닌다는 미신이 있었다. ―역주

단식을 하고 기도 드리는 편이 좋을 겁니다. 아마 이대로 불가사의한 일은 불가사의한 채로 내버려두는 게 좋을 거예요. 하나님의 마음이 스스로 그것을 나타내시지 않는 한. 그러니까 기독교도는 모름지기 이 불쌍한 애비 없는 자식을 위해서 모두 다 아버지로서의 친절을 베풀 권리가 있어요."

용건이 이렇게 만족스럽게 끝나자 헤스터 프린은 진주를 데리고 이 집을 나왔다. 두 사람이 돌층대를 내려왔을 때 사람들의 확실한 얘기로는 격자(格子) 창문이 열리고 해가 쨍쨍 비치는 바깥으로 벨링엄 지사의 고약한 누이동생인 히빈스의 얼굴이 불쑥 튀어나왔다는 것이다. 이 여자는 수년 후에 마녀로서 처형을 당한 사람이다.

"쉬—쉬—"하고 그녀는 말했다. 그러자 그녀의 불길한 얼굴이, 이 기분 좋은 새로 지은 집에 온통 어두운 그늘을 던지는 듯이 느껴졌다. "오늘밤에 같이 가지 않겠어요? 숲속에 재미있는 패들이 있어요. 예쁜 헤스터 프린 님도 같이 가겠다구 반은 마왕한테 약속을 했는데."

"아무쪼록 잘 얘기해주세요!" 헤스터는 의기양양한 미소를 띠면서 대답했다. "나는 집에 들어앉아서 귀여운 진주를 지키고 있어야 해요. 이 아이를 빼앗겼더라면 나도 당신하고 같이 즐겁게 숲속에 갔을 거예요. 그리고 마왕의 명부에 내 이름도 적어 넣었을 거예요. 그것도 내 피를 가지구요!"

"곧 우리한테 오게 될 거야!" 마녀는 얼굴을 찡그리며 머리를 다시 들이밀었다. 그러나 여기에 — 만약 이 히빈스와 헤스터 프린의 대면을 비유적인 이야기가 아니라 믿을 수 있는 일이라고 생각한다면 — 벌써, 젊은 목사가 타락한 어머니와 그녀의 약한 데에서 태어난 것과의 관계를 끊는 일에 반대한 변론의 하나의 증명이 있었던 것이다. 이와 같이 일찍부터 어린것은 어머니를 악마의 수렁에서 구해냈던 것이다.

9

의사(醫師)

독자들도 기억하고 있겠지만 로저 칠링워스라고 부르는 이름 밑에는 또 하나의 이름이 숨겨져 있었다. 그전에 그것을 이름으로 쓰고 있던 그는 다시는 그것이 남의 입에 오르지 않게 하겠다고 결심하고 있었다. 헤스터 프린이 수치스럽게 망신을 당하는 것을 목격하고 있던 군중 속에 늙수그레한 여고(旅苦)[1]에 지친 한 사나이가 서 있었고, 그는 때마침 위험한 야만 지대에서 뛰쳐나오는 길에 그녀를 보았고, 그녀가 있어야만 따뜻한 가정과 행복이 구현될 것을 희망했던 것이 보아하니 공중 앞에서 죄과의 전형으로 구경거리가 되고 있었다는 것은 이미 말한 바 있다. 그녀의 유부녀로서의 면목은 모든 사람들의 발밑에 여지없이 유린되었던 것이다. 비난의 소리가 온갖 사람들이 모이는 시장 거리의 그녀의 주위에서 물 끓듯이 요란스럽게 일어났다. 친척 되는 사람이 만약 이 소식을 듣는다면, 그런 사람들에게도, 또한 그녀가 정숙한 생활을 하고 있던 시절의 친구들에게도 이 불명예가 전염되어갈 뿐, 더군다나 그 불명예는 이런 사람들과 그녀와의 관계가 그전에 얼마큼 친한 것이었던가, 얼마큼 신성하기 짝이

---

1 여고(旅苦): 여행할 때에 겪는 괴로움.

없던 것이었던가² 하는 정도에 따라서 엄중하게 분배되기 마련이었다. 그러니 무엇 때문에 ─ 그 선택은 자기 하나의 마음에 달려 있었다 ─ 타락한 여자와의 관계가 누구보다도 가장 친밀하고 가장 신성하기 짝이 없는 것이었던 이 사나이가 일부러 걸어 나와서, 그다지 탐탁지도 않은 유산을 계승할 요구를 하고 나서겠는가? 그는 그녀가 세워져 있는 치욕의 자리에 그녀와 나란히 서서 망신을 당하는 일은 하지 않겠다고 결심했다. 헤스터 프린 이외에는 아무한테도 알리지 않고, 또한 그녀의 침묵의 자물쇠도 열쇠도 자기의 손에 쥐고, 그는 자기의 이름을 인류의 명부에서 빼어 버리려고 했다. 그리고 지난날의 연루(連累)나 관계에 대해서는 영원히 죽어버리고 마치 바다 속에 가라앉아버린 것처럼 되고 싶다고 생각했다. 세상의 소문은 벌써 먼 옛날에 그를 바다 속에 파묻고 있는 것이다. 이 목적이 이루어지면 새로운 관계가 곧 생겨날 것이다. 그리고 새로운 목적도 역시 생겨날 것이다. 그것은 사실상 죄를 짓는 일은 되지 않겠지만, 어두운 일일 것이다. 그러나 그의 재능의 전력을 기울일 만한 강력한 것이다.

이러한 결심에 따라 그는 이 청교도의 거리에 로저 칠링워스로서 거주를 정했다. 일찍이 보통 이상으로 갖고 있던 학문적인 지능 이외에는 아무것도 내보이지 않았다. 그는 일찍부터 당시의 의학을 모조리 연구해서 알고 있었기 때문에, 지금은 의사로서 이 고장에 나타났고, 또한 의사로서 따뜻한 대접을 받았던 것이다. 의학이나 의술의 직업을 가진 능숙한 사람이 이 식민지에는 드물었다. 아무래도 그런 종류의 사람들 중에는 다른 이주자들처럼 대서양을 건너가게 할 만한 종교적 열성이 있는 사람이 드물었던 모양이었다. 인간의 조직을 연구 조사하는 데 있어서 아마 그런

---

2 신성하기 짝이 없는 관계란 결혼 관계. 지금 헤스터의 그전 남편이 나타난 것이다. ─역주

사람들의 고도하고 미묘한 재능은 물질화되어버리고, 인생의 모든 것을 포함할 만한 기술을 갖고 있는 듯하고 경탄할 만한 인체의 복잡한 기계적 조직 속에 인간 생존의 정신적 견지를 상실한 것같이 생각된다. 그건 그렇고 좌우간, 사랑할 만한 보스턴 거리의 건강은 의약에 관한 여태까지 늙은 집사로서 약종상을 겸한 사람의 보호를 받고 있었던 것이다. 그는 경건하고도 진중한 사람이었고 그러한 그의 태도는 면허장의 형식으로 그가 보일 수 있는 어떤 증명서보다도 그에게 유리한 한결 더 효력 있는 증명서가 되었던 것이다. 외과의는 단 한 사람 있었다. 매일 일상적인 일로 하는 솜씨 있는 면도질을 하던 손으로, 가끔 그 고귀한 기술을 발휘하는 것이었다. 그런 사람들이 의술업을 하는 속에 로저 칠링워스가 나타난 것은, 눈부신 수확이었다. 그는 곧 자기가 고대 의서에 대한 육중하고 해박한 농간을 모르는 게 없다는 것을 세상에 표시했다. 말하자면 그의 약에는 옛날의 모든 종류의 엄청나게 잡다한 약의 성분이 산더미같이 들어 있고 그런 것을 조합하면 불로장생의 영약이라도 될 것 같은 생각이 들었다. 그 밖에 그는 토인에게 잡혀 있을 동안에 초근목피의 효능에 대한 수많은 지식을 얻었다. 그리고 그는, 이러한 단순한 의약은 무지한 야만인에게 준 대자연의 선물이며, 수많은 학식 있는 의사가 수세기를 소비해서 정묘하게 만들어낸 유럽의 약제법에 못지않게 그가 신뢰하고 있다는 것을 그의 환자들에게 숨김없이 말했다.

이 학식 있는 이방인은 적어도 종교적 생활의 외형에 관해서는 모범적이었다. 이 고장에 도착하자마자 그는 정신상의 지도자로서 딤스데일 목사를 택했다. 이 젊은 전도사는 그의 학자로서의 명성이 아직도 옥스퍼드에 남아 있는 정도의 사람이었지만, 그를 열렬하게 칭찬하는 사람들에 의해서 하늘에서 내려주신 사도 같다고까지 생각하고 있었고, 그가 인간의 정명(定命)의 기간을 살아서 일하게 되면 아직도 빈약한 뉴잉글랜드의 교회를 위해서 마치 기독교의 신앙이 빈약했던 시절에 초기의 교부들이 한 것과 똑같은 큰 위업을 할 운명이 부여되어 있다고 생각되었다. 그런데 이 딤스데일 씨는 건강이 눈에 띄게 나빠지기 시작했다. 그의 일상생활을 잘 알고 있는 사람은 이 젊은 목사의 안색이 나빠지는 것은 너무 연구에 골몰하기 때문이며, 교구의 의무를 너무 세심하게 이행하려고 하기 때문이고, 특히 그가 이 현세의 추악한 상태 때문에 정신의 불빛이 타오르는 것이 방해를 받고 어두워지는 것을 막기 위해서, 빈번히 단식 철야의 기도를 드리기 때문이라고 말했다. 만약에 딤스데일 씨가 정말 죽게 된다면, 그것은 세상이 도저히 이 사람의 발로 밟혀질 가치가 없기 때문에 그렇게 되는 것이라고 말하는 사람도 있었다. 한편 그 자신은 그의 특징인 겸허한 생각으로 만약에 하나님께서 자기를 딴 세상으로 옮겨놓는 것이 적당하다고 생각하신다면 그것은 이 지상에서 자기가 그의 가장 천한 사명을 이루는 일을 할 가치가 없기 때문이라고 생각하고 있다고 확언했던 것이다. 그의 초췌의 원인에 대해서는 이만큼 의견이 구구하지만 그것이 사실인 것만은 틀림없었다. 그는 살이 빠졌다. 목소리는 여전히 풍부하고 명쾌했지만 어떤 우울한 기가 섞여서 쇠망의 예언을 하고 있는 것 같았다. 조금이라도 놀라운 일이나 갑작스러운 일이 생기면 그는 가슴에 손을 얹었고, 처음에는 뺨이 살짝 붉어졌다가는 이내 새파래져가지고, 무슨 아픈 데가 있는 사람같이 보이곤 했다.

그런 것이 젊은 목사의 상태였다. 그리고 그의 마음의 서광이 갑자기 지금이라도 꺼질 것 같은 위기를 품고 있을 때, 마침 로저 칠링워스가 이 거리에 나타났던 것이다. 그가 처음 그 장면에 등장했을 때 어디에서 왔는지 알고 있는 사람은 거의 없었고 하늘에서 떨어진 것도 같고 땅에서 솟아난 것도 같은 출현은 기적이라고까지 보려면 볼 수 있는 일종의 신비스러운 인상을 주었다. 그는 이제 능숙한 재간 있는 인물로 알려졌다. 그가 풀이나 들꽃을 모으고 숲의 나무뿌리를 캐고 가지를 꺾고 있는 것을 보면 범인의 눈에는 하치않은 것으로 보이는 것이라도 그 속에 숨은 효능이 있는 것을 잘 알고 있는 사람이 하는 일같이 보였다. 또한 사람들은 그가 케넬름 디그비 경(卿)³과 그 밖의 유명한 사람들 — 그들의 과학상의 지식과 업적은 거의 초인적이라고까지 생각되었다 — 을 자기와 편지 왕래가 있는 사이이니 친구이니 하고 말하는 것을 들었다. 학자 사회에서 그런 위치에 있으면서 어째서 그는 이런 고장에 왔을까? 원래 대도시에 있어야 할 사람인 그가 도대체 무엇을 바라고 이런 촌구석으로 왔을까? 이 질문에 답해서, 신용을 얻은 소문은 — 그것은 터무니없는 불합리한 소문이지만, 아무튼 지극히 사리가 밝은 영리한 사람들도 이것을 신용한 사람이 있는 것이다 — 하나님이 일대 기적을 행하시고, 유명한 약학박사를 독일의 어떤 대학으로부터 번쩍 공중으로 운반해다가 딤스데일 목사의 서재의 문턱에다 내려다 놓았다고 하는 것이었다. 좀 더 신앙이 투철한 현명한 사람들까지도 하나님이 소위 기적적 개입이라는 무대 효과 같은 것을 노리지 않고 목적을 진행시킨다는 것을 알고 있으면서도 로저 칠링워스의 시기적절한 도착에는 하나님의 가호의 손길이 뻗쳐 있다고 생각하고 있었다.

이 생각은 그 의사가 젊은 목사에 대해서 항상 보이고 있던 강렬한 흥미에 의해서 암암리에 자극을 받았다. 의사가 목사한테 노상 붙어 있는 모습은 교구민(敎區民) 같은 것이었다. 그리고 그의 선천적인 수줍음 다감성에서 친구로서의 존경과 신뢰를 얻으려고 노력하고 있었다. 그는 목사의 건강 상태에 펄쩍 뛰고 놀라면서 걱정스러운 표정을 지었다. 그러나 어떻게 해서든지 고쳐주고 싶다고 애를 쓰고 있었다. 그리고 빨리 치료를

---

3 케넬름 디그비 경(卿)(Sir Kenelm Digby, 1603~1665) : 영국 찰스 1세 때의 궁정신하 · 철학자 · 외교관 · 과학자.

하면 좋은 효과를 거둘 것 같았다. 선배 목사들, 집사들, 아이 있는 부인들, 딤스데일 씨의 교회의 신도인 아리따운 젊은 아가씨들은 모두 다 이 의사의 솔직하게 권하는 요법을 시험해보면 어떻냐고 애타게 졸라댔다. 딤스데일은 조용히 그들의 간청을 물리쳤다.

"나한테는 약이 필요 없어요." 하고 그는 말하는 것이었다.

그런데 어떻게 돼서 이 젊은 목사는 그런 말을 할 수 있는지. 다음 일요일이 올 때마다 그의 뺨은 점점 더 창백하게 여위어가고, 그 목소리는 그 전보다도 한층 떨리는 것이 더 심해져가는 것이다 — 그리고 그 가슴에 손을 얹는 것도 이제는 우연한 몸짓이라기보다도 오히려 상습처럼 되어 버렸던 것이다. 그는 자기의 일이 싫증이 났는가? 그는 죽기를 바라고 있는가? 그러한 질문은 보스턴 선배 목사들에 의해서, 또한 그의 교회의 집사들에 의해서 엄숙하게 문초되었다. 그들이 쓰는 말에 의하면 하나님에 의해서 그다지도 뚜렷하게 제공되는 조력을 물리치는 죄에 대해서 그들은 '그와 논쟁했다.' 그는 잠자코 듣고 있었다. 그러더니 드디어 의사와 의론을 해보겠다고 약속했다.

"하나님의 뜻이라면," 하고 딤스데일 목사는 이 약속을 지키기 위해서 로저 칠링워스 노인이 진찰을 청했을 때 말했다. "나의 일, 나의 슬픔, 나의 죄, 나의 노고가 곧 나의 생명과 함께 종말을 짓게 되더라도 나는 충분히 만족할 수 있어요. 그리고 그중에서 세속적인 것인 내 무덤 속에 파묻히게 될 것이고, 정신적인 것은 나와 함께 영원한 나라로 가게 될 겁니다. 나를 위해서 당신의 기술을 시험해보는 일은 필요 없습니다."

"아아," 하고 로저 칠링워스는 그의 독특하고 조용한 태도로 강요하는 것인지 자연스러운 것인지 알 수 없는 그 조용한 태도로 대답했다. "젊은 목사들이 항상 하는 소리지. 젊은 사람들은 뿌리를 깊이 펴고 있지 않기 때문에 터무니없이 가볍게 생명의 집착을 포기한단 말예요! 허기야 성인이라고 불리어지는 사람이면, 신과 함께 지상을 걷고 있기 때문에 기꺼이 사라져서 서로 같이 새 예루살렘의 황금 보도를 걷고 싶기도 하겠지."

"아뇨." 젊은 목사는 다시 대답했다. 손을 가슴 위에 얹자 고통의 번갯불이 이마를 스쳐갔다. "나도 거기를 걸을 수 있을 만한 가치 있는 사람이라면 이 세상에서 고생을 하는 것으로 좀 더 만족할 수 있어야겠지요."

"선량한 사람들은 언제나 자기를 지나치게 천하게 생각한단 말야." 하고 의사는 말했다.

이렇게 되어서 불가사의한 인물, 로저 칠링워스 노인은 딤스데일 목사의 단골 의사가 되었다. 칠링워스는 이 병에 흥미를 갖고 있었을 뿐만 아니라, 이 환자의 품성과 성질을 살펴보고 강한 감동을 느꼈기 때문에, 두 사람은 나이는 퍽 차가 많았지만 점점 같이 시간을 보내는 일이 많아졌다. 목사의 건강을 위해서, 또한 의사가 약이 든 초목을 수집하는 일을 할 수도 있어서, 두 사람은 해변과 숲속을 오랫동안 산책하는 것이었다. 어느 때는 부서지는 파도와 속삭이는 산책, 어느 때는 나무 끝에서 바람이 엄숙한 찬송가를 부르는 것을 듣는 산책, 이렇게 여러 가지 변화 있는 산책을 했다. 또한 가끔 의사는 목사의 초대를 받고 그의 서재에서 조용한 시간을 보내기도 했다. 과학자와 같이 있으면, 목사는 매력적인 기분이 들었다. 과학자에게는 보통이 아닌 깊이와 넓이를 가진 지적 교양이 있었던 것이다. 그리고 사물을 생각하는 방식이 넓고도 자유로웠다. 좀처럼 이런 사람은 목사직에 있는 사람들에게서는 구경할 수 없었다. 사실 그 의사에게 그런 특질이 있는 것을 발견하고 깜짝 놀랐다. 혹은 충격을 받았다고 말할 수도 있을 것이다. 딤스데일은 진정한 목사, 진정한 종교가였다. 경신(敬神)의 감정이 비상하게 발달해 있어서 힘차게 신앙의 길을 밟고 있었고, 그러면서도 시간이 지나갈수록 끊임없이 깊게 이것을 파들어 간 이지적인 정신을 갖고 있었다. 어떤 사회 상태에 있어서도 그는 소위 자유사상가는 되지 못했을 것이다. 신앙의 압력이 항상 그의 주변에 있어가지고 그 무쇠 틀 속에 넣고 그를 버티어주고 있지 않으면, 마음의 평화는 완전히 보지(保持)될 수 없었다. 그러나 그럼에도 불구하고 몸이 떨리는 두려운 희열감을 갖고 하기는 했지만 그는 항상 친근하고 있는 지능과는 다른 종류의 지능을 매체(媒體)로 해서 우주를 보는 일에 곧잘 휴식을 느끼곤 했다. 그것은 마치 창문이 활짝 열리고 한결 자유로운 공기가 그 닫혀두기만 한 숨 막힐 듯한 서재 안으로 들어온 것 같았다. 그 서재 안에는 등불 빛, 차단된 햇빛, 수많은 서적에서 풍기는 느긋느긋한 냄새, 그것은 육체적인 것이든 정신적인 것이든, 그런 것들에 싸여서 그의 생명은 여기까지 자기 자신을 좀먹고 피폐해갔던 것이다. 그러나 그 공기는 너무나 청신하고 차가워서 오랫동안 유쾌하게 숨 쉬고 있을 수는 없었다. 그래서 목사는, 그리고 의사도 그와 함께, 그들의 교회가 말하자면 정통이라고 규정한 것의 범위 내로 다시 물러섰던 것이다.

그처럼 로저 칠링워스는 그의 환자를 주의 깊고 세밀하게 관찰했다. 일상생활에서 보는 그 사람, 말하자면 자기에게 친근한 사고의 범위에서 길이 든 길을 걸어가고 있는 그 사람, 그와는 다른 정신적 풍경 속에 내동댕이쳐진 그 사람, 이 풍경의 새로움이야말로 그의 성격의 표면에 무슨 새로운 것을 불러일으키는 일이 있을지도 모르는 것이지만, 이러한 두 가지 방면에서 나타나는 모습을 치밀하게 관찰했다. 그는 아마도 환자에게 유익한 일을 해주려면, 그 사람을 위선 잘 알아야 한다고 생각했던 모양이다. 감정과 지능이 사람에게 있는 한, 육체의 병은 이러한 것의 특이성에 의해서 영향을 받는 것이다. 아서 딤스데일에 있어서는 사상과 상상이 비상한 활력을 갖고 있고, 감수성이 지독하게 강하며 육체가 약한 것은 거기에 그 기초를 두고 있는 것 같았다. 그래서 로저 칠링워스 — 노련한 재사이며 친절하고 우의 있는 의사 — 는 그의 환자의 품 안으로 뛰어

들어가서 그의 여러 가지 주장을 캐어내고 기억을 들여다보고 용의주도
하게 모든 것을 찔러보고 마치 캄캄한 굴속에서 보물을 찾는 사람처럼 온
갖 노력을 했다. 어떤 비밀이라도 그러한 탐구를 할 기회와 자유를 갖고,
그것을 끝까지 밀고 나갈 수 있는 숙련을 갖고 있는 탐구자에게서는 도망
할 도리가 거의 없을 것이다. 무거운 비밀을 지니고 있는 사람은 특히 의
사와 친밀하게 되는 일을 되도록 피해야 할 것이다. 의사 되는 사람이 선
천적으로 영리한 사람이고 게다가 무어라고 이름 붙여야 좋을지 모르는
것 — 직관력이라고나 할까— 을 갖고 있는 경우에는, 또한 남의 일에 함
부로 간섭하기를 좋아하는 이기심이나 자기 자신의 불쾌하게 두드러진
특징을 나타내려고 하지 않는 경우에는, 또한 대체로 선천적인 어떤 힘
을 갖고, 자기의 마음을 환자의 마음과 지극히 친밀하게 하고, 결국은 환
자가 자기도 모르는 사이에 다만 가슴속으로 생각만 했을 뿐이라고 상상
하고 있던 일도 발설하게 되는 경우에는, 또한 그러한 폭로도 떠들어대지
않고 시치미를 떼고는, 말로 하는 동정으로보다는 오히려 침묵으로 혹은
말이 되지 않는 호흡으로나 간간이 모든 것을 다 알고 있다는 것을 나타
내는 말을 자주 써가면서 그것을 인정하게 되는 경우에는. — 그런 경우
에는 언젠가 피치 못할 순간에 환자의 영혼은 용해되고, 어두우면서도 투
명한 흐름이 되어서 흘러나오게 될 것이다. 그리고 감추고 있는 모든 비
밀을 햇빛 속으로 들추어내게 될 것이다.

로저 칠링워스는 위에서 말한 특징의 전부나, 혹은 대부분을 갖고 있
었다. 그렇지만 시간은 흘러갔다. 이미 말한 바와 같은, 일종의 친밀성이
교양 있는 이 두 사람의 마음 사이에 성장하고 있었다. 그들의 마음은 광
야처럼 넓었고 인간의 사상과 연구의 전 범위를 대상으로 할 만한 것이
었다. 그들은 모든 화제에 대해서 말하자면 윤리와 종교에 대해서 공적
인 사건에 대해서, 또 한 개인에 대해서 논평하고 있었다. 쌍방이 다, 그

들에게는 개인적인 것이라고 생각되는 일들에 대해서 많이 이야기하였다. 그런데도, 의사가 반드시 있을 거라고 생각한 비밀은 결코 목사의 의식 속에서 새어 나와서 그의 친구의 귀에 들어오는 일이 없었다. 의사는 사실상 딤스데일 씨 신병의 성질조차 한 번도 뚜렷하게 털어놓고 말을 들어본 적이 없다는 의심을 갖고 있었다. 그것은 불가사의한 격의였다!

얼마 후 로저 칠링워스가 제안해서 딤스데일 씨의 친구들은 이 두 사람을 한집에서 살도록 마련해주었다. 그렇게 하면 목사의 생명의 모든 조수의 간만이 그를 위해서 마음을 쓰고 사랑하고 있는 의사의 눈앞을 지나가게 되는 것이다. 이 지극히 반가운 목적이 달성되었을 때 거리 사람들은 누구나 다 좋아했다. 그것은 젊은 목사의 안녕을 위해서 가능한 범위 내에서 가장 좋은 방법이라고 생각되었다. 하기는 그가, 정신적으로 그를 사랑의 대상으로 삼고 있는 수많은 꽃다운 처녀들 중에서 헌신적인 아내로서 누구인가를 선택한다면 또 별문제이지만. 이 일은 자주 그에게 이 일을 권할 수 있는 위치에 있다고 생각하는 사람들에 의해서 권장되었던 것이다. 그런데 현재로서는 아서 딤스데일이 그런 권유에 따라 결혼할 것 같은 가능성은 전혀 없었다. 그는 그런 종류의 모든 권유를 물리쳤다. 마치 목사로서 독신으로 사는 것이 그의 교회의 규율의 하나인가 하고 생각될 정도였다. 그 때문에 딤스데일 씨는 자기의 선택에 운명처럼 사로잡혔고, 또한 실제 분명히 그렇기도 했지만 반찬 없는 얼마 안 되는 식사를 항상 남의 식탁 위에서 하고 일생의 냉기를 남의 노변에서 녹이는 수밖에 달리 도리가 없는 것이 운명이었고, 이것을 참아가지 않으면 아니 되었기 때문에, 이 지혜롭고 경험이 많고 인정이 있고 또한 젊은 목사에 대해서는 아버지와 같은 애정과 경건한 사랑을 쏟고 있는 이 노의사[4]야말로 항

4　노의사 : 번역본에는 '노목샤'로 표기됨.

상 딤스데일의 목소리가 들리는 곳에 있을 만한 사람으로서 모든 인류 가운데에서, 그야말로 가장 적합했던 것이다.

두 사람의 벗의 새 거처는 신앙이 깊은 과부의 집이었고, 이 사람은 사회적인 지위도 높고, 그 집은 후일 킹스 채플의 굉장한 건물이 세워진 지면을 대부분 차지하고 있었다. 한쪽 편에는 묘지가 있는데, 이것은 원래 아이작 존슨의 사유지였다. 그 때문에 목사에게도 약학자에게도 각자의 일을 하는 데 적당하고 진지한 사색을 하는 데도 매우 적합한 집이었다. 과부는 어머니처럼 염려를 하면서 딤스데일에게는 앞방을 내주었다. 양지바른 방이고, 대낮에도 그늘이 필요할 때 쓰기 위한 묵중하고 두꺼운 방장이 쳐 있었다. 벽에는 벽전(壁氈)[5]이 삥 둘러 걸려 있었고 그것은 고블랭[6]의 원산지에서 사 온 것이라고 하는데, 좌우간 거기에는 성서에 나오는 다윗과 밧세바[7]의 이야기와 예언자 나단의 이야기[8]의 그림이 들어 있었다. 색은 아직도 바래지 않았는데 그 장면에 나타난 미녀 밧세바는 재화를 예언하는 예언자 나단의 얼굴처럼 컴컴해 보였다. 이 방에다 얼굴빛이 좋지 않은 목사는 그의 장서를 쌓아 올렸다. 양피지로 장정한 초기 교부들의 2절판 책이 많이 있었다. 그리고 유태 학자들의 법학 책이 있었고, 중세 수도사들의 철학 책이 있었다. 이런 책들은 신교의 목사들이 한편 그런 종류의 저자들을 욕을 하고 비난하면서도 자주 이용하지 않을 수 없는 것들이다. 이 집의 다른 한쪽에는 로저 칠링워스 노인이 그의 서재 겸 실험실을 만들었다. 그러나 현대의 과학자가 어지간히 완전하다고 생각할 수 있는 정도의 것은 아니었고, 증류기 하나하고 약종(藥種)과 화학약

---

5 벽전(壁氈) : 태피스트리(tapestry). 다채로운 색실로 무늬를 짜 넣은 직물.
6 고블랭은 3세기 불란서에서 양탄자 공장을 일으킨 형제. ─역주
7 다윗에 빼앗긴 우리야의 아내. ─역주
8 이 이야기들은 『구약성서』「사무엘기 하(下)」 제11장, 제12장에 나와 있다. ─역주

품을 종합하기 위한 기구가 있을 정도였고 그런 기구들을 이용하는 법은, 능숙한 연금학자가 잘 알고 있는 것이었다. 그런 편리한 위치를 차지하고 이 학식 있는 두 사람은 같이 살게 되었다. 두 사람은 각각 자기의 방에 틀어박혀 있었다. 그러나 서로 각자의 방에 친밀하게 드나들었다. 그리고 상대방의 일을 서로 호기심이 없지도 않은 눈으로 바라다보았다.

그리고 아서 딤스데일 목사의 가장 총명한 친구들은 이미 말한 것처럼 이러한 모든 일을 하나님께서 젊은 목사의 건강을 회복시켜주기 위해서 ─ 그것을 위해서, 공적으로나 사적으로나 또한 남몰래 수많은 사람들이 기도를 드리고 소원했던 것이라 ─ 하신 일이라고 생각했다. 그것도 무리는 아니었다. 그런데 여기서 말해두지 않으면 아니 될 것은, 시민들 중에서 다른 일부의 사람들이 요즘 딤스데일 씨와 이 불가사의한 노의사와의 사이에 제멋대로의 관계를 생각하기 시작한 것이다. 교육이 없는 군중들이 자기의 눈으로 세상일을 보려고 할 때는 가장 오류를 범하기 쉬운 것이다. 그러나 군중이 언제나 그렇듯이 그 커다란 따뜻한 가슴에서 나온 직관(直觀)의 위에 서서 판단할 때에는 그렇게 해서 얻어진 결론은 종종 심원하고 정확하고 초자연적인 힘에 의해서 계시된 진리와 같은 성질을 지니게 되는 것이다. 우리들이 지금 이야기하고 있는 이 경우에 있어서 군중은 로저 칠링워스에 대한 편견을 정당하다고 하는 데 있어서 무슨 진지한 반론을 내놓을 만한 가치 있는 사실이나 논변을 갖고 있기 때문에 그렇게 말하고 있는 것은 아니다. 실제 여기에 한 사람의 늙은 장인(匠人)이 있었다. 그는 지금으로부터 약 30년 전 옛날에 토머스 오버버리 경이 살해당한 당시에[9] 런던의 시민이었다. 이 사나이가 그 의사를 본 일이

─────────

9 1613년 4월 23일에 생긴 일. 오버버리는 영국의 저술가. ─역주
   토버스 오버버리(Thomas Overbury, 1581~1613) : 영국의 시인이자 수필가. 훗날

있다고 증명했다. 무슨 딴 이름이었고 그것은 이 얘기를 한 사람이 잊어버려서 생각나지 않았지만 오버버리 사건에 관계가 있던 유명한 노마술사 포먼[10] 박사와 같이 있는 것을 보았다는 것이다. 또한 두서너 사람들은 이 능숙한 의사는 토인들에게 붙잡혀 있을 때 야만인의 중들의 주문(呪文)의 술법을 배워가지고 의학 지식을 넓혔다고 암시를 했다. 야만인의 중들은 굉장한 마술쟁이이며, 곧잘 그 능란한 마법을 써가지고, 기적적이라고 생각되는 치료를 한다고 일반적으로 승인되고 있었던 것이다. 수많은 사람들 — 그리고 그들의 대부분은 냉정한 실제적인 관찰을 하는 사람들로서 그들의 의견은 좀 더 다른 일에서는 존중할 만한 것이었을 것이다 — 은 로저 칠링워스의 용모가 그가 이 거리에 와서 살고 있을 동안에 상당히 달라졌다, 특히 딤스데일 씨와 같이 살게 된 후부터 퍽 달라졌다고 확언했다. 맨 처음에는 그의 표정은 조용하고 명상적이며, 학자다웠다. 지금은 무슨 추악하고 불길한 것이 얼굴에 나타나 보인다. 그것은 그전에는 띄지 않던 것인데 요즘은 그를 볼 때마다 점점 더 두드러지게 눈에 띄게 되었다는 것이다. 일반 사람들의 무지한 생각에는 그의 실험실에 있는 불은 지옥에서 부쳐온 것이고 지옥의 장작으로 타고 있다. 그 때문에 그의 용모는 보면 알겠지만 연기에 그을려 있다.

결국 한마디로 말하자면 아서 딤스데일 목사는 기독교 세계의 모든 시대의 유달리 신성하게 산 수많은 다른 사람들과 같이 악마 자신의 혹은 악마의 사자(使者)의 침노를 받고 있다. 그리고 그것이 로저 칠링워스의

서머싯 백작이 되는 로체스터 자작의 비서이자 조언자였으나, 로체스터와 결혼하려 했던 에식스 백작부인을 「아내」라는 시를 통해 비난한 일로 인해 체포되고 독살당함.

10 포먼(Simon Forman, 1552~1611) : 영국의 신비주의자. 오버버리를 암살한 에식스 백작부인이 그로부터 여러 가지 약을 구입했다고 함.

탈을 쓰고 있다는 의견이 널리 퍼지게 되었다. 이 악마의 끄나풀은 얼마 동안 하나님의 허락을 받고 목사와 친밀한 관계를 맺고 그 틈을 타서 그의 영혼을 타락시키려고 하는 것이다. 총명한 사람이라면 어느 쪽에 승리가 돌아갈는지는 물론 의심할 여지가 없는 것이라고 하는 것이 세상 사람들의 심정이었다. 사람들은 철석같은 희망을 가지고 목사가 그 투쟁 속에서 반드시 얻게 된 영광을 차지하고, 거룩한 모습으로 걸어 나올 것을 기대하고 있었다. 그러나 당분간은 그도 그 승리를 차지할 때까지는 고투를 하지 않으면 아니 된다. 그동안에 혹시 죽게 될지도 모르는 고민을 생각하면서 사람들은 모두 동정했던 것이다.

아아, 불쌍한 목사의 눈 속에 어린 우울과 공포에서 판단해볼 때, 그 전쟁은 매우 괴로운 모양이다. 그리고 승리는 도저히 확실하다고는 말할 수 없을 것 같다!

10

의사와 환자

로저 칠링워스 노인의 한평생은 여태까지 조용한 성격으로 애정이 깊다고는 할 수 없지만 항상 세상과의 모든 교섭에 있어서 깨끗하고 곧은 사람이었다. 그가 탐색을 시작하자 재판관의 엄격하고 공평한 염직성(廉直性)을 가지고 임하려고 하였고, 다만 진리만을 목표로 마치 자기가 문제삼고 있는 것은 인간의 정열이나 자기 자신이 타격을 받은 비행이 아니라 기하학 문제의 가공의 선이나 도형(圖形)에 지나지 않는다는 것 같은 태도를 취했다. 그런데 일을 진행해감에 따라서, 무서운 매혹이 일종의 맹렬하면서도 냉정한 필연으로서 이 노인을 사로잡고 그가 그것이 명령하는 바를 성취하기 전에는 결코 손을 떼지 않겠다는 듯한 기세를 보였다. 그는 바야흐로 불쌍한 목사의 가슴속을 파 들어가는 일을 마치 금덩어리를 파 들어가는 광부처럼 했고, 혹은 오히려 묘 구덩이를 파헤치고 송장의 가슴에 달린 보석을 훔쳐내려는 송장 도적 모양으로 했는데, 그러나 그 결과는 시체와 부패밖에는 아무것도 찾아내지 못할 것 같다. 아아, 만약에 그가 찾고 있는 것이 그런 것이라면 하느님이시여 그의 영혼을 구해주십시오!

가끔 한 줄기 빛이 의사의 두 눈에서 비쳐 나왔다. 새파랗고 불길하게 타는 것이 화롯가에 비친 반영 같기도 하고 혹은 산마루에 있는 버니언[1]의 무서운 문턱에서 튀어나와서 그 순례자의 얼굴 위에서 떨고 있던 괴화(怪火)의 섬광 같기도 했다. 이 어두운 광부가 일하고 있는 땅이 아마도 무슨 그를 고무하는 실마리를 보였을 것 같다.

'이 사나이'는, 그런 때면 그는 자기 혼자 말하는 것이다. '모두 이 사나이를 깨끗하다구 생각하고 있지만 — 하기는 온통 정신적인 사람처럼 보이기는 하지만 — 자기 아버지나 아니면 자기 어머니한테서 강렬한 동물성을 물려받은 것 같아. 이 맥이 뻗친 방향으로 어디 한번 파 들어가볼까!'

그리고는 오랫동안 목사의 어둠침침한 내부를 찾아다니고, 수많은 귀중한 자료를 뒤엎어본다. 그런 것들은 모두 인류 동포의 안녕을 위한 드높은 요망의 형태를 취하고, 온갖 사람의 영혼에 대한 열렬한 애정, 자연적으로 생긴 경신(敬神)의 정신이 사색과 연구에 의해서 보강되고, 천계(天啓)[2]와 묵시에 의해서 밝혀진 것이었다. — 그런 무가치한 황금은 모두가 이 탐색자에게는 아마 쓰레기나 다름없는 것이었을 게다. — 그는 실망하고 갔던 길에서 다시 돌아와 또 다른 방향을 향해 탐색을 시작하는 것이다. 그는 될 수 있는 한 조용히 손을 더듬어가면서 마치 반쯤 잠이 깬 — 혹은 완전히 잠이 깨어서 눈을 뜨고 있다고 해도 된다. — 자고 있는 사람이 누워 있는 침실로, 그 사나이가 눈동자처럼 소중하게 아끼고 있는 보물을 대담하게 훔치러 들어가는 도적처럼 될 수 있는 대로 발자국 소리를 죽이고 될 수 있는 한 사방으로 시선을 굴리면서 조심조심 들어가는 것이다. 미리 빈틈없이 조심하고 있는데도 마룻바닥이 이따금 삐걱거린다. 옷 스치는 소리가 와삭 하고 난다. 혹은 너무 가까운 데까지 가면 그의 몸의

---

1 버니언의 소설 『천로역정(天路歷程)』에 나오는 장면. — 역주
2 천계(天啓): 천지신명의 계시.

그림자가 가장 중요한 순간에 그의 희생자의 몸 위에 떨어진다. 다시 말하자면 딤스데일 씨는 신경이 비상하게 예민하기 때문에 가끔 정신적 직각이라는 힘이 생겨서, 어떤 그의 평화를 헤치는 것이 그에 대해서 진출해 왔다는 것을 막연하게나마 느끼게 되는 것이다. 그러나 로저 칠링워스 노인도 역시 거의 직각적인 지각을 갖고 있었다. 그 때문에 목사가 날카로운 시선을 그에게 돌리면 태연스럽게 의사는 앉아 있는 것이다. 친절하고 신중하고 동정심이 깊고 그러면서도 결코 침입해 오지 않는 친구로서 앉아 있는 것이다.

그러나 딤스데일 씨가 병적인 마음을 갖고 있는 사람이 걸리기 쉬운 병적 경향에서 모든 인류를 의심하는 습성이 없었더라도 이 노인의 성격은 아마 좀 더 완전히 파악할 수 있었을 것이다. 어느 누구도 친구로서 믿지 않았기 때문에 적이 현재 눈앞에 나타나 있어도 적이라고 분간을 할 줄을 몰랐다. 그 때문에 그는 여전히 노의사와 친밀한 교제를 계속하고 매일같이 그를 자기의 방으로 맞아들이고 또한 자기도 실험실을 방문하고, 혹은 위안을 위해서 잡초 같은 것들의 효력이 강한 약으로 변하는 과정을 구경하기도 했다.

어느 날, 그는 손으로 이마를 짚고 무덤들을 향해 열린 창문의 턱에 팔꿈치를 얹은 채 볼품없는 식물 한 다발을 살펴보는 로저 칠링워스와 이야기를 나누었다.[3]

"어디서," 하고 그는 물었다. 식물을 곁눈으로 보면서 — 왜냐하면 목사는 요즘 사람이건 물건이건 무엇이건 간에 정면으로 바라보는 일은 극히

---

3 번역문에서 빠진 부분으로 편집자가 번역했다. 원문은 다음과 같다. "One day, leaning his forehead on his hand, and his elbow on the sill of the open window, that looked towards the grave-yard, he talked with Roger Chillingworth, while the old man was examining a bundle of unsightly plants."

드물었고, 그것이 특징처럼 되어 있었다. —"어디서 이런 풀을 모아 오셨어요? 그런 꺼먼 늘씬늘씬한 잎사귀가 붙은."

"바로 요기 산소에서" 하고 의사는 대답했다. 여전히 검사를 계속하면서 "처음 보는 풀예요. 무덤 위에 나 있는 것을 찾아냈어요. 묘석두 없던데. 죽은 사람을 기념하는 것이라고는 이 추악한 잡초뿐이더군. 이놈들이 묘표(墓標) 노릇을 하고 있었던 거지. 죽은 사람의 가슴에서 난 거예요. 아마 어쩌면 가슴속에 감추고 있던 무서운 비밀이 이런 형태로 나타나게 됐는지도 모르죠. 그런 것은 살아 있을 동안에 다 털어놓았더라면 좋았을걸."

"그럴지도 모르죠." 딤스데일 씨는 말했다. "아마 그렇게 하려고 애를 썼는데도 안 됐는지도 모르죠."

"왜요?" 의사는 되물었다. "어째서 안 돼요? 삼라만상의 모든 힘은 모두가 죄를 고백하는 일을 열렬히 요구하고 있어요. 그래서 이런 꺼먼 잡초가 비밀을 가진 가슴에서 자라 나오는 거예요. 노골적으로 죄과를 표시하려구."

"그건 당신의 망상예요." 목사는 대답했다. "내가 보는 것에 틀림이 없다면, 하나님의 자비가 없이는 사람의 마음에 숨겨 있는 비밀을 말로 나타내게 하든 형태나 표지로 나타내게 하든 명확하게 드러내는 따위의 힘은 없어요. 그 마음은, 그런 비밀을 지니고 죄 많은 것이 되어 있더라도 숨겨져 있는 모든 일들이 표면에 나타나는 날이 오기까지는 숨겨두고 있지 않으면 아니 돼요. 또한 내가 성서를 읽고 해석한 바에 의하면 그날이 와서 사람들의 생각과 행동이 표면에 나타나게 되더라도 그것은 응보의 벌의 일부로서 기도(企圖)되는 것이 아니라는 것을 알고 있어요. 분명히 그것은 천박한 생각예요. 아니, 확실히 이러한 계시(啓示)는 내가 터무니없는 잘못된 생각을 하고 있지 않는 한 다만 모든 지능 있는 사람들의 지적 만족을 주기 위한 것이라고 할 수 있어요. 그들은 그날 이 인생의 어두운 문제가 명백하게 되는 것을 보려고 기다리고 서 있을 거예요. 사람들의 마음속을 알아낸다는 것은 이 문제의 완전한 해설에 필요한 것입니다. 그리고 또한 내가 생각하기에는 당신이 생각하고 있는 비참한 비밀을 갖고 있는 마음은 그날이 되면 결코 기분 나빠하지 않고 말할 수 없는 즐거움을 갖고 그 비밀을 털어놓게 될 겁니다."

"그러면 어째서 이 세상에서 그것을 털어놓지 않는 거예요?" 로저 칠링워스는 조용히 목사를 곁눈으로 바라보면서 물었다. "어째서 죄를 지은 사람들은 그 말할 수 없이 희한한 위안을 좀 더 빨리 이용하는 일을 하지 않지요?"

"대체로 그렇게 하지요." 하고 목사는 말하면서, 마치 끈덕진 고통이 맥박을 치기라도 하는 듯이 그의 가슴을 꼭 쥐었다. "수많은 사람들이, 수많은 불쌍한 사람들이 나에게 비밀을 고백했어요. 임종의 자리에서뿐만 아니라 살아서 몸도 튼튼하고 명성도 한참 좋을 때 말예요. 그리고 항상 그렇게 가슴을 다 털어놓고 고백한 뒤에 그 죄 많은 형제들이 얼마나 안심하고 후련해하는지를 나는 이 눈으로 똑똑히 보았어요. 마치 자기 자신의 썩은 입김에 오랫동안 질식할 뻔하다가 겨우 자유로운 공기를 들이마신 사람 같았어요. 그야 그럴 거죠. 비참한 사나이 — 이를테면 사람을 죽인 죄가 있다고 생각해도 되죠 — 가 어째서 그 시체를 자기의 가슴속에 두어두고 싶겠어요. 금방 내던지고 나중 일은 천지자연에 맡겨버리구 싶겠죠!"

"그렇지만 어떤 사람들은 비밀을 그렇게 가슴에 파묻어놓고 있지요." 의사는 태연스럽게 말했다.

"그야 그런 사람도 있지요." 딤스데일 씨는 대답했다. 그렇지만, 좀 더 뚜렷한 이유는 어찌 되었든 간에 그런 사람들은 그들의 성격 구조가 입을 열지 못하게 하고 있다고 생각할 수 있겠죠. 또는 — 이렇게 생각할 수도 있겠죠? — 죄를 느끼고 있기는 하지만 그러면서도 신(神)의 영광과 인간의 번영에 대한 열의를 갖고 있고 그 때문에 그런 사람들은 사람들의 눈에서 시커멓게 더러운 자기 자신을 들춰내 보이고 싶어 하지 않은 거죠. 왜냐하면 그렇게 하고 난 뒤에는 그 사람들은 아무런 선(善)도 행할 수 없게 되니까요. 아무리 좋은 일을 해도 과거에 저지른 악행을 보상할 수는 없게 될 테니까요. 그 때문에 그런 사람들은 자기 자신 말할 수 없는 고통을 겪으면서 동포 사이를 움직여 다니고 지금 금방 내린 눈처럼 맑은 얼굴을 하고 있지만 그들의 마음속은 아무리 몸부림쳐도 씻어버릴 수 없는 더러운 오점으로 온통 얼룩이 져 있는 거죠."

"그런 사람들은 자기 자신을 속이고 있는 거죠." 로저 칠링워스는 어느 때보다도 한층 더 강한 어조로 둘째손가락을 가볍게 움직이며 말했다. "그들은 바로 자기들한테 속해 있는 수치를 손에 집어 들기를 두려워하고 있는 거예요. 인간에 대한 그들의 사랑, 신을 위해서 봉사하는 열성 — 그런 신성한 충동은 그들의 가슴속에 악의 씨와 함께 공존하구 있을지도 모르고 없을지도 모르죠. 그들의 죄과가 문을 열고 그 악의 씨를 맞아들인 거예요. 그리고 그 악의 씨는 가슴속에서 악귀를 번식시키고 있을 거예요. 하지만 그들이 신을 영광되게 하려고 애쓰고 있다구 하지만 정말 그들의 더러운 손을 하늘로 뻗쳐 올리게 하구 싶지 않아요. 동포를 위해서 봉사하구 싶다면 위선 그들로 하여금 참회의 길로 꿇어앉히고 양심의 힘과 존재를 명시하는 일을 시키고 싶어요. 여보 당신은 생각이 깊고 신앙의 두터운 사람이오. 당신은 나에게 신 자신의 진리보다도 허식이 더 좋다고 — 보다 더 신의 영광을 위해서 인간의 행복을 위해서 좋다고 — 믿게 하려 하는 건지요? 분명히 말하지만 그런 놈들은 자기 자신을 속이구 있는 거예요!"

"그런지도 모르죠." 하고 젊은 목사는 말했다. 자기에게는 관계없고 적절하지도 않은 일은 토론하고 싶지 않다는 듯이 무관심한 표정으로 말했다. 그는 사실상 자기의 민감한 신경질적인 성격에 자극을 줄 것 같은 화제는 어떤 것이라도 회피하는 재능을 갖고 있었다. ─ "그런데, 나의 유능하신 의사님께 여쭈어보겠는데요. 실제 내 약한 이 몸을 친절하게 돌보아주시고 무슨 좋은 결과라도 발견했다고 생각하시나요?"

　로저 칠링워스가 대답하기 전에, 그들은 똑똑한 거침없는 커다란 어린애의 웃음소리가 연접해 있는 공동묘지 쪽에서 나는 것을 들었다. 본능적으로 그 열려진 창문으로 여름이었기 때문에 ─ 밖을 내다보자 목사의 눈에는 헤스터 프린과 귀여운 진주가 묘지를 건너지른 오솔길을 걸어가고 있는 것이 보였다. 진주는 밝은 대낮처럼 아름다웠으나 그 심술궂은 유쾌한 기분에 싸여 있었다. 이런 때 언제나 그녀는 동정이나 인간적인 접촉의 세계에서는 완전히 동떨어진 곳에 있는 듯이 보인다. 그녀는 지금 무덤에서 무덤으로 버르장머리 없이 뛰어다니고 있더니 이내 편편하고 널따란 가문(家紋)[4]이 새겨져 있는 어떤 고귀한 고인(故人) ─ 아마 아이작 존슨의 비석인 것 같다 ─ 의 비석이 있는 데까지 와서, 그녀는 그 위에서 춤추기 시작했다. 어머니가 좀 얌전하게 하라고 타이르면서 애원하다시피 하는 바람에 그녀는 걸음을 멈추고 서서 무덤 옆에 나 있는 키가 큰 우엉에서 가시 돋친 열매를 따기 시작했다. 손에 하나 가득 그것을 따가지고 그녀는 그것을 어머니의 가슴에 붙어 있는 주홍빛 글자의 도련[5]에다 나란히 꽂기 시작했다. 우엉 열매는 원래 옷에 붙으면 잘 떨어지지 않는 것이다. 헤스터는 그것을 떼려고도 하지 않았다.

　로저 칠링워스는 그때 창가로 가까이 와 있었다. 그리고 무서운 얼굴에 미소를 띠고 그 광경을 내려다보고 있었다.

4　가문(家紋) : 한 집안의 표지(標識)로 정한 문장(紋章). 집안의 계보나 권위를 상징함.
5　도련 : 저고리나 두루마기 자락의 가장자리.

"저 아이의 성질의 구조 속에는 법률이 없어, 권력에 대한 존경이 없어, 옳고 그르고 간에 사람의 명령이나 의견을 존중하는 마음이 없어." 그는 반은 자기 자신을 보고 반은 옆에 있는 사람을 보고 이렇게 말했다. "요전에 하필이면 지사한테 저 아이가 스프링 레인에서 가축용 물통의 물을 뿌리는 걸 보았어요. 도대체 저 애는 어떻게 된 아이일까? 쟤는 악마가 아닐까? 쟤한테 애정 같은 게 있을까? 무슨 이 세상 사람들의 성품을 만드는 원칙 같은 것이 저 애한테 있을까?"

"없어요. 깨어진 법률의 자유 같은 것밖에는," 하고 딤스데일 씨는 마치 그 점을 지금 마음속으로 혼자 생각하고 있었던 것처럼 조용히 대답했다. "선을 행할 수 있는지 없는지 분간할 수 없어요."

어린아이는 필시 그들이 말하는 소리를 들은 모양이었다. 들창 쪽을 유쾌하고 지혜로운 표정으로 짓궂은 밝은 미소를 띠면서 쳐다보더니 대뜸 가시 돋친 우엉 열매를 딤스데일 목사에게 내던졌던 것이다. 민감한 목사는 신경질적인 공포에 감싸여서 이 가시 총알에 몸을 움찔했다. 그의 감정의 움직임을 보고 진주는 그 조그만 두 손을 활짝 치켜들고 재미가 나서 못 견디겠다는 듯이 마주 손뼉을 쳤다. 헤스터 프린도 역시 얼결에 눈을 치켜들었다. 그리고 이 네 사람은 젊은이도 늙은이도 다 같이 묵묵히 서로들 바라다보았다. 그러나 어린아이는 커다란 소리로 웃으면서 외쳤다. ─"엄마 이리 와요, 이리 와요! 잘못하면 저기 있는 늙은 꺼먼 사람한테 붙잡혀요! 벌써 목사님은 붙잡혔어요. 자아 엄마 빨리 와요! 그렇지만 진주는 붙잡히지 않아요!"

그렇게 말하면서 그녀는 어머니를 잡아끌고, 무덤 사이를 깡충깡충 뛰고 춤을 추고 갖은 재롱을 다 부리면서 사라졌다. 과거에 파묻힌 사람들과 자기와는 아무런 공통점도 없고 도대체 자기는 그들과 결코 동류가 아니라고 말하고 있는 듯한 표정이었다. 마치 그녀는 새로운 요소에서 새로 태어난 것, 따라서 억지로라도 그녀만의 생활이 허락되어야 하고 자기 자신이 바로 법률이고 그런 특이한 성격도 최고라고 생각될 수 없는 것이라고 말하는 듯한 표정이었다.

"저기 가는 저 여자요." 로저 칠링워스는 잠깐 동안 말을 끊었다가 다시 입을 열고, "저 여자는 과거의 과실은 어떻게 됐든지 간에 당신이 지금 가슴속에 갖고 있기가 가장 괴롭다구 생각한 숨은 죄의 비밀을 하나도 갖고 있지 않아요. 당신의 생각으로는, 헤스터 프린은 저 가슴에 붙인 주홍 글자 때문에 그만큼 비참에 떨어졌다구 보시오?"

"정말 그렇다고 믿고 있습니다." 목사는 대답했다. "그렇지만 반드시 책임을 질 수는 없어요." 저 여자의 얼굴에는 고통의 빛이 어려 있었어요. 그것은 될 수만 있으면 보지 않았던 게 좋았어요. 그렇지만 그래도 내 생각으로는 괴로움을 받는 자의 입장으로서는 이 불쌍한 여자, 헤스터처럼 그 괴로움을 자유로이 표시하는 편이 그것을 가슴속에 숨겨두고 있었느니보다는 나을 거예요."

또다시 두 사람은 얘기를 멈추었다. 의사는 그가 모아 온 식물을 다시 새로 검사해서 늘어놓기 시작하고 있었다.

"당신은 조금 전에 나한테 물어보셨지." 그는 드디어 입을 열었다. "당신의 건강에 대한 나의 판단을."

"물어보았어요." 목사는 대답했다. "말씀해주셨으면 고맙겠습니다. 부디 숨기지 말고 다 말해주세요. 살아도 그만이고 죽어도 그만이니깐요."

"그럼 사실대로 똑똑히 말하죠." 의사는 여전히 부지런히 식물을 만지면서 말했다. 그러나 눈길은 조심성 있게 딤스데일 씨한테서 떼어놓지 않았다. "이상한 병상이야. 본래의 성질은 대수로운 게 아닌데. 아직 밖에 나타나 보일 정도는 아닌데 — 적어도 증세로 나타난 점을 내가 관찰한 한에 있어서는 말요. 매일같이 당신을 보구 있자니 말예요. 그리구 당신의 증세를 벌써 여태까지 몇 달 동안을 주의 깊게 보아오니 말예요. 당신은 상당히 중한 환자예요. 그렇게 보여요. 하지만 교양 있는 주의 깊은 의사라면 치료를 해서 전혀 고칠 가망성이 없을 만한 환자는 아녜요. 그런데 어떻게 말해야 좋을지 모르겠구먼. 병은 내가 알구 있는 것 같은데 또 모르는 것두 같구."

"당신은 수수께끼로 말하고 계신 것 같군요." 하고 얼굴이 창백한 목사는 창밖을 곁눈으로 바라보면서 말했다.

"그럼 좀 더 명백하게 말하자면," 의사는 말을 계속했다. "하지만 실례되는 말이 있으면 용서하세요. 나는 명백하게 말할 필요가 있으니까요. 나에게 당신의 친구로서 하나님의 가호 아래에서 당신의 생명과 몸의 건강을 맡아보고 있는 사람으로서 묻게 해주세요. 이 병의 모든 불건강한 상태가 숨김없이 나에게 알려지고, 조목조목 말할 수 있도록 알려져 있는지요?"

"어째서 그런 말을 물어보시지요?" 목사는 물었다. "의사님을 오시라고 해놓고 아픈 데를 감추고 있는 것은 어린애의 장난 같은 일이 아니겠어요!"

"그럼 내가 모르는 게 없이 다 알 수 있단 말인가요?" 로저 칠링워스는 예지에 빛나는 집중된 강한 눈초리로 목사의 얼굴을 노려보면서 신중히 말했다. "어쩌면 그럴지도 모르죠! 그런데 말예요. 다만 외부의 육체적인 고장만을 알고 있는 것은 치료를 해야 할 병의 절반만을 알구 있는 데 지나지 않는 수가 많아요. 몸의 병은 우리들은 그것이 병의 전부라구 생각하고 있지만 결국은 정신적 방면의 고민의 하나의 징조에 지나지 않는 수도 있어요. 또 한 번 말하지만 내 말이 조금이라도 기분 나쁘게 들린다면 부디 용서하세요. 내가 알고 있는 모든 사람들 중에서 당신은 말예요. 그 육체가 정신하고 가장 밀접하게 결합되고 침윤되고 합체가 되어 있는 사람예요. 육체는 정신의 도구이니까요."

"그럼 이 이상 더 무리한 청은 하지 않겠어요," 목사는 얼마간 허둥지둥 의자에서 일어나면서 말했다. "당신은 영혼을 위한 약은 취급하지 않으실 것이니까!"

"그러니까, 병환은," 하고 로저 칠링워스는 말을 계속했다. 한결같은 어조로 얘기가 중단된 것도 나타내지 않고 허리를 들고 그 바싹 마른 창백한 얼굴을 한 목사 앞에 자그마한 키의 가무잡잡한 못생긴 자태를 하고 막아서서 말을 계속하는 것이다. "당신의 정신의 병, 마음의 아픈 곳이라고 할 수 있는데, 그것은 곧 당신의 육체에 그와 비등한 표적을 나타내고 있어요. 그러니까 당신이 당신의 의사한테 몸의 병을 치료받고 싶다구 생각한다면 말예요. 위선 당신의 정신의 상처를 고민을 털어놓지 않고는 그것이 치료가 되겠어요?"

"아니! 아니, 당신한테는! 아니 이 세상의 의사한테는 안 돼요!" 딤스데일 씨는 열띤 어조로 눈을 반짝거리면서 몹시 사나운 안색을 짓고, 로저 칠링워스 노인을 향해서 소리 질렀다. "당신한테는 말할 수 없어요! 그리고 만약에 정신의 병이라면, 나는 정신의 단 한 사람의 의사한테 나를 맡기겠어요! 그 의사님은 고쳐줄 생각이 있으면 고쳐주실 게고, 아니면 죽여주실 수도 있어요! 하나님은 그의 정의와 예지에 따라서 좋다고 생각하시는 일을 나에게 해주실 거예요. 이런 일에 간섭하고 나서는 당신은 어떤 사람이죠? 괴로워하는 자와 하나님과의 사이를 구태여 가로막고 나서는 당신은?"

미친 사람처럼 몸을 흔들면서 그는 방에서 뛰어나갔다.

"이런 방법도 나쁘지는 않아." 로저 칠링워스는 목사가 나가는 뒷모습을 바라다보면서 쓰디쓴 미소를 띠고 혼자서 중얼거렸다. "손해는 하나두 없어. 곧 화해할 수도 있지. 그런데 좀 보지. 저 자는 저렇게 흥분했단 말야. 아주 이성을 잃구 말았어. 이 일두 그렇고 다른 일도 그렇구 똑같은 격정을 갖고 있는 거야. 그전에도 이자는, 이 신앙심이 깊은 군자(君子)인 딤스데일은, 그 가슴의 격정에 쏠려서, 무서운 일을 했거든."

두 사람 사이의 우정을 이전과 똑같은 위치와 정도에 되돌리는 일은 어려운 일은 아니었다. 젊은 목사는 몇 시간 동안 혼자 있은 뒤에 아까는 자기의 신경질적인 착란이 자기를 남 보기 흉한 열정의 파열로 몰아넣었던 것이고, 의사가 한 말 속에는 변명의 건덕지를 삼을 만한 잘못된 말이 하나도 없다는 것을 깨달았다. 그는 친절한 노인이 단순히 노인의 의무로서 제공할 만한 충고를, 더구나 목사 자신이 특히 간청한 그 충고를 해주고 있을 때, 그 사람을 물리쳐버린 자기의 난폭한 발작에 사실상 어안이 벙벙해졌다. 뼈저리게 뉘우치는 그런 마음에서 그는 지체하지 않고 그 친구에게 충분히 사과의 말을 하고, 계속해서 요양을 보살펴줄 것을 부탁하면서 여태까지의 치료가 성공하지 못했다 하더라도, 필시 그것은 그의 가냘픈 생명을 그 시간까지 연장시키는 수단이었을 거라고 말했다. 로저 칠링워스는 흔연히 그의 말에 동의했다. 그리고 목사의 몸을 의사로서 간호하는 일을 계속했으나 언제나 의사로서의 회견을 마치고 환자의 방을 나갈 때면, 이상하게 당황한 듯한 미소를 입가에 띠곤 했다. 이 표정은 딤스데일 씨의 면전에서는 짓지 않았으나 의사가 문턱을 밟고 밖으로 나서자마자 갑자기 뚜렷하게 나타나는 것이었다.

"보기 드문 병세야." 하고 그는 중얼거렸다. "좀 더 깊이 살펴볼 필요가 있어. 영혼과 육체 사이의 이상한 공감야. 의사만을 위한 문제로 보더라도, 이건 밑바닥까지 조사해보지 않으면 아니 되겠는데."

지금 말한 것 같은 장면이 벌어진 뒤 얼마 아니 돼서 우연히 이런 일이 일어났다. 딤스데일 목사는 대낮에 전혀 뜻밖에도 자기도 모르게 깊은 잠이 들어 있었다. 의자에 걸터앉은 채로, 그의 앞에는 탁상 위에 흑자체[6]로 인쇄된 커다란 책이 열린 채 놓여 있었다. 그것은 사람을 잠들게 할 수 있는 힘이 엄청나게 강한 유파의 문학책이었을 것이다. 목사의 심상치 않은 안면의 깊이는 사실상 진귀한 것이었다. 왜냐하면 이 사람은 보통 아무리 잠이 깊이 들어도 그 잠은 무슨 발작 같은 피상적인 것이었고, 따라서 나뭇가지 위에서 노는 새처럼 금방 질겁을 하고 달아나버리게 할 수 있는 성질의 사람이었기 때문이다. 그래서 그는 로저 칠링워스 노인이 별반 경계도 하지 않고 방 안으로 들어왔을 때도 의자에 앉은 채 꼼짝하지 않고 있었다. 의사는 곧장 환자 앞으로 다가가서 그의 가슴 위에 손을 얹고 옷을 헤쳐보았다. 가슴은 여태까지 언제나 옷에 싸여서 의사의 눈에도 보이지 않았던 것이다.

그러자 바로 딤스데일 씨는 몸을 떨면서 약간 움찔거렸다.

잠시 동안 들여다보고 나서 의사는 방을 나갔다.

그러나 그 얼마나 경악과 희열과 그리고 공포가 미칠 듯한 정도로 나타난 안색이었을까! 그 얼마나 맹렬한 광희였던가, 말하자면 눈이나 얼굴의 표정만으로 나타내기에는 너무나 벅차서, 그의 흉칙하게 생긴 온몸을 통해 뻗쳐 나왔고 하다못해 놀라운 괴상한 시늉으로 손을 천장으로 뻗어 올리고 발로 마룻바닥을 쿵쿵 구를 정도로 난폭하게 그 즐거움을 표시하지 않을 수 없었던 것이다. 이런 환희에 찬 순간에 로저 칠링워스를 본 사람이 있다면 그 사람은 이미 악마 왕이 좋아서 날뛰는 모양을 물어볼 필요가 없었을 것이다. 인간의 귀중한 영혼이 천당으로 가는 길을 잃고 악마의 왕국으로 내려왔을 때, 그가 좋아서 날뛰는 모양을.

그러나 이 의사의 환희를 악마 왕의 그것과 구별하는 것은 그 안에 담긴 한 가닥의 경악이었다!

---

6 흑자체(黑字體): 원문에는 black-letter. 고딕체의 활자를 말함.

11

가슴속

앞에서 얘기한 사건이 있은 뒤 목사와 의사와의 교제는 겉으로 보기에는 조금도 다른 점이 없었지만 사실은 그전과는 다른 성질의 것이었다. 로저 칠링워스의 지능은 이제 충분히 명백한 길을 앞으로 내다볼 수 있게 되었다. 사실 그것은 엄밀하게 말하자면 그가 자기 자신 처음부터 걸어가려고 계획했던 길은 아니었다. 표면상으론 조용하고 온화하고 냉정한 것 같지만, 그러면서도 그의 마음속에는 조용한 밑바닥에 혹시 악의가 숨어 있었을지도 모른다. 그것은 여태까지 숨어 있었지만 이제는 활동을 시작했고, 이 불행한 노인의 마음속에, 여태까지 어떤 사람도 그 적에 대해서 앙갚음을 할 수 없었던 직접적인 복수를 계획하게 했던 것이다. 그 자신이 단 한 사람의 신뢰할 수 있는 신임받는 친구가 되어서 모든 공포와 마음의 가책과 고민과 헛된 후회와 아무리 쫓아내도 다시 휩쓸아쳐 오는 죄과의 느낌을 모두 다 송두리째 고백하게 하면 어떨까! 세상이라는 커다란 가슴은 불쌍하게 생각하고 용서해주기도 할 것을 그 세상에 감추고 있는 죄악의 비애를 모조리 자기에게 불쌍히 여기는 생각도 없고 용서할 줄도 모르는 자기에게 고백하게 하면 어떨까! 그 비밀의 보물을 모조리 자기에게 쏟아놓게 하면 어떨까! 자기에게는 그 밖의 어떠한 것도 이만큼 충분히 복수의 부채를 지불할 수 있는 것이 없을 것이다.

목사의 수줍고 민감한 소극적인 태도가 이 계획을 방해했다. 그러나 로저 칠링워스가 이런 사태에 만족하고 있지 않다는 것은 설사 그렇다 할지라도 그런 내색은 조금도 보이지 않았다. 하나님이 ─ 복수자와 그의 희생자를 자기의 목적에 이용하면서 대체로 벌을 줌 직한 곳에서 용서를 하면서 ─ 의사의 내숭스러운 계획에 대신해서 준 것이 이런 사태였다. 그에 대해서 하나님의 계시가 있었다고 그는 거의 말할 수 있었다. 그것이 천국에서 온 것이든 혹은 다른 곳에서 온 것이든, 그런 것은 그의 목적을 위해서는 아무래도 좋았다. 그 계시의 도움에 의해서, 그와 딤스데일 씨와의 그 후의 모든 관계에 있어서 그에게는 목사의 외부적인 모습뿐만 아니라 마음속의 영혼까지도 눈앞에 환히 보이고 그런 모든 동작을 보고 이해할 수 있다고 생각했던 것이다. 그는 그럴 것이 그는 한 사람의 구경꾼일 뿐만 아니라 불쌍한 목사의 내부의 세계에 있어서 주역 배우 노릇도 했던 것이다. 그는 목사를 자기의 마음대로 조종할 수 있었다. 고민의 맥박을 갖고 복사를 흥분시키려고 원하면, 희생자는 언제나 고문대의 위에 있었다. 이 기계를 운전하는 나사를 비틀 줄만 알면 되었다. 그리고 의사는 그것을 잘 알고 있었다. 목사를 갑자기 공포심에 소스라치게 하고 싶을 때는, 이를테면 마술사가 지팡이를 휘두를 때처럼 무시무시한 환영들을 목사의 주위에 몰려들게 했던 것이다. ─ 그 형태는 형형색색이었고 죽음이나 혹은 죽음보다 더 무서운 치욕의 환영들이 ─ 천 개나 되는 환영들이 몰려들었던 것이다. 그리고 모두가 손가락을 치켜들고 목사의 가슴을 가리켰던 것이다!

그런 일들은 모두가 지극히 완전하고도 미묘하게 행해졌기 때문에 목사는 항상 무슨 흉악한 영향자가 자기를 감시하고 있다는 것을 어렴풋이 느낄 수는 있어도 그것이 사실상 무엇인지 뚜렷이 알 수는 없었다. 실제로 그는 의심스럽고 두려운 모습으로 — 어떤 때는 무서운 공포심과 지독한 증오심까지도 갖고 — 그 노의사의 병신 몸을 바라다보았다. 그의 몸짓 그의 걸음걸이 그의 희끔희끔한 수염, 그의 지극히 섬세하고 지극히 무관심한 행동까지도, 또한 그의 옷 모양까지도 목사의 눈에는 지긋지긋하게 보였다. 그가 자기 자신 그렇다고 인정하면서 부끄럽게 생각하고 있는 이상으로 그의 가슴속에는 한층 더 깊은 반감이 있었다는 것은 이것으로 넉넉히 짐작할 수 있다. 왜냐하면 그러한 불신임과 증오심은 그 이유를 결정할 수 없는 것이기 때문에 딤스데일은 자기 가슴의 전 물질을 하나의 병적인 부분의 독이 침범하고 있다고 느끼고, 그것에 모든 예감을 결부시켜 생각하고 있었기 때문이다. 그는 로저 칠링워스에 대해서 좋지 못한 감정을 갖고 있는 자기 자신을 책망하고 그런 감정에서 생겨난 훈계를 무시하면서 될 수 있는 한 그런 감정을 뿌리째 뽑아 없애려고 애썼다. 그것은 좀처럼 될 수 있는 일이 아니었지만 자기의 원칙적인 강령으로서 그는 그 노인과 사교적인 친밀한 관계를 계속하고 있었다. 그리하여 도리어 의사의 그 목적 — 그 목적을 향해서 이 복수자는 전력을 기울이고 있었다. — 을 완성시키는 기회를 노상 주고 있었던 것이다. 얼마나 불쌍한 노인이었을까. 그리고 이 사람은 그의 희생자보다도 훨씬 더 비참했던 것이다.

그리하여 몸은 병고에 시달리고 영혼의 어느 어두운 번민에 침식을 받으면서도 그리고 가장 흉악한 적의 흉계에 농락을 당하면서도, 딤스데일 목사는 그의 신성한 직책에 있어서 빛나는 명성을 얻어가며 일하고 있었다. 사실상 그는 그것을 대부분 그의 비통에 의해서 차지했던 것이다. 그의 지적 천품, 그의 도덕적 이해력, 감동을 경험하고 그것을 전달하는 그의 힘, 그러한 것들은 그의 일상생활의 가책과 고민에 의해서 항상 비상한 활동적 상태에 있었다. 그의 명성은 날로 높아지기만 했다. 그의 동료 목사들 중에도 유명한 사람이 몇몇 있었지만 그의 명성은 이미 그들을 압

도할 만한 기세였다. 동료들 중에는 학자도 있었다. 딤스데일 씨보다도 더 많은 세월을 소비해서 이 신성한 직업에 관한 깊은 연구를 한 사람들로서, 이 점은 동료보다도 응당 그런 견고하고 존귀한 학식에 한층 더 깊이 통해 있음 직한 사람들이었다. 또한 그보다도 한층 강인한 이지를 갖고 있는 사람들로서 훨씬 더 많은 예민하고 견고하고 철이나 화강암 같은 이해력을 갖고 있는 사람들도 있었다. 그런 것에다 고의의 배합물이 적당히 가미되면 지극히 존경할 만하고 유능하고 무뚝뚝한 종류의 목사가 되었다. 또한 정말 성인과 같은 목사로서 서적의 연구에도 끈기 있게 고생하고 노상 사색하면서 그 재능은 희한한 경지에 도달하고, 또한 보다 더 좋은 세계와 정신적 교통을 함으로써 영화(靈化)된 사람들도 있었다. 그들의 생활이 깨끗한 것을 보면 그 성스러운 사람들은 벌써 그 세계에 가 있는 사람들이었고, 다만 인간이라는 외의(外衣)만 아직 몸에 걸치고 있다고 볼 수 있을 만했다. 그런데 그런 사람들이 모두 갖고 있지 않은 것은 오순절 날 하나님이 선택받은 제자들에게 내리신 재능, 즉 불의 혓바닥이었다.[1] 그것은 요컨대 외국어나 미지의 나라말을 말할 수 있는 화술의 힘이 아니라, 전 인류에 향해서 마음속에서 우러나오는 말을 털어놓고 말할 수 있는 힘을 상징하는 것이었을 것이다.[2] 아까 말한 목사들은 다른 점에서

1 이 부분의 비유는 크리스트가 언어의 기적을 나타낸 장면에서 유래되는 것인데, 그 출처는 「사도행전」 제2장 제114절이다. 그 부분을 풀어서 소개하면 다음과 같다. "오순절 날 크리스트의 제자들이 한방에 모여 있었다. 그때 별안간 하늘에서부터 '급하고 강한 바람 같은 소리'가 내려와서 방 안에 가득 찼다. 그러더니 그 소리가 '불의 혓바닥'같이 갈라져서 제자들에게 다가왔다. 그러자 제자들은 제각기 '성령을 충만함을 받고 성령이 말하게 하심에 따라 다른 방언으로 말하기를 시작'했다." - 역주
2 작자 호손이 여기에서 의미하는 것은 성경 그대로의 언어의 기적이 아니라, 진리를 비근한 언어로서 일반 대중에게 이해시킬 수 있는 문학적 재능이다. - 역주

는 사도라고도 부를 수 있는 사람들이지만, 그들의 직책에 관해서 하늘에 계신 신이 부여하는 가장 마지막 가는 그리고 가장 회귀한 증명인[3] 불의 혓바닥을 갖고 있지 않았다. 그들이 아무리 가져보려 애써도 — 가져보려고 꿈꾸었다면 — 일상적인 말이나 물건의 형태의 가장 미끈한 매개를 통해서 최고의 진리를 표현하는 일은 할 수 없었을 것이다. 그들의 목소리는 그들이 언제나 살고 있는 드높은 곳에서 훨씬 불명료하게 떨어져 내려왔던 것이다.

딤스데일은 그의 성격의 수많은 특징에서 볼 때 자연히 이 후자의 계급에 속해 있었다고 말할 수 있을 것 같다. 만약에 그가 운명으로서 짊어지고 비틀거리고 있는 — 그것이 무엇이든지 간에 — 죄과와 고민의 무거운 짐 때문에 기가 꺾여 있지 않았더라면 신앙과 신성의 드높은 산봉우리까지도 그는 올라갈 수 있었을 것이다. 그 죄과의 고민의 짐 때문에 그는 가장 미천한 사람들과 같은 높이에 놓여 있었다. 영적인 소질을 갖고 있는 사람이고 그의 말에는 천사들도, 지금 말한 것 같은 일이 없었더라면, 귀를 기울이고 대답했을 그도 그런 상태에 놓여 있었던 것이다. 그러나 이런 그의 무거운 짐이 있었기 때문에 죄 많은 인류 동포에 대해서 그만한 친밀한 동정심을 가질 수도 있었던 것이다. 말하자면 그의 가슴은 그들의 심금과 같이 떨고 있었다. 그들의 고통을 자기의 가슴으로 받아들였다. 그리고 자기 가슴의 고통의 맥박을 수천의 다른 가슴을 향해서 벅찬 힘에 넘치고 구슬프고 설득하지 않고서는 견디지 못하는 웅변으로 불어 넣었다. 그의 설교는 번번이 회중을 탄복시켰고 어떤 때는 무서운 생각이 들 때도 있었다. 사람들은 그다지도 세차게 그를 움직이는 힘이 어디서 오는 것인지 알 수 없었다. 그들은 이 젊은 목사를 신앙심의 기적

---

3 열렬한 언어로서 진리를 인간 심정에 호소할 수 있는 능력. —역주

이라고 생각했다. 그들은 그를 하늘의 신이 내려주시는 예지와 꾸짖음과 사랑의 소식을 알려주는 대변인이라고 생각했다. 그의 눈을 보면 그가 밟고 있는 땅까지도 성화되는 듯한 감이 들었다. 그의 교회의 처녀들은 그의 옆에서 얼굴이 새파래져 있었다. 정열의 희생자인 그녀들은 그 정열에 강한 종교적 정서가 배어 있었기 때문에 그 정열을 그대로 종교로 생각하고 그것을 제단 앞에서 가장 하나님이 좋아하시는 희생으로서, 그들의 순결한 가슴속에 거리낌 없이 갖고 와 바쳤다. 그의 신자들 중에서 늙은 사람들은 딤스데일 씨가 몸이 약한 것을 보고 자기들 자신도 마찬가지로 쇄약해져가는데도 불구하고, 자기들보다도 먼저 그가 천국으로 갈 거라고 믿고 있었다. 그리고 자기들의 자식들을 보고, 자기들이 죽거든 자기들의 젊은 목사의 성스러운 무덤 근처에 묻어달라고 부탁하는 것이었다. 그리고 그런 때면 딤스데일 씨는 대체로 불쌍하게도 자기의 무덤에 대해서 생각해보았다. 그리고 그 무덤 위에 풀이 날 것인가 하고 자기 자신에게 물어보았다. 그 무덤에는 저주받은 자가 파묻히게 될 것이니까!

이런 일반 신자들의 존경이 그를 괴롭힌 그 고뇌는 상상할 수 없는 정도의 것이었다! 진실을 숭배하고, 모든 사물이 그 생명의 중심에 신적 요소를 갖고 있지 않으면 모두가 그림자 같은 중요성이나 가치를 전혀 갖고 있지 않은 것으로 생각하는 것이 그의 순진한 충동이었다. 그리고 자기는 무엇이란 말인가? — 실체란 말인가? — 혹은 모든 그림자 중에서 가장 희미한 그림자란 말인가? 그는 그의 설교단에서 되도록 커다란 목소리로 사람들에게 자기 자신이 무엇인가를 말하고 싶어 견딜 수가 없었다. "여러분들이 이렇게 검은 목사의 법의를 입고 있는 것을 보고 있는 나 — 신성한 교단에 올라서서 창백한 얼굴을 쳐다보면서 여러분들의 대표로서 가장 드높으시고 전지하신 신과 이심전심의 임무를 수행하고 있는 나 —

매일매일의 생활에서 에녹의 신성[4]을 갖고 있다고 여러분들이 보고 있는 나 — 이 땅 위를 걷는 나의 걸음이 발자국마다 빛을 남기고, 내 뒤에 오는 순례자들이 그에 의해서 축복의 나라로 인도될 거라고 여러분들이 생각하고 있는 나 — 세례의 손길을 여러분의 아이들의 몸 위에 놓은 나 — 여러분들의 죽어가는 친구들에게 작별의 기도를 올리고 그 사람들에게 지금 막 하직한 세상에서 희미하게 아멘 소리가 들리게 하는 역할을 한 나 — 여러분의 목사이며 여러분의 존경과 신뢰를 받고 있는 나는 철저하게 부패한 허위의 덩어리입니다!"

설교단에 올라가면서 딤스데일 씨는 이와 같이 말하지 않고는 절대로 그 계단을 내려오지 않겠다고 맹세하고 올라간 때가 한두 번이 아니었다. 그는 목청을 가다듬고 떨리는 숨을 한참 동안 깊숙이 들이마신 때가 한두 번이 아니었다. 그것이 다시 내뿜어질 때는 그의 영혼의 시꺼먼 비밀의 무거운 짐이 실려 나왔던 것이다. 여러 차례나 — 아니 백 번도 더 되었다 — 그는 정말로 말을 했다! 정말로 얘기했다! 그러나 어떻게 말했었던가? 그는 그의 청중을 향해서 자기가 지극히 비열한 사람이며, 가장 비열한 사람보다도 한층 더 비열한 사람이며, 최악의 죄인이며 한없이 가증스럽고 상상할 수 없을 만큼 무엄한 사람이며, 자기의 더러운 몸뚱어리가 청중이 보는 앞에서 전능하신 신의 불타는 노여움으로 말라비틀어지지 않는 것이 오로지 이상스러운 일이라고 그는 말했다! 이 이상 더 수식 없는 말이 있을 수 있을까? 사람들은 일제히 그 자리에서 벌떡 일어나서 그가 더럽힌 설교단에서 그를 끌어내려서 갈기갈기 찢어 죽이려고 하지 않았던가? 정말로 사실 그러지를 않았다! 그들은 그 얘기를 전부 들었다. 그리고 한층 더 그를 존경하게 될 뿐이었다. 어떤 치명적인 의미가 자기를

---

4 에녹은 「창세기」 제5장 제18절에 나오는 '하나님과 동행한 선인이다. —역주

책하는 이 말 속에 들어 있는지를 그들은 조금도 알지를 못했던 것이다. "성스러운 청년아!" 하고 그들은 자기들끼리 말했다. "지상의 성자야! 아 아 자기의 그다지도 순결한 영혼에 스스로 그만한 깊은 죄를 인정한다면, 당신이나 나 같은 영혼 속에서는 얼마나 무서운 죄를 그 사람은 보게 될 것인가 말이오!" 목사는 — 교묘하고도 회오에 가득 찬 위선자였다! — 자기의 몽롱한 고백이 어떤 빛으로 보여지고 있는지 잘 알고 있었다. 그는 죄 많은 양심에 서약함으로써 자기 자신을 기만하려고 애썼다. 그러나 그런 일을 해가지고 자기 자신을 기만하고 안심하고 있을 수 있는 것은 한순간도 되지 않는 일이었고, 다만 죄를 하나 더 쌓아 올리고 자기 자신도 인정한 수치를 쌓아 올리는 일밖에는 되지 않았다. 그는 정말 뱃속에 있는 말을 하였다. 그리고 그것을 정말 거짓말로 바꾸어놓았던 것이다. 그러면서도 그의 본질인 성품에서 그는 참된 것을 사랑하고 허위를 미워했다. 그런 사람은 세상에는 거의 없다고 해도 과언이 아니었다. 그 때문에 무엇보다도 가장 비참한 자기 자신을 증오했다!

그의 마음속의 근심은 그로 하여금 수많은 로마의 옛적의 부패한 신앙에서 볼 수 있는 행동을 하게 했고, 그가 태어나고 자라난 교회의 한결 더 좋은 가르침보다도 그쪽을 더 따르게 했다. 딤스데일 씨의 비밀 벽장 속에는 단단하게 자물쇠를 채워둔 속에 핏자국이 묻은 채찍이 있었다. 이 신교도이자 청교도인 전도사는 가끔 그것으로 자기의 어깨에 채찍질을 가하고, 채찍질을 가하면서 쓰디쓴 너털웃음을 크게 웃고, 그 쓰디쓴 너털웃음 때문에 한층 더 잔인하게 채찍질을 했던 것이다. 그리고 그는 또한 단식하는 습관이 있었다. 그것은 당시의 수많은 신앙심이 두터운 청교도들의 습관이었던 것이다. — 그러나 그들처럼 몸을 깨끗이 하고 하늘의 빛을 한결 더 잘 받을 수 있는 몸이 되기 위해서 하는 것이 아니라 — 지극히 엄격하게 무릎이 휘청거릴 때까지 하나의 지독한 고행으로서 그것을 행했던 것이다. 그는 또한 밤마다 잠자지 않는 고행을 했다. 어떤 때는 캄캄한 어둠 속에서, 어떤 때는 흐릿한 불빛의 등잔 밑에서, 또 어떤 때는 자기의 얼굴을 거울에 비치고 될 수 있는 대로 강한 밝은 불빛을 거기에 비치고 바라보고 있었다. 그처럼 그는 끊임없는 내성(內省)을 형태로 나타내고 그런 내성으로 자기 자신을 가책했다. 그러나 그것으로 자신을 정화할 수는 없었다. 이런 오랫동안의 철야고행을 하고 있으면, 그의 머리는 가끔 현기증을 일으켰다. 그리고 환영들이 그의 눈앞에서 아찔거리는 듯했다. 아마도 불안스럽게 의아스러운 눈초리로 이것을 바라보았을 것이다. 환영들이 자체의 몸에서 발하는 희미한 빛을 뿜으면서 방의 어두컴컴한 먼 곳에서 나타나거나 혹은 한결 더 밝은 그의 주변의 거울 속에 보였을 것이다. 그리고 그것은 어떤 때는 한 무리의 악마들의 형태로 나타났다. 이빨을 드러내고 이 창백한 목사를 보고 비웃으면서, 자기들과 같이 가자고 손짓을 해 보였다. 또 어떤 때는 빛나는 한 무리의 천사로 나타나서, 슬픔을 등지고 있는 듯이 무거운 몸짓으로 하늘을 향해 날아 올라갔는데 하늘로 올라갈수록 공기처럼 해맑아졌다. 어떤 때는 또 그의 청년 시절에 죽은 친구가 나타났다. 그리고 하얀 수염을 기른 부친이 성자처럼 얼굴을 찡그리고, 그리고 또 그의 모친이 지나가는 길에 얼굴을 외면하고 나타나기도 했다. 유령 같은 어머니 — 희미한 엷은 환상 같은 어머니 — 그녀는 그렇지만 자기의 아들을 보고 불쌍한 눈초리쯤 돌려도 좋지 않겠는가! 그리고 어떤 때는 이런 유령의 생각으로 가득 차서 처절해진 방을 지나서, 헤스터 프린이 미끄러져 갔다. 귀여운 진주를 데리고, 진주는 주홍빛 옷을 입고, 둘째손가락으로 위선 엄마의 가슴에 있는 주홍빛 글자를 가리키고, 그다음에는 목사의 가슴을 가리키고 있었다.

이런 환영들도 완전히 그를 속이지는 못했다. 어느 때나 그는 의지의 힘으로 안개 같은 무형의 형태를 통해서 물체를 볼 수 있었다. 그리고 그것들은 원래가 실체를 갖고 있지 않은 것으로서, 저쪽에 있는 조각을 한 탁자나, 저 커다란 네모진 가죽 장정에 주석 고리를 단 신학 서적처럼 실체가 있는 것이 아니라는 것을 확실히 의식할 수 있었다. 그러나 그럼에도 불구하고 그것들은 어느 의미에서는 불쌍한 목사가 상대로 하고 있던 가장 진실되고 가장 실체 있는 것이었다. 그의 생활 같은 허위의 생활을 하고 있는 사람의 말할 수 없는 불행은 그러한 허위의 생활이 우리들의 주위에 있는 모든 현실에서 그 진수를 훔쳐낸다는 것, 그런데 그것은 하느님에 의해서 정신의 희열과 양식으로 되어 있다는 것이다. 진실치 못한 사람에게는 전 우주가 허위이다 — 만져볼 수가 없다. 쥐어보려고 해도 오므라들어서 무가 되어버린다. 그리고 그 자신도 자기를 허위의 빛 속에서 나타내고 있는 동안에는 그림자로 되어버리거나 실제로 존재하지 않게 된다. 딤스데일 씨에게 이 지상에서 진정한 존재를 계속해서 부여하고 있던 단 하나의 진실은 그의 영혼의 깊은 밑바닥에 있는 고민과 그의 얼굴에 나타난 속임 없는 표정이었다. 만약 그가 일단 미소를 짓고 명랑한 얼굴을 할 수 있는 힘을 얻게 되면, 이미 그라는 사람은 없어지고 말 것이다!

지금 우리들이 어렴풋이 그 윤곽만 적어놓고 더 이상 자세한 이야기를 보류한 그런 흉악한 어느 날 밤 일이었다. 목사는 그의 의자에 앉아 있었는데, 갑자기 자리에서 벌떡 일어났다. 어떤 새로운 생각이 떠올랐던 것이다. 그렇게 하면 다만 한순간일지라도 마음의 평화를 얻을 수 있다. 마치 여러 사람들 앞에 예배를 보러 갈 때처럼 단정한 옷을 입고, 그리고 그 밖에도 그와 똑같은 준비를 갖추고 그는 조용히 계단을 내려서 문을 열고 밖으로 나갔다.

12

목사의 철야고행(徹夜苦行)

　말하자면 그림자 같은 꿈속을 걸어가면서 일종의 몽유병에 정말 걸려 있었는지, 딤스데일 씨는 벌써 여러 해 전에 헤스터 프린이 세상 사람들에게 망신을 당하고 구경거리가 된 최초의 몇 시간 동안을 지낸 장소에까지 왔다. 그때와 똑같은 높다란 형대가 꺼멓게 7년이란 긴 세월 동안을 비바람과 햇빛에 찌들고, 또한 그 후 거기에 올라간 수많은 죄수들의 발길에 밟히고 닳은 채, 아직도 그 집회소의 노대 밑에 서 있었다. 목사는 그 계단을 올라갔다.

　이른 5월의 어느 캄캄한 밤이었다. 구름의 장막이 지루하지도 않은지 음산하게 흐린 온 하늘을 천심에서 지평선 위까지 휘덮고 있었다. 헤스터 프린이 벌을 받았을 때 구경을 하고 서 있던 똑같은 수의 군중들이 지금 몰려들어 왔다 해도, 높은 단 위에 있는 사람의 얼굴은커녕 그 형태의 윤곽조차 이 한밤중에 어두컴컴한 속에서는 식별하지 못했을 것이다. 그런데 거리는 온통 잠들어 있었다. 누구한테 들킬 염려도 없었다. 목사는 거기에 서 있고 싶으면 새벽에 먼동이 틀 때까지 서 있어도, 이 음습하고 차가운 밤공기가 그의 몸속으로 스며들어서 뼈마디를 류머티즘으로 딱딱하게 하고, 목구멍을 카타르[1]나 기침으로 막히게 하고, 그로 인해 내일의 기도와 설교를 고대하는 청중들의 기대를 어긋나게 하는 것밖에는 다른 위험은 없었을 것이다. 어떤 사람의 눈도 그를 볼 수는 없었다. 보고 있는 것은 다만 벽장 속에 있는 그를, 피투성이의 채찍을 휘두르고 있는 것을 본, 그 노상 깨어 있는 눈뿐이었다. 그런데 그는 어째서 여기에 왔을까? 다만 회오(悔悟)를 조롱하기 위해서였을까? 과연 조롱은 조롱이었다! 그러나 그 조롱 속에서 그의 영혼은 자기 자신을 조롱하고 구박하고 있었던 것이다! 천사들은 그것을 보고 얼굴을 붉히고 울었고, 그와는 반대로 악마들은 조소(嘲笑)의 너털웃음을 웃으면서 좋아서 펄펄 뛴 조롱이었다! 그는 그가 가는 곳마다 그의 뒤를 따라오는 '회한(悔恨)'의 충동에 몰려서 이곳까지 쫓겨왔다. 그런데 '회한'의 자매(姉妹)이며 가장 친한 친구는 '비겁'이었고, 이것이 노상 그의 떨리는 손으로 그를 붙잡고는, 다른 충동에 몰려서 지금이라도 곧 자백을 할 것 같은 그를 못하게 말리는 것이었다. 불쌍하고 비참한 사람이다! 그처럼 약한 사람이 어떻게 죄과의 무거운 짐을 질 권리가 있겠는가? 죄과는 강철 같은 신경을 가진 사람에게만 적당한 것이다. 그런 사람이면 스스로 택한 죄에 견디든가 아니면 죄가 너무 세차게 압박할 경우에는, 그의 맹렬한 야만적인 힘을 좋은 목적을 위해서 돌리고 당장에 죄과를 내던져버릴 수도 있는 것이다. 이 가장 예민한 신경을 가진 가냘프디가냘픈 사나이는 그 어느 쪽도 해낼 능력이 없었다. 그러면서도 어느 쪽인가 한쪽을 계속해서 하고 있었다. 그리고 그러자니 그 두 가지는 똑같은 한 개의 풀 수 없는 매듭을 짓고 하늘을 거역하는 죄악과 보람 없는 헛된 회오의 뿌리 깊은 고통을 만드는 것이었다.

그리하여 처형대 위에 서서 남모르게 속죄의 고행을 보내고 있을 동안에, 딤스데일 씨의 마음속에는 세찬 공포감이 끓어올랐다. 마치 우주

---

1 카타르(catarrh) : 조직은 파괴되지 않고 점막이 헐면서 부어오르는 염증.

가 그의 가슴의 살을 바로 심장 위에 있는 주홍빛 표적을 응시하고 있는 것 같은 감이 들었다. 가슴의 그 자리에는 참말로 오랫동안 독 있는 이빨로 깨물린 듯한 육체적인 고통이 지금도 있었던 것이다. 의지의 힘도 쓰지 않고 혹은 스스로 자제하는 힘도 없이 그는 커다란 소리로 외쳤다. 그 고함 소리는 밤하늘을 통해서 울려 퍼졌고 집집마다 방향을 옮겨 가면서 거리의 등 뒤에 있는 산들로부터 메아리쳐 돌아왔다. 마치 악마의 떼들이 여기에서 엄청난 비참과 공포를 발견하고 그것을 장난감으로 해서 서로 던지고 받고 하는 것 같았다.

"인제 됐다!" 목사는 그의 얼굴을 두 손으로 가리고 중얼거렸다. "거리의 사람들이 잠을 깨고 달려 나와서 내가 여기에 있는 것을 발견하게 될 거다!"

그런데 그렇지 않았다. 그 고함 소리는 실제로 난 것보다는 훨씬 큰 힘을 가지고 그 자신의 놀란 귀에는 울려왔던 것이다. 거리는 잠을 깨지 않았다. 설사 잠을 깼다 하더라도 자리 속에서 잠에 취해 있는 사람들은 그 고함 소리를 무슨 꿈속의 무서운 광경이나 마녀의 소리일 거라고 생각했을 것이다. 그 당시에는 마녀의 소리가 가끔 들렸다. 식민지나 쓸쓸한 촌집의 하늘 위를 그 소리가 악마와 함께 떠돌았던 것이다. 그래서 목사는 사람들이 떠드는 소리가 하나도 들려오지 않았기 때문에 눈을 뜨고 사방을 둘러보았다. 다른 쪽으로 난 행길의 얼마 떨어지지 않은 곳에 있는 벨링엄 지사 관저 방의 한 창문에서 늙은 지사가 손에 등불을 들고 머리에는 하얀 실내모를 쓰고 기다란 하얀 잠옷을 입고 서 있는 것이 보였다. 그는 아닌 밤중에 무덤 속에서 불러 일어난 유령처럼 보였다. 고함 소리가 그를 놀라게 한 것이 분명하다. 같은 집의 다른 창에는 또한 지사의 누이동생인 히빈스 노처녀가 나타났다. 역시 등불을 갖고 있었는데 그 등불은 그렇게 떨어진 곳에서도 그 찌푸린 불만스러운 표정을 알아볼 수 있게 비치고 있었다. 그녀는 살창문에서 얼굴을 내밀고 불안스러운 표정으로 하늘을 쳐다보았다. 마술에 통하고 있는 이 늙은 여자는 딤스데일 씨의 고함 소리를 듣고, 거기에 수많은 우렁찬 메아리가 울려오는 것을 들으면서 그녀가 숲속을 같이 돌아다닌다는 소문이 돌고 있는 악마와 마녀들의 고함 소리라고 생각한 것은 의심할 여지가 없었다.

벨링엄 지사의 등불이 켜져 있는 것을 보자, 늙은 여자는 재빨리 자기의 등불을 끄고 몸을 감추었다. 혹은 그녀도 구름 속으로 올라갔는지 모른다. 목사에게는 그 이상 그녀의 행동은 보이지 않았다. 지사는 어둠 속을 주의 깊게 둘러보더니 — 그 어둠 속은 아무리 둘러보아도 돌절구 속을 들여다보는 것보다 더 잘 보일 것이 없었다 — 창가에서 자취를 감추었다.

목사는 비교적 태연스러웠다. 그런데 곧 깜박깜박하는 조그마한 불빛이 눈에 띄었다. 그것은 처음에는 상당히 멀리 떨어진 곳에서 보이더니 행길을 이쪽으로 가까이 다가오고 있었다. 그 불빛은 이쪽의 기둥을 비쳤다가 저쪽 마당의 울타리를 비쳤다가 이쪽의 살창문 유리를 비쳤다가 저쪽의 물이 가득 찬 마구(槽)에 붙은 펌프를 비쳤다가, 그리고 이쪽에 있는 쇠문고리가 달리고 층대의 주변에 통나무가 놓여 있는 참나무로 된 궁형문(弓形門) 같은 눈 익은 물건들을 비춰가면서 다가왔던 것이다. 딤스데일 목사는 모든 이러한 세세한 것들을 일일이 보았다. 그러는 동안에도 마음속으로는 뚜렷하게 자기의 생명에 대한 저주스러운 운명이 조금씩 소리 없이 다가오는 것을 지금 귀에 들려오는 발자국 소리로 자각하고 있었다. 그리고 몇 분 후면 등불빛이 자기 위에 떨어지고 자기가 오랫동안 감춰온 비밀을 들추어내게 되리라는 것도 각오하고 있었다. 등불이 차차 가까워지자 그는 동그랗게 비치고 있는 불빛 둘레 속에 자기의 동포인 목사가 — 좀 더 명확하게 말하자면 자기의 직업상의 아버지이며 동시에 지극히 귀중한 친구되는 사람 — 월슨 목사가 있는 것을 보았다. 이 사람은 어떤 사람의 임종에서 기도를 드리고 오는 길일 것이라고 지금 딤스데일 씨는 상상했다. 그리고 사실 그러했던 것이다. 노목사는 그가 이런 일을 하고 있는 이 시간에 땅에서 하늘로 올라간 원스럽[2] 지사의 임종의 자리에서 지금 막 돌아오는 길이었다. 그래서 이 침울한 죄과의 야밤에 옛날의 성인처럼 원광(圓光)에 둘러싸여서 ─ 그것은 마치 죽어간 지사가 그의 영광을 그에게 남겨준 것처럼, 혹은 그가 저 먼 곳에서 개가(凱歌)를 올리고 천국의 거리의 문을 들어가는 순례자 쪽을 보고 있는 동안에 그 먼 거리의 불빛이 비쳐오기나 한 것처럼 ─ 간단하게 말하자면 지금 윌슨 목사는 등불로 발밑을 비추면서 집으로 돌아가는 길이었다! 이 등불빛이 지금 말한 것 같은 생각을 딤스데일 씨에게 품게 했던 것이다. 그는 미소를 지었다 ─ 아니, 그런 바보 같은 생각에 거의 커다란 소리를 내고 웃으려고 했다 ─ 그리고 내가 미친 게 아닌가 하고 생각했다.

윌슨 목사가 한쪽 손으로는 그 제네바 법의(法衣)를 휘어잡고 또 한 손으로는 가슴 앞에다 등불을 치켜들고 형대 옆을 지나갈 때, 딤스데일 씨는 아무래도 말을 걸지 않을 수가 없었다.

"안녕하세요. 목사님, 윌슨 님! 이리로 오세요. 저하고 재미있는 얘기나 좀 하세요!"

야 큰일났다! 딤스데일 씨는 정말 말을 걸었던가? 순간적으로 그는 이런 말이 그의 입술에서 나왔다고 생각했다. 그런데 그 말은 다만 그의 상상 속에서 발해졌던 것이다. 노목사 윌슨은 여전히 천천히 걸어가고 있었다. 발 앞의 진창을 조심성스럽게 살펴가면서 한 번도 그 죄 많은 노대 위로는 얼굴을 돌리지 않았다. 희미한 등불빛이 훨씬 멀리까지 까물거리며

---

2 원스럽(John Winthrop, 1588~1649) : 17세기에 청교도를 신세계로 이끈 정치인. 매사추세츠 최초의 주지사.

사라졌을 때 목사는 자기도 모르게 머리가 아찔해지는 것을 느끼고 지금의 수 초 동안이 자기의 무서운 불안의 극점이었다는 것을 깨달았다. 마음속으로는 무의식중에 일종의 처절한 유희를 함으로써 그 긴장을 풀어 보려고 애를 썼지만.

얼마 후에 또다시 똑같은 처절한 해학감(諧謔感)이 그의 장엄한 사상의 유령들 속으로 스며 들어왔다. 그는 손발이 야밤의 무딘 냉기에 뻣뻣하게 굳어지는 것을 느끼고 이 형대의 계단을 걸어 내려갈 수 있을지 없을지 의아스러운 생각이 들었다. 동이 터 온다. 그는 여전히 거기 있을 것이다. 근처에 사는 사람들이 일어나기 시작할 것이다. 그중 빨리 일어난 사람이 어슬어슬한 바깥으로 나와서 치욕의 형대 위에 높이 서 있는 희미한 형태를 발견할 것이다. 그리고 경악(驚愕)과 호기심의 중간에서 반미치광이처럼 되어서 이 집 저 집의 대문을 두들기고 돌아다닐 것이다. 빨리 모두들 나와서 죽은 죄수의 유령 — 필시 유령이라고 생각할 것이다 — 이 나온 것을 보라고 외치며 다닐 것이다. 어둠침침한 집집에서 부산하게 떠들어대는 소리가 일기 시작할 것이다. 그러면 — 새벽은 점점 더 환하게 빛을 편다 — 늙은 가장(家長)들이 허둥지둥 일어날 것이다. 모두들 플란넬 잠옷을 걸치고 있다. 늙은 주부들도 잠옷을 입은 채 뛰어나올 것이다. 평소에는 사람들 앞에 나올 때는 머리털 하나 흐트러진 데 없이 차리고 나오는 점잖은 집안의 사람들도 모두들 악몽에 들뜬 듯한 당황한 모습으로 사람들 사이에 나타날 것이다. 벨링엄 노지사도 엄격한 얼굴을 하고 그 제임스 왕조 시대의 주름 깃을 비뚜로 달고 나타날 것이다. 그리고 히빈스 양도 치맛자락에 숲속의 나뭇가지를 붙인 채 여느 때보다도 더 찡그린 낯을 하고 간밤에 밤새도록 돌아다니느라고 그 후부터 한잠도 잠을 자지 못한 듯한 얼굴로 나타날 것이다. 윌슨 노목사도 간밤에는 임종을 보고 오느라고 늦게 잠이 들었는데 영광스러운 성자의 꿈을 이렇게 빨리 깨우면

곤란하다고 생각하며 그리고 딤스데일 씨 교회의 장로와 집사들도 역시 나타날 것이다. 이 목사를 신처럼 숭배하고 이 순결한 가슴 속에 사당(祠堂)을 세운 젊은 아가씨들도 올 것이다. 아가씨들의 가슴은 이 당황한 소동 속에서 목도리로 가리어질 사이도 없이 노출되어 있을 것이다. 요컨대 모든 사람들이 허둥지둥 문밖으로 뛰어나와서 이 처형대의 주위에서 놀란 공포에 찬 얼굴을 들고 바라보게 될 것이다. 동쪽에서 비쳐오는 붉은 햇볕을 이마에 받고 누가 그 형대 위에 있는가를 알아보게 될 것이다. 누군가 하고 보니, 아서 딤스데일 목사다. 반은 얼어 죽게 되고 부끄러움에 억눌려가지고 헤스터 프린이 그전에 서 있던 곳에 서 있는 것이었다!

이런 광경의 기묘한 공포에 눌려서 목사는 자기도 모르게 커다란 소리로 웃어댔다. 그리고 그것에 자기 자신도 한없이 놀랐다. 그런데 그 웃음소리에 따라서 이내 가볍고 요사스러운 어린애 목소리의 새된 웃음소리가 들려왔다. 그 소리는 그의 가슴을 서늘하게 했다 — 하지만 그것이 격렬한 고통이었는지, 같은 정도로 날카로운 쾌감이었는지 그에게는 알 수 없었다 — 그것은 귀여운 진주의 목소리라는 것을 알았다.

"진주야! 진주야!" 그는 한순간 머뭇거리고 난 뒤에 외쳤다. 그리고 목소리를 낮추면서, "헤스터, 헤스터 프린 당신이오?"

"네, 저예요. 헤스터 프린예요!" 그녀는 놀란 듯한 어조로 대답했다. 이내 목사는 그녀의 발자국 소리가 보도를 가까이 다가오고 있는 것을 들었다. 보도 위를 그녀는 지나가고 있었던 것이다. "저예요. 진주도 있어요."

"어디서 오는 거요, 헤스터?" 목사는 물었다. "무슨 일이오?"

"임종하시는 걸 보고 오는 길예요. 헤스터 프린은 대답했다. "윈스럽 지사가 돌아가셨어요. 그래서 수의의 치수를 재구 왔죠. 그래 지금 집으로 돌아가는 길예요."

"이리로 와요, 헤스터 그리고 진주도." 딤스데일 목사는 말했다. "당신하고 진주는 그전에 여기에 선 일이 있었지. 그렇지만 나하고 같이 서지는 않았어. 한 번 더 올라와요. 셋이서 함께 여기에 서봅시다!"

그녀는 잠자코 계단을 올라가서 단 위에 섰다. 귀여운 진주의 손을 잡고 있었다. 목사는 어린애의 또 한쪽 손을 찾아서 그것을 꼭 쥐어주었다. 그가 이렇게 하고 있는 순간에 세찬 기세로 새로운 생명이 돌진해 들어오는 것 같은 것이 있었다. 자기 자신의 생명과는 다른 생명이 폭포처럼 그의 가슴속으로 쏟아져 들어왔다. 그리고 그것은 그의 혈관 속을 모조리 휘돌았고 그 기분은 그의 절반이 마비된 몸의 각 기관 속으로 모녀가 제각기 그 생명의 온기를 전해주고 있는 듯이 느껴졌다. 세 사람은 전류가 통하는 한 줄의 사슬처럼 되어 있었다.

"목사님!" 하고 귀여운 진주는 속삭이었다.

"응, 왜 그래?" 딤스데일 씨는 물었다.

"엄마하구 나하구 세 사람이 같이 내일 낮에 여기 서주시겠어요?" 하고 진주는 물었다.

"아니, 아니, 진주야. 그건 안 돼!" 하고 목사는 대답했다. 이때 이 순간의 새로운 생명의 활력과 함께 그의 일생의 오랜 고민거리였던 세상에 대한 폭로의 공포감이 그에게 다시 돌아왔던 것이다. 그리고 그는 이 사슬 ─ 그것은 이상한 희열을 주는 것이기는 했지만 ─ 에 매어 있는 자기 자신을 반성하면서 이미 몸을 떨고 있었다. "아니, 그건 안 돼. 언젠가는 엄마하고 너하고 세 사람이 같이 서야지. 그렇지만 내일은 안 돼!"

진주는 커다란 목소리로 웃었다. 그리고 쥐인 손을 잡아 빼려고 했다. 그러나 목사는 꼭 쥐고 있었다.

"조금만 더 있자!" 그는 말했다.

"그렇지만 약속하시겠어요?" 진주는 물었다. "내 손을 잡고 엄마 손도 잡고 해주시겠어요. 내일 낮에."

"내일은 안 돼, 진주." 목사는 말했다. "인제 좀 더 있다가!"

"좀 더 있다가 언제요?" 어린아이는 다붙여 물었다.

"최후의 심판 날에!" 하고 목사는 속삭이었다. 그리고 이상하게도 그가 진리를 가르치는 직책에 있는 사람이라는 느낌이 그로 하여금 어린아이에게 그런 대답을 하게 했던 것이다. "그때 거기서, 심판의 마당에서 엄마하고 너하고 나하고 세 사람이 서자. 그러나 이 세상의 대낮의 햇빛 속에서는 세 사람이 만나고 있는 것을 보여서는 아니 돼!"

진주는 또다시 커다란 웃음소리를 냈다.

그런데 딤스데일 씨의 말이 끝나기도 전에 한 줄기의 불빛이 구름에 덮인 하늘을 사방으로 가득 차게 비치었다. 그것은 분명히 유성에서 온 불빛이고 밤하늘을 쳐다보는 사람은 이런 불빛이 허공 속에서 타다가 꺼지는 것을 흔히 보게 되는 것이다. 그 불빛이 강한 것은 놀라울 만한 것이고 하늘과 땅 사이에 있는 두꺼운 구름의 울타리를 빈틈없이 환하게 밝혀 주었다. 대창궁(大蒼穹)은 거대한 등불의 원탑(圓塔)처럼 번쩍거렸다. 행길의 눈 익은 경치들도 대낮처럼 밝게 보였다. 그런데 거기에는 또한 희귀한 빛에 의해서 눈 익은 사물에도 생길 수 있는 그 무서운 처절미(凄絶味)가 있었다. 튀어나온 이 층, 이상한 천장의 처마 끝이 달린 목조 건물, 제철보다 빨리 싹이 튼 풀이 주변에 나 있는 문간과 돌층대들, 새로 갈아 붙인 땅이 꺼멓게 솟아오른 마당. 약간 파여 있어서, 이 장거리에서도 양쪽에 파란 풀이 난 것이 보이는 차도(車道)— 모든 것이 잘 보였다. 그러면서도 이상한 모습으로 보이는 것이 이 세상의 사물에 여태까지의 해석과는 다른 도덕적 해석을 주고 있는 듯이 생각되었다. 목사는 가슴에 손을 얹고 서 있었다. 헤스터 프린은 가슴에 그 수놓은 글자를 희미하게 빛내면서 서 있었다. 귀여운 진주는 그녀 자신이 하나의 상징처럼 두 사람 사이를 연결하는 고리가 되어 서 있었다. 그들은 그 기묘하고 장엄한 대낮

같은 불빛 속에 서 있었다. 흡사 그것은 모든 비밀을 밝혀주는 빛으로서, 서로 인연이 있는 사람들을 서로 결합시키는 아침 햇빛처럼 생각되었다.

귀여운 진주의 두 눈에는 마력이 숨어 있었다. 그녀의 얼굴은 목사의 얼굴을 쳐다볼 때면, 그 가끔 꼬마 악마 같은 표정이 되는 짓궂은 미소를 띠고 있었다. 그녀는 딤스데일 씨가 쥐고 있는 손을 잡아 빼고 행길 저편을 가리켰다. 그러나 그는 꼭 쥔 두 손을 가슴 위에다 붙이고 하늘 꼭대기를 바라다보고 있었다.

그 당시에는 유성의 모양이나 그 밖에 해나 달이 뜨고 지는 것처럼 정규적으로 일어나지 않는 자연 현상의 모든 것에 의미를 붙여 생각하고 초자연적인 힘을 가진 것에서 오는 계시라고 생각하는 것이 예사로 되어 있었다. 말하자면, 타오르는 창(槍), 불붙은 칼, 활, 화살 묶음 같은 형상이 밤하늘에 보이는 것은 토인들과의 전쟁을 예시(豫示)하는 것이었다. 역병(疫病)의 유행은 붉은 불빛이 비같이 퍼붓는 형상에 의해서 예언되는 것이라고 알려지고 있었다. 좋은 일이든 나쁜 일이든 뉴잉글랜드에서 일어난 일로서 식민지 시대에서부터 혁명 시대에 이르기까지, 주민들이 미리 무슨 그런 광경에서 발생하는 사건의 성질을 예시 받지 않은 일은 없을 것이라고 생각된다. 그런 것을 여러 사람들이 동시에 보는 일도 드물지 않았다. 그러나 누가 혼자서 목격했다는 그 사람의 말을 신용하고 그런 것을 믿게 되는 일이 더 많았다. 그리고 그런 목격자는 그 자신의 상상(想像)이라는 빛깔이 붙은, 사물이 확대해서 보이는, 비틀어진 매질(媒質)[3]을 통해서 불가사의한 것을 보고 사후(事後)의 생각으로 그것을 한결 더 뚜렷한 형태로 만들어놓게 되는 수가 많았다. 국민의 운명이 그런 무서운 상형문자의 형태로 창궁(蒼穹)에 나타난다는 것은 실로 장엄한 관념이었다. 그다

---

3 매질(媒質) : 파동 또는 물리적 작용을 한 곳에서 다른 곳으로 옮겨주는 매개물.

지도 광활한 두루마리이지만 하나님이 인민의 운명을 쓴다면 그다지 지나치게 고가한 것이라고는 할 수 없을 것 같다. 이런 신앙은 우리의 조상들 사이에 기꺼이 품어져 있던 것이며 그들의 어린 공화국을 유달리 친밀하고 엄격하게 하나님이 지켜주고 있다는 것을 표시하는 것이라고 생각하고 있었다. 그러나 한 개인이 그 광대한 한 장의 종이 위에 다만 사람 하나에게만 볼 수 있는 계시를 발견했을 때 우리들은 무슨 말을 할 수 있겠는가! 그런 경우에는 그것은 다만 터무니없는 혼란을 일으킨 정신 상태의 한 징조에 불과한 것인지도 모른다. 사실상 여기에 어떤 사람이 있어 가지고 오랫동안 세찬 비밀의 고통으로 자기 성찰로 되어서 그의 자아주의를 자연의 온갖 범위에 미치게 하고, 드디어는 창공 전체가 그의 영혼의 역사와 운명을 위한 적당한 페이지에 지나지 않는다고 생각하게 되는 일은 있을 수 있는 일이다.

그러니까 지금 목사가 하늘 꼭대기를 쳐다보자, 희미한 붉은 불빛으로 선을 두른 광대한 글자 —A라는 글자— 의 형상이 보였다고 하는 것도 그의 눈과 마음에 있는 병 때문이라고 할 수 있을 것 같다. 그때 구름의 장막을 통해서 유성이 나타나지 않았다고 하는 것은 아니다. 그러나 그의 죄에 가득 찬 상상이 부여한 것 같은 형태를 하고 있지는 않았을 것이다. 적어도 결코 뚜렷한 형태로 보인 것은 아니고 다른 죄 있는 사람이 보면 또 다른 상징으로 나타났을 것이다.

이 순간에는 이상한 사정이 있어서 그것이 딤스데일 씨의 심리 상태를 특징 지었던 것이다. 그가 하늘 꼭대기를 바라보고 있는 동안에, 그러면서도 그는 귀여운 진주가 손가락으로 로저 칠링워스 노인을 가리키고 있는 것을 완전히 알고 있었다. 칠링워스는 형대에서 그다지 멀지 않은 곳에 서 있었던 것이다. 목사는 그를 본 모양이었다. 기적적인 글자를 본 눈길에 그가 비쳤던 모양이다. 그의 얼굴에도 다른 모든 사물에 대해서와 마찬가지로 유성은 새로운 표정을 주었다. 또한 이때 의사가 다른 때처럼 그의 희생자를 바라보는 눈초리에 악의가 나타나는 것을 감추려는 주의를 하지 않은 것도 있을 수 있는 일이었다. 확실히 만약에 유성이 헤스터 프린과 목사에게 심판의 날을 경고하는 엄격한 공포감으로 하늘에 불을 밝히고 대지의 어둠을 밝게 비추었다면 로저 칠링워스도 그들에게는 대악마로 보이고 미소나 혹은 냉소를 짓고 서서, 자기가 받을 몫을 요구하고 있다고도 생각되었을 것이다. 그의 표정은 그 정도로 뚜렷했다. 혹은 목사의 눈에는 그렇게 보였다. 유성이 꺼진 뒤에도 어둠 속에 그 글자는 그대로 남아 있는 듯싶었고 또한 행길도 그 밖의 여러 사물들도 갑자기 그 때문에 절멸되어버린 듯한 감이 들었던 것이다.

"저기 있는 저 사람은 누구요, 헤스터?" 딤스데일 씨는 숨 가쁘게 말했다. 공포에 질려 있었다. "저 사람을 보면 몸이 떨려! 저 사람을 당신은 알구 있소? 나는 싫어, 저 사람은!"

그녀는 서약을 생각하고 잠자코 있었다.

"나는 말야, 저 사나이를 보면 마음이 떨려!" 목사는 또다시 중얼거렸다. "누구요 저 사람은? 누구요 저 사람은? 나를 위해서 당신은 아무 일도 안 해주는구려? 나는 말할 수 없는 공포를 저 사나이한테서 느끼고 있소."

"목사님," 귀여운 진주는 말했다. "난 저 사람이 누군지 알고 있어요!"

"그래, 말해봐!" 목사는 말했다. 귀를 바로 아이의 입술 있는 데에 바짝 닿게 허리를 꾸부리면서, "자아 빨리! 그리고 되도록 조그마한 소리로."

진주는 무엇인지 그의 귀에 대고 속삭거렸다. 그것은 사람의 말소리처럼 들리기는 했다. 그러나 곧잘 어린아이들이 한 시간씩이나 혼자서 무슨 뜻인지 모르는 소리로 지껄여대면서 놀고 있는 것을 듣게 되는, 그것과 똑같은 헛소리였다. 설사 그것이 로저 칠링워스에 관한 무슨 비밀된 정보를 포함하고 있었다 하더라도 그것은 학자인 목사에게도 알 수 없는 말로 말해졌기 때문에, 다만 그의 마음을 더한층 당황하게만 했을 뿐이었다. 요귀와 같은 아이는 그리고 나서 커다란 소리로 웃어댔다.

"나를 놀리구 있구나?" 하고 목사는 말했다.

"목사님은 겁쟁이인걸요! ─ 거짓말쟁이인걸요!" 어린아이는 대답했다. "내일 낮에 내 손을 잡아준다고, 그리고 엄마 손도 잡아준다고 약속해주지 않는걸요!"

"여보시오," 바로 단 밑에까지 와 있던 의사가 대답하며 말했다. "딤스데일 님이 아니시오? 아아, 정말 그렇구먼! 우리들 서재 생활을 하는 사람들은 머리가 책에만 팔려 있기 때문에 착실한 보호자가 필요하단 말예요! 우리들은 눈을 뜨고도 꿈을 꾸고 있거든요. 자고 있어도 걸어다니구. 자아, 여보 나요. 같이 집으로 돌아갑시다!"

"당신은 어떻게 내가 여기 있는 것을 아셨습니까?" 겁에 질린 얼굴로 목사는 물었다.

"정말 하나님께 맹세할 수도 있지만." 하고 로저 칠링워스는 대답했다. "나는 여기 이러구 있는 줄은 전혀 몰랐소이다. 나는 오늘 밤은 죽은 윈스럽 지사의 병상에 붙어 있었구, 변변치 않은 내 솜씨로 병의 고통을 덜어드리려고 시중을 들고 있었소이다. 그분도 극락세계로 돌아가셔서 나도 집으로 돌아가는 중인데 때마침 지금 그 불빛이 번쩍거렸지요. 자아, 어서 같이 돌아갑시다. 아니면 내일 주일 예배를 못 보게 될지도 몰라요. 아아! 아무래도 그것 때문에 마음이 끓게 되는 거죠 ─ 그 책들 말예요! 너무 지나치게 연구에 골몰하지 않는 게 좋아요. 좀 쉬시지 그래. 그렇지 않으면 밤중의 이런 변덕이 버릇이 됩니다!"

"같이 갑시다." 딤스데일 씨는 말했다.

온몸에 소름이 끼치도록 낙망을 하고 마치 악몽에서 깨어나서 용기를 잃은 사람처럼 그는 의사에게 몸을 맡기고 끌리어 갔다.

그러나 그다음 날은 주일날이었기 때문에 그는 설교를 했다. 그것은 그가 한 설교 중에서 가장 풍부하고 가장 힘차고 가장 하나님의 힘이 충만된 것이었다. 소문에 듣자니 한두 사람이 아닌 수많은 사람들이 그 설교를 듣고 신(神)의 진리를 알게 되고 그 사람들은 마음속으로 죽는 날까지 딤스데일 씨에게 성스러운 감사를 품겠다고 맹세했다고 한다. 그런데 그가 설교단의 계단을 내려오자, 수염이 희끗희끗한 교회당 일꾼이 다가와서, 꺼먼 장갑을 쳐들어 보였다. 보아한즉 그것은 목사의 장갑이었다.

"이것이 말예요," 하고 일꾼은 말했다. "오늘 새벽에 그 죄수들이 벌을 받는 처형대 위에 떨어져 있었습니다요. 아마 무어라구 그럴까요. 마왕(魔王) 놈이 목사님에게 불측한 장난을 하려고 했던 모양입니다요. 그렇지만 마왕 놈은 정말 눈이 먼 바보 놈이지 뭡니까. 노상 그렇지만 말예요. 깨끗한 손에 무슨 장갑이 필요있겠습니까!"

"고맙소이다." 목사는 정중하게 말했지만 마음속으로는 깜짝 놀라고 있었다. 그의 기억은 몹시 혼란을 일으키고 있었고 간밤의 일을 거의 환영처럼 생각하고 있었던 것이다.

"아아 정말 내 장갑 같은데!"

"그러면, 마왕 놈이 이걸 훔쳐낸 것이니까, 이제부터는 맨손으로 그놈을 대하셔요." 심각한 미소를 띠면서 늙은 일꾼은 말했다. "그런데 선생님, 어젯밤에 하늘에 징조가 보였다는 말을 들으셨습니까? 하늘에 커다란 뻘건 글자가, A라는 글자가 보였대요. 저이들은 Angel(천사)라는 뜻으로 생각하구 있는데요. 왜 그런고 하면, 간밤에 윈스럽 지사님이 천사가 되셨으니깐요. 그러니까 그런 통고를 내리신 거라구 생각하는 게 옳겠지요!"

"아니," 하고 목사는 대답했다. "나는 그런 말은 못 들었는데."

13

헤스터의 다른 견해

이상스럽게도 일전에 헤스터는 그렇게 딤스데일 씨를 만나보게 되었는데, 목사가 그런 상태에 놓이게 된 것을 보고 무척 놀랐다. 그의 신경은 완전히 파괴된 것 같았다. 그의 도덕적인 힘은 어린애보다도 더 약해졌었다. 그의 지적 재능은 원래의 힘을 보지하고 있는 것 같은데, 혹은 필시 병만이 갖다줄 수 있는 병적 정력을 획득하고 있는 것 같은데, 그의 도덕적인 힘은 절망적으로 땅 위를 기어 다니고 있는 것이었다. 아무한테도 알리지 않고 숨기고 있는 일련의 사정을 알고 있는 점에서 미루어 판단해 볼 때 아무래도 그에게는 그 자신의 양심의 정통적인 활동 이외에, 무서운 농간이 있어가지고 그것이 그의 행복과 안심에 관계를 갖고 지금도 그것이 작용하고 있을 거라고 생각되었다. 이 불쌍하게 타락한 사나이가 그전에 어떤 사람이었던가를 알고 있기 때문에, 그가 그녀에게 — 이 세상에서 버림을 받은 이 여자에게 — 호소를 하고, 스스로 본능적으로 발견한 적에 대해서 지원을 청했다. 그때의 그 몸을 떨고 있던 그의 공포를 생각하면 그녀의 온 정신은 작지 않은 충격을 받았다. 그리고 그녀는 최대한의 지원을 요구할 권리가 그에게 있다고 굳게 생각했다. 오랫동안 세상에서 숨어 살고 있기 때문에 자기 선악의 관념을 자기 이외의 표준으로 재어보는 일에는 익숙하지 않았지만, 헤스터는 목사에 관해서 하나의 책임이 있다는 것을 알고 있었다 ― 있는 것같이 생각되었다. 그리고 그 책임은 그 밖의 다른 누구한테 대해서도 또한 그 이외의 세상에 대해서도 그녀가 갖고 있는 것이 아니라고 생각했다. 그녀와 인류 전체를 결합시키는 인연은 ― 꽃의, 비단의, 황금의, 또는 그 밖의 어떤 물질로서 이루어지는 인연도 ― 모두 다 끊기어버렸다. 다만 여기에 상호 간의 죄과라는 무쇠 같은 인연이 있었다. 그것은 그도 그녀도 끊어버릴 수 없는 것이었다. 모든 다른 인연과 마찬가지로 그것은 동시에 그의 의무를 가져왔던 것이다.

헤스터 프린은 지금 그 불명예스러운 초기에 우리들이 본 것과 똑같은 위치에 있는 것이 아니었다. 세월은 흘러가고 또 왔다. 진주는 벌써 일곱 살이었다. 그녀의 어머니가 가슴에 이상한 수를 놓은 빛나는 주홍빛 글자를 달고 있는 모습은 이제 거리 사람들에게는 눈 익은 것으로 되어 있었다. 사람이 세상에 대해서 어떤 현저한 위치에 있고 그와 동시에 공적으로나 사적으로 이해관계를 방해하지 않는 경우에 흔히 있듯이, 일종의 일반적인 존경이 헤스터 프린에 관해서도 생겨나고 있었다. 사람의 성질 속에서 이기심이 작용하지 않는 한 남을 미워하는 마음보다도 사랑하는 마음이 자연 생기기 쉽다는 것은 즐거운 일이다. 증오심은 조금씩 조용한 순차를 밟아서 차차 애정으로 변해가는 것이고 끊임없이 시초의 적의의 감정이 자극을 받고 그 변화가 방해되지 않는 한 그렇게 되는 것이다. 헤스터 프린의 경우에 있어서는 그처럼 자극을 하거나 귀찮게 하거나 하는 것이 아무것도 없었다. 그녀는 결코 세상과 싸우지 않았다. 아무런 불평도 말하지 않고 그의 최악의 처사에도 순종하고 있었다. 그녀는 자기가 고통을 받은 것에 대한 보상으로 세상에 대해서 아무런 요구도 하지 않았다. 그녀는 세상의 동정에 기대는 일을 하지 않았다. 게다가 또한 그 후

세월이 지나는 동안에 치욕을 받고 세상에서 떨어져 살고 있는 동안에 자기 생활의 순결을 더럽히지 않은 것이 크게 그녀가 애호를 받게 된 이유가 되었다. 세상의 눈으로 볼 때는 아무것도 잃어버릴 것도 없고 무엇을 얻으려는 희망도 없고 또한 겉으로 보기에는 소원도 없이, 이렇게 불쌍한 세상의 방랑자가 자기의 길로 돌아올 수 있게 된 것은 다만 부덕(婦德)에 대한 순진한 존경 이외의 다른 아무것도 아니었다.

헤스터는 세상에 있는 온갖 특권 중의 무엇 하나 조그만치라도 요구하는 따위의 염치없는 일은 하지 않았다 ― 다만 공동의 공기를 마시고 자기의 손일의 충실한 노동으로 귀여운 진주와 자기 자신을 위한 그날그날의 밥벌이를 할 뿐 ― 그와 동시에 그녀는 어떤 다른 사람에게 유익한 일을 할 수 있는 기회가 있을 때마다 인류 전체와 자기와는 형제라는 것을 재빨리 인식하고 힘을 쓰고 있는 것도 또한 볼 수 있었다. 구차한 사람들이 곤란을 받고 있는 것을 보면 즉시로 자기의 넉넉지 않은 것 중에서 베풀어주는 일을 그녀만큼 선선히 하는 사람도 없었다. 그래도 심청[1]이 고약한 거지들은 그들의 문턱에 매일같이 으레 놓여 있는 먹을 것이나, 임금님의 옷도 만들 수 있을 만한 훌륭한 솜씨로 만든 옷을 받는 답례로 조소와 욕지거리를 던지는 일도 있었지만 조금도 탓하지 않았다. 역병이 온 거리에 나돌 때에도 헤스터만큼 헌신적으로 봉사한 사람은 없었다. 실제로 온갖 재난이 있을 때마다 그것이 공적인 것인 때나 사적인 것인 때나 세상에서 버림을 받은 이 여자는 곧 자기가 있어야 할 위치를 발견했다. 고생하고 신음하고 있는 어두운 집으로 그녀는 손님으로서가 아니라 정당한 동거인으로 찾아왔다. 마치 그 어둠침침한 침울이 매개가 되어서 그에 의해서 그녀는 동포와 말을 건넬 수 있는 권리를 얻고 있는 듯이 보였

---

1 심청(心-):마음보.

다. 수를 놓은 글자는 이 세상의 것 같지 않은 그 빛으로 안식을 주는 듯 어렴풋이 빛나고 있었다. 다른 곳에서는 죄의 낙인이 되는 것이 병자의 방 안에서는 그것을 비쳐주는 촛불이 되었던 것이다. 병자가 위급할 때는 그것은 '시간'의 한계를 넘어선 곳까지 그 희미한 불빛을 던져주었다. 지상의 불빛이 점점 가냘파지고 미래의 불빛이 아직 도착하지 않을 때 아픈 사람에게 발을 내딛을 장소를 가르쳐주었다. 그런 위급할 때에 헤스터의 천성은 따뜻하고 풍부했고 — 인간의 온정의 원천이 되었다. 모든 진실한 요구에는 반드시 응해주고 가장 큰 요구에도 무진장한 힘을 갖고 있었다. 그녀의 가슴에는 치욕의 표지가 붙어 있지만 그것은 베개를 원하는 머리에 그 베개를 한결 부드러운 것으로 만들어줄 뿐이었다. 그녀는 자기가 임명한 자선의 수녀[2]였다. 혹은 세상의 무거운 손이, 세상도 그녀 자신도 이런 결과가 될 줄은 꿈에도 모르고 자연히 그런 임명을 하고 직책을 주었다고도 볼 수 있을 것 같다. 그 주홍 글자는 그녀의 직책의 상징이었다. 그녀가 남들의 도움이 된 그 힘은 — 일을 해내는 힘과 동정하는 힘은 — 상당한 것이었고 드디어 수많은 사람으로 하여금 그 A라는 주홍빛 글자를 원래의 의미대로 해석하는 것을 거절하게끔 했다. 그들은 그것을 Able(유능)을 뜻하는 것이라고 말했다. 헤스터 프린의 덕의 힘은 여자의 몸으로 그만큼 강했다.

어두운 집만이 그녀를 용납했다. 햇빛이 들어오게 되면 그녀는 없었다. 그녀의 그림자는 문간 밖으로 사라져버렸다. 이 많은 도움이 되는 동거인

---

2 자선의 수녀 : 원문은 Sister of Mercy, 김수영은 '자선의 여승'이라고 번역했으나 Sister는 가톨릭의 수녀를 뜻하므로 편집자가 바꿈. 실제로 Sister of Mercy는 아일랜드의 수녀 캐서린 매콜리(Catherine McAuley)가 1831년 만든 자선단체 이름이기도 하지만, 이 단체의 창립은 소설의 시대 배경보다 후대의 일이므로 관련이 있는 건 아님.

은 사라질 때에는 여태까지 그렇게 열심으로 도와준 사람들의 가슴속에 감사하는 마음이 있더라도 그것을 긁어모으기 위해서 뒤를 돌아다보는 일이 없었다. 행길에서 만나더라도, 그런 사람들의 인사를 받으려고 머리를 드는 일이 없었다. 간혹 그들이 큰마음을 먹고 그녀에게 인사를 하려고 할 때면, 그녀는 주홍빛 글자 위에 손가락을 얹고 지나가버리는 것이다. 그것은 자존심인지도 모른다. 그러나 겸손같이 보였다. 사실상 세상 사람들의 마음에는 이 겸손의 성질이 갖고 있는 부드러운 심정의 영향이 퍼져 있었던 것이다. 민중이라는 것은 그 감정에 있어서 전제적인 것이다. 일반적인 정의조차도 너무 강하게 권리로서 요구를 하면 그것을 거부하는 힘을 갖고 있다. 그러나 전적으로 그의 관대한 마음에 호소하면서 이에 대하면, 전제적인 것은 그런 태도를 좋아하기 때문에, 정의 이상의 보수를 주게 되는 때가 많다. 헤스터 프린의 태도를 이런 성질의 호소라고 해석하고 세상은 그의 전날의 희생자에게 그녀가 원하는 것 이상으로 혹은 그녀가 마땅히 받을 만한 것 이상으로, 점점 호의 있는 얼굴을 보이게 되었다.

위정자나, 사회의 유지들이나, 학자들은 헤스터의 선량한 성질이 민중의 위에 끼치는 영향을 인정하는 데 있어서 민중보다 한결 더디었다. 민중과 함께 그들이 갖고 있던 편견은, 그들의 내부에서 이성의 철창살 속에 갇히어 있었기 때문에 그 편견을 쫓아내는 데는 훨씬 더 굳은 노력이 필요했던 것이다. 그러나 날이 지날수록 그들의 무서운 얼굴의 찌푸린 주름살은 풀어지고 드디어 세월과 함께 거의 인자한 표정으로 바뀌어져갔다. 지위가 높기 때문에 일반 민중의 도덕을 수호하는 책임을 지니고 있던 높은 자리에 있는 사람들은 그러했다. 사사로운 생활을 하는 개인은 모두 그동안에 헤스터 프린의 약한 마음 같은 것을 잊어버리고 말았다. 아니 그뿐이 아니었다. 그들은 주홍 글자를 그녀가 그처럼 오랫동안, 그처럼 비참한 형벌을 받은 하나의 죄의 표적으로서가 아니라 그 후의 그녀의 수많은 선행(善行)의 표적으로 보게 되었다. "저기 수를 놓은 글자를 붙인 여자가 오지요?" 사람들은 다른 동네 사람들에게 말하는 것이었다. "저것이 우리들의 헤스터예요. 우리 동네의 헤스터예요 ― 가난한 사람들에게 친절하고, 병자들을 간호해주고 곤경에 빠진 사람들에게 온정을 베푸는 여자예요!"

하기는 사람들에게는 남의 일이라면 아무리 나쁜 일이라도 떠들어대는 성질의 경향이 있고 그 때문에 아무튼 지난날의 불길한 추문을 가지고 찧고 까불고 하기가 일쑤였다. 그렇지만 그럼에도 불구하고 그런 얘기를 하는 그 사람들의 눈에도 그 주홍빛 글자는 수녀[3]의 가슴에 붙은 십자가 같은 느낌을 주었다. 그것은 그것을 붙이고 있는 그녀에게 일종의 성스러운 인상을 주었고 그것이 또한 모든 위험 속을 안전히 걸어갈 수 있게 했다. 도적놈들 속에 떨어져도 그것은 그녀를 보호했을 것이다. 어떤 토인이 그녀의 표지에다 대고 활을 쏘았다. 화살은 거기에 맞았다. 그러나 아무런 상처도 주지 못하고 땅 위로 떨어졌다는 말은 세상에 소문도 나고 수많은 사람들이 믿고 있는 이야기였다.

이 상징 ― 혹은 이 상징에 의해서 표시되는 그녀의 사회적인 위치 ― 이 헤스터 프린의 마음에 주는 영향은 강력하고도 특수한 것이었다. 그녀의 성격의 예쁘장한 가벼운 잔가지들은 모두 다 이 작열하는 낙인의 불에 의해서 타버렸다. 그리고 벌써 옛날에 땅에 떨어지고 말았다. 그 뒤에 남은 것은 발가벗은 보기 흉한 윤곽뿐이고 만약에 그녀에게 한 사람이라도 친한 친구가 있다면 필시 그것은 그 친구로 하여금 혐오감을 느끼게 했을 것이다. 그녀의 몸에 붙은 매력까지도 똑같은 변화를 받았다. 그것은 일

---

3 수녀 : 원문에는 nun. 김수영은 이 역시 '여승'으로 번역했으나 편집자가 바꿈.

부는 그녀가 입는 것에 특히 유의를 하고 눈에 띄는 것은 입지 않은 탓도 있겠고 또 일부는 그녀의 태도에 여봐라는 듯한 데가 없어진 탓도 있을 것이다. 그녀의 현란하고 탐스러운 머리카락이 잘라버렸는지 모자 속으로 완전히 감추어졌는지 한 가닥도 밖으로 삐져나와서 햇빛에 반짝이는 것이 없는 것은 이 역시 슬픈 변모의 하나였다. 헤스터의 얼굴에는 '사랑'이 자리를 잡을 만한 인연 있는 것이 아무것도 없다고 생각된 것은 이러한 모든 원인의 일부가 되고 있었다. 그러나 그 이상으로 어떤 것이 있어서 거기에도 원인이 있었다. 얼굴뿐이 아니라 헤스터의 자태는 장엄하고 조각 같았지만 열정이 그것을 껴안으려고 꿈꿀 수 있을 만한 빈틈이 없었다. 헤스터의 가슴에는 다시 그것을 애정의 베개로 삼을 수 있을 만한 것이 아무것도 없었다. 그녀의 어떤 천품의 하나로서, 그것이 영원히 존재하는 것이 그녀를 여자로서 보존하게 하는 데 중요하다고 생각되는 것이 그녀에게서 사라지고 없었다. 여자가 유달리 가혹한 경험에 부딪히고 그것을 뚫고 나갔을 때, 그런 것이 여자의 성격과 육체에 항용 떨어져 내리는 운명이며 또한 엄혹한 성장의 방법이기도 한 것 같다. 만약에 그녀가 부드럽기만 하다면 죽을 것이다. 만약에 그녀가 살아남아 있다면 그 부드러움은 억눌려서 그녀에게서 사라져 없어지든지 혹은 — 겉으로 보아서는 여전히 똑같다 — 억눌려서 가슴속에 감추어지고 다시는 나타나지 않게 되든지 할 것이다. 후자가 아마 가장 사리에 맞는 일일 것이다. 일찍이 여자였던 사람이 여자를 그만둔 경우, 그 사람은 또 언제 다시 여자가 될지 모른다. 다만 그것을 할 수 있는 변화의 마술적 접촉이 있기만 하면 된다. 헤스터 프린이 그런 접촉을 얻고 변화할 수 있었는지 어떤지 앞으로 두고 보자.

헤스터의 인상이 대리석처럼 차디찬 것은 그녀의 생활이 대체로 열의와 감정에서 사상의 쪽으로 방향을 돌렸다는 사실에 크게 원인이 있다.

세상에서 단 혼자서 — 사회에의 의존이라는 것에 관해서 단 혼자서, 귀여운 진주를 데리고 이것을 이끌고 보호하면서 — 단 혼자서, 그리고 자기의 위치를 막상 되찾기를 원하는 것이 수치라고까지는 생각하지 않더라도, 되찾을 희망도 없이 — 그녀는 끊어진 사슬의 파편을 내동댕이치고 말았던 것이다. 세상의 법칙은 이미 그녀의 마음의 법칙은 아니었다. 그 당시는 인간의 지력이 새로 해방되어서, 과거 수세기 동안보다도 한층 더 활동적이고 한층 더 광범위하게 되었다. 칼을 가진 사람들은 귀족과 왕들을 떠엎어[4]버렸다. 그들보다도 더 대담한 사람들은 — 현실적으로가 아니라 학설의 범위 내에서였지만 그 학설이라는 것이 그들의 가장 현실적인 거처였다 — 옛날부터 내려오는 편견의 전계통(全系統), 거기에 수많은 옛날의 이성(理性)이 결부되어 있었는데, 그 전계통을 뒤집어엎고 다시 정리하는 일을 했던 것이다. 헤스터 프린은 이 정신을 흡수하고 있었다. 그녀는 사색의 자유를 몸에 붙이고 있었다. 사색의 자유라는 것은 대서양의 저쪽에서는 예사로 생각되는 일이었지만 우리의 조상들은 설사 그것을 알고 있었다 하더라도 무엄하기 짝이 없는 대죄라고 생각하고 있었다. 그것은 주홍빛 글자에 의해서 비난되는 죄보다도 훨씬 더 중한 죄였음에 틀림없다. 해변가에 있는 그녀의 고독한 시골집으로 그녀를 찾아온 사상은 뉴잉글랜드의 다른 어떤 집에도 찾아오지 못하는 것이었다. 그런 사상은 그림자 같은 손님으로서, 만약에 그것이 그녀의 집 문을 두들기는 것을 눈으로 볼 수 있다면 이 손님을 맞아들이는 사람에게는 악마나 다름없이 위험한 것으로 생각되었을 것이다.

가장 대담하게 사색하는 사람들이 흔히 세상의 외관적 규칙에 대해서 가장 완전하게 소리 없이 복종하는 것은 주목할 만한 일이다. 그들에게는

---

4 떠엎다 : 어떤 일이나 판세를 뒤집어엎어 끝을 내다.

사상만으로 충분하며 행위라는 고기나 피는 붙어 있지 않아도 좋았다. 헤스터에게도 역시 마찬가지였다. 그러나 만약에 귀여운 진주가 정신적인 세계에서 오지 않았다면 딱 달라졌을지도 모른다. 그랬더라면 그녀는 우리들의 역사 속으로 들어와서 앤 허친슨과 함께 손을 잡고 한 종파의 개조(開祖)[5]가 되었을지도 모른다. 그녀는 어느 면에서는 예언자였을지도 모른다. 그녀는 당시의 엄격한 법정으로부터, 청교도 제도의 기초를 뒤엎으려고 기도하는 자로서, 사형을 받았을지도 모른다. 그것은 확실히 있을 수 있는 일이었다. 그런데 어머니의 사상에 대한 열정은 어린아이를 교육하는 일 속에 어떤 배기통 같은 것을 갖고 있었다. 이 소녀의 몸에 부인으로서의 싹과 꽃을 수많은 역경 속에서 길러낸다는 것이 하나님이 헤스터에게 내려주신 의무였다. 모든 것이 그녀에 대해서 불리하기만 했다. 세상은 적이다. 어린아이 자신의 성격이 무엇인지 그 안에 옳지 않은 것을 갖고 있었다. 그것은 항상 그녀가 잘못 태어난 게 — 말하자면 어머니의 무궤도한 열정이 흘러나와서 — 아닌가 하는 표지를 나타내고 있는 듯이 생각되었고 항상 헤스터로 하여금 쓰디쓴 마음으로 이 아이가 이렇게 태어난 것이 좋은 일인가 나쁜 일인가 하고 자문하게 했다.

여성의 전체에 대해서도 사실상 같은 어두운 질문이 그녀의 마음에 떠오르는 일이 적지 아니 있었다. 여성 중에서 가장 행복한 사람일지라도, 인생을 산다는 것이 살아갈 만한 가치가 있는 것일까? 그녀 자신의 개인의 생존에 대해서는, 그녀는 벌써 옛날에 이를 부정하고 이미 그것은 정해진 일로서 생각조차 하지 않고 있었다. 사색하는 경향은 남자들의 경우처럼 여자들에게도 평화스러운 마음을 유지하게 하지만 역시 여자의 마음을 슬프게 하는 것이다. 그녀들은 아마도 지금 말한 것과 같은 희망 없

---

5 개조(開祖) : 한 종파의 원조(元祖)가 되는 사람.

는 일이 전도(前途)에 놓여 있는 것을 알고 있다. 위선 제일보(步)로서, 사회의 전 조직이 파괴되고 새로 세워지지 않으면 아니 된다. 그렇게 되면 반대의 성(性)에 있는 사람들의 성질 그 자체가, 혹은 성질처럼 되어버린 오랜 전통적인 습관이 본질적으로 변혁되어야 한다. 그러면 비로소 여자는 정당하고 적당한 위치라고 생각되는 것을 차지할 수 있게 된다. 마지막으로 모든 다른 곤란이 없어진다 하더라도 여자는 위선 그녀 자신이 지금보다 더한층 강한 변화를 받기 전에는 이러한 초보적인 개혁을 이용할 수 없게 된다. 그리고 그 강한 변화를 받게 되면 필시 여자의 가장 참된 생명이 들어 있는 영묘한 본질은 사라져 없어지고 말 것이다. 여자는 사색적 활동으로 이러한 문제를 극복할 수는 없다. 그것은 풀 수 없는 문제다. 혹은 단 하나의 방법으로만 풀 수 있다. 그녀의 감정이 가장 상위에 올라앉게만 되면 그런 문제들은 소멸되는 것이다. 그처럼 헤스터 프린은 그녀의 감정이 정상적인 건강한 고동을 상실하고 있었기 때문에 마음속의 어두운 미로(迷路)를 아무런 언턱거리[6]도 없이 헤매고 있었던 것이다. 어떤 때는 도저히 뛰어넘을 수 없는 절벽에 부딪혀서 길을 바꾸기도 하고, 어떤 때는 심연에 맞닥뜨리고 깜짝 놀라서 돌아서기도 했다. 그녀의 주위에는 난폭한 무서운 광경이 있었다. 가정과 위안은 아무 곳에도 없었다. 가다가는 무서운 의문이 그녀의 영혼을 사로잡으려고 애를 썼다. 오히려 진주는 당장에 천국으로 보내고 자기 자신도 역시 영원의 정의가 가리키는 미래로 향하는 게 좋지 않은가 하는 것이었다.

주홍빛 글자는 그의 역할을 다하지 못하고 있었다.

---

6 언턱거리 : 남에게 무턱대고 억지로 떼를 쓸 만한 근거나 핑계. 번역본에는 '언덕거리'로 표기됨. 이 문맥에서는 문제를 해결할 '실마리'나 '단서'에 가까움. 원문에서는 clue.

그런데 지금 그녀는 딤스데일 목사와 그가 철야고행을 하는 밤에 만났다. 그것은 그녀에게 새로운 반성의 주제를 주었다. 그리고 그녀에게 하나의 목적을 주고 그것을 달성하기 위해서는 어떠한 노력이나 희생을 지불해도 그 가치가 있다고 생각하게끔 했다. 그녀는 목사가 몸부림을 치고 있는, 혹은 좀 더 정확하게 말하자면 몸부림을 치려도 더 이상 몸부림을 칠 수 없는 치열한 비참을 목격했다. 목사가 광란의 아슬아슬한 고비에 서 있는 것을 보았다. 혹은 광란의 고비를 이미 넘어서 있다고도 볼 수 있었다. 남모르는 회한의 가시가 아무리 고통스러운 효과를 갖고 있다 하더라도 그 이상의 치명적인 독이 치유의 힘을 넣어주어야 할 손에 의해서 주입되고 있다는 것은 의심할 여지가 없었다. 눈에 보이지 않는 적이 항상 그의 옆에 붙어 있었다. 친구이며 조력자인 것 같은 가면을 쓰고 기회를 이용해서 딤스데일 씨의 성격의 미묘한 나사를 농락하고 있었다. 헤스터는 자문하지 않을 수 없었다. 무엇인가 애초에 자기에게 진실과 용기와 충성이 없었기 때문에 그 때문에 목사가 그다지도 엄청난 악(惡)을 예감하고 행복된 일은 아무것도 희망할 수 없는 위치에 내던져지게 된 게 아닌가. 그녀의 유일한 변명은 로저 칠링워스의 변장한 계획에 잠자코 따라가는 것밖에는 자기 자신을 때려눕힌 것보다도 더 암담한 파멸의 원인으로부터 그를 구해낼 길을 찾아낼 수 없었다는 것이다. 이런 충동을 받고 그녀는 이제 두 가지 길 중의 한결 더 비참한 길을 선택했다. 아니 이미 선택한 것 같은 생각이 들었다. 그녀는 아직도 가능한 범위 내에서 자기의 과오를 보상하려고 결심했다. 오랫동안의 쓰라린 장엄한 시련으로 강해져서, 이제는 로저 칠링워스와도 겨룰 수 있는 담력을 갖고 있다고 느꼈다. 왕년에 감방 안에서 같이 얘기를 했을 때는, 죄 때문에 기가 꺾이고 새로운 수치로 반미치광이처럼 되었지만 이제는 그날 밤 같지는 않을 거라고 생각했다. 그 후 그녀는 훨씬 더 높은 지점에까지 올라갔다. 그런데

그 노인은 그가 허리를 꾸부리고 성취하려는 복수에 의해서 그녀의 높이
만큼 겨우 가까워져 있다. 혹은 어쩌면 그보다 낮은 데에 있을지도 모른
다.

　요컨대 헤스터 프린은 자기의 그전 남편을 만나서 그가 분명히 붙잡고
놓지 않고 있는 희생자를 구하기 위해서 자기가 할 수 있는 일을 다해보
려고 결심했다. 그 기회는 오래 기다리지 않아도 되었다. 어느 날 오후 그
녀가 이 반도의 궁벽진 곳을 진주를 데리고 걸어가고 있는데, 한쪽 손에
광우리[7]를 들고 또 한 손에는 지팡이를 든 노의사가 약제에 쓸 초근목피
를 줍느라고 허리를 구부리고 걸어가고 있는 것을 보았다.

7　광우리 : 광주리.

14

헤스터와 의사

헤스터는 귀여운 진주를 보고 저기서 풀을 뜯고 있는 사람하고 얘기를 할 동안에 해변가에 가서 조갑지나 해초를 줍고 놀고 있으라고 타일렀다. 그래서 어린아이는 새처럼 날아갔다. 그리고 조그만 하얀 맨발을 반짝거리면서 물에 젖은 해변가를 찰싹찰싹 뛰어갔다. 가다가는 여기저기서 걸음을 멈추고 이상스러운 듯이 물구덩이 속을 들여다보았다. 썰물이 질 때 남긴 것이었고 진주가 얼굴을 비춰보기 꼭 좋은 거울로 되어 있었다. 그러자 물구덩이 속에서 머리에는 까맣게 반짝거리는 곱슬머리가 나고 눈에는 요귀(妖鬼) 같은 미소를 띤 조그만 아가씨의 얼굴이 나타났다. 이 조그만 아가씨를 보고 진주는 달리 같이 놀 동무가 없으니까 손을 흔들면서 같이 손을 잡고 뜀박질을 하자고 권하는 것이었다. 그런데 그림자의 아가씨 쪽에서도 똑같이 손을 흔들면서 말하는 듯했다. ─"여기가 더 좋아! 이 물속으로 들어와!" 그러자 진주가 발을 무릎까지 잠그고 들어가자 자기의 하얀 발이 물속에 있는 것이 보였다. 그런데 한결 더 깊은 속에서 토막토막 부서진 웃음 조각 같은 것이 반짝거리면서 출렁거리다 물속으로 이리저리 떠오르는 것이었다.

이쪽에서는 어머니가 의사를 보고 말을 걸고 있었다.

"나 좀 얘기할 게 있어요." 그녀는 말했다. —"우리들에게 관계되는 일인데요."

"아아! 이 늙은 로저 칠링워스한테 얘기가 있다구 하는 게 바루 헤스터구먼?" 그는 꾸부린 허리를 펴면서 대답했다. "무슨 일인지 말해봐요! 그런데 헤스터에 대한 좋은 소식을 나는 여기저기서 듣고 있어! 어제저녁에도 말야, 어떤 관리 양반이 신앙이 두터운 아주 점잖은 분인데 헤스터 얘기를 하구 있었어. 그리구 회의에서도 헤스터에 대한 문제가 나왔다고 나한테 일러주드군. 그 주홍 글자를 당신의 가슴에서 떼어버려도 사회의 안녕 질서를 위해서 괜찮겠는가 하는 문제가 나왔대. 나는 말야 헤스터, 그 고마운 관리 양반한테 곧 그렇게 실행해달라고 간곡히 부탁했어!"

"이 글자를 떼어버리는 일은 관리의 마음대로 되는 게 아녜요." 헤스터는 조용히 대답했다. "내가 이것을 붙이지 않아도 될 것 같으면 이것은 저절로 떨어져요. 아니면 무슨 다른 의미를 나타내게 되지요."

"아니, 그렇게 좋다면 붙이구 있어도 되지." 그는 대답했다. "여자는 자기의 몸치장을 자기의 취미에 맞도록 해야 하겠지. 그 글자는 화려한 수도 놓고 해서, 당신의 가슴에는 아주 어울리는구먼!"

그동안에 헤스터는 노인을 빤히 쳐다보고 있었다. 그리고 지난 7년 동안에 얼마나 이 사람이 변했는가를 보고 깜짝 놀라면서도 이상한 생각이 들었다. 그가 늙었다는 것에는 오히려 놀라지 않았다. 허기는 노쇠한 자국이 현저하게 나타나기는 했지만 그는 그 노령에 잘 견디고 있었다. 그 끈기 있는 활동력과 민활한 힘을 아직도 유지하고 있는 듯이 보였다. 그러나 지적(知的)인 학자로서의 조용하고 온화한 그 전날의 모습은, 그녀는 그것을 잘 기억하고 있었지만 간 곳 없이 사라지고 열렬한 탐구적인, 거의 맹렬할 정도의 조심성스러운 신중한 모습이 그 대신 나타나 있었다. 미소로서 이 표정을 감추려는 것이 그의 소원이고 목적인 것처럼 보였다.

그러나 그 미소도 그의 소원과는 반대로 그의 얼굴 위에 조소(嘲笑)의 그늘을 번쩍거리게 하고 남의 눈에 더한층 그의 음흉한 내심을 눈치채게 하는 것이었다. 이따금씩 그의 눈에서는 붉은빛이 번쩍거렸다. 마치 이 노인의 영혼이 불이 붙어서 그의 가슴속에서 꺼멓게 그을면서 타고 있던 것이 어떤 정열의 바람길을 받고 갑자기 불꽃을 풍기며 타오른 것처럼 보였다. 그는 그것을 질겁을 해서 덮어 눌렀다. 그리고 아무 일도 없었던 것처럼 태연스러운 얼굴을 하려고 애를 썼다.

요컨대 로저 칠링워스 노인은 사람이 어느 날이고 악마의 역할을 하고 싶기만 하면 자기를 악마로 바꿀 수 있는 인간이 갖고 있는 재능의 현저한 증거였다. 이 불행한 악마는 7년 동안을 전력을 기울여서, 노상 고민에 차 있는 마음을 해부하고, 거기에서 자기의 즐거움을 발견하고 해부를 기분 좋게 바라보면서 그 불처럼 타오르는 고민에 장작을 더 지피고, 그러면서 그런 변태를 성취했던 것이다.

주홍빛 글자는 헤스터 프린의 가슴에서 타고 있었다. 여기에도 또한 또 하나의 파멸당한 사람이 있었다. 그 책임의 일부는 그녀에게도 완연히 느껴지는 것이었다.

"내 얼굴 속에 무엇이 있길래," 의사는 물었다. "그렇게 뚫어지게 보는 거요?"

"무엇인지 나를 울리는 게 있어요. 나한테두 울 수 있는 눈물이 아직 남았다면."

그녀는 대답했다. "하지만 그만둡시다! 내가 얘기하고 싶은 건 그 불쌍한 양반 말예요."

"그 사람이 어떻게 됐단 말이오?" 로저 칠링워스는 외쳤다. 열심히, 마치 그 얘기를 기다리고 있기나 한 것처럼 그 얘기를 지금 자기가 마음속에 품고 있던 유일한 사람과 말할 수 있는 기회를 얻게 된 것을 기뻐하는 듯한 표정이었다. "사실인즉, 나도 지금 그이의 일로 머리가 꽉 차 있어. 자유롭게 얘기해봅시다. 대답해주리다."

"요전번에 같이 얘기했을 때 말예요," 헤스터는 말했다. "벌써 7년 전 일이로군요. 당신하고 나하고 지난날의 관계에 대해서 비밀을 지키라는 약속을 강요했지요. 그이의 생명도 명성도 당신의 손아귀 속에 쥐어져 있었기 때문에 나는 아무 말도 하지를 못했어요. 당신이 하라는 대로 침묵을 지키고 있을 수밖에 다른 도리가 없었어요. 그런데 그렇게 약속을 한 것에 어떤 무거운 불안이 없지도 않았어요. 나는 인간 세계의 다른 사람들에게는 모든 의무를 포기했지만 그이한테는 의무가 남아 있어요. 그러니까 당신의 말을 지키겠다고 약속을 하는 것은 그이에 대한 의무를 배반하는 일이 된다고, 무엇인지 나에게 속삭이는 소리가 있었어요. 그만큼 그이한테 가까이 접근한 사람은 없었어요. 당신은 노상 그이의 뒤를 따라다녔어요. 자나 깨나 그이의 곁에 붙어 있었어요. 당신은 그이의 마음속을 뒤졌어요. 그이의 가슴을 파헤치고 마구 쑤셔댔어요. 당신은 그이의 생명을 쥐고 있어요. 그리고 하루하루 그이를 산송장으로 만들고 있어요. 그런데 아직도 그이는 당신이 누구인지를 모르고 있어요. 그렇게 하게 내버려둠으로써 나는 오직 나만이 진실한 힘이 되어줄 수 있는 사람을 배반하고 있었던 거예요!"

"어떻게 했으면 좋겠다는 거지?" 로저 칠링워스는 물었다. "내 손가락은 그 사나이를 가리키고, 그를 그 설교단에서 지하실 속으로 떨어뜨리고 싶으면 떨어뜨릴 수도 있어. 그리고 또 아마 교수대로두!"

"그편이 낫지요." 헤스터 프린은 말했다.

"무슨 나쁜 짓을 내가 그 사람한테 했단 말이오?" 로저 칠링워스는 다시 말했다. "이거 봐요. 헤스터, 나는 여태까지의 의사가 임금님한테서 받은 가장 후한 사례금을 받았다 해두, 그 불쌍한 목사한테 한 것보다 더한

시중은 들 수 없었을 거야! 내가 보살펴주지 않았다면 그 사나이의 생명은, 그 사나이하구 당신하고의 관계가 있고 나서, 2년도 못 가서 고민으로 타 없어지고 말았을 거야. 왜냐하면, 헤스터, 헤스터한테는 그 주홍 글자 같은 무거운 짐에도 버티어 나갈 만한 힘이 있었지만, 그 사나이의 정신에는 그것이 부족해. 그럼 나는 훌륭한 비밀을 알구 있고 그걸 세상에 탄로시킬 수도 있어. 그렇지만 그것으로 충분해! 기술로 할 수 있는 일로 그 사람을 위해서 안 해준 일이 없어. 지금 저렇게 숨을 쉬고 땅 위를 걸어 다니고 있는 것이 모두 다 내 덕택이야!"

"곧 죽는 편이 낫지!" 헤스터 프린은 말했다.

"옳아 사실인즉 그렇지!" 로저 칠링워스 노인은 그의 무서운 가슴의 불을 눈앞에다 태우면서 외쳤다. "곧 죽는 편이 낫지! 인간으로 그 사나이가 고민한 것만큼 고민을 여태까지 겪은 사람은 없어. 그리고 그것도 모두 다 모두 다 이 극악무도한 적(敵)이 보구 있는 앞에서 말야! 그 사나이는 나를 눈치챈 모양야. 항상 무슨 저주처럼 그 사나이의 위에서 살고 있는 힘을 느끼고 있어. 그 사나이는 어떤 정신적인 감각으로 — 조물주는 그 사나이처럼 감각이 예민한 사람을 달리 만들지를 못했어 — 자기의 가슴의 실을 나꾸고 있는 것은 우정이 두터운 손이 아니라는 것을, 하나의 눈이 항상 자기의 마음을 구석구석 살펴보고 있다는 것을, 그리고 그것이 악의 씨를 찾으려고 애를 쓰다가 그것을 찾았다는 것을, 모두 다 그 사나이는 알고 있어. 그러나 그런 눈과 손이 모두 다 내 손과 눈이라는 것은 모르고 있어. 그 사나이와 같은 종류의 형제들에게 공통된 미신으로, 그 사나이는 자기의 마음이 악마에 사로잡혀서 무서운 꿈과 절망적인 생각으로 고통을 받고 있다고, 말하자면 무덤의 저편에서 기다리고 있는 것을 미리 겪느라고 회한의 가시 바늘로 찔리는 아픔과 가차 없는 절망으로 고문을 받고 있다고 상상하고 있는 거야. 그렇지만 그것은 내가 항상 붙어

다니고 있는 그림자이지. 그놈이 극악무도한 짓을 한 상대방이 극악한 복수의 영겁(永劫)의 독으로 살게 된 사나이가 바로 곁에 붙어 있다는 거야. 아니 정말 그놈은 잘못 보지 않았어! 그놈의 옆에는 악마가 붙어 있어. 인간으로서 한때는 인간다운 감정을 갖고 있던 사람이 그놈에게 독특한 고민을 주려고 악마가 된 거야!"

불행한 의사는 이런 말을 하면서 공포에 어린 얼굴을 하고 두 손을 높이 치켜들고 있었다. 흡사 거울 속에 있는 자기의 모습을 밀어젖히고 대신 들어앉으려고 드는 무슨 무서운 알 수 없는 형상을 본 사람같이 보였다. ─ 인간의 도덕적 형상이 그의 심안(心眼)에 충실히 비치어지는─그것은 몇 년에 한 번쯤 있을까 말까 한 것이지만─순간이 이런 때였다. 아마 그도 지금처럼 자기 자신을 본 일이 여태까지 한 번도 없었을 것이다.

"그만하면 충분히 괴롭히지 않았어요?" 헤스터는 노인의 표정을 알아차리고 말했다. "그만하면 충분히 당신한테 지불할 건 지불한 셈이 되지 않아요?"

"아냐! 아냐! 빚이 점점 더 늘어갈 뿐야!" 하고 의사는 대답했다. 그리고 얘기가 진행될수록 그의 모습은 점점 그 사나운 특징을 잃고 침울 속으로 가라앉는 것이었다. "헤스터, 당신은 9년 전의 나를 기억하고 있지? 그때만 해도 이미 나는 인생의 가을이었지. 초가을도 아니었어. 그러나 나의 일생은 정성스럽고 근면하고 사색적인 조용한 세월로 되어 있었어. 나 자신의 지식을 늘리기 위해서 충실하게 바쳐진 세월이었어. 그리고 충실이라고 하면, 이것은 앞의 것에 우연히 덧붙여서 생긴 것이지만 ─ 인간 행복의 진보에 대해서도 충실했어. 내 생활은 누구보다도 가장 평화롭고 천진난만했어. 나처럼 복이 많은 사람도 드물었어. 나를 기억하고 있지? 나는 냉담하다고 생각했을는지는 모르지만 그래도 나는 남의 일에 마음을 쓰고 자기의 일에는 별로 욕심이 없는 — 친절하고 진실하고 정당하고 그리고 따뜻하다고는 할 수 없겠지만, 변함없는 애정을 가진 사나이였지 않았어? 그렇지 않았어?"

"그랬어요. 그 이상이었지요." 헤스터는 말했다.

"그런데 지금의 나는 어떻지?" 그는 그녀의 얼굴을 들여다보고 그의 마음속의 모든 악을 숨김없이 얼굴 위에 나타내면서 물었다. "그건 지금 말한 대로야! — 악마야! 나를 악마로 만든 건 누구야?"

"그건 나예요!" 헤스터는 떨리는 목소리로 말했다. "그이에 못지않게 나도 책임이 있어요. 왜 당신은 나한테 복수를 하지 않아요?"

"당신은 주홍 글자한테 맡긴 거야." 로저 칠링워스는 대답했다. "이 글자가 원수를 갚아주지 않으면 그 이상은 나도 할 수 없지!"

그는 그의 손가락을 웃으면서 주홍 글자 위에다 놓았다.

"이것이 당신의 원수를 갚아주었어요!" 헤스터 프린은 대답했다.

"나두 그렇게 생각했어." 의사는 말했다. "그런데 그러면 그 사나이에 대해서 어떻게 해주었으면 좋겠단 말이지?"

"나는 비밀을 깨뜨리고 말을 해야겠어요." 헤스터 프린은 단호하게 대답했다. "그이는 당신이 누구인가를 알아야 해요. 그 결과가 어떻게 되는지, 나는 모르겠어요. 그러나 그이한테 지고 있는 오랫동안의 신뢰의 빚은 그렇게 결국 다 밝히고 갚아야겠어요. 나는 그이의 파멸의 원인이었으니깐요. 그이의 훌륭한 명성과 현세의 지위를 쓰러뜨리느냐 보존시키느냐 하는 것은 그리고 아마 그이의 생명이 어떻게 되느냐 하는 것도, 그이의 일은 당신의 손에 달려 있어요. 나로서는 나라는 사람은 이 주홍빛 글자가 진실의 훈련을 해주었어요. 나의 진실은 시뻘겋게 작열하는 무쇠 덩어리가 영혼 속으로 들어와서 안겨준 진실이지만 — 나로서는 그이가 이이상 그 처참하고 공허한 생활을 더 계속할 무슨 소용이 있는지 모르겠고, 당신한테 무릎을 꿇고 당신의 자비(慈悲)를 간청하고 싶은 생각은 없어요. 당신의 좋을 대로 해보세요! 그이에게는 아무것도 이로울 것이 없어요! 나한테도 아무것도 이로울 것이 없어요! 어린 진주한테도 아무것도 이로울 것이 없어요! 이 침울한 미로(迷路)에서 우리들을 끌어내줄 길은 없어요!"

"그것 참 딱하구려." 로저 칠링워스는, 그녀가 말한 절망의 말 속에 어떤 장엄한 기분이 도는 것을 느끼고 감탄하고 싶은 생각이 가슴에 치밀어 오르는 것을 느끼면서 말했다. "당신은 훌륭한 성품을 가진 사람이오. 나보다도 좀 더 사랑할 수 있는 좋은 사람을 만났더라면, 이런 못된 일은 겪지 않았을걸. 당신의 성질 속에 있는 헛되이 낭비한 선을 위해서 나는 당신을 불쌍하게 생각하오!"

"그리고 나도 당신을 불쌍하게 생각해요!" 헤스터 프린은 대답했다. "그 중오심 때문에 분별 있는 똑바른 분을 악마가 되게 했으니깐요! 당신은 다시 한번 마음을 깨끗이 씻고 인간답게 되실 수 없겠어요? 그이를 위해서가 아니라면, 이중(二重)으로 당신 자신을 위해서 용서해주세요! 그리고 더 이상 그이가 받아야 할 벌은 그것을 정당하게 줄 수 있는 하나님의 '힘'에 맡기어주세요! 방금 내가 말했지요. 그분을 위해서도 당신을 위해서도 나를 위해서도 이로울 게 하나도 없어요. 모두 다 어두컴컴한 악의 미로에서 헤매면서, 우리들이 길 위에 뿌려놓은 죄과에 발길마다 걸려서 넘어지고 있어요. 아뇨, 그렇지 않죠? 당신한테는 좋은 일이 있을지도 몰라요. 당신만은요. 당신은 지독한 피해를 받으셨으니깐요. 그리고 용서하고 안 하고가 당신의 마음 하나에 달려 있으니깐요. 그 단 하나의 특권을 포기할 수는 없으세요? 그 비할 바 없는 귀중한 이익을 버리실 수는 없으세요?"

"듣기 싫어, 헤스터 ─ . 듣기 싫단 말야!" 노인은 침울하고 엄격한 어조로 대답했다. "나한테는 용서할 권한이 없어. 당신이 말하는 것 같은 힘이 나한테는 없어. 오랫동안 잊어버리고 있던 옛날의 신앙이 나한테 다시 돌아왔어. 그리고 우리들이 하는 일, 우리들이 괴로워하는 일을 모두 설명해주는구먼. 당신이 디딘 제일보로, 당신이 재앙의 봉우리를 트게 한 거야. 그렇지만 그 뒤부터는 모두가 다 어두운 필연적인 운명이 시킨 일야. 당신도 나한테 못 할 노릇을 했다고 하지만 누구나 다 하는 환상적인 생각으로밖에는 당신도 죄야 무슨 죄가 있겠소. 나도 악마 같은 건 아냐. 악마의 손에서 그 역할을 빼앗은 건 아냐. 모두가 다 우리들의 운명야. 어떤 꽃이 피우겠으면 피우게 하지! 자아, 가보시오. 당신은 당신의 길을 걸어가서 그 사나이한테 하고 싶은 일을 하시오."

그는 손을 내흔들었다. 그리고 다시 풀을 뜯는 일을 시작했다.

15

헤스터와 진주

이리하여 로저 칠링워스 ─ 병신 몸을 한 노인, 그의 얼굴은 그것을 보는 사람의 기억에 오래도록 끈덕지게 남아서, 생각하고 싶지 않을 때까지도 자꾸 눈앞에 선히 떠오르게 되는 사나이 ─ 는 헤스터 프린과 작별을 하고는 허리를 꾸부리고 땅 위를 보면서 사라져갔다. 그는 여기저기서 풀을 뜯고 나무뿌리를 캐가지고, 그것들을 광우리 속에다 넣었다. 그의 반백(半白)의 수염은 허리를 꾸부리고 기어가는 듯이 걸어가는 바람에 땅 위에까지 닿을락말락했다. 헤스터는 그가 가는 뒷모습을 잠시 동안 바라다보았다. 얼마간 괴상한 공상에 사로잡혀서 헤스터의 눈에는 그의 발이 닿은 곳에서는 이른 봄의 보드라운 풀도 시들어버리고 그의 발자국이 시들어서 샛노랗게 되고 유쾌한 파란 풀밭 위에 한 줄기의 시들은 누런 길이 남는 것처럼 보였다. 도대체 저 노인이 저렇게 열심히 모으고 있는 풀은 무슨 풀일까 하고 그녀는 이상하게 생각했다. 대지도 그의 눈의 감응으로 사악한 목적을 품게 되고 여태까지 알려지지 않은 종류의 독초를 그의 손가락이 닿는 곳에 나게 하면서 그를 맞이하고 있는 게 아닌가? 혹은 온갖 독 없는 초목이라도 그의 손에 닿기만 하면 즉시로 유독한 악기(惡氣) 있는 것으로 변하게 하면서 그를 만족시키고 있는 게 아닌가? 태양은 모든 곳에 환한 밝은 빛을 던져주고 있지만, 그의 몸 위에도 정말 빛을 던져주고 있는가? 혹은 그가 걸어가는 곳에는, 어디에든 불길한 원광(圓光)이 그의 병신 몸과 함께 움직이고 있는 것인가? 아무래도 그런 것 같다. 그리고 도대체 그는 지금 어디로 가고 있는 것인가? 그는 별안간 땅속으로 가라앉아버리지나 않을까? 그리고 그 뒤에는 황폐한 구덩이가 하나 생기고, 그곳에는 철이 오면 가마중, 층층나무, 효스풀, 그 밖의 이 지방에서 남직한 온갖 흉악한 초목들이 무성하게 우거져서 어지럽게 가지를 뻐치게 되는 게 아닌가? 혹은 그는 박쥐처럼 날개를 펴고 떠올라서 하늘 가까이 가면 갈수록 점점 더 흉측한 모양이 되어 가지고 날아가버리게 되는 게 아닌가?

죄가 되건 말건 헤스터는 그의 뒷모습을 바라다보면서 얼굴을 찡그리고 말했다. "저 사람은 정말 미워!"

그런 생각을 하는 자기 자신을 그녀는 꾸짖었다. 그러나 그런 감정에 이길 수도 없고, 그것을 덜할 수도 없었다. 그렇게 애를 쓰면서 그녀는 먼 나라에서 보낸 먼 옛날의 일을 생각했다. 그 당시에 그는 저녁이 되면 들어앉아 있던 서재에서 나와서 그들 가정의 등불 속에 그녀의 그리운 미소가 빛나는 불빛 속에 나와 앉는 것이 보통이었다. 그는 그 미소 속에 몸을 녹이는 것이 필요하다고 말했다. 그것은 퍽 오랜 시간을 혼자서 쓸쓸하게 책 속에 앉아 있던 냉기를 학자의 가슴에서 없애기 위한 것이라는 것이었다. 그런 정경은 그때에는 행복 이외의 것이 아니라고 생각되었다. 그러나 지금 그 후의 생활의 음울한 중간물을 통해 볼 때 그런 정경들도 그들의 가장 추악한 추억 속에 끼어 있는 것이었다. 어쩌면 그런 정경이 있을 수 있었나 하고 그녀는 깜짝 놀랐다. 그녀의 죄과 중에서 가장 후회되는 것은 그녀가 그의 미지근한 손으로 만져지는 것을 참고 그것에 응했다는 것이며, 그녀의 입술과 눈에 어린 미소를 그의 그것과 서로 접하고 녹이는 것을 허락한 것이라고 생각되었다. 그리고 그녀의 마음이 아무것도 모르던 시절에 그가 그녀에게 감언이설로 그의 곁에 있는 것이 행복하다고 생각하게 한 것은 로저 칠링워스가 그 후에 그가 당한 어떤 악덕보다도 한결 더 추악한 악덕을 그 자신이 범한 것이라고 생각되었다.

"정말 저 사람은 미워 죽겠다!" 헤스터 프린은 앞서보다도 더 사납게 얼굴을 찡그리면서 되풀이해 말했다. "저 사람은 나를 속였어! 내가 자기한테 한 것보다도 더 지독한 나쁜 짓을 나한테 하고 있어!"

여자의 손을 잡으려고 할 때 그 손과 함께 그녀의 가슴의 최극(最極)의 정열을 사나이들이 잡지 못한다면, 제발 사나이들이여, 두려움에 몸을 떨지어다. 아니면, 어떤 그들보다 더 위대한 힘의 접촉이 생겨서 여자의 감수성이 일깨워지는 경우에는, 즉시로 로저 칠링워스의 경우처럼 비참한 운명이 그들의 것이 되고 그들이 그녀의 위에 따뜻한 현실로 얹어놓는 조용한 만족과 행복의 대리석상(大理石像)까지도 질책의 대상이 되고 말 것이다. 그러나 헤스터는 벌써 옛날에 이런 옳지 않은 사나이의 생각은 청산하고 있을 것이다. 그것은 무엇을 말하는가? 주홍 글자를 붙이고 고초를 받은 7년은 그만한 비참을 주었는데도, 그래도 아무런 뉘우침을 자아내지 못했던가?

그녀가 로저 칠링워스의 꾸부러진 뒷모습을 바라보고 있는 동안에, 그 잠깐 동안의 감동이 헤스터의 심리 상태에 어두운 그늘을 떨어뜨렸고, 만약에 그렇지 않았더라면 생각조차 할 수 없었던 일들을 일깨워주었던 것이다.

그가 사라져버리자, 그녀는 아이를 불렀다.

"진주야! 진주야 어디 있니?"

진주는, 그녀의 정신의 활동이 맥이 풀리는 일이 없었기 때문에 어머니가 그 풀 뜯는 늙은이하고 얘기를 하고 있는 동안에 심심치 않게 놀고 있었다. 처음에는 아까 말한 것처럼 상상에 사로잡혀서 물구덩이에 비친 자기의 그림자와 같이 놀면서, 환영의 그림자를 부르고 있었는데 — 영 나오지를 않아서 — 이번에는 손에 잡히지 않는 대지와 갈 수 없는 하늘의 세계로 돌진해보려고 했다. 그러나 자기의 모습도 비쳐 있는 그림자도 사실이 아니라는 것을 곧 깨닫고, 좀 더 재미있는 장난을 찾아서 다른 곳으로 갔다. 그녀는 벚나무 껍질로 조그만 배를 여러 개 만들어 가지고 거기에 달팽이를 태워서 뉴잉글랜드의 어떤 상인이 하는 것보다도 훨씬 많은 상품을 실어서 바다 위로 띄워 보냈다. 그런데 그 배들은 대부분이 해변가의 가까운 곳에서 침몰해버렸다. 그녀는 산 후어(鱟魚)[1]의 꼬랑이를 잡았고, 성어(星魚)[2]를 여러 마리 포로로 했고, 해파리를 햇빛에 쬐어서 녹여버렸다. 그리고 그녀는 밀물에 쓸려오는 하얀 줄을 친 물거품을 한 줌씩 움켜쥐어 바람에 던지고, 그 물거품이 눈송이처럼 땅에 떨어지기 전에 그 커다란 꽃잎을 붙잡으려고 발에 날개가 달린 것처럼 쏜살같이 쫓아가는 것이었다. 해변가에 내려와서 모이를 주워 먹고 날개를 치고 있는 바닷새들을 보면, 이 장난꾸러기 아가씨는 앞치마에 가득 조약돌을 싸 들고 바위틈으로 몰래 그 조그만 새들을 쫓아가서 놀랄 만한 솜씨로 돌을 던지는 것이다. 회색빛을 한 하얀 가슴의 조그만 새가 한 마리 분명히 돌에 맞았다고 진주는 생각했는데, 날갯죽지가 분질러져서 파닥파닥하다가는 날아가버렸다. 그런데 이때 이 요정(妖精) 같은 아이는 한숨을 쉬고 그 장난을 그만두었다. 바닷바람처럼 자유롭고 진주 자신처럼 분방하게 자라난 조그만 짐승에게 상처를 준 것이 그녀의 마음을 아프게 했던 것이다.

마지막으로 그녀가 한 장난은 여러 가지 종류의 해초를 모으는 일이었

---

1 후어(鱟魚) : 참게.
2 성어(星魚) : 불가사리.

다. 그리고 목도리를 만들고, 외투를 만들고, 머리 수건도 만들어서, 조그만 인어(人魚) 같은 흉내를 내는 것이었다. 그녀의 어머니를 닮아서 바느질이나 옷치장을 하는 일을 잘했다. 인어의 옷의 마지막 장식으로, 장어풀³을 뜯어다가 되도록 맵시 있게 자기의 가슴 위에 항상 어머니의 가슴에 있는 것을 보아 잘 알고 있는 장식을 만들었다. 글자 ─ A라는 글자 ─ 주홍빛이 아니라 풀빛 글자였다. 어린아이는 고개를 숙이고 가슴에다 달고, 이상한 흥미를 가지고 이 모양을 바라다보면서 생각에 잠겼다. 마치 그녀가 이 세상에 태어난 유일한 사명이 그 글자의 숨은 뜻을 알아내는 일이기나 한 것처럼.

"엄마가 보면 무슨 뜻이냐고 물어보실까?" 하고 진주는 생각했다.

바로 그때 그녀는 어머니가 부르는 소리를 들었다. 그리고 그 조그만 바닷새처럼 날쌔게 날아서 헤스터 프린 앞에 나타났다. 춤을 추고 웃어대고 손가락으로 가슴의 장식을 가리키면서.

"진주야." 헤스터는 잠시 동안 잠자코 있다가 입을 열었다. "그 파란 글자는, 그리고 너 같은 어린아이의 가슴에 있는 것은 아무 의미도 없는 거야. 그런데 너는 엄마가 이렇게 붙이고 있어야 하는 글자의 뜻을 아니?"

"알아, 엄마." 어린아이는 말했다. "그건 큰 글자의 A이지. ABC책에서 엄마가 가르쳐주었지 않아."

헤스터는 지그시 그녀의 조그만 얼굴을 바라다보았다. 그녀의 까만 눈에는 종종 나타나는 이상한 표정이 어려 있었지만, 진주가 정말 이 표지에 무슨 뜻을 붙이고 있는지 어떤지는 확실히 알 수 없었다. 그녀는 이 점을 확인해보려는 병적(病的)인 욕망을 느꼈다.

"너 엄마가 왜 이 글자를 붙이고 있는지 아니?"

---

3 장어풀 : 거머리말속의 해초. 원문에는 eel-grass로 표기됨.

"알아!" 영리하게 어머니의 얼굴을 들여다보면서 진주는 대답했다. "그건, 그 목사님이 손을 항상 가슴에 얹고 있는 것하고 마찬가지야!"

"그래 그건 왜 그러지?" 헤스터는 물었다. 어린애의 관찰의 얼토당토않은 것에 약간 미소를 띠면서도 다시 생각해보고는 얼굴이 파랗게 질려서, "이 글자하고 다른 사람의 가슴하고 무슨 관계가 있지?"

"몰라, 나는 그것밖에 몰라." 하고 진주는 여느 때의 말투보다도 한결 심각하게 말했다. "엄마가 지금 얘기한 그 아저씨한테 물어봐! — 그 사람은 알고 있을 거야. 그런데 엄마, 정말 이 빨간 글자는 무슨 뜻이야? — 왜 가슴에 달고 있지? — 그리구 목사님은 왜 밤낮 손을 가슴에 얹고 있지?"

어머니의 손을 자기의 두 손으로 쥐고, 다른 때는 그 지독하게 변덕스러운 성격 속에서 찾아볼 수 없는 진지한 표정으로 어머니의 눈을 들여다보고 있었다. 헤스터는 문득 생각했다. 이 아이는 엄마한테 접근하려고 하고 있다. 어린아이다운 신뢰를 가지고 할 수 있는 일을 다 해서, 자기의 지혜가 자라는 데까지 머리를 써서 동정의 합치점을 만들려고 하는 것이다. 그 때문에 일찍이 보지 못한 모습을 진주가 하고 있는 것이다. 여태 어머니는 이 아이를 뜨거운 외딸의 애정으로 사랑은 해왔지만 항상 자기 자신을 타이르면서 어린아이에게서 받는 보수로서는 4월의 산들바람 같은 변덕 밖에는 아무것도 희망하지 않고 있었다. 하늘을 달리는 유희에 시간을 보내고, 알 수 없는 열정의 바람을 난데없이 보내고, 가장 기분이 좋을 때는 갑자기 성을 내고 껴안으려고 하면 마주 껴안아주기보다는 몸에 찬기가 돌게 하는 수가 많고 그런 걷잡을 수 없는 행위의 보상으로 때때로 까닭도 없이 일종의 불가사의한 부드러운 태도로 뺨에 입을 맞춰주고 머리카락을 매만지며 장난을 하고 그러다가는 또 난데없이 다른 장난을 하러 가고 그러면 무슨 꿈같은 유쾌감이 우리들의 가슴에 남아 있는 듯한 기분이 든다. 그리고 이것이 또한 어린애의 성격에 대해서 어머니가 느끼게 되는 것이기도 했다. 그 때문에 어머니가 아닌 관찰자는 귀염성 없는 성질 이외에는 아무것도 발견하지 못하고, 거기에 훨씬 더 어두운 색채를 부여했을 것이다. 그러나 지금 헤스터의 마음에는 진주가 그녀의 현저한 조숙과 예민으로, 이미 어머니가 자기의 친구로 삼을 수도 있고 자기의 슬픔을 나눌 수도 있는 연령에 도달했고, 그렇게 해도 어머니로서도 자식으로서도 존경을 잃게 되지는 않을 것이라는 생각이 강력하게 떠올랐던 것이다. 아직 확실한 형태를 이루지 못한 진주의 성격 속에도 하나의 뚜렷한 원리를 가진 흔들리지 않는 용기가 나타나고 있는 것을 ― 그것은 처음부터 그랬다 ― 알 수 있었다. ― 그것은 남의 지배를 물리치는 의지, ― 훈련을 받으면 자존심이 될 수 있는 굳센 긍지 ― 그리고 그것은 어떤 물건이라도 살펴본 뒤에 허위의 기미가 있을 경우에는 강렬하게 이것을 경멸하는 성격이었다. 그녀에게는 애정도 있었다. 아직까지는 신랄하고 불유쾌한 것이었지만 아직 익지 않은 과일의 풍만한 향기를 갖고 있었다. 이런 믿음직한 성격을 갖고 있는 동시에, 그녀가 어머니한테서 물려받은 악(惡)의 성질도 클 것이라고 헤스터는 생각했다. 사실 이 꼬마 악마 같은 어린아이가 자라서 고귀한 부인이 되지 않는다면 그럴지도 몰랐다.

진주가 주홍빛 글자의 수수께끼의 주변을 돌고 있는 끈덕진 경향은 이 아이의 존재가 타고난 성격이라고 생각되었다. 철이 나기 시작할 무렵부터 그녀는 이 일을 자기에게 정해진 사명인 것처럼 파고들었다. 헤스터는 가끔 하나님의 뜻에 공정과 응보의 기획이 있어서 이 아이에게 그런 성격이 부여된 게 아닌가 하고 상상한 적이 있었다. 그러나 여태껏 한 번도 이 기획에 관련해서 그와 동시에 자비와 은총의 적도 있는 게 아닌가 하고 생각해본 적은 없었다. 만약에 귀여운 진주가 신뢰와 신의를 가지고 지상(地上)의 아이인 동시에 정신계(精神界)의 사자(使者)로서 맞아들여졌다면 어머니의 가슴에 차디차게 붙어 있고, 그 가슴을 무덤으로 변하게 한 슬픔을 달래고 잊어버리고 하는 일에 그녀의 사명이 있지 않을까? ― 그리고 어머니를 도와서 지난날에는 거세고 격렬하게, 지금까지도 죽지도 않고 자지도 않고, 무덤 같은 가슴속에 갇혀져 있는 데 지나지 않는 정열을 이기게 하는 일에 있지 않을까?

이런 것이 헤스터의 마음을 뒤흔들고 있는 생각 중의 몇 가지였다. 그것은 마치 귀밑에다 대고 실제로 누가 속삭인 것처럼 생생한 인상을 가지고 느껴졌던 것이다. 그동안에 귀여운 진주는 어머니의 손을 자기의 두 손안에 꼭 쥐고 얼굴을 쳐들고 있었다. 그리고 다음과 같은 날카로운 질문을 한 번이 아니라 두 번 세 번까지 연발했던 것이다.

"그 글자는 무슨 뜻야, 엄마? 그리고 왜 그것을 붙이고 있지? 그리고 왜 목사님은 언제나 손을 가슴 위에 얹고 계셔?"

'어떻게 말하면 좋을까?' 헤스터는 마음속으로 생각했다. '아니다! 이것이 어린아이의 동정의 가격이라면, 나는 그 대가를 지불할 수 없다!'

그래서 그녀는 외치듯이 말했다.

"이 바보." 그녀는 말했다. "그런 건 물어봐서 무엇하니? 이 세상에는 어린아이가 물어서는 안 될 일이 많이 있어. 목사님 가슴의 일을 엄마가 어떻게 알아? 그리고 주홍 글자는 말야, 금실이 예쁘니까 붙이고 있는 거야!"

지난 7년 동안을 헤스터 프린은 자기 가슴의 상징에 대해서 한 번도 거짓말을 해본 일이 없었다. 그것은 준엄하고 가혹하고 그러면서도 수호자 노릇을 한 정신의 부적(符籍)이었는데 지금 그 정신은 그녀의 가슴을 엄중하게 지키고 있는데도 불구하고 무슨 새로운 악이 잠입했다든가 그전부터 있던 놈이 아직 쫓겨나지 않았다든가 해서 그녀를 버리고 가버렸는지도 몰랐다. 진주로 말하자면 여태까지의 열렬한 표정은 벌써 사라지고 없어졌다.

그러나 어린아이는 이 문제를 잊어버리려고 하지 않았다. 어머니하고 집으로 돌아가는 길에서 두 번인가 세 번, 그리고 저녁 식사를 할 때도 두 서너 번, 그리고 헤스터가 그녀를 재우려고 할 동안에도, 그리고 이제 잠이 들었다고 생각하고 있는데 또 한 번 진주는 그 까만 눈에 짓궂은 빛을 띠면서 얼굴을 들었다.

"엄마," 그녀는 말했다. "그 빨간 글씨는 무슨 뜻야?"

그리고 그 이튿날 아침에 어린아이는 눈을 떴다는 최초의 표시로 머리를 베개에서 들면서 그 또 하나의 질문, 그녀가 주홍빛 글자에 대한 탐구와 어떻게 돼서인지 결부시키고 있는 질문을 하는 것이었다. —

"엄마, 엄마! 왜 목사님은 손을 언제나 가슴 위에 얹고 계셔?"

"듣기 싫어, 요 여우야!" 어머니는 화를 버럭 내면서 대답했는데, 이렇게 자기도 모르게 화를 내본 일은 여태까지 한 번도 없었다. "엄마를 놀리면 안 돼. 이제 또 그런 소리를 하면 캄캄한 벽장 속에 가두어버릴 테야!"

16

숲속의 오솔길

  헤스터 프린은 딤스데일 씨에게, 현재 어떤 고통을 겪고 차후에 어떤 결과가 오는 위험이 있더라도 그와 친밀한 관계에 들어가 있는 사나이의 정체를 알려주어야겠다는 결심을 변함없이 갖고 있었다. 그런데 며칠 동안을 그녀는 그에게 말을 하려고 그녀도 잘 알고 있는, 그가 항상 생각에 잠겨서 산보를 하는 습관이 있는 반도의 해변가 길과 근처의 숲속의 언덕길에서 기회를 찾고 있었지만 만날 수가 없었다. 물론 그녀가 그를 그의 서재로 방문해도, 워낙 목사의 훌륭한 명성이 신성하고 깨끗했기 때문에 악평이 일어날 리도 없었을 것이고 위험도 없었을 것이다. 사실상 그의 사저에는 수많은 참회자들이 깊은 죄를, 아마 주홍빛 글자로 표시되는 것과 똑같은 정도의 짙은 빛깔의 죄를 고백하러 방문하고 있었던 것이다. 그러나 한편으로는 로저 칠링워스의 비밀리의 혹은 노골적인 간섭을 두려워했고 또 한편으로는 그녀의 마음이 가책을 받고, 그런 근심이 없는데도 의심을 받지나 않을까 하는 염려도 있었다. 또한 한편으로는 목사와 그녀가 둘이서 이야기를 하기에는 넓고 넓은 전 세계에서 호흡하는 것 같은 장소가 필요했다. ─ 이러한 모든 이유 때문에 헤스터는 푸른 하늘 밑보다 좁은 사사로운 곳에서는 그를 만나려고 생각하지 않았다.

  드디어 어느 날 병자의 방에서 간호를 해주고 있을 때, (딤스데일 목사도

기도를 드려달라고 해서 거기에 불려온 일이 있었다는 것이다) 그가 엘리엇 전도사라는, 토인들 사이에서 기독교에 귀의한 사람들을 인도하고 있는 사람을 만나러 그 전날 떠났다는 말을 듣게 되었다. 그는 대체로 내일 오후 몇 시까지는 돌아올 것이라는 것이다. 그래서 그다음 날 시간에 늦지 않게 헤스터는 진주를 데리고 — 어린아이가 있으면 좀 거북했지만 진주는 어머니가 외출을 할 때면 꼭 따라나섰다 — 출발했던 것이다.

두 사람이 반도부(半島部)에서 본토 쪽으로 넘어가고 나서부터는 길은 아주 좁다란 오솔길이 있을 뿐이었다. 그 길은 신비스러운 원시적인 숲으로 기어 들어가고 있었다. 이 숲이 또한 빽빽하게 오솔길을 둘러싸고 있었고, 양쪽에는 시꺼멓게 수목들이 우거져 있고 머리 위의 하늘도 겨우 보일락말락 할 정도였는데 헤스터의 마음에는 자기가 그다지도 오랫동안 헤매고 있던 도덕의 황무지가 바로 그 모습을 이곳에 나타내고 있다는 생각까지 들었다. 그날은 차고 우울한 날씨였다. 머리 위에는 구름이 뿌옇게 덮여 있었고 그래도 산들바람은 조금씩 불고 있었다. 그 때문에 얼룩얼룩한 엷은 햇빛이 이따금씩 두 사람의 가는 길에 쓸쓸하게 한줄기씩 내리비치기도 했다. 그러나 이 잠깐 동안의 반가운 햇빛도 항상 숲 저쪽의 상당히 긴 오솔길의 끝 쪽만을 비쳤던 것이다. 짓궂은 햇빛은 — 이날 이 장면을 지배하고 있는 구슬픈 분위기 속에는 아무리 잘 비춰주어도 약하디약한 것이다 — 두 사람이 가까이 가면 자꾸 멀어졌다. 그리고 방금 놀고 있던 고장을 한층 더 축축하게 했다. 두 사람은 거기까지 가면 상쾌하게 밝아질 거라고 기대하고 있었기 때문이다.

"엄마," 귀여운 진주는 말했다. "해님은 엄마를 좋아하지 않는가 봐. 도망을 치고 숨어버리기만 해. 엄마 가슴에 있는 게 무서운 모양이지. 저것 봐요! 저기, 저쪽에서 놀고 있는데. 엄마는 여기 서 있어요. 내가 뛰어가서 잡을 테니까. 나는 어린애니까. 나한테서 도망치지는 않겠지. — 나는 아직 아무것도 가슴에 달고 있지 않으니까!"

"영원히 달지 않아야지." 헤스터는 말했다.

"왜. 엄마?" 진주는 갑자기 걸음을 멈추고 서서 물었다. 지금 막 뛰어가려고 하는 판이었다. "나두 어른이 되면, 저절로 와 붙게 되는 게 아냐?"

"자아 어서 뛰어가봐." 어머니는 대답했다. "뛰어가서 햇빛을 잡아봐. 금방 또 없어진다." 진주는 전속력으로 달리기 시작했다. 그리고 헤스터도 보고 웃고 있었는데, 정말 햇빛을 잡았다. 그리고 깔깔대고 웃으면서 그 속에 서 있었다. 눈부신 햇빛에 비쳐지고 날쌘 동작으로 해서 힘차게 반짝거리고 있었다. 햇빛은 혼자 쓸쓸하게 서 있는 어린아이의 주위에 마치 같이 놀 수 있는 친구를 얻은 것을 기뻐하는 듯이 주저하고 있었는데 이내 어머니도 차차 가까이 가서 그 마술의 권내(圈內)에 막 발을 들여놓으려고 하고 있었다.

"이제 도망칠 거야!" 진주는 머리를 흔들면서 말했다.

"이거 봐!" 헤스터는 미소를 지으면서 대답했다. "나도 손을 펴고 잡았는데."

그렇게 하려는 순간에 햇빛은 꺼져버렸다. 하지만 진주의 얼굴에서 약동하는 표정이 하도 명랑해서 그것을 보고 어머니는 어린아이가 햇빛을 모조리 흡수해버렸기 때문에 좀 더 어두운 그늘 속으로 들어가면 그녀는 그것을 다시 방사(放射)하고 자기의 길을 밝히게 될 것이라고 상상할 수 있을 만했다. 진주가 그녀의 성격 속에 새로운 어머니를 닮지 않은 활력을 갖고 있다는 느낌을 헤스터는 여러 가지 어린아이의 성격이 나타나는 중에서도 이 끊임없이 잃지 않는 발랄한 정신에 의해서 가장 인상 깊게 느끼고 있었다. 그녀에게는 슬픔이라는 병이 없었다. 이 병은 후세에 가서는 거의 모든 어린아이들이 선병(腺病)¹과 함께 그들 조상들의 재난으로부터 물려받고 있는 것이다. 아마 이것도 역시 하나의 병이었을 것이다. 그리고 그것은 진주가 태어나기 전에 헤스터가 슬픔과 싸운 거센 힘의 반영에 지나지 않는지도 모른다. 분명히 그것은 이상한 생각이 들게 하는 매력으로서, 어린아이의 성격에 견고한 금속적(金屬的)인 광채를 주고 있었다. 진주에게 모자라는 것은 — 어느 사람들은 한평생 그것을 갖지 못하는 경우도 있다 — 그녀의 심금을 울리고, 그녀를 인간답게 하고, 동정할 수 있는 힘을 갖게 하는 비탄이었다. 그러나 진주에게는 아직도 충분한 시간이 있었다.

"자아 진주, 빨리 가자!" 헤스터는 지금까지 진주가 햇빛 속에 조용히 서 있던 장소에 서서 둘러보면서 그렇게 말했다. "조금 더 가서 숲속에 앉아서 좀 쉬자."

"나는 다리 아프지 않아, 엄마." 어린아이는 대답했다. "그렇지만 엄마가 쉬고 싶으면 쉬어두 돼. 그리고 그동안에 얘기해주지."

"얘기?" 헤스터는 말했다. "아니 무슨 얘기를?"

"얘기 말야, 악마 얘기 말야!" 진주는 어머니의 옷자락을 잡고 얼굴을 들고 진실과 희롱이 반반 섞인 표정으로 그녀의 얼굴을 쳐다보았다.

"이 숲으로 항상 지나다닌다지. 책을 한 권 들구, — 커다란 두꺼운 책에 쇠고리가 달려 있대. 그리고 그 기분 나쁜 악마는 이 숲속에서 만나는 사람마다 책을 내밀고 철필을 내준대, 그러면 자기의 피로 이름을 쓰지 않으면 아니 된대. 그러면 가슴에 악마의 도장을 찍어준대! 엄마는 악마를 본 일이 있어, 응?"

"그런데 누가 그런 얘기를 하던 진주야?" 어머니는 그것이 그 당시에 널리 퍼져 있는 미신이라는 것을 알면서 물었다.

"엄마가 어저께 간호하러 간 집에서 난로 구석에 앉아 있던 할머니가 그러던데." 하고 어린아이는 말했다. "그런데 그 할머니는 그 얘기를 하는

---

1 선병(腺病) : 피부샘병. 결핵균에 의하여 피부에 결절이나 궤양이 생기는 병.

동안에 내가 자고 있는 줄 알았어. 머어 아주 퍽 많은 사람들이 이 숲에서 악마를 만났대, 그리구 책 속에 이름을 써넣었대, 그래서 모두 그 도장이 붙어 있다구 그러던데. 그런데 그 기분 나쁜 여자, 히빈스 할머니도 그중의 한 사람이래지. 그리구 엄마, 이 주홍 글자도 그 악마가 엄마한테 찍었다고 그러던데. 그리구 엄마가 밤중에 악마를 만나면 이 글자가 빨간 불꽃처럼 탄대, 이 캄캄한 숲속에서 말야. 정말야, 엄마? 밤에 엄마는 악마를 만나러 여기 와?"

"네가 잠을 깼을 때 엄마가 없어본 일이 있었니?" 헤스터는 물었다.

"그런 생각 안 나는데." 어린아이는 말했다. "나를 집에 혼자 두는 것이 걱정이 되면 나를 데리고 와도 좋아. 난 엄마하구 같이 가고 싶어! 그런데 엄마. 가르쳐주어요! 악마가 있어? 엄마 만나본 일 있어? 그리구 이것이 악마의 표적야?"

"한 번 얘기해주면 다시 성가시게 묻지 않겠지?" 어머니는 물었다.

"응, 다 얘기해줘." 진주는 대답했다.

"옛날에 어느 때 엄마는 악마를 만난 일이 있었어요!" 하고 어머니는 말했다, "주홍 글자는 그 표적이에요!"

그런 식으로 얘기를 하면서 그들은 숲속으로 상당히 먼 곳까지 들어갔다. 숲속 길을 지나다니는 통행인들한테도 우연히 만나게 되는 들킬 염려가 없는 곳까지 가 있었다. 여기서 두 사람은 이끼가 터부룩하게 나 있는 위에 가 앉았다. 백여 년 전쯤에는 어두컴컴한 숲 그늘에 뿌리와 줄기를 펴고 하늘 높이 머리를 뻗친 커다란 소나무가 나 있던 자리였을 것이다. 그들이 앉아 있는 곳은 조그만 골짜기였고 가랑잎에 덮인 둑이 비스듬히 양옆으로 기어 올라갔고 한가운데에는 조그만 시내가 있고 개울 바닥 밑에는 낙엽이 가라앉아 있었다. 그 위로 기울어져 있는 나무들은 군데군데 커다란 가지를 떨어뜨리고 흐름을 막고는 여기저기에 소용돌이와 꺼떻게 맑은 웅덩이를 만들고 있었다. 그런가 하면 물결이 빠른 힘찬 곳에는 조그만 돌들의 물길이 나 있고, 누렇게 반짝거리는 모래가 드러난 흐름길을 따라서 바라보니 물에서 반사되어 오는 환한 빛이 숲속의 얼마간 떨어진 곳에서도 눈에 띄었다. 그런데 그것도 어느 틈에 나무줄기와 자디잔 가지들과, 여기저기에 회색빛 이끼가 덮인 커다란 바위들이 울퉁불퉁 솟아오른 사이로 자취를 감추었다. 이러한 거목들과 화강석의 둥근 바위들은 이 조그만 흐름의 행방을 감추어주려고 무척 애를 쓰고 있는 듯이 보였다. 흡사 항상 끊이지 않는 재잘거림으로 자칫하면 흐름의 근원이 옛 숲의 가슴속에 들어 있다는 것을 발설할지도 모르고 웅덩이에 핀 물의 미끄러운 수면(水面)에 그 계시(啓示)를 비춰 보일지도 모른다고 걱정을 하고 있는 듯이 보였다. 정말 항상 쉬지 않고 조용히 흘러내려 가고 있는 동안에 이 개울은 재잘거림을 끊이지 않았다. 그 말소리는 친절하고 조용하고 사람의 마음을 위로하는 듯했지만, 또한 우울하고 유년 시절을 친구도 없이 지내고 구슬픈 주위의 사람들과 음산한 색조의 사건들 속에서 아무리 해도 유쾌하게 될 길이 없는 어린아이의 목소리처럼 들렸다.

"아아 개울님! 바보같이 심심한 개울님!" 진주는 외쳤다. 잠시 동안 흐름의 말소리에 귀를 기울이고 난 뒤였다. "왜 개울님은 그렇게 쓸쓸한가요? 기운을 내요. 밤낮 그렇게 한숨을 쉬고 중얼거리고만 있지 말아요!"

그러나 개울은 숲속의 나무 사이의 조그만 생을 영위하는 동안에 지극히 장엄한 경험을 했기 때문에 그것을 말하지 않을 수 없을 것이다. 그리고 그밖에 얘기할 것이 없는 듯이 보였다. 진주는 이 조그만 개울과 흡사했다. 그녀의 생의 흐름이 역시 신비적인 원천에서 흘러나온 것이라든가, 역시 육중하고 침울한 장면 속을 흘러내려온 것이 그러했다. 그러나 이 조그만 흐름과는 달리 그녀는 자기의 길을 걸어가는 도중에 춤을 추고 빛을 발하고 경쾌하게 재잘거려댔다.

"이 슬픈 개울물은 무어라구 말하고 있어, 엄마?" 그녀는 물었다.

"만약에 너한테 너의 슬픈 일이 있으면 이 개울물을 그것에 대한 얘기를 너한테 해줄 거야." 그녀의 어머니는 대답했다. "바루 내 슬픈 일을 나한테 얘기해주듯이 말야! 그런데 진주야, 이 길을 걸어오는 사람의 발자국 소리가 들리지 않어? 나뭇가지를 헤치구 있는 소리두. 너 장난하구 혼자 놀구 있어야 해. 엄마는 저기 오시는 분하구 얘기를 좀 해야 할 테니까."

"악마야?" 진주는 물었다.

"빨리 저기 가서 어서 놀아?" 어머니는 되풀이해 말했다. "그렇지만 너무 멀리 가면 안 된다. 그리구 엄마가 부르면 곧 와야 해."

"알았어, 엄마." 진주는 대답했다. "그렇지만 만일 악마라면 잠깐 동안 여기 있게 해줘요. 나 보구 싶어 커다란 책을 끼구 있는 것을."

"어서 가 놀아요, 바보!" 어머니는 초조한 듯이 말했다. "악마가 아녜요! 나무 사이에 저기 보이지 않아? 목사님예요!"

"정말 그렇군!" 하고 어린아이는 말했다. "그런데 엄마, 저분은 가슴에 손을 얹고 계신데! 저거는 악마의 책에 목사님이 이름을 적어 넣으셨을 때, 거기에 도장을 찍어서 저러시는 거요? 그럼 왜 가슴 밖에다 찍지 않았지. 엄마처럼?"

"빨리 어서 가 놀아. 엄마는 이제 그만 심히 굴구!" 하고 헤스터 프린은 소리를 질렀다. "그렇지만 너무 멀리 가진 말아, 개울물 소리가 들리는 안에서만 놀아라."

어린아이는 노래를 부르면서 달려갔다. 그 개울물의 우울한 소리에 좀 더 경쾌한 음률을 섞으려고 애를 쓰면서 달려갔다. 그러나 조그만 흐름은 좀처럼 그것으로 달래지지 않았다. 여전히 이 침울한 숲속에서 옛날에 일어난 애처로운 비밀을 알 수 없는 말로 끊임없이 — 혹은 이제부터 일어날 일을 예언이라도 하는 듯이 탄식을 하면서 — 재잘거리고 있었다. 그래서 진주는 자기의 조그만 생명 속에 충분한 음영을 갖고 있었기 때문에 이 불평을 늘어놓고 있는 개울과는 상종을 하지 않기로 했다. 그리고 이번에는 오랑캐꽃과 할미꽃과 높다란 바위틈에 자라나고 있는 빨간 참매발톱꽃을 따는 일을 시작했던 것이다.

요정 같은 어린애가 사라지자, 헤스터 프린은 한 두어 걸음 숲속의 오솔길 쪽으로 발을 옮겨놓았다. 그러나 아직도 나무들의 짙은 그늘 밑에 머물러 있었다. 목사가 혼자서, 도중에서 꺾어 만든 것 같은 지팡이를 짚고 그 길을 휘청휘청 걸어오는 것이 그녀의 눈에 띄었다. 그는 상당히 초췌하고 쇠약해 보였다. 그리고 그 태도에 기운 없는 낙망이 역력히 어려 있었다. 이런 일은 그가 식민지를 걸어 다녔을 무렵에는 이처럼 두드러지게 나타난 일이 없고 또한 사람들이 주의를 하고 바라보고 있다고 생각되는 때에는 볼 수 없는 것이었다. 이 숲속의 인적이 없는 궁벽진 이곳에서는 그것은 애처롭게도 잘 눈에 띄었다. 인적이 없는 궁벽진 곳이라는 것이 또한 저절로 그의 마음에 무거운 시련이 되었을 것이다. 그의 걸음걸이부터가 벌써 기운이 없었다. 한 걸음 한 걸음씩 발을 떼어놓는 것이 아무 이유도 없다고 생각하고 있는 듯했고 또한 걷고 싶은 욕망도 없고 근처의 나무뿌리에 몸을 내던지고 쓰러져서 영원히 될 대로 되라고 자고 있었으면 즐겁겠다, 무슨 즐거운 일을 경험할 수 있다면 그런 정도라고 생각하고 있는 듯했다. 나뭇잎은 그의 몸 위에 떨어져 내릴 것이다. 흙은 그의 몸 위에 점점 더 높이 쌓여서 조그만 언덕처럼 될 것이다. 그 속에 살아 있는 것이 들어 있든 없든 상관하지 않을 것이다. 소원할 수도 피할 수도 없을 정도로 죽음은 너무나 명확한 대상이었다.

헤스터의 눈에도 딤스데일 목사는, 귀여운 진주가 말한 것처럼 다만 그의 손을 가슴 위에 얹고 있는 것밖에는 아무런 적극적인 생생한 고민의 모습을 보이고 있지 않았다.

17

목사와 그의 신자

목사는 천천히 걸어왔지만 헤스터가 겨우 들릴락말락한 소리로 그의 주의를 환기했을 때는 벌써 지나쳐 가려고 할 무렵이었다. 겨우 그녀는 그를 그렇게 할 수 있었다.

"아서 딤스데일!" 그녀는 불렀다. 처음에는 들릴락 말락 하게, 그러다가 커다란 찢어지는 듯한 소리로 불렀다. ―"아서 딤스데일!"

"누구요, 날 부르게?" 목사는 대답했다.

갑자기 정신을 차리고 그는 우뚝 걸음을 멈추었다. 사람이 옆에서 보고 있으면 재미없다고 생각하고 있을 때 갑자기 깜짝 놀라게 된 사람의 태도였다. 근심스럽게 소리가 나는 쪽으로 고개를 돌리면서 그는 희미하게 나무 밑에 사람의 모습이 하나 서 있는 것을 발견했다. 매우 초라한 옷차림을 하고 흐린 하늘과 겹쳐진 나뭇잎으로 대낮의 햇빛이 어둠침침한 회색빛으로 그늘져 있는 속에서 거의 흑백을 가려낼 수 없는, 사람인지 그늘인지 분간할 수 없는 자태를 하고 있었다. 어쩌면 그의 인생의 길에 있어서 그렇듯이, 그의 생각에서 몰래 빠져나온 유령이 그렇게 갑자기 나타나 있는 것 같기도 했다.

그는 한 걸음 가까이 다가섰다. 그리고 주홍빛 글자를 발견했다.

"헤스터! 헤스터 프린!" 그는 말했다. "당신요? 살아 있구려?"

"네에, 그래요!" 그녀는 대답했다. "요 7년 동안을 제가 살아온 것처럼요! 그리고 당신도, 아서 딤스데일 아직도 살아 계시지요?"

그들 두 사람이 이렇게 서로 현실의 육체적 존재를 물으면서, 각자의 존재를 의심한 것도 결코 이상한 일은 아니었다. 그들이 이 어둠침침한 숲속에서 만나게 된 것은 참으로 이상한 경험이었고 마치 무덤의 저쪽 세계에서, 두 혼령이, 전세(前世)에서는 친밀하게 결합되어 있었지만 지금의 상태로는 서로 서먹서먹해서, 혼령이 된 것과는 교제하는 데 습관이 되어 있지 않기 때문에, 서로 공포감을 느끼고 차디찬 기분으로 몸을 떨면서 처음 만나고 있는 것 같은 모습을 하고 있었다. 양쪽이 다 같이 유령이면서, 상대방의 유령에 겁을 집어먹고 있는 형상. 그들은 또한 자기 자신에게도 겁을 집어먹고 있었다. 왜냐하면 이러한 핍박한 위기가 그들에게 각자의 의식을 되던져주어서, 각자의 가슴에는 그의 역사와 경험이 뚜렷이 나타나게 되었기 때문이다. 이런 일은 그런 숨도 쉴 수 없는 절박한 경우가 아니고서는 현실의 인생에서는 있을 수 없는 일이다. 영혼은 자기의 모습을 그 지나가는 순간의 거울 속에서 보았다. 두려운 마음으로 몸을 떨면서, 말하자면 하는 수 없는 마지못해 필요에 몰려서, 아서 딤스데일이 내민 손은 죽음처럼 차가웠고 그것이 헤스터 프린의 차디찬 손에 닿았다.

그 악수는 차디찼지만 이 대면에서 음산하고 삭막한 공기를 없애주었다. 그들은 비로소 자기들이 적어도 같은 세계의 주민이라는 것을 느꼈던 것이다.

그 이상 한마디도 더 말이 없이 ─ 그러나 혹은 그녀가, 어느 편이 앞에 서지도 않고, 입으로 나타내지 않은 동의로서 ─ 그들은 다시 아까 헤스터가 자태를 나타낸 숲속으로 조용히 걸어 들어갔다. 그리고 아까 헤스터와 진주가 앉아 있던 이끼가 쌓여 있는 위에 가 앉았다. 두 사람이 소리를 내서 말을 할 수 있게 되었을 때 처음에는, 다만 누구나 안면이 있는 두 사람이 만났을 때 하는 것 같은 인사와 질문을 교환했을 뿐이었다. 흐린 날씨라든가, 곧 폭풍이 불고 비가 올 것 같다든가, 또한 피차의 건강에 대한 일 같은 것. 그러다가 점점 얘기가 시작되었고, 그것도 대담하게가 아니라 한 걸음 한 걸음씩 그들의 가슴속에 뿌리 깊이 고민하고 있는 문제로 접어 들어갔던 것이다. 퍽 오랫동안 운명과 환경 때문에 소격(疏隔)[1]되어 있어서, 그런 문제로 들어가기 전에 가벼운 우연한 일들을 먼저 이야기하고, 교섭의 문을 열어젖힐 필요가 있었다. 그렇게 해야만 그들 두 사람의 진정한 생각이 문턱을 넘어설 수 있게 되었던 것이다.

잠시 후 목사는 지그시 헤스터 프린의 눈을 들여다보았다.

"헤스터." 그는 말했다. "당신은 마음이 안정되었소?"

그녀는 쓸쓸한 미소를 띠면서 고개를 숙이고 가슴을 보고 있었다.

"당신께서는?" 그녀가 물었다.

"안 돼! ― 절망뿐이오!" 그는 대답했다. "나 같은 사람이 나 같은 생활을 해가지고 그 밖에 무엇을 바랄 수 있겠소? 만약에 내가 신앙이 없는 사람 ― 양심이 없는 사람 ― 야비한 짐승 같은 본능을 가진 비참한 놈이라면, ― 벌써 오래전에 나는 마음에 안정을 얻을 수도 있었을 거요. 아니 도대체가 마음의 안정을 잃을 리도 없었겠지! 그렇지만 나의 정신 상태는 어떻겠소. 나한테 본래 있었던 좋은 소질, 가장 선량하고 고르고 골라서 하나님이 내려주신 것은 모두가 정신에 가책을 주는 집행자가 되었소. 헤스터, 나만큼 비참한 사람은 정말 없소!"

"사람들은 모두 당신을 존경하고 있어요." 헤스터는 말했다. "그리고 당

---

1 소격(疏隔) : 서로 사이가 두텁지 아니하고 거리가 있어서 서먹서먹함.

신께서는 확실히 사람들에게 좋은 일을 하고 계셔요! 그래도 마음의 평화를 얻을 수 없으세요?"

"점점 더 비참해만 져, 헤스터! — 점점 더 비참해만 져요!" 목사는 쓰디쓴 미소를 띠면서 대답했다. "내가 하고 있는 것 같은 좋은 일요, 좋은 일인지는 모르지만 거기에는 신념이 없어. 그것은 필시 나의 망상일 거야. 나 같은 타락한 영혼을 가진 사람이 남의 영혼을 구제할 수 있겠소? — 썩은 영혼이 남의 영혼을 정화할 수 있겠소? 그리고 사람들이 존경한다고 하지만, 나는 그것이 조소와 증오로 바뀌었으면 좋겠다고 생각하고 있어! 나는 설교단 위에 올라서지 않으면 아니 되지, 그리고 내 얼굴을 쳐다보는 수많은 눈동자를 바라보지 않으면 아니 되지, 마치 그 눈동자에서는 하늘의 빛이 비쳐 나오고 있는 것 같아. 그러니 그것으로 내가 위안을 얻을 수 있다고 생각되겠소. — 내 모임에 오는 사람들은 모두 진실을 갈망하고 있소. 그리구 내가 하는 말을 마치 펜테코스트[2]의 혀가 말하고 있는 것처럼 귀를 기울이고 듣고 있소. 그것을 나는 보지 않으면 안 된단 말야. — 그리고 그 다음에는 내 마음속을 보게 돼. 그 사람들이 우상처럼 모시고 있는 것은 사실은 새까만 암흑야. 나는 웃었어. 쓰디쓴 고통에 찬 마음으로 나는 웃었어. 남이 보는 나하고, 정말 나하고는 그렇게 틀려. 악마왕도 그것을 보고 웃고 있는 거야!"

"당신은 잘못 생각을 하고 자기 자신을 괴롭히고 있는 거예요." 헤스터는 조용히 말했다. "당신은 깊고 세차게 회개하고 계신 거예요. 당신에게 죄가 있는 것은 벌써 옛날 일로 끝난 거예요. 당신의 현재의 생활은 사실 말이지 사람들의 눈에 띄는 것보다 조금도 덜 신성하지 않아요. 그리고 착한 행위를 많이 하고 그것으로 증명이 되고 증거를 세울 수 있는 회개

---

2 펜테코스트(Pentecost) : 성령 강림 대축일. 오순절.

도 역시 헛된 거라고 할 수 있겠어요? 그리고 어째서 그것이 당신에게 마음의 안정을 가져다주지 않겠어요?"

"아냐, 헤스터, — 그건 그렇지 않아!" 목사는 대답했다. "헛되고 실속 없는 거야! 차디찬 것, 죽어 있는 거야! 나한테는 아무 소용두 없어! 고행은 충분히 했지! 그런데 회개의 실적이 오르지 않아! 만약에 정말 회개하고 있다면, 나는 벌써 옛날에 이 허위의 성의(聖衣)를 벗어버리고 사람들에게 내가 최후의 심판의 자리에서 보여질 것 같은 모습을 제시했어야 할 거야. 공공연히 가슴에 주홍빛 글자를 붙이고 있는 당신은 행복해요! 헤스터 내 가슴은 아무도 모르게 까맣게 타고 있어! 7년 동안 남들을 속이고 가책을 받고 나서, 나의 정체를 알아주는 눈을 보게 되는 것이 얼마나 마음에 후련한 일인지 당신에게는 알 수 없을 거야! 만약에 친구라도 한 사람 있어서 — 그것이 나의 극악한 원수라도 괜찮아 — 내가 다른 사람들한테서 온통 가책을 받고 마음이 우울할 때, 매일같이 그 사람한테 통사정을 하고 나는 모든 죄인 중에서 가장 나쁜 사람이라는 것을 알아주기만이라도 한다면, 그것으로 나의 영혼은 기운을 얻을 수 있을 거라고 생각돼. 그만한 진실만 있더라도 나는 구원을 받을 것 같애! 그러나 지금은 모두 허위야! — 모두가 공허해! — 모두가 사멸야!"

헤스터 프린은 그의 얼굴을 들여다보고 있었다. 그러나 말을 하기는 주저했다. 그런데 그가 그다지도 오랫동안 가슴속에 억제해둔 감동을 그렇게 격렬하게 발설한 그의 말은 여기서 그녀가 말하려고 한 것을 끄집어내도 좋을 만한 계제를 만들고 있었다. 그녀는 자기의 어려움을 억제하고, 이야기를 시작했다.

"당신이 지금 있었으면 좋겠다고 말하신 친구로," 그녀는 말했다. "당신의 죄를 같이 울고 있는 것은 저예요. 죄를 같이 졌으니깐요!" 또다시 그녀는 주저했다. 그러나 억지로 말을 다시 꺼냈다. "당신이 말하시는 것 같은 원수를 당신은 오랫동안 갖고 계셔요. 한 지붕 밑에서 같이 살고 계셔요!"

목사는 깜짝 놀라면서 벌떡 일어섰다. 숨을 몰아쉬었다. 그리고 가슴을 움켜쥐었다. 자기의 가슴에서 심장을 떼내려고 하는 것 같은 몸짓이었다.

"아니, 그게 무슨 말요?" 그는 소리를 질렀다. "원수, 내 지붕 밑에, 그게 무슨 말요?"

이 불행한 사람을 그다지도 오랜 세월을 두고, 혹은 단 한순간이라 하더라도 악의(惡意)의 목적밖에 안 가진 사람의 수중에서 마음대로 농락되게 내버려두었기 때문에, 그가 깊은 상처를 받게 되었다. 그것도 자기의 책임이었다는 것을 헤스터 프린은 이제야 뼈저리게 충분히 느끼게 되던 것이다. 그의 적이 바로 가까운 곁에 붙어 있다는 것, 어떤 가면 밑에 그 적이 숨어 있든 간에 그것은 아서 딤스데일 같은 민감한 사람의 자석 같은 정신의 질서를 교란시키기에는 충분했다. 이런 생각을 헤스터는 지금처럼 생생하게 충분히 생각하지 못한 때도 있었다. 그것은 다시 말하자면 필시 그녀가 자기의 고통에서 나온 염세관에서, 목사는 목사대로 자기보다는 덜 불행한 악운처럼 생각되는 것을 견디어나갈 수 있으려니 하고 내버려둔 때가 있었다는 것이다. 그런데 요즘에 와서, 그의 그 철야고행의 밤부터, 그에 대한 그녀의 동정은 훨씬 부드러워지고 힘찬 것으로 되었다. 그녀는 이제 그의 마음을 한결 더 명확하게 읽을 수 있었다. 로저 칠링워스가 항상 곁에 붙어 있다는 것 — 그의 악의의 눈에 보이지 않는 독소가 그의 주위의 공기에 온통 침투되어 있을 것이다. — 그리고 그가 의사로서 위임을 받고 공공연히 할 수 있는 목사의 육체적 정신적 약점에 대한 간섭 — 이러한 나쁜 기회가 모두 다 잔인한 목적에 쓰이고 있었다는 것을 그녀는 의심할 수 없었다. 그러한 수단에 의해서 환자의 양심은 항상 초조한 상태에 놓여 있었고, 그러한 초조한 정신적 경향은 유익한 고통에 의해서 병을 고치려고 하는 것이 아니라 정신적 존재를 해체하고 부패시키려고 하고 있었던 것이다. 이러한 결과는 이 지상에서는 미친 놈을 만드는 것밖에는 되지 않는다. 그리고 내세에서는 '착하고 참된 것'으로부터 영원히 격리시키는 일이 되고 그것을 이 지상에 옮겨 오면 미친 놈이 되는 것일 것이다.

그런 것이, 그녀가 이 사람을 몰고 들어간 파멸이었다. 지난날에는 — 아니, 그것을 왜 말해서는 안 된단 말인가? — 지금도 역시 그다지도 열렬하게 사랑하고 있는 사람을 그녀는 거기로 몰고 들어갔던 것이다. 목사의 명성을 희생시키는 것, 아니 그의 죽음이야말로 오히려 이미 그녀가 로저 칠링워스에게 말한 것처럼, 그녀가 스스로 그렇게 하려고 선택한 길보다도 비교가 안 될 만큼, 훨씬 좋은 일이 될 것이라고 헤스터는 느꼈다. 그래서 지금 그녀는 그 원망스러운 과오의 이야기를 털어놓느니보다는 이 숲의 낙엽 위에 드러누워서 아서 딤스데일의 발밑에서 죽는 편이 낫겠다고 생각했던 것이다.

"아서." 그녀는 외쳤다. "용서해주세요! 무엇보다도 저는 진실되게 살려고 애를 썼어요! 진실이란 것은 아무리 괴로운 때에도 제가 꼭 붙잡고 있었을, 그리고 실제로 꼭 붙잡고 있던 단 하나의 길이었어요. 다만 당신의 행복 — 당신의 생명 — 당신의 명예 — 가 위태로워졌을 때는 그렇지 못했어요! 그런 때 저는 속였어요. 그렇지만 거짓말을 하는 것은 좋지 않아요! 죽음이 반대쪽에서 기회를 노리고 있을 때라도 그것은 좋지 않은 일이에요. 내가 말씀드리는 것 아시겠어요? 그 노인 — 그 의사는 — 로저 칠링워스라고 부르는 그 사람은 — 저의 남편예요!"

목사는 잠시 그녀를 바라다보았다. 극도의 격정이 나타나 있었다. 그 격정은 — 그것은 하나둘이 아닌 여러 형태로, 그의 보다 더 맑고 깨끗하고 부드러운 성격과 결합되어 있었다 — 그것은 사실상 악마가 그에게

서 요구하고 있던 부분으로서, 그것으로서 그는 그 밖의 다른 부분을 얻어 가지려고 생각하고 있는 것이었다. 헤스터가 여태껏 본 것 중에서 이때 그가 찌푸린 얼굴처럼 음산하고 험악한 표정은 본 일이 없었다. 그것이 계속된 잠시 동안을, 그것은 음산한 변모를 하고 있었다. 그러나 그의 성격이 고민으로 지독하게 약해져 있었기 때문에 이상스러운 정력조차도 일시적인 몸부림 이상의 힘을 발휘하지 못했다. 그는 땅바닥 위에 펄썩 주저앉아서 두 손에 얼굴을 파묻었다.

"알고 있었을 거야!" 그는 중얼거렸다. —"아니, 알고 있었어! 처음 그 사람을 만났을 때 웬일인지 그런 짐작이 갔어. 그때 벌써 그 비밀은 알게 된 거야. 그 후 그 사나이를 볼 때마다 그런 생각이 들었어. 왜 모를 리가 있었겠소? 오오 헤스터 프린, 당신은 이 일이 얼마나 무서운 일인가를 거의, 거의 모를 거야. 증오에 찬 그 눈앞에서 이렇게 죄 많은 병든 마음을 드러내 보이는 것이 얼마나 부끄러운 일인지 — 얼마나 더럽고 — 얼마나 무섭고 추악한 일인지! 당신한테, 당신한테, 당신한테 이 책임은 있는 거요! 나는 당신을 용서할 수 없소!"

"아뇨, 용서해주셔야 해요!" 헤스터는 외치면서 그의 옆의 낙엽 위로 몸을 던졌다. "벌을 주는 것은 하나님께 맡겨주세요! 용서해주셔야 해요!"

갑자기 필사적인 애정에 넘치는 몸짓으로 그녀는 두 팔로 그를 꼭 껴안고 그의 머리를 자기의 가슴에다 들이밀었다. 그의 볼이 주홍빛 글자 위에 와닿았지만 별로 개의치 않았다. 그는 몸을 떼지 않았다. 하지만 몸을 떼려고 해도 되지 않았다. 헤스터는 좀처럼 그를 놓으려고 하지 않았다. 불끈 부라리고 자기의 눈을 그가 노려보게 되는 것을 두려워하고 있었다. 온 세계가 그녀에게 얼굴을 찡그리고 있었다. —7년 동안이라는 오랜 세월을 두고, 그것은 이 고독한 여자에게 얼굴을 찡그리고 있었다. — 그러면서도 여전히 그녀는 그것을 참고 견디어왔다. 한 번도 그 단호한 구슬픈 눈초리를 다른 데로 외면한 일이 없었다. 하늘도 역시 그녀에게 얼굴을 찡그렸다. 그래도 그녀는 죽지 않았다. 그러나 이 창백하고, 가냘프고, 죄 많은, 그리고 슬픔에 시든 사나이의 찡그린 얼굴은 헤스터가 참을 수 없는 것이며, 그 밑에서 설 수는 없는 것이었다!

"역시 용서해주시겠지요?" 그녀는 되풀이해 말했다. "얼굴을 찌푸리시면 싫어요. 용서해주세요."

"용서하지, 헤스터." 드디어 목사는 배 속에서 울려나오는 소리로 대답했다. 그 대답은 슬픔의 심연에서 울려나온 것이지, 노여움의 심연에서 울려나온 것은 아니었다. "이제, 거리낌 없이 용서하지. 하나님, 아무쪼록 저이들 두 사람을 용서해주십시오! 헤스터, 우리들은 이 세상에서 제일 악한 죄인은 아냐. 썩어빠진 목사보다두 더 나쁜 놈이 하나 있어. 그 늙은 이의 복수는 내 죄보다도 더 흉악해. 그놈은 눈 하나 깜짝하지 않고, 사람의 가슴속의 성스러운 것을 깨뜨려버렸어. 당신하고 나는, 헤스터, 그런 일은 하지 않았어!"

"그런 일은 안 했죠. 그런 일은 안 했어요." 그녀는 속삭이었다. "우리들이 한 일은 그래도 신성한 데가 있었지요. 우리들은 그렇게 느꼈지요! 서로 그렇다고 말로두 했지요! 당신은 잊어버리셨어요?"

"쉬잇, 헤스터!" 아서 딤스데일은 땅에서 일어나면서 말했다. "아니, 잊어버릴 리가 있소!"

그들은 다시 앉았다. 서로 나란히 손을 잡고, 그 쓰러진 고목나무의 이끼 낀 기둥 위에 앉았다. 이때처럼 우울한 시간은 그들의 평생에 처음이었다. 이것이야말로 그들의 길이 여기까지 오랫동안을 두고 더듬어온 극점(極點)이었다. 이 길은 그렇게 소리 없이 다가오면서, 점점 더 음산해지기만 했다. —그런데 그것은 하나의 기분 좋은 매력을 펼쳐 보였다. 그것은 그들의 머리 위를 떠돌면서 사라지지 않았다. 그리고 또 하나의, 또 하나의, 그리고 또 하나의 다른 순간을 찾게 했던 것이다. 숲은 그들의 주위에서 어두워지고, 그 속을 지나가는 한 줄기의 바람과 더불어 고함을 치고 있었다. 나무들의 커다란 가지들은 그들의 머리 위에서 육중하게 흔들리고 있었다. 한 둥치의 장엄한 고목이 다른 고목을 향해서 구슬프게 울부짖었다. 마치 그 밑에 앉아 있는 두 사람의 구슬픈 신세를 대변해주기나 하는 듯이, 혹은 어찌할 수 없이 불길한 일이 다가올 것을 예고라도 해주는 듯이 보였다.

그래도 그들은 망설이고 있었다. 식민지 쪽으로 돌아가는 숲속의 오솔길이 얼마나 쓸쓸하고 황폐해 보였던지. 거기로 돌아가면, 헤스터 프린은 다시 치욕의 무거운 짐을 지지 않으면 아니 된다. 목사는 또한 그 공허한 거짓 명성을 지지 않으면 아니 된다. 그 때문에 두 사람은 한순간이라도 좀 더 오래 끌려고 머뭇거리고 있었던 것이다. 금으로 된 날빛조차도 이 어두운 숲속의 어둠만큼 귀하지는 않았다. 여기에서는, 남의 눈이라고는 그의 것밖에 없었기 때문에, 주홍빛 글자도 이 타락한 부인의 가슴을 태울 필요가 없었다! 여기에서는 남의 눈이라고는 그녀의 것밖에는 없었기 때문에, 아서 딤스데일은 하나님과 사람을 속이고 있기는 했지만, 이 한 순간은 진실되게 있을 수 있었다!

그는 갑자기 가슴에 떠오른 생각에 자리에서 벌떡 일어섰다.

"헤스터." 그는 외쳤다. "또 하나 새로운 두려움이 있소! 로저 칠링워스는 당신이 그의 정체를 밝히는 데 대한 목적을 알고 있을 거요. 그래도 그 사람은 우리들의 비밀을 지켜줄까? 이제부터는 어떤 방식으로 복수를 할까?"

"그 사람의 성격에는 이상하게 비밀을 지키고 싶어 하는 데가 있어요." 헤스터는 생각에 잠기면서 대답했다. "그리고 여태까지 숨어서 복수를 하고 있었기 때문에 점점 더 그것이 버릇처럼 돼 있어요. 설마 비밀을 폭로

시키거나 하는 일은 없을 거예요. 그런 사람이니까 무슨 그런 음흉한 감정을 만족시킬 수 있는 다른 방법을 필시 취하게 될 거라고 생각돼요."

"그러면 나는! ─ 나는 어떻게 살아가야 하지? 그 집요한 원수하고 같은 공기를 마시면서." 아서 딤스데일은 외쳤다. 몸을 꾸부리고, 그의 세차게 떨리는 손을 가슴 위에 얹으면서 ─ 그것은 그가 무의식적으로 하게 된 몸짓이다. "생각해봐, 헤스터 나를 위해서! 당신은 강해. 나 대신 결심을 해주오!"

"당신은 인제 그 사람하고 같이 살면 안 돼요." 헤스터는 느릿느릿한 어조로 단호하게 말했다. "그 사람의 흉악한 눈 아래에다, 당신의 마음을 놓으면 안 돼요."

"그것은 죽는 것보다도 훨씬 더 괴로워!" 목사는 대답했다. "그렇지만 어떻게 그렇게 하지 않을 수 있지? 무슨 방법이 나한테 남아 있겠소? 당신이 나한테, 그 사나이가 무엇인지를 말해주었을 때 떨어진 이 가랑잎 위에 내가 다시 쓰러져야 할까? 쓰러져서 그대로 죽어야 할까?"

"아아, 정말 당신이 이렇게 파탄을 당하다니!" 눈에서 눈물을 떨어뜨리면서 헤스터는 말했다. "마음이 약한 탓으로 돌아가시겠어요? 달리 이유가 없지 않아요!"

"하나님의 심판이 내 위에 내린 거야." 양심의 충격을 받은 목사는 대답했다. "같이 싸우기에는 나한테는 힘에 겨운 노릇이고!"

"하나님은 자비를 베풀어주실 거예요." 헤스터는 반박했다. "그것을 이용할 만한 힘을 당신이 갖고 계시다면."

"아무쪼록 나 대신 좀 강하게 돼줘요!" 그는 대답하는 것이었다. "어떻게 하면 좋을는지 가르쳐주어요."

"아니, 이 세상이 그렇게 좁아요?" 헤스터 프린은 외쳤다. 그녀는 깊은 눈길을 목사의 눈동자 속에다 꼭 박고, 본능적으로 이미 몸을 꼿꼿이 세울 수 없을 만큼 분쇄되고 억압된 정신 위에 자석과 같은 힘을 쏟아 넣는 것이었다. "우주는 저 거리의 범위 안에만 있는 것인가요? 저 거리는 바로 얼마 전까지만 해도 가랑잎이 흩어진 허허벌판이었고, 이곳처럼 쓸쓸했어요. 숲속의 저 길은 어디로 통하는 길일까요? 식민지로 돌아가는 길이라고 당신은 말씀하셨죠! 그래요. 그렇지만 좀 더 앞으로도 통해 있어요! 자꾸자꾸 깊이 뚫고 들어가면 더 자꾸 가면, 황야로 나게 되죠. 한 발자국마다 사람들의 눈에서는 더 멀어지죠. 여기서 몇 마일을 가면, 노란 가랑잎에 백인의 발자국이 나 있지 않은 곳에 갈 수 있어요. 거기에 가면, 당신은 자유예요! 조금만 여행을 하시면, 당신이 가장 비참했던 세계에서, 아직도 행복하게 살 수 있는 나라로 가실 수 있어요! 이 넓디넓은 끝없는 숲속만 해도, 당신의 가슴을 로저 칠링워스의 눈으로부터 감출 만한 그늘이 없을까요?"

"있어, 헤스터. 그런데 그것은 낙엽 밑에 있을 뿐이야!" 목사는 구슬픈 미소를 띠면서 대답했다.

"그렇다면, 넓은 바다의 길도 있어요!" 헤스터는 말을 계속했다. "바다가 당신을 이리로 데리고 왔어요. 당신이 원하신다면, 다시 데리고 돌아가줄 거예요. 우리들의 고향에 어디 먼 촌락으로라도, 혹은 넓은 런던으로라도, ㅡ혹은 필시 독일로라도, 불란서로라도, 유쾌한 이탈리아로도ㅡ 그 사람의 힘이나 지력이 미치지 않는 곳으로 갈 수 있어요! 그리구 그 무쇠처럼 완고한 사람들이나, 그 사람들의 의견이 무슨 상관이 있어요? 그 사람들은 당신의 좋은 부분을 이미 너무나도 지나치게 오랫동안 사슬에 묶어놓지 않았어요!"

"그건 안 돼!" 목사는 꿈을 실현하라는 말을 듣는 듯한 기분으로 귀를 기울이고 듣고 있다가 대답했다. "나는 힘이 없어서 못 가! 죄 많은 비참한 몸이지만 나는 하나님이 정하시고 나를 놓아주신 곳에서 이승의 생명을 이끌고 가는 일 이외의 다른 것은 생각한 일이 없어. 나 자신의 영혼은 타락했지만 나는 역시 다른 사람들의 영혼을 위해서 내가 할 수 있는 일을 해야겠어! 불충실한 보초이지만, 그리고 이 보초가 받는 보수는 죽음과 불명예뿐이지만, 그리고 그것을 받을 때는 이 쓸쓸한 보초의 역할도 끝을 맺겠지만, 나는 내 부서(部署)를 떠나기는 싫어!"

"당신은 이 7년 동안의 비참한 운명의 무게 밑에서 아주 찌부러져버렸어요." 헤스터는 자기의 힘으로 그의 마음의 활기를 일깨워주려고 뜨거운 결심을 하면서 대답했다. "그렇지만 그런 것은 모두 내던져버리세요! 숲 속 길을 걸을 때처럼, 그런 것들이 걸어가는 발길을 막게 해서는 아니 돼요. 또 당신이 바다를 건너가고 싶은 생각이 있으시면, 그런 것들은 배에 실어서는 아니 돼요. 그런 패잔의 흔적은 그것이 생긴 곳에 내버려두고 가야 해요. 아무것도 거리끼지 마시구, 처음부터 새로 시작하세요. 이 하나의 시련이 실패로 돌아갔다구 해서 모든 자기의 가능성이 고갈해버린 건 아니지 않아요? 그런 게 아녜요. 미래는 아직도 시련과 성공에 차 있어요. 누려야 할 행복도 있어요. 이루어야 할 선도 있어요. 이 허위의 생활을 참된 생활하고 바꾸세요. 만약에 당신의 정신이 그렇게 하라고 명령한다면 토인의 교사가 되든 전도사가 되든 하세요. 혹은 학문과 문화의 세계에서 가장 생각이 깊은 사람들, 가장 유명한 사람들 틈에서 학자나 성인이 되고 싶으시면 그것이 좀 더 당신의 천성[3]에 맞을지도 모르죠. 설교를 하시듯 글을 쓰시든 활동을 하시든 무엇이든지 하세요! 다만 드러누워서 죽어버리는 일만은 하지 마세요! 아서 딤스데일이라는 이 이름을 버리세요. 딴사람이 되어서, 그리고 좀 더 높은 이름으로 두려움도 수치도 없이 지니고 있을 수 있는 이름을 가지시는 게 어때요? 당신의 생명을 쏟아

---

3 천성 : 번역문에서는 '전성'으로 표기되었지만 오자로 보임. 원문은 nature.

버린 가책 속에 하루라도 더 망설이고 계시게 되는 것은 무엇 때문이죠? 그 가책이 당신을 약하게 하고 무엇을 결심할 수도 무엇을 단행할 수도 없게 만들었어요. 회개를 할 수 있는 힘조차도 없애버렸어요. 자아, 어서 일어나서 가세요!"

"아아, 헤스터!" 아서 딤스데일은 외쳤다. 그의 두 눈에서는 그녀의 정열에 의해서 점화된 발작적인 빛이 타올랐다가는 다시 꺼져버렸다. "당신은 무릎이 떨려서 걷지두 못하는 사람한테 달음박질을 하라구 하는구려! 나는 여기서 죽지 않으면 아니 돼! 저 넓은, 낯선, 어려운 세상에 뛰어나갈 만한 힘도 용기도 남아 있지 않아. 혼자서는 말야!"

그것이 부서져버린 정신의 낙담의 최후의 표현이었다. 그는 그의 손이 자랄 수 있는 데에 있다고 생각되는, 좀 더 좋은 운명을 움켜쥘 만한 정력이 모자랐다.

그는 최후의 말을 되풀이해 말했다. ─"혼자서는 말야, 헤스터!"

"혼자 가시게 하지 않아요!" 그녀는 깊은 속삭임으로 대답했다.

그리고 모든 것이 다 말해졌던 것이다.

18

쏟아지는 햇볕

아서 딤스데일은 헤스터의 얼굴을 들여다보았다. 그의 얼굴에는 희망과 희열이 참으로 빛나게 어려 있었지만, 그러나 그 사이에는 두려움도 끼어 있었다. 그녀는 그가 어렴풋이 암시는 하지만 감히 말할 수 없는 일을 서슴지 않고 말했던 것이다.

그러나 헤스터 프린은 선천적인 용기와 활동성이 풍부한 정신을 갖고, 게다가 오랫동안 세상에서 격리되어 있었을 뿐만 아니라 추방을 당하고 무법천지에 놓여 있었기 때문에 목사로서는 생각조차 할 수 없는 세상의 일을 생각하는 습관이 붙어 있었다. 그녀에게는 규약도 없고 지도도 없고, 도덕의 황무지를 헤매어왔던 것이다. 그것은 그들 두 사람이 지금 그 나무 밑의 어둠침침한 곳에서 그들의 운명을 결정하는 의논을 하고 있는 원시적인 숲처럼 헝클어진 어둠침침한 황무지였다. 그녀의 지능과 감정은 말하자면 황폐한 광야에 그 고향을 갖고 있었기 때문에 그 광야를 그녀는 야만적인 토인들이 그들의 숲속을 헤매듯이 자유롭게 헤매고 있던 것이다. 지난 여러 해 동안을 그녀는 그 격리된 지점에서 인간이 제정한 것과 목사와 입법자들이 건설한 것을 바라보고 있었다. 그리고 이런 것들을 비평하는 데 있어서 종교계의 사람들을, 사법계의 사람들을, 형대를, 교수대를, 노변(爐邊)을, 그리고 교회까지도 모두 다 토인들이 느끼는 것 이상으로 존경심을 갖고 보지는 않았다. 그녀의 운명과 화복의 경향이 그녀를 자유롭게 만들었다. 주홍빛 글자는 다른 여자들이 발을 들여놓지 못하는 곳에 출입할 수 있는 통행증이었다. 치욕, 절망, 고독! 이런 것들이 그녀의 교사였다. — 엄격한 거친 교사였다. — 그리고 그것이 그녀를 굳세게 했다. 그러나 또한 잘못되게 가르쳐주는 점도 허다했다.

그러나 한편 목사는 일반적으로 받아들여진 법칙의 범위를 넘어서 끌려 나갈 만한 경험을 해본 일이 여태껏 없었다. 허기는 단 한 번 무엄하게도 가장 신성한 법칙을 한 가지 유린하기는 했다. 그렇지만 이것은 정열의 죄였고 주의 원칙의 그것은 아니다. 목적이 있어서 그렇게 한 것은 아니었다. 그 무참한 일이 일어난 후부터, 그는 병적인 열의와 세심한 마음으로 지켜보아왔다. 자기의 행동이 아니라 — 행동을 통제해 나가는 것은 쉬운 일이다 — 감정의 하나하나의 호흡을 모든 자기의 사상을 지켜보아왔다. 당시의 목사는 사회 조직의 선두에 서 있었지만, 그 때문에 그는 더한층 사회의 법규나 주의나 그 편견에까지도 구속되어 있었다. 목사로서의 그의 직업의 조직이 꼼짝하지 못하게 그를 가두어놓고 있었다. 과거에 죄는 졌지만, 그의 양심은 항상 살아 있었고, 아물지 않는 상처의 아픔을 민감하게 느끼는 사람으로서, 그는 오히려 전혀 죄를 짓지 않았던 것보다도 도덕의 권내에서는 한층 더 안전하다고 생각될 수도 있었다.

그러니까 우리들은 이렇게 생각해도 될 것 같다. 헤스터 프린으로 말하자면, 추방과 치욕의 만 7년이란 것은 지금 이 순간에 대한 준비에 지나지 않았다고도 할 수 있다. 그러나 딤스데일은 어떤가! 딤스데일 같은 사람이 또 한 번 죄에 빠지게 되는 경우 그의 죄를 참작해달라는 이유로 어떤 변호를 할 수 있을까? 아무것도 없다. 다만 그는 오랫동안 신경을 괴롭히는 고민으로 완전히 못쓰게 됐어요, 하고 말하면 얼마간 도움이 될지 모른다. 혹은 그의 마음은 지독한 회한의 감정으로 혼란을 일으키고 어두워져서 갈피를 못 잡고 있었다고 하든지, 이름난 죄인으로서 도망을 칠까 위선자로서 머물러 있을까 하고 망설이는 어중간에서 그의 양심은 균형을 취할 수가 없었다고 하든지, 죽음과 치욕의 위험을 피해서, 원수 되는 사람의 끝없는 음모를 피하려고 하는 것은 인간의 상정(常情)이었다고 하든지, 혹은 마지막으로 이 불쌍한 순례자에게도 그 쓸쓸하고 황폐한 길에서 힘이 다 빠지고 병든 비참한 마음에 인간적인 애정과 동정의 눈이 싹트고 새로운 인생이, 참다운 인생이, 그가 지금 속죄를 하고 있는 무거운 운명 대신에 나타났다고 하면 얼마간 도움이 될지도 모른다. 그리고 준엄하고 슬픈 진리를 말하자면, 죄과가 일단 인간의 영혼 속에 뚫어놓은 틈 구멍은 죽기 전에는 결코 수복될 수 없는 것이다. 이 적을 다시는 자기의 성벽 안에 침입해오지 못하게 하고, 또한 적이 계속해서 공격을 해오는 경우에는 그전에 성공한 결과는 다른 진로를 타서 쳐들어올지도 모른다고 생각하고 감시를 하고 경비를 해도 부질없는 일이다. 역시 그에게는 허물어진 성벽이 있다. 그리고 그 옆에서, 그 적의 은밀한 발자국 소리가 들려오고 잊을 수 없는 개가를 또다시 올리게 될 것이다.

마음속으로 몸부림을 쳤을지 모르지만, 여기에는 적을 필요가 없다. 아무튼 목사는 도망을 칠 결심을 했던 것이다. 그것도 혼자서가 아니라.

"만약에 지난 7년간을 통해서." 하고 그는 생각했다. "평화나 희망의 한 순간을 기억할 수 있다면, 그 하나님의 자비의 따뜻한 전조(前兆)에 끌려서 얼마든지 참게도 될 것이다. 그렇지만 이제 ─ 이 나라는 사람은 돌릴 길 없는 악운에 사로잡혀 있는 것이다. ─ 이 나 같은 죽을죄를 진 죄인이 처형을 받기 전에 허락된 위안을 움켜쥐어서 아니 될 리가 어디에 있단 말인가? 혹은 이것이, 헤스터가 열렬히 권고하고 있는 것처럼, 보다 더 좋은 생활에의 길이라면, 그것을 추구함으로써 좀 더 좋은 희망이 지금 보이는 것을 포기하게 되는 게 결코 아니다. 그뿐이 아니다. 저 여자가 같이 있어주지 않으면, 나는 이제 살아갈 수가 없다. 그녀는 그만큼 지탱해 나갈 만한 힘이 세고—그리고 부드럽게 위로해준다. 내가 무서워서 감히 눈을 뜨고 바라볼 수 없는 당신, 하나님, 이래도 나를 용서해주시겠습니까!"

"가시겠죠, 네!" 헤스터는 두 사람의 눈이 마주쳤을 때 조용히 말했다.

일단 이 결심이 생기자 이상하게 불타오르는 즐거움이 그 눈부신 빛을 그의 걱정에 얽힌 가슴 위에 던졌다. 그것은 그를—바로 막 자기의 가슴의 감방에서 도망쳐 나온 죄수를—황홀하게 할 만한 힘을 갖고 있었다. 하나님의 손에 돌아가지 않은, 기독교화되지 않은, 법이 없는 나라의 거센 자유로운 공기를 호흡하는 즐거움 때문이었다. 그의 정신은 고양되었다. 말하자면 단숨에 뛰어올라서, 여태껏 항상 그로 하여금 땅 위를 기어다니게 한 비운의 기간이 어느 때보다도 한층 더 하늘 가까운 곳까지 눈을 뜨고 볼 수 있게 하였다. 깊은 종교적인 천품을 가진 사람이기 때문에 그의 기분에도 결국 하나님에 봉사하는 사람의 마음씨가 물들어 있는 것은 어찌할 수 없는 일이었다.

"나는 역시 즐거움을 느낄 수 있군?" 그는 자기 자신을 의아하게 생각하면서 외쳤다. "즐거움의 싹이 나한테는 죽어 있는 줄 알았는데! 오오 헤스터. 당신은 나를 지켜주는 천사야! 나는 이 숲의 나뭇잎 위에 몸을—죄 많은, 병든, 슬픔에 찌든—몸을 던졌어. 그리고 전혀 새로운 몸이 되고, 자비로운 하나님을 영광되게 하는 힘을 새로 얻은 것같이 생각돼. 이만만 해도 벌써 여태까지보다는 나은 생활야. 어째 우리들은 이것을 좀 더 빨리 발견하지 못했을까?"

"지난날을 생각하는 것은 그만두세요." 헤스터 프린은 대답했다. "과거는 지나가버린 거예요! 그런 것에 구애하고 있으면 안 돼요. 보세요! 이

휘장과 함께 과거를 나는 버리겠어요. 그리고 그런 것은 없었던 것으로 생각하겠어요!"

그렇게 말하면서, 그녀는 주홍 글자를 찌른 핀을 빼고, 가슴에서 떼어서, 멀리 가랑잎이 떨어져 있는 데로 내던져버렸다. 이 신비스러운 표지는 개울의 이쪽 가에 떨어졌다. 한 뼘만 더 멀리 갔더라도 그것은 물속으로 떨어졌을 것이다. 그리고 이 개울로 하여금 항상 그 흐름이 속삭이고 있는 불가사의한 이야기 이외에, 다른 또 하나의 괴로움을 흘러내려 보내게 했을 것이다. 그런데 그렇게 수를 놓은 글자는 잊어버린 보석처럼 반짝거리면서 거기에 놓여 있었다. 어떤 불길한 나그네가 그것을 주워 볼지도 모른다. 그리고 그 후부터 죄과의 이상한 환각에 시달림을 받고 우울해지고 말할 수 없는 불행에 사로잡히게 될지도 모른다.

오욕의 낙인은 없어졌다. 헤스터는 길게 깊은 한숨을 쉬었다. 그와 함께 수치와 고민의 무거운 짐은 그녀의 정신에서 사라져버렸던 것이다. 아아 무어라고 말할 수 없는 거뜬함이여! 그녀는 이 자유를 느끼기까지는 무겁다는 것이 무엇인지를 알지 못했던 것이다. 또 그다음에 계속해서 일어난 충동으로, 그녀는 머리카락을 싸고 있던 딱딱한 모자를 벗어버렸다. 그러자 머리카락은 두 어깨 위로 떨어져 내렸다. 탐스러운 까만 머리카락은 숱이 많은 것이 저절로 그늘과 빛이 생겨나고, 그녀의 얼굴은 그것 때문에 부드러운 매력이 더 가해졌다. 환하게 비치는 부드러운 미소가 그녀의 입가에 떠돌고, 두 눈으로 빛이 되어 솟아나왔다. 그것은 여성의 가슴 속의 깊은 곳에서 솟아나온 듯이 생각되었던 것이다. 불그스레한 빛이 떠올라서 오랫동안 창백했던 그녀의 두 볼을 물들였다. 그녀의 성(性)과 그녀의 청춘과 그리고 그녀의 모든 아름다움이 모두 다, 사람들이 말하는 다시 돌아오지 않는 과거에서 다시 돌아와서, 그녀의 처녀의 희망을 갖고, 그리고 여태까지 알지 못했던 행복을 갖고, 이때 생겨난 마법의 권내로 몰려들었던 것이다. 그러자 땅과 하늘의 흐린 기도 이 두 사람의 가슴 속에서 흘러나온 것에 지나지 않았다는 듯이, 그들의 슬픔과 함께 가시어 버렸다. 그러더니 갑자기 온 하늘이 미소를 지은 것처럼 태양이 비쳐 나오고 그 빛을 홍수처럼 이 어두운 숲속으로 쏟아 넣었던 것이다. 푸른 나뭇잎은 한 잎 한 잎 웃음을 짓고 노란 나뭇잎은 금빛으로 변하고 장엄한 나무들은 밑둥까지 그 회색빛 줄기를 윤이 돌게 비쳤다. 여태까지 그늘을 짓고 있던 것들도 바야흐로 환하게 빛을 발하는 것으로 변했다. 개울의 흐름 줄기는 신비스러운 깊은 숲속까지 멀리 반짝이는 하얀 빛으로 자국을 내고 있었다. 지금은 신비스러운 즐거운 숲이 되었다.

이러한 것이 대자연 — 인간의 법칙에 따르지 않고 보다 더 높은 진리에도 비춰지지 않은 이 숲의 황량한 대자연 — 이 두 개의 정신의 행복에 공명한 모습이었다. 사랑은 새로 태어난 것이든, 죽음 같은 잠에서 태어난 것이든 간에, 한결같이 언제나 햇볕을 만들어내고 사람의 가슴을 하나 가득 빛으로 채우고 외계(外界)에까지도 넘쳐흐르게 한다. 가령 숲이 아직까지도 그 침울한 날씨를 계속하고 있더라도, 헤스터의 눈에는 빛나는 것으로 보였을 것이다. 아서 딤스데일의 눈에도 그랬을 것이다!

헤스터는 몸속을 휘도는 희열의 고동을 또 한 번 느끼면서, 그를 쳐다보았다.

"당신은 진주를 아시죠!" 그녀는 말했다. "우리들의 귀여운 진주를! 당신은 보신 일이 있죠. — 나는 알아요! — 그렇지만 이제 다른 눈으로 저 아이를 보시게 돼요. 제는 이상한 아이예요! 나는 모르겠어요! 하지만 반드시 나나 마찬가지로 귀여워하시게 될 거예요! 그런데 저 아이를 어떻게 다루어야 좋을지 좀 가르쳐주세요!"

"그 애가 나를 보고 좋아하리라고 생각하시오?" 목사는 약간 불안한 표정으로 물었다. "나는 오랫동안 아이들한테서 피하려고만 해왔어. 어린아이들은 나를 믿어주지 않아. 나하고 친하게 되기를 꺼려해. 나는 귀여운 진주가 무서운 생각까지도 들었어!"

"그건 참 민망스러우셨을 거예요!" 어머니는 대답했다. "그렇지만 틀림 없이 당신을 따르게 될 거예요. 그리구 당신도 그 애를 귀여워하시게 될 거예요. 요 가까이 있어요. 부르지요. 진주야! 진주!"

"보이는데," 목사는 말했다. "저기 있어. 햇볕이 한 줄기 뻗쳐 있는 저기 서 있어. 저기 멀리 말요. 개울 저쪽에. 저 애가 나를 따를 거라구 생각하 는구려."

헤스터는 미소를 띠었다. 그리고 다시 진주를 불렀다. 진주는 목사가 지금 얘기한 것처럼 상당히 떨어진 곳에 있었다. 나뭇가지가 활 모양으 로 입을 벌리고 있는 곳에서 내리비치는 햇볕 속에, 마치 반짝거리는 옷 을 입은 환영처럼 서 있었다. 햇볕은 이쪽저쪽으로 흔들리면서, 그녀의 모습을 여러 가지 명암으로 비치고 있었다. — 어느 때에는 현실의 어린 아이처럼, 어느 때는 요정의 어린이처럼 — 햇빛의 반짝거림이 왔다 갔다 함에 따라서 다르게 보였다. 그녀는 어머니가 부르는 소리를 듣고 숲속을 천천히 이쪽으로 걸어왔다.

진주는 어머니와 목사가 앉아서 얘기를 하고 있는 동안에, 별로 심심한 생각이 안 들게 시간을 보냈다. 커다란 검은 숲은 — 세상의 죄와 고통을 가슴속에 품고 온 사람에게는 준엄한 것으로 생각되겠지만 — 쓸쓸한 어 린아이를 위해서는 힘껏 즐거운 놀 동무가 되어주었다. 음산하기는 했지 만 숲은 그녀를 맞이하는 데 가장 친절한 기분으로 대해주었다. 숲은 그 녀에게 산딸기를 내보여주었다. 그것은 지난해의 가을에 난 것이고, 봄 이 오지 않으면 익지 않는 것이었다. 지금은 가랑잎 위에서 피가 떨어진 것처럼 빨갰다. 그것을 진주는 주워 모았고 그 향기가 여간 기분 좋지 않 았다. 황무지의 숲의 조그만 시민들은 그녀가 가는 길을 비켜주려고도 하지 않았다. 뇌조(雷鳥)[1] 같은 새는 꽁무니에 열 마리나 되는 새끼 새를 거느리고 위협하는 듯이 정면으로 달려들었다. 그러나 이내 자기의 사나운 태도를 뉘우치고, 새끼 새들에게 무서워하지 않아도 된다고 꾹꾹거리고 울면서 가르쳐주었다. 산비둘기는 혼자 나지막한 가지에 앉아 있었고, 진주가 그 밑으로 와도 움직이지 않았다. 그리고 인사인지 경계인지 알 수 없는 소리를 내고 울었다. 다람쥐는 자기의 거처로 삼고 있는 높다란 나무의 깊숙한 가지 속에서 성이 나서 그러는지 좋아서 그러는지 뭐라고 재잘거리고 있었다. ─ 도대체 다람쥐는 성도 잘 내고 아양도 잘 떠는 소인(小人)이어서, 성을 내고 있는 건지 웃고 있는 건지 분간하기가 어렵다. ─ 그래서 그는 진주를 보고 곧잘 재잘거리다가는 갑자기 그녀의 머리에 알밤을 내던지기도 했다. 그것은 작년의 알밤이라, 벌써 뾰죽한 이빨로 깨문 자국이 있었다. 여우는, 그녀가 가랑잎 위를 걸어오는 가벼운 발자국 소리에 잠을 깨고, 깜짝 놀라서 의아한 눈초리로 진주를 바라보고 있었다. 가만히 발소리를 내지 않고 도망을 칠까, 혹은 그대로 여기서 다시 잘까 하고 망설이고 있는 듯했다. 이리는, 얘기를 듣자니 ─ 그러나 이쯤 되면 얘기가 좀 이상해져서 곧이들리지 않았다 ─ 다가와서, 진주의 옷 냄새를 맡고, 그리고 나서 자기의 상스러운 얼굴을 내밀고 그녀가 손으로 쓰다듬어주도록 가만히 있었다는 것이다. 그러나 사실은 어머니와 같은 숲과, 숲이 길러주고 있는 짐승들이 모두 다 이 사람의 아이한테서 그들과 똑같은 핏줄의 야성을 발견했다는 말이 될 것이다.

그리고 그녀도 여기에서는 식민지의 푸른 풀에 둘러싸인 거리나, 어머니의 집에 있을 때보다도 한결 얌전해졌다. 여러 가지 꽃들도 그것을 알고 있는 듯했다. 그리고 그녀가 옆으로 지나가자 서로들 속삭이었다. "나

─────────

1 뇌조 : 자고새. 꿩과의 새.

를 따서 몸에 꽂아보세요. 어여쁜 아가씨, 나를 따서 몸에 꽂아보세요!"
— 그래서 진주는 그들을 즐겁게 해주려고 할미꽃, 아네모네, 비둘기꽃, 그리고 노목이 그녀의 눈앞에 늘어뜨리고 있는 눈부신 파란 가지의 새순들을 따서 모았다. 이런 것들을 가지고 그녀는 머리카락과 자기의 옛된 허리둘레를 장식하고, 어린 요정이나 숲의 선녀나 혹은 태곳적의 숲과 밀접한 관계가 있던 것들과 같은 모습을 하고 있었다. 그런 모습으로 진주가 단장을 하고 있을 때, 그녀는 어머니가 부르는 소리를 들었다. 그리고 조용히 돌아왔다. 조용히 — 라는 것은 그녀가 목사를 보았기 때문이다.

개울가의 어린애

"당신도 진주를 무척 귀여워하시게 될 거예요." 헤스터와 목사가 같이 앉아서 귀여운 진주를 바라보고 있을 때 그녀는 또다시 말했다. "예쁘다고 생각하지 않으세요? 보세요. 가르쳐준 일도 없는데도 저렇게 무슨 꽃만 보면 따서 몸에다 달아요! 숲속에서 진주나 금강석이나 루비 같은 보석을 모아도 저렇게 잘 어울리지는 않을 거예요. 멋있는 아이예요! 하지만 저에 이마가 누구를 닮았는지 난 알아요!"

"알 수 있소. 헤스터." 아서 딤스데일은 마음의 동요를 나타내는 미소를 띠면서 말했다. "저 귀여운 애가 언제나 당신 곁을 아장아장 붙어 다니는 것을 보면 나는 여간 마음이 괴롭지 않았어. 내 생각은 말야. ─아아 헤스터, 이럴 수가 있겠소, 그리구 저것을 두려워하는 마음이 얼마나 무서웠던지! ─내 얼굴을 이 애가 닮은 데가 있지. 그리고 아주 뚜렷이 알 수 있지 그러니까 세상 사람들이 알게 될 거다, 그렇게 생각했지. 그렇지만 이 애는 대체로 당신을 많이 닮았어!"

"아녜요, 아녜요! 그렇지 않아요!" 어머니는 부드러운 미소를 띠면서 대답했다. "조금만 더 있으면, 누구의 애라는 것을 알게 돼도 그것을 두려워할 필요는 없게 돼요. 그런데 저 애는 들꽃을 머리에 꽂고 있는 게 어쩌면 저렇게 유달리 예쁘게 보이죠! 어쩐지 우리들이 그리운 고향에 놓고 온 선녀 중의 하나가 예쁜 옷을 입고 우리들을 찾아온 것 같아요."

두 사람이 앉아서 진주가 조용히 다가오는 것을 보고 있는 느낌은 두 사람 중의 어느 쪽도 일찍이 경험한 일이 없는 것이었다. 이 계집아이에게는 두 사람을 결합시킨 매듭이 보이고 있었다. 그녀는 지난 7년 동안 살아 있는 상형문자로서 세상에 제공되어 있었다. 그녀의 안에 그들이 그처럼 남모르게 감추어두려고 한 비밀이 나타나 보였던 것이다. ─ 모두가 다 이 상징 속에 쓰여 있었다. ─ 모두가 다 명백하게 드러나 있었다. ─ 불꽃 문자를 능숙하게 읽을 줄 아는 예언자나 마술사가 있었으면 알아냈을 것이다. 그리고 진주는 그들 생명의 일치(一致)였다. 과거의 죄야 어찌 되었든 간에, 두 사람의 물질적 결합과 정신적 관념으로 되어 있는 것을 그들이 보았을 때, 그들의 지상(地上)의 생명과 미래의 운명이 함께 결합되어 있는 것을 어찌 그들이 의심할 수 있었겠는가? 이 어린애 속에서 그들은 서로 합치고 연결되어 영원히 같이 살 수 있게 되어 있었다. 이런 생각 ─ 그리고 그들 자신도 알지 못한 생각들과 무어라고 이름 붙일 수 없는 여러 가지 생각들 ─ 이 지금 가까이 다가오는 이 어린아이에게 일종의 경외감(敬畏感)을 품게 했던 것이다.

"아무쪼록 저 애한테 이상한 느낌을 갖게 하지 마세요 ─ 너무 반가워하거나 격정적인 태도를 보이거나 하지 마세요 ─ 저 애를 부르실 때 말예요." 헤스터는 속삭이었다. "우리 진주는 이따금씩 까닭 없이 화를 내고 화를 내면 무섭게 날치는 버릇이 있으니깐요. 특히 감정을 참지 못해요. 무엇 때문에 어째서인지 충분히 이해하지 못할 때에는 말예요. 그렇지만 저 애는 강한 애정을 갖고 있어요. 나를 여간 따르지 않아요! 그리구 당신도 따르게 될 거예요!"

"당신은 알지 못할 거요." 목사는 헤스터 프린을 곁눈으로 보면서 말했다. "내 마음이 얼마큼 저 애를 만나는 것을 두려워하고 있는지, 또한 그 것을 얼마나 조바심을 하고 기다리고 있는지! 그렇지만 사실은 아까 말한 것처럼 아이들은 좀처럼 나를 따르지 않아. 아이들은 내 무릎 위에 와 앉아. 귀에다 입을 대고 속삭이지 않아. 내 미소를 받아주지 않아. 다만 떨어져 서서, 이상스럽게 나를 바라보고만 있어. 갓난아기까지도 내가 안으면 울고 보채. 그러나 진주는 태어나서 여태껏 두 번이나 나한테 친절하게 해주었어! 첫 번째는 — 당신도 잘 알고 있지! 두 번째는 그 어려운 노지사한테 당신이 데리고 갔을 때였어."

"그리구 당신은 저 애하고 저를 위해서 무척 용감하게 변호해주셨어요!" 어머니는 대답했다. "나는 기억하고 있어요. 귀여운 진주도 기억하고 있을 거예요. 조금도 두려워하지 마세요! 처음에는 저 애도 서먹서먹해서 부끄러워할지 모르지만, 곧 따르게 될 거니까요!"

벌써 그때 진주는 개울가의 평지에 와 있었다. 저쪽에 서서 잠자코 헤스터와 목사를 바라보고 있었다. 두 사람은 이끼가 낀 나무 그루에 앉아서 그녀가 오는 것을 기다리면서 그대로 그 자리에 머물러 있었다. 바로 그가 서 있는 곳에서 개울은 갑자기 웅덩이가 지고, 물의 표면은 매끄럽고 조용한 것이 이 어린아이의 모습을 완전히 비추고 있었다. 꽃과 나뭇잎 둘레로 단장한 그림같이 빛나는 아름다움은 그대로라기보다도 오히려 실물보다 더 의젓하게 정신화(精神化)되어 있었다. 이 물거울에 비친 모습은 살아 있는 진주와 거의 똑같아서, 그 그림자 같은 감지할 수 없는 성질을 얼마간 어린아이에게 전하고 있는 듯한 감을 주었다. 진주가 서 있는 모습은 신기하게 보였다. 그녀는 어둠침침한 숲의 나무 사이로 두 사람을 물끄러미 바라보고 있다. 그동안에 그녀의 몸 위에는 무슨 동정의 힘으로 쏠려온 것 같은 햇볕이 함빡 쏟아져서 그녀를 단장해주고 있었던 것이다. 그 밑의 개울에는 또 하나의 어린아이가 서 있었다. — 다른 아이이면서도 똑같은 아이였다. — 똑같은 금빛 햇볕을 받고 있었다. 헤스터는 진주에게서 떨어져 나온 것 같은 무슨 희미하고도 초조한 기분이 들었다. 마치 어린아이는 혼자 숲속을 헤매고 있을 동안에 모녀가 같이 살고 있던 세계에서 어느 틈에 빠져나가서, 지금은 다시 그전에 있던 데로 돌아오려고 해도 돌아올 수 없는 듯이 생각되었던 것이다.

그런 인상에는 진리도 있고 오류도 있었다. 모녀는 서로 소격해졌다. 그러나 그것은 헤스터의 잘못이지, 진주의 잘못은 아니었다. 어린아이가 그녀의 옆을 떠나서 산보를 하러 나간 뒤에 어머니의 감정의 권내에는, 다른 한 사람이 들어와 앉았다. 그 때문에 그녀의 감정의 모습이 전혀 달라졌고, 헤매다가 돌아온 진주는 그녀가 항상 있던 익숙한 장소를 찾지 못하고 자기가 어디에 있는지도 알지 못하게 되었던 것이다.

"나는 이상한 생각을 하구 있어." 민감한 목사는 말했다. "이 개울은 두 세계의 경계선이고, 당신은 이제 진주를 만나게 되지 못하는 게 아닌가 하는 생각이 들어, 혹은 저 애는 꼬마 귀신 같은 요정이 돼서 우리들이 어렸을 때 들은 전설처럼, 흘러내려 가는 개울은 건너지 못하게 되어 있는 게 아닌가. 빨리 오라고 그래요. 저렇게 자꾸 망설이고 있는 것을 보기만 해도 내 신경은 벌벌 떨리기 시작하는구면."

"착하지 어서 와!" 헤스터는 두 팔을 벌리고 격려하는 듯이 말했다. "왜 이렇게 늦게 와? 이렇게 늦어본 적은 없었지 않니? 여기 있는 이분은 엄마 친구야. 그리구 네 친구도 되어주실 분야. 이제부터는 너는 엄마 한 사람한테만 귀여움을 받는 게 아니라 두 곱절 귀여움을 받게 돼! 개울을 건너서 어서 이리로 와. 너는 사슴처럼 잘 건너뛸 줄 알지!"

진주는 이 꿀 같은 달콤한 말에 아무 대답도 하지 못하고, 개울 저쪽에 그대로 서 있었다. 그 반짝거리는 서먹서먹한 눈으로 어머니를 지그시 바라보고 있더니, 다음에는 목사를 바라보고, 그다음에는 두 사람을 한꺼번에 바라보면서 그들 두 사람이 갖고 있는 관계를 자기의 힘으로 알아내려고 하는 듯한 표정을 하고 있었다. 어찌된 까닭인지 아서 딤스데일은 어린아이의 눈이 자기에게 쏠리는 것을 느끼자, 그의 손은 — 무의식적으로 그런 버릇이 되어버린 언제나 하는 그 몸짓으로 — 살며시 그의 가슴 위로 갔던 것이다. 드디어 진주는 이상하게 권위 있는 듯한 태도로 손을 앞으로 내밀고 조그만 둘째손가락을 뻗치고는 어머니의 가슴을 가리켰다. 그러자 아래쪽의 개울의 물거울 속에서도, 꽃으로 단장을 한 빨간 햇볕을 받은 귀여운 진주의 그림자가 똑같이 조그만 손가락을 뻗치고 가리키고 있었다.

"참 별난 아이야. 왜 어서 오지 않고 그렇게 서 있니?" 헤스터는 외쳤다.

진주는 여전히 손가락을 뻗치고 있었다. 그리고 눈살을 찌푸렸다. — 그러고 있는 모습이, 어린애 같은, 거의 갓난아기 같은 얼굴이어서 더욱 인상적이었다. 어머니가 여전히 그녀를 손짓을 해 부르면서 여느 때는 보지 못한 명절날 같은 화창한 미소를 띠고 있기 때문에, 어린아이는 한층 더 엄숙한 표정과 몸짓을 하고 발을 굴렀다. 그러자 또한 개울 속에서도 이상한 아름다운 모습이 눈살을 찌푸리고 손가락을 뻗치고 엄숙한 몸짓을 하고는 귀여운 진주의 태도를 강조해주었다.

"빨리 와요. 아니면 엄마는 화를 낼 테예요!" 헤스터는 외쳤다. 그러나 그녀는 다른 때 이 꼬마 귀신 같은 아이가 하는 행위를 잘 알고 있기 때문에 지금은 좀 더 얌전하게 행동을 해달라고 자연히 부탁하지 않을 수 없었다. "개울을 뛰어서 넘어와요. 그렇게 말 안 들으면 못써요! 어서 뛰어와요. 안 오면 엄마가 그리로 갈 테예요!"

그러나 진주는 어머니의 달래는 말에 누그러지지 않은 것처럼, 어머니의 위협에도 조금도 놀라지 않았는데, 이번에는 갑자기 격정의 발작을 일으키고, 세차게 손발을 뒤흔들면서 그녀의 조그만 몸을 터무니없이 찡그리고 찌푸리고 했다. 그녀는 이 격렬한 발작과 함께 찢어지는 듯한 외마디 소리를 질렀다. 숲은 거기에 반향을 하고 사방으로 메아리를 쳤고, 그녀가 혼자서 어린애 같은 철없는 화를 내고 있지만, 뒤에 숨어 있는 수많은 군중들이 그녀에게 동정과 격려의 함성을 보내고 있는 듯이 생각되었다. 개울 속을 보자, 역시 진주의 화를 낸 모습이 그림자처럼 비치고 있었다. 꽃을 머리에 달고 몸에 붙이고 있지만, 발을 구르고 터무니없이 손발을 뒤흔들면서, 역시 조그만 손가락을 들고 헤스터의 가슴을 가리키고 있는 것이다.

"어째서 저러는지 나는 알아요." 헤스터는 목사에게 속삭이었다. 있는 힘을 다해서 자기의 슬픔과 고통을 감추려고 했지만 헤스터의 얼굴은 새파랗게 질렸다. "어린애들은 매일같이 눈앞에 보는 사물에 아무리 조그만 변화가 생겨도 참지를 못하는 모양예요." 진주는 내가 밤낮 붙이고 있는 것이 없어진 것을 알고 있어요!"

"제발 여보." 목사는 대답했다. "저 애를 달래는 방법이 있으면 빨리 달래줘요. 그 마술쟁이 노파 히빈스 양이 심술을 부리는 것을 빼놓고는." 하고 그는 억지로 미소를 지으려고 하면서 덧붙여 말했다. "이 애같이 성을 내는 것처럼 싫은 게 없어. 그 마술쟁이 노파처럼 이 귀여운 예쁜 진주한테도 초자연적(超自然的)인 데가 있는가 봐. 나를 위해서라도, 저 애를 좀 달래줘요!" 헤스터는 얼굴이 빨개져가지고 다시 진주 쪽을 보았다. 목사 쪽을 자기의 눈이 살피고 있는 것을 의식하고 있었다. 그리고 깊은 한숨을 쉬었다. 그러자 입에서 말이 나오기도 전에, 빨간 볼은 죽은 사람처럼 새파래졌던 것이다.

"진주야." 그녀는 구슬프게 말했다. "네 발밑을 좀 봐! 거기! — 네 앞을! — 개울 이쪽을!"

어린아이는 가리키는 곳으로 눈을 돌렸다. 그러자 거기에는 주홍 글자가 개울가에 떨어져서, 황금빛으로 수를 놓은 것이 물에 비치고 있었다.

"그것을 이리 가지고 온!" 헤스터는 말했다.

"엄마가 와서 주워요!" 진주는 대답했다.

"저런 애가 어디 있어요!" 하고 헤스터는 조용히 목사에게 말했다.

"저 애에 대해서 얘기할 게 많아요! 그러나 사실 저 기분 나쁜 도장으로 말할 것 같으면 저 애가 옳아요. 난 좀 더 — 한 4, 5일 더 — 저 가책을 참기로 하겠어요. 이 고장을 떠나서, 여기를 꿈속에서 본 나라처럼 회고하게 될 날까지. 숲도 저 도랑을 감출 수는 없어요. 바다 한가운데에 가서 버리겠어요. 그리고 바다더러 영원히 삼켜버리라고 그러겠어요!"

그렇게 말하면서 그녀는 개울가로 가서, 주홍 글자를 집어서, 다시 자기의 가슴에 달았다.

바로 한순간 전에는, 희망에 차서 헤스터는 이것을 깊은 바닷속에 빠뜨리겠다고 말했지만, 이렇게 운명의 손에서 이 치명적인 상징을 다시 받고 보니, 그녀에게 붙은 피치 못할 불길한 감이 느껴졌다. 그녀는 그것을 무한한 공간에 내동댕이쳤다. 그녀는 한 시간쯤 자유롭게 숨을 쉬었다. 그런데 지금 또다시 주홍빛 비참이 옛 고장에서 반짝거리고 있었던 것이다. 이런 형태로 나타나든 안 나타나든 간에, 그처럼 언제나 악행이라는 것은 불길한 특질을 가지고 나타나는 것이다. 그다음에 헤스터는 풀어 내린 머리카락을 다시 치켜 올려서 모자 속으로 집어넣었다. 구슬픈 글자 속에 사물을 위축시키는 힘이라도 있는 듯이, 그녀의 아름다움도, 그녀의 여자다운 온정도 풍만도 꺼져가는 햇볕처럼 사라지고, 회색빛 그늘이 그녀의 몸 위로 내려앉는 듯이 생각되었다.

이처럼 처량한 변모를 치르고 나서 그녀는 진주를 보고 손을 벌렸다.

"자아, 인제 그전 엄마가 됐지?" 그녀는 비난이라도 하는 듯이, 그러나 가라앉은 어조로 물었다. "그럼 인제 개울을 건너와서 엄마라고 그래. 엄마는 다시 부끄러운 것을 몸에 붙였으니까, 엄마는 슬프니까."

"응 그럴 테야!" 하고 대답하면서 어린아이는 개울을 뛰어넘어 와서 헤스터한테 꼭 껴안겼다. "인제 정말 우리 엄마야! 그리구 나는 엄마의 귀여운 진주야!"

좀처럼 이 아이한테서 찾아볼 수 없는 상냥한 표정으로, 진주는 어머니의 목을 잡고, 그 이마와 양쪽 볼에 입을 맞추었다. 그런데 그때, — 언제나 이 아이는 위안을 주고 나서는 반드시 고민의 고동으로 그것을 깨뜨려버리는 습성이 있었기 때문에 — 진주는 입을 올려서 그 주홍빛 글자에까지 입을 맞추었던 것이다.

"그런 짓은 하지 말아요!" 헤스터는 말했다. "너는 엄마를 좀 귀여워할 때는 곧 엄마를 모욕을 하지!"

"왜 목사님은 저기에 앉아 있어?" 진주는 물었다.

"너를 만나보고 싶어서 앉아 계신 거야." 어머니는 대답했다. "어서 이리 와. 그리고 축복을 내려주십사구 그래! 예쁜 진주를 목사님이 귀여워해주신대요. 너도 목사님 좋지? 어서 이리 와! 너하고 얘기를 하고 싶으시대!"

"저 목사님은 우리들을 귀여워해주셔?" 진주는 날카로운 예지로 어머니의 얼굴을 쳐다보면서 말했다. "세 사람이 같이 손을 잡고 거리로 같이 돌아가시겠대?"

"지금은 안 돼." 헤스터는 대답했다. "인제 곧 우리들의 손을 잡고 나란히 걸어가주실 거야. 우리들은 집을 갖게 될 거야. 우리들의 노변(爐邊)도 갖게 될 거야. 너는 목사님의 무릎 위에 앉게 되고 목사님은 너한테 여러 가지 것을 가르쳐주실 거야. 그리고 말할 수 없이 사랑해주실 거야. 너도 목사님이 좋지 — 응. 그렇지?"

"그리고 언제나 손을 가슴에 얹고 계셔?" 하고 진주는 물었다.

"이 바보. 또 그런 바보 같은 소리를 하지!" 어머니는 외쳤다. "어서 이리 와. 축복을 빌어요!"

그런데 어리광을 부리는 아이들이 다 그렇듯이, 자기의 사랑을 빼앗을 우려가 있는 경쟁자에 대해서 본능적으로 느끼는 것 같은 질투심이 생겨서 그러는지 혹은 진주의 짓궂은 성격에서 오는 무슨 변덕으로 그러는지, 진주는 좀처럼 목사에게 호의를 보이려고 하지 않는 것이었다. 뒷걸음질을 치면서, 이상하게 얼굴을 찡그리고 마음이 내키지 않는 표정을 하고 있는 그녀를, 어머니는 억지로 끌어 잡아당겨서 그의 곁으로 데리고 왔다. 진주의 찡그린 얼굴은 갓난아기 때부터 여태까지 이상하게 수많은 종류를 갖고 있었고, 변화무쌍한 얼굴 모양을 별의별 색다른 형태로 변화시키면서, 거기에 일일이 새로운 고약한 인상을 깃들일 수 있는 것이었다. 목사는 — 보기에도 딱할 정도로 난처한 얼굴을 하고 있었지만, 입을 맞추면 그것이 예방이 돼서 아이한테서 좀 더 따뜻한 대우를 받게 되기를 바라면서 — 앞으로 몸을 구부리고 그녀의 이마에 입을 맞추었다. 그러자 진주는 어머니한테서 갑자기 몸을 뿌리치고, 개울가로 달려가서, 물 위로 몸을 구부렸다. 그리고는 자기의 이마를 물로 닦고 있다. 기분 나쁜 입맞춤이 깨끗이 씻겨서 흘러내려가는 개울의 기나긴 흐름에 풀려 없어지는 것을 기다렸던 것이다. 그러더니 그녀는 얼마쯤 떨어진 곳에 서서 잠자코 헤스터와 목사를 빤히 바라보고 있었다. 한편 이 두 사람은 이 새로운 사태로 인해 생각해야 할 여러 일들과 곧 성취해야 할 목적에 대해서 서로 의논을 하고 있었다.

이리하여 이 운명적인 회견은 끝났다. 이 골짜기는 다시 그 어두운 고목 사이에 쓸쓸히 남아 있지 않으면 아니 되었다. 이 숲은 그 수많은 입술로 여기에서 일어난 이야기를 두고두고 속삭일 것이다. 그리고 사람은 아무도 알아듣지 못할 것이다.

또한 침울한 개울도 여태까지 이미 그 조그만 가슴에 힘에 겹게 얹혀놓고 노상 재잘거리고 있는 그 신비스러운 이야기 이외에 또 하나 이 이야기를 얹어놓게 될 것이다. 하지만 여태까지 기나긴 세월을 두고 해온 것보다 조금도 더 유쾌한 음조를 거기에 보태지는 못할 것이다.

20

미로(迷路)에 서 있는 목사

목사가 헤스터 프린과 귀여운 진주보다 먼저 출발했을 때 그는 뒤를 돌아다보았다. 다만 숲속의 황혼 속으로 서서히 꺼져가는 모녀의 얼마간 흐릿한 윤곽과 모습이 보일 거라고 반쯤 기대하고 있었다. 그의 일생의 그만한 중대한 변전을 당장에 사실로서 받아들여지지가 않았다. 그러나 그 나무줄기 옆에서 헤스터는 회색빛 옷을 입고 여전히 서 있었다. 이 나무는 머나먼 옛날의 어느 때 폭풍에 쓰러져서, 그 후부터 '시간'이 이끼를 가지고 덮어 싸온 것이었다. 따라서 지상의 가장 무거운 짐을 지고 있는 두 사람의 운명의 포로가 나란히 앉아서 단 한 시간쯤의 휴식과 위안을 얻기에는 똑 알맞은 곳이었다. 그리고 진주도 있었다. 개울가의 빈터에서 경쾌하게 춤을 추며 달려왔다. ― 훼방을 놓은 침입자가 이제는 가버렸기 때문이었다. ― 그리고 여느 때처럼 어머니의 곁에 서 있었다. 그러니까 목사는 앉아서 꿈을 꾸고 있었던 것은 아니었다!

인상이 그처럼 뚜렷하지 않게 이중으로 머리에 떠올라서 그 때문에 이상한 마음의 동요를 느끼고 마음이 괴로워지는 것에서 벗어나려고, 그는 헤스터와 자기와의 두 사람의 출발에 대해서 대충 세워놓은 계획을 다시 생각하고 좀 더 철저하게 윤곽을 잡아보았다. 군중과 도시로 꽉 차 있는 구세계는 토인들의 오두막집이나 구라파인들이 해변을 끼고 군데군데 몇 개의 식민지를 만들고 있는 것밖에 없는 뉴잉글랜드나 전 미국 대륙의 광야보다도 몸을 감출 곳이나 숨을 곳이 더 많은 것이라고 하는 것이 두 사람의 의논으로 정해진 것이었다. 목사의 건강은 도저히 삼림지대의 고난에 찬 생활에는 견디지 못하리라는 것은 말할 필요도 없고, 그의 선천적인 재능과 그의 교양과 그의 지능의 온전한 상태는 그만 세련된 문명 속에서만 안식처를 얻을 수 있는 것이었다. 세련된 문명의 정도가 높으면 높을수록 그것은 이 사람에게 그만큼 더 미묘하게 적당했던 것이다. 이러한 희망의 선택을 격려하는 것으로 때마침 한 척의 선박이 항구에 정박하고 있었다. 그것은 순전히 해적선이라고는 할 수 없었지만 지극히 무책임한 성격을 가지고 해상을 방황하고 있는 그 당시에 흔히 볼 수 있는 그 수상한 순항선의 하나였다. 이 배는 최근에 중미의 스페인령에서 떠나 왔는데, 사흘 안에 브리스톨[1]로 출항할 예정이었다. 헤스터 프린은 — 그녀의 직업이 자칭 자선자매단원이었고 그 배의 선장과 승무원들하고도 알고 있었기 때문에 — 두 명의 어른과 한 명의 어린아이를 태워서, 더구나 사정상 철저하게 비밀을 지키고 데려다달라고 직접 교섭할 수 있었다.

목사는 적지 않은 관심을 갖고 배가 출발할 예정인 확실한 시간을 헤스터에게 물었다. 아마 그것은 지금부터 나흘째 되는 날이 될 것이라는 것이었다. "이건 아주 잘되었군." 그때 그는 혼자서 그렇게 생각했다. 그런데 어째서 딤스데일 목사가 그것을 아주 잘되었다고 생각했는지는 여기에서 터놓고 얘기하기가 주저된다. — 그렇지만 독자에게 숨기는 일은 하지 않기 위해서 말하자면 — 그 이유는 지금부터 사흘째 되는 날 그는 선거 축하의 설교를 하기로 되어 있었던 것이다. 그런데 그렇게 되면 뉴잉

---

1 브리스톨(Bristol) : 영국 잉글랜드 남서부의 항구도시.

글랜드의 목사의 생애에서 볼 때 지극히 명예스러운 시기가 되는 것으로서, 그가 이 직업에서 떠나는 방법이나 시기로 볼 때 이 이상 더 적당한 기회를 포착할 수가 없었던 것이다. "적어도 그들은 나를 보고," 이 모범적인 인물은 생각하는 것이었다. "내가 공적인 의무를 이행하지 않았다거나 잘 이행하지 못했다는 말은 하지 않을 것이다." 이런 불쌍한 목사의 이 다지도 깊고 예리한 통찰이 비참하게도 덜미를 잡히게 되리라는 것은 참 말로 슬픈 일이다. 우리들은 그에 대해서 그보다 더 나쁜 일을 여태까지 보고 들어왔고, 앞으로 또한 보고 듣게 될 것이다. 그러나 아마도 이 이상 더 가련하게도 연약한 것은 없을 것이다. 그의 성격의 본질 속에 벌써 오래전에 파고 들어가기 시작한 미묘한 병의 징조로서 그다지도 연약하고 동시에 그다지 요지부동한 것은 없을 것이다. 어떤 사람을 막론하고 그처럼 그다지도 오랫동안 한쪽 얼굴로는 자기 자신을 보고 또 하나의 얼굴로는 군중을 보면서, 결국 어떤 것이 참된 것인지에 대해서 마음에 혼란을 일으키지 않는 사람은 없을 것이다.

헤스터를 만나고 돌아가는 길에, 딤스데일 씨의 감정은 흥분 때문에 어느 때에 볼 수 없는 체력을 불러일으키고 재빠른 걸음걸이로 허둥지둥 거리로 돌아갔다. 숲속의 오솔길은 거친 자연의 장해가 있어서 올 때 생각했던 것보다도 한결 야만스럽고 별나게 보였고, 인적(人跡)도 한결 떠 보였다. 그러나 그는 웅덩이를 뛰어넘고 몸에 얽혀드는 덤불을 헤치고 비탈길을 오르고 움푹 팬 곳으로 뛰어내리고 하면서, 요컨대 험난한 길의 모든 곤란에 이겨낼 수 있었는데, 그 줄기찬 활동에는 자기 자신도 깜짝 놀랐다. 바로 이틀 전에 같은 길을 고생을 하고 억지로 걸어가면서 기진맥진해가지고 몇 번씩 발을 멈추고 숨을 몰아쉰 일이 생각이 났다. 거리에 가까워지자, 점점 눈에 띄는 여러 가지 눈 익은 사물들이 모두가 종래와는 다른 인상을 주었다. 그가 거리를 떠난 것이 어제가 아니라 하루나 이

틀 전이 아니라, 수많은 시일 아니 몇 년 전의 옛날이었던 것처럼 생각되었다. 사실 그가 기억하고 있듯이 거리는 모두가 그전의 모습을 그대로 갖고 있었고 집들은 모두 다 그 특징을 나타내고 처마 끝은 그럴듯하게 몰려 있고 그의 기억에 하나 있었다고 생각한 곳에는 하나, 바람개비가 서 있었다. 그런데 그럼에도 불구하고 이 변화의 느낌은 귀찮게도 따라다니면서 모든 것에서 붙어 떨어지지 않았다. 길 위에서 만나는 아는 사람에 대해서도 이 조그만 거리에서 볼 수 있는 인간 생활의 모습의, 모두 다 그가 잘 알고 있는 것에 대해서도 이 변화의 느낌은 마찬가지였다. 그들이 그전보다 나이가 더 먹어 보인다든가 젊어 보인다든가 하는 것이 아니었다. 노인들의 수염이 하얗게 된 것도 아니고 어저께는 기어 다니던 갓난아이가 오늘은 서서 걸어 다니고 있는 것도 아니었다. 어떤 점에 있어서, 그가 그 전날 작별의 눈초리를 보낸 개개인과 어떻게 달라졌는가를 말하라고 해도 그것은 불가능했다. 그러면서도 목사의 심오한 감각은 그러한 사물의 변화한 모습을 그에게 알려주고 있는 듯이 생각되었던 것이다. 그와 같은 인상은 그가 그 자신의 교회의 벽 아래를 지나갔을 때 가장 두드러지게 그에게 느껴졌다. 그 높다란 건물은 아주 이상하게 서먹서먹하게 보였다. 그러면서도 또한 아주 친근한 눈 익은 모습을 하고 있었다. 딤스데일 씨의 마음은 그 두 개의 관념 사이에서 떨고 있었던 것이다. 그는 그것을 그전에 단 한 번 꿈속에서 본 일이 있었던가 아니면 다만 그가 지금 꿈을 꾸고 있는 것에 지나지 않았던가.

이 현상은 현상으로서 나타난 여러 가지 형태에 있어서 무슨 외형적인 변화가 생겼다는 것을 나타내는 것이 아니라 눈 익은 풍경을 바라보는 사람의 마음에 급격하고 중요한 변화가 생겼다는 것을 나타내는 것이다. 말하자면 그의 의식에 있어서 중간에 낀 하루라는 시간은 수년간의 경과와도 같은 작용을 했던 것이다. 목사 자신의 의지 그리고 헤스터의 의지, 그들 두 사람 사이에 성장한 운명이 이 변화를 일으켰다. 그전과 똑같은 거리였다. 그러나 숲에서 돌아온 것은 똑같은 목사가 아니었다. 그를 맞이한 친구들을 보고 그는 이렇게 말할 수 있었다. —"나는 당신들이 생각하고 있는 사람과는 다르오! 나는 그 사람을 저 숲속에 놓고 왔소. 아무도 모르는 골짜기의 깊은 곳에, 이끼 낀 나무 기둥 옆에, 그리고 침울한 개울가에 가서 당신들의 목사를 찾아 오시오! 어쩌면 그 말라빠진 모습이 야윈 볼을 하고 창백하고 답답하고 괴롭게 찌푸린 이마를 하고 마치 벗어버린 옷처럼, 거기에 버려져 있을지도 모르오!" 분명히 그의 친구들은 여전히 그가 그라고 주장했을 것이다 —"당신이 바로 그 사람이 아뇨!" 그러나 잘못 본 것은 그들이지 그는 아니었을 것이다.

딤스데일 씨가 집에 도착하기 전에 그의 내부에 있는 사람은[2] 사상과 가정의 세계에 있어서 또 하나의 혁명의 흔적을 그에게 보여주었다. 사실상 왕조와 도덕률이 그 내부의 세계에서 완전한 변화를 일으켰다고 하는 것밖에, 이 불행하고 당황한 목사의 심중에서 일어나고 있는 충동을 충분히 설명할 수 있는 것은 없었다.[3] 한 걸음 한 걸음씩, 발을 떼어놓으면서 그는 무슨 이상한 광포하고 흉악한 일을 해보고 싶다는 충동을 느꼈다. 그리고 그것은 무의지적이면서도 유의지적(有意志的)이고, 자기도 모르게 생겨나면서도 그런 충동에 반대하는 자아보다도 더 깊은 자아에서 생겨나는 듯했다. 이를테면 그는 그의 집사 중의 한 사람을 만났다. 이 선량한 노인은 아버지와 같은 애정으로, 또한 그의 노령과 정직하고 신성한 성격

---

2 딤스데일은 여기에서 정신의 분열을 일으키고 이중 인간이 된다. '내부에 있는 사람'이란 속에 숨어 있는 본능적인 자아를 말하는 것이며, '불행하고 당황한 목사'라는 것은 평소의 이성적인 자아를 말하는 것이다. – 역주
3 왕조(王朝)가 변화를 일으킨다는 것은 인간 딤스데일의 통제력이 변화를 일으킨다는 뜻이다. – 역주

과 교회에 있어서의 위치에 의해서 마땅히 가질 수 있는 교장의 특권으로 그에게 말을 걸었던 것이다. 그리고 그와 함께 그는 목사가 직무상으로나 개인으로서의 권리로 한결같이 요구하는 존경을 거의 숭배에 가까울 정도로 깊게 나타내고 있었다. 노령과 예지의 위엄이, 사회적으로 낮은 위치에서 또한 천품의 저열한 단계에서 한층 더 높은 것에 대해서 하듯이, 마땅히 나타내야 할 종순⁴과 존경을 가지고 행동하는 품이 그처럼 아름답게 어울려 보일 수가 없었다. 그런데 딤스데일 목사와 이 준수한 백발의 집사 사이에 오고 간 대화를 들어볼 때, 딤스데일 씨는 있는 힘을 다해서 자기 자신을 억제하고, 그의 마음에 떠오른 성찬에 관한 불경스러운 생각을 입 밖에 내놓는 것을 간신히 참을 수 있었던 것이다. 그는 몸을 와들와들 떨면서 잿빛처럼 얼굴이 창백해졌다. 그의 혀가 저절로 움직여서 이 무서운 소리를 하지나 않은가, 그가 정당하게 동의도 하지 않았는데 혓바닥이 그런 행동에 동의한 것이라고 변명을 하게 되지나 않은가 하고 겁이 났기 때문이었다. 그리고 이런 공포를 자기의 가슴에 품고 있으면서도 그는 이 신성하고 존엄한 교장인 집사가 그가 받드는 목사의 불경 불신한 언사를 들으면 돌처럼 질려버릴 것이라고 상상하면, 홍소가 저절로 퍼져 나올 것만 같았다.

또한 똑같은 성질의 다른 사건. 거리를 허둥지둥 걸어가고 있을 때, 딤스데일 씨는 그의 교회의 일원인 그중 나이 많은 부인을 만났다. 가장 신앙심이 두터운 모범적인 노부인으로서 구차하고, 과부이고, 고독하며, 따라서 죽은 남편과 아이들과 먼 옛날에 죽은 친구들의 추억으로 마치 비문이 많은 묘석으로 꽉 차 있는 묘지처럼, 그 가슴을 꽉 채우고 있는 사람이었다. 그런데 웬만하면 이런 경우에 무거운 비탄의 원인이 될 것이, 이 경

---

4 종순(從順) : 순순히 복종함.

건한 노파에게는 거의 장엄한 즐거움으로 되어 있었다. 이것이야말로 다름 아닌 종교의 위안이었고 성서가 말하는 진실인 것이다. 이런 마음씨를 갖고 그녀는 30년 이상을 끊임없이 자기를 길러왔던 것이다. 그리고 딤스데일 씨가 그녀를 그의 교회에서 담당하게 된 후부터, 이 할머니의 주요한 지상의 위안은 — 그것은 또한, 하나님이 내려주시는 위안이 아닌 경우에는 아무 가치도 없는 것이었다. — 우연하게든지 혹은 일부러 일정한 목적을 갖고서든지 그녀의 이 목사를 만나는 일이었다. 그리고 따뜻하고 향기로운, 천국의 냄새가 나는 복음의 정성 어린 말을 그의 사랑하는 입술에서 그녀의 멍청해지기는 했지만 미친 듯이 좋아서 귀를 기울이는 귀로 받아들여서 정신을 생생하게 하는 일이었다. 그런데 이때에는 그가 그의 입술을 노부인의 귀밑에다 대는 순간까지, 딤스데일 씨는 영혼의 대적(大敵)이 바라는 것처럼 한 줄도 성서의 문구가 생각이 나지 않는다. 짧고 간결한 그리고 그에는 그때 결정적인 것이라고 생각된 인간의 영혼의 불멸성에 반항하는 말밖에는 아무 말도 생각이 나지 않았다. 그런 말을 그녀에게 들려주면 이 노부인을 당장에 아마 강력한 독약 주사를 준 것처럼 그 자리에서 죽어 나자빠지게 할 수 있었을 것이다. 실제 어떤 말을 속삭였는지, 목사는 나중에 아무리 해도 생각이 나지 않았다. 아마 그가 한 말에는 다행히도 혼란된 데가 없어서, 그것이 이 과부의 이해에 그다지 뚜렷한 의미를 전하지 못했을 것이다. 혹은 또한 하나님의 섭리가 그 말들을 그 나름의 방법으로 해서 그럴듯하게 들려주었을지도 모른다. 분명히 목사가 돌아다보았을 때는 거룩한 감사와 법열의 표정이 엿보였고, 그것은 주름살투성이의 창백한 잿빛 얼굴 위에 천국의 거리의 빛처럼 빛나고 있었다.

또 하나, 세 번째의 예. 이 늙은 회원과 헤어진 뒤에 그는 회중(會衆) 중에서 제일 나이 어린 자매를 만났다. 그것은 요즘 교회에 들어온 아가씨였는데 ― 딤스데일 목사가 그 철야고행을 하고 난 뒤의 주일날에 한 설교를 듣고 교회에 들어왔다. 속세의 아지랑이 같은 쾌락 대신에 자기의 신변이 차차 어두워짐에 따라서, 인생이 좀 더 밝아질 수 있는 것을 획득하고 극도의 우울을 종국의 영광을 가지고 찬연하게 할 수 있는 천국의 희망을 얻기 위해서였다. 그녀는 극락에 피어 있는 백합꽃처럼 아름답고 깨끗했다. 목사는 자기 자신이 그녀의 마음속의 순결한 사당에 모셔져 있는 것을 잘 알고 있었다. 그 사당에는 눈처럼 흰 휘장이 자기 초상의 주위에 늘어져 있고 신앙심에는 따뜻한 사랑이 부여되어 있고 사랑에는 종교적인 순결이 부여되어 있었다. 그날 오후 악마왕은 불쌍하게도 이 젊은 아가씨를 어머니의 곁에서 떼어놓고, 그녀를 이 고통스러운 유혹의 희생이 된, 다시 말하자면 ― 이렇게 말하면 안 될까? ― 이 타락한 절망적인 사나이가 지나가는 길 위에 내동댕이쳐놓았을 것이다. 그녀가 점점 가까이 왔을 때 악마는 그에게 속삭이면서 조그맣게 몸을 줄여서 그녀의 부드러운 가슴속으로 들어가가지고 흉악한 악의 씨를 뿌리고 곧 악의 꽃을 피우고 때가 오면 악의 열매를 맺게 하라고 일러주었던 것이다. 그러한 것이 이 처녀의 영혼 위에 갖고 있는 그의 힘의 느낌이었다. 그녀는 사실상 그를 믿고 있었기 때문에 그 강력한 느낌으로 해서 그의 쪽에서 한번 흉악한 눈초리를 보이면 천진난만한 들판 전체가 시들어버리고 단 한마디 말로써 모든 사기(邪氣)를 확충시키는 힘이 있다고 생각되었던 것이다. 그래서 ― 여태껏 그가 참아온 것보다도 더 큰 인내력을 가지고 ― 그는 그의 제네바 외투로 얼굴을 가리고 분주히 지나쳐버렸다. 아는 척하는 기색도 보이지 않고 성을 내겠으면 내라는 듯이 그 젊은 자매를 외면을 하고 지나쳐버렸던 것이다. 그녀는 자기의 양심을 탐색해보았다 ― 그것은 천진난만한 조그만 일들로 가득 차 있었다. 그녀의 옷이나 바느질 주머니 같았다 ― 그리고 불쌍하게도 천백 가지의 자기 행실의 잘못을 상상하기 시작했던 것이다. 그리고 그다음 날 아침에는 눈이 퉁퉁 부어가지고 집안 일을 보고 있었다.

목사가 이 최후의 유혹에 이긴 승리를 축하할 틈도 없이 그는 또 다른 한 충동을 의식하고 있었다. 한층 더 바보 같은 것으로서 거의 같은 정도 의 무서운 것이었다. 그것은 — 여기에 적기도 낯이 뜨거워질 정도이지만 — 행길 한복판에 서서 무슨 지독하게 고약한 나쁜 말을 거기에서 놀고 있는 겨우 말을 할 줄 알까 말까 할 어린 청교도의 어린아이들의 무리에 게 가르쳐주는 것이었다. 이런 터무니없는 주책은 법의를 입고 있는 처지 에 합당치 않은 일이라고 스스로 견제하고 있는데, 그는 술 취한 수부들 을 만났다. 중미의 스페인령에서 온 배의 승무원 중의 한 사람이었다. 그 러자 여기까지 다른 모든 흉악한 생각을 참아온 길이라, 가련한 딤스데일 씨는 웬만하면 이 시꺼먼 악당과 악수를 하고 이런 마구잡이 수부들이 얼 마든지 알고 있는 망칙한 농담을 몇 마디 하고, 재미나고 노골적이고 여 무지고 만족스럽고 하늘도 무색해할 정도의 쌍소리를 연발해보고 싶다는 생각이 들었다. 이 위기도 그는 무사히 통과했는데, 그것은[5] 한결 더 선량 한 마음씨에 의해서라기보다도 부분적으로는 그의 선천적인 점잖은 취미 때문이고 그보다도 더한층 그가 목사로서의 엄격하고 깍듯한 예절의 습 관을 몸에 지니고 있었기 때문이었다.

"이렇게 내 마음속에 줄곧 왕래하면서, 나를 유혹하려고 드는 것은 도 대체 무엇인가?" 목사는 드디어 자기 자신을 보고 외쳤다. 행길 한복판에 걸음을 멈추고 서서, 손으로 자기의 이마를 쳐보기까지 했다. "나는 미쳤 는가? 아니면 나는 악마의 손아귀 속에 들게 되었는가? 숲속에서 나는 악 마와 계약을 하고 나의 피로 서명을 했는가? 그 때문에 그놈이 그 극악무

---

5   그것은 : 번역문에서는 '그것을'. 오기로 보임.

도한 상상으로 모든 고약한 악을 실행하라고 지금 충동이를 놓고, 그 약속을 성취시키려고 나를 불러들이는 것인가?'

딤스데일 목사가 그렇게 혼자 생각을 하면서, 손으로 이마를 치고 있을 때 바로 그 유명한 마술쟁이 노파 히빈스 양이 그 옆을 지나가고 있었다는 것이다. 그녀는 아주 으리으리하게 몸단장을 하고 있었다. 운두[6]가 높은 두건을 쓰고, 호화스러운 벨벳 치마를 입고 그녀와 유달리 친한 친구인 앤 터너[7]가 그녀에게 그 비결을 가르쳐주었다고 하는, 유명한 노란 풀을 먹여 모양 있게 만든 주름 깃을 달고 있었다. 앤이라는 이 부인은 그 후 토머스 오버버리 경을 모살한 죄로 교수형에 처해졌던 것이다. 요사스러운 노파가 목사의 마음속을 짐작했는지 어떤지는 모르지만 그녀는 갑자기 걸음을 멈추고, 그의 얼굴을 들여다보고는 교활한 미소를 띠면서 ─ 목사하고 이야기를 한 일은 거의 없었는데 ─ 이야기를 시작했다.

"아니, 목사님도 숲속을 찾아가셨군요." 요사스러운 부인은 목사한테로 운두가 높은 두건을 쓴 머리를 끄덕이면서 말했다. "이번에 가실 때에는 미리 좀 알려주세요. 그러면 내가 자랑삼아 동행해드리겠어요. 내 자랑 하는 것 같지만요. 내가 말을 잘하면 아무리 낯선 신사라두 당신이 아시는 거기의 대왕한테 대접을 잘 받게 되죠."

"미안하지만," 하고 목사는 그 부인의 위치가 요구하고 또한 자기 자신의 교양이 명령하는 정도의 엄숙한 예의 바른 어조로 대답했다. "미안하지만 저의 양심과 인격을 걸고 말씀드리겠는데 당신이 무슨 말씀을 하시는지 저는 통 모르겠습니다. 저는 숲속의 대왕을 찾아간 것도 아니고, 앞

---

6 운두 : 그릇이나 신 따위의 둘레나 높이.

7 앤 터너(Anne Turner, 1576~1615) : 에식스 백작부인의 친구로 그녀에게 마술사 사이먼 포먼을 소개해주었다고 함.

으로도 또한 거기를 찾아가서 그런 분에게 폐를 끼치고 싶은 생각은 없습니다. 저의 유일한 목적은 그 저의 경건한 친구인 엘리엇 전도사를 만나보고 그와 함께 그가 미개지에서 얻은 수많은 귀중한 영혼에 대해서 기뻐하는 일이었으니깐요."

"아, 하, 하!" 요사스러운 노파는 역시 높다란 두건을 목사의 쪽으로 끄덕거리면서 의기양양하게 웃어댔다. "그렇지, 그래. 낮에는 그렇게 말씀하고 계셔야 할 거야! 아주 단수가 보통이 아니시로군! 그럼 밤중에 찾아오시면 숲속에서 같이 다른 얘기를 합시다요!"

그녀는 노부인다운 당당한 위엄을 떨치면서 지나가버렸다. 그러나 몇 번씩 뒤를 돌아다보고 그에게 미소를 던졌다. 두 사람 사이의 남모르는 친밀한 관계를 즐겁게 인정하려는 사람처럼.

"그러고 보니 나는 나 자신을 판 게 아닌가," 목사는 생각했다. "사람들이 말하는 게 사실이라면, 이 노란 풀을 먹인 주름 깃을 달고 우단 옷을 입은 노파가 상전으로 모시고 있는 그 악마한테 나 자신을 판 게 아닌가!"

불쌍한 목사다. 그는 바로 그와 비슷한 거래를 했던 것이다. 행복한 꿈의 꾐에 빠져서, 신중한 선택을 한 것이 기껏 그로서는 여태껏 해본 일이 없는 극악무도한 죄로 알고 있던 일에 몸을 맡기는 결과가 되었다. 그리하여 그 죄의 전염적인 독소는 그다지도 재빨리 그의 도덕심의 조직 속에 흘러 퍼져버렸다. 그것은 모든 축복된 충동을 마비시키고, 악의 충동의 전 동포를 활발한 생활에 불러일으키게 했다. 조소, 원한, 까닭 모를 악의, 근거 없는 악의 욕망, 착하고 성스러운 것에 대한 조롱, 이러한 모든 것이 눈을 뜨고 그를 꼬이려고 했다. 그러나 한편으로는 그러한 것들은 그를 몹시 두려워하게도 했던 것이다. 그리고 그가 히빈스 노여사와 만났다는 것은, 만약에 그것이 사실 그런 일이 있었다면, 악인들과 무수한 사악한 정령(精靈)들의 세계와 공감이 있고 우의가 있다는 것을 표시하는 것밖에는 되지 않았다.

이때에 벌써 그는 공동묘지의 끝에 있는 자기의 집까지 도착했다. 급히 이 층으로 올라가서, 그는 그의 서재에 몸을 감추고 휴식을 취했다. 목사는 이 은둔처에 도착한 것을 기뻐했다. 거리를 걸어오는 도중에 끊임없이 공격해온 그 흉악하고 괴기한 마음의 움직임에 지지 않고, 세상 사람들에게 자기의 본성을 폭로하는 것을 모면할 수 있었기 때문이었다. 그는 낯익은 방 안으로 들어왔다. 그리고 그 속의 책들과 창과 난로와, 벽에 걸려 있는 아늑한 벽전(壁氈)을 둘러보았는데, 그가 숲속의 골짜기에서 거리로, 그리고 거리에서 여기까지 걸어오는 도중에 그의 마음속에 줄곧 붙어온 그 기이한 느낌은 역시 그대로 있었다. 여기서 그는 책을 읽고 글을 썼다. 여기서 단식 철야의 고행을 했다. 그리고 반쯤 죽다시피 되어서 나왔다. 여기서 기도를 드리려고 애를 썼다. 여기서 백 천 가지의 고민을 참았다. 성서가 있다. 풍부한 옛날의 히브리말로 쓰여 있고, 모세와 예언자들이 그에게 말을 걸고 있다. 하나님의 소리는 모든 것에 충만되어 있다. 책상 위에는 잉크가 묻은 철필이 옆에 있고, 아직 다 쓰지 못한 설교의 원고가 절반쯤 적혀 있다. 여기서 그의 사상이 이틀 전에 페이지 위에서 흐름을 중단했던 것이다. 이러한 일들을 수행하고 견디고, 여기까지 그 선거 축하의 설교를 써온 것이 자기이며, 창백하고 바짝 마른 볼을 한 목사였다는 것을 그는 알고 있었다. 그런데 그는 그전의 자기를 조소에 찬 불쌍한 마음으로 그러면서도 선망 비슷한 호기심을 가지고 떨어져서 바라보고 있는 것 같은 생각이 들었다. 그 자기는 죽어버렸다. 다른 사나이가 숲에서 돌아왔다. ─ 한결 더 지혜로운 사나이다. ─ 그전의 사나이의 단순성으로는 도달할 수 없었던, 숨은 신비에 대한 지식을 갖고 돌아왔던 것이다. 그것은 일종의 쓰디쓴 지식이었다.

이런 회상에 잠겨 있을 때, 그의 서재의 문을 노크하는 소리가 들렸다.

그래서 목사는 말했다. "들어오세요!" — 악마를 보는 게 아닌가 하는 생각이 없지도 않았다. 그리고 그것은 바로 예기한 대로였다. 들어온 것은 로저 칠링워스 노인이었던 것이다. 목사는 일어선 채 얼굴빛을 잃고 아무 말도 하지 못하고 있었다. 한쪽 손으로 성서를 짚고, 한쪽 손으로는 가슴을 짚고 있었다.

"잘 돌아오셨군." 의사는 말했다. "그래 어땠어요. 엘리엇 전도사는? 그런데 어째 안색이 좋지 않구려. 황무지 길을 여행한 것이 당신한테는 힘에 겨웠던 모양이로군. 선거 축하의 설교를 하려면, 심신을 좀 보해야 할 테니까, 내 치료가 필요하겠는데?"

"아뇨, 필요 없어요." 딤스데일 목사는 대답했다. "여행을 하고 거기서 거룩한 전도사를 만나뵙고, 또 자유로운 공기도 쐬구 해서 기분이 아주 좋았어요. 꽤 오랫동안 서재 속에만 틀어박혀 있었으니깐요. 친절하게 해주시는 건 고맙지만 당신의 약은 친절한 친구의 손으로 지어주는 것이라 좋기는 하겠지만 나한테는 인제 필요 없어요."

그동안에 줄곧 로저 칠링워스는 목사를 의사가 환자를 대하는 엄격한 눈초리로 지그시 바라보고 있었다. 그러나 이러한 외견상의 표정에도 불구하고, 목사는 이 노인이 헤스터 프린과의 회견에 대해서 알고 있든가, 혹은 적어도 충분한 자신을 가지고 눈치채고 있다는 것을 알고 있는 모양이었다. 의사 쪽에서도, 이 목사의 마음속에서는 벌써 자기가 믿음직한 친구가 아니라 가장 곤란한 적으로 되어 있다는 것을 알고 있었다. 그런 정도까지 알고 있는 이상, 그의 일부분이 표면에 나타나는 것은 당연한 일이다. 그러나 말이 사물을 구현하게 되기까지는 흔히 지극히 오랜 시간의 경과가 필요하다는 것은 이상한 일이다. 그래서 두 사람의 인물이 어떤 화제를 회피하려고 들고, 그의 아주 가까운 변두리까지 갔다가도 드디어 그 화제에 닿지 않고 지극히 안전하게 뒷걸음질을 치게 된다는 것도 참으로 이상한 일이다. 따라서 목사는 로저 칠링워스가 노골적인 말로 자기들 두 사람 사이를 버티고 있는 진정한 관계와 입장에 대해서 언급하게 되리라는 걱정은 하지 않았다. 그러나 의사는 그 음흉한 수법으로 놀랍게도 그 비밀의 지극히 가까운 근처에까지 스쳐 들어왔던 것이다.

"여보 아무래도," 하고 그는 말했다. "오늘 밤은 미숙하나마 내 기술을 써보는 게 좋겠소. 사실 이번 선거의 설교로 말하자면, 어떻게든지 손을 써서 당신을 튼튼하고 강하게 해놓아야겠으니 말요. 사람들은 모두 당신에게 위대한 일을 기대하고 있소. 그리고 내년이 또 와도, 그들의 목사님은 벌써 이곳에는 없게 될지도 모른다고 염려를 하고 있으니 말요."

"저세상으로 가서 없을지도 모르지." 목사는 경건하게 체념한 듯한 표정으로 대답했다. "제발 저세상에 가서 편하게 좀 됐으면 좋겠소이다. 정말 나는 또 일 년 동안을 아무리 눈 깜박할 사이에 지나가는 세월이라고 하지만 교회의 신자들과 함께 이 세상에 살아 있을 것 같은 생각이 들지 않소이다. 하지만 당신의 약은 고맙기는 하지만 지금 몸의 상태로는 필요하지 않아요."

"그것 참 반가운 말이오." 의사는 대답했다. "아마도 내 약이 그렇게 오랫동안 효력이 없더니 이제야 비로소 정당한 효험을 보이게 됐는지도 모르겠구먼. 이제 병이 정말 다 나았다면 나는 행복한 사람이오. 그리고 뉴잉글랜드의 감사를 받을 만한 자격이 있소!"

"진심으로 감사를 드리겠습니다. 언제나 눈을 떼지 않고 돌보아주신 데 대해서." 딤스데일 목사는 엄숙한 미소를 띠면서 말했다. "감사하게 생각합니다. 그리고 그 은혜에 대해서는 다만 기도로 보답할 수 있을 뿐입니다."

"선량한 사람의 기도는 황금 같은 보상이지요!" 로저 칠링워스는 물러나가면서 그의 말에 대답하여 말했다.

"참말로 그것은 새로운 예루살렘의 금화이지요. 바로 주님의 조폐소의 도장이 찍혀 있는 것이니까요!"

의사가 나가고 혼자 남게 되자 목사는 하인을 불렀다. 그리고 식사를 갖고 오라고 했다. 식사를 갖고 오자 그는 허기진 사람처럼 왕성한 식욕으로 밥을 먹었다. 그리고는 그전에 써놓은 그 선거 축하의 설교의 종잇장을 불 속에 내던지고, 곧 다시 새로 쓰기 시작했다. 그는 그것을 사상과 감정의 흐름을 따라서 일사천리로 써내려갔다. 무슨 영감이 내렸다고 생각할 정도였다. 그리고 하나님이 자기와 같은 썩어빠진 풍금의 파이프를 통해서 이 위대하고 장엄한 선탁(宣託)[8]의 음악을 전달하는 것이 적당하다고 인정하신 것이 이상하게만 생각되었다. 그러나 그 신비는 저절로 풀리게 내버려두기로 하고, 아니면 영원히 풀리지 않은 채로 내버려두기로 하고, 그는 열심히 부리나케 황홀한 정신으로 이 일을 계속해나가기만 했던 것이다.

이리하여 밤은 지나갔다. 그것은 마치 날개 달린 말처럼 날아서 지나갔다. 그는 그것을 타고 있었던 것이다. 아침이 왔다. 아침은 빨간 얼굴을 하고 나뭇잎 사이에서 내다보고 있었다. 그러더니 드디어 햇빛이 서재 안으로 금빛 광선을 던져 넣었다. 그리고 목사의 부신 눈을 정면으로 비추었다. 그는 여전히 펜을 손가락 사이에 쥐고, 여태까지 써온 광대무한한 공간을 뒤에 두고 앉아 있었던 것이다.

---

8 선탁(宣託) : 신이 사람을 매개자로 하여 그의 뜻을 나타내거나 인간의 물음에 대답하는 일.

21

뉴잉글랜드의 축제일(祝祭日)

새 지사가 인민의 손으로부터 그의 관직을 받게 된 날 아침 일찍 헤스터 프린과 귀여운 진주는 장거리로 나왔다. 거기에는 벌써 여러 장인(匠人)들과 그 밖의 거리의 평민들이 상당히 많이 모여 있었고, 그중에는 수많은 우악스럽게 생긴 사람들도 역시 나타나 있었다. 사슴 가죽 옷을 입은 사람들로서, 그들은 이 식민지의 조그만 수도를 둘러싼 삼림 거류지의 여기저기에 살고 있는 사람들이라는 것을 알 수 있었다.

이 공중의 축제일에 헤스터는 거친 회색빛 천으로 만든 옷을 입고 있었다. 지난 7년 동안을 다른 축제일에도 역시 그런 옷차림을 했던 것이다. 그 빛깔에 의해서보다도 오히려 그 모양의 형용하기 어려운 특질에 의해서, 그것은 그녀를 보는 사람의 눈에 그녀의 모습을 눈에 띄지 않게 하는 효과를 갖고 있었던 것이다. 그런데 한편 주홍빛 글자는 그녀를 이 어렴풋한 회색빛 그늘에서 되불러내서, 그녀를 그 글자가 비춰주는 도덕적인 면에서 노출시키고 있었다. 그녀의 얼굴은 이미 거리 사람들에게는 오랫동안 낯익은 것이었지만 여기서는 대리석과 같은 평정을 보이고 있었다. 그것도 사람들은 오랫동안 보아온 것이다. 그 얼굴은 가면 같기도 하고 어찌 보면 죽은 여자의 굳어버린 조용한 얼굴 같기도 했다. 이렇게 애처롭게 죽음을 연상시키는 것은 동정의 요구라는 점에서 헤스터가 사실상 죽어 있다는 것, 그리고 지금도 여전히 남들과 함께 섞여서 살고 있는 듯이 보는 세상에서 삐어져 나가버렸다는 사실에 기인하고 있다.

어찌 보면 이날만은 여태까지 볼 수 없었던 표정이 어려 있었는지도 모르고 또한 그것은 지금 분간할 수 있을 만큼 충분히 생생하게 나타나 있지 않았을지도 모른다. 분간할 수 있었다면 그 사람은 비상한 재능을 가진 관찰자로서, 위선 마음속을 짚어보고 그다음에 거기에 부합하는 얼굴과 용모의 변화를 탐지해내지 않고는 될 수 있는 일이 아니다. 그런 정신 투시를 할 수 있는 사람이라면, 그녀가 여러 해 동안을 불쌍하게도 필연적인 일이라고 생각하고 참회를 하고, 또한 이것을 참아나가는 것을 자기의 엄격한 종교로 삼아오면서 군중들의 주목을 받아온 뒤에, 지금 마지막으로 다시 한번 그 주목을 자유로이 자발적으로 몸에 받으면서 오랫동안 마음의 고민으로 삼아온 것을 일종의 개가로 바꾸려고 하고 있다는 것을 또한 짐작했을지도 모른다. "주홍 글자와 그것을 달고 있는 사람을 마지막으로 보아두어요!" — 사람들의 희생물이며 일생의 노예라고 사람들에게 생각된 여자는 그렇게 그들에게 말하고 싶었을 것이다. "조금만 더 있으면 이 여자는 당신들의 손이 닿지 않는 곳으로 가게 돼요! 이제 몇 시간만 더 있으면 저 깊은 신비스러운 바다가 당신들의 덕분으로 이 가슴에서 타고 있는 상징을 영원히 꺼서 숨겨버릴 거예요!" 그러나 또한 지금 그녀의 생활에 그처럼 뿌리 깊게 합체(合體)되어 있던 고통에서 벗어나서 자유를 얻으려고 하는 순간, 헤스터의 마음속에 어떤 후회의 감정이 생겨났다고 추측하더라도 인간의 상정으로 도저히 있을 수 없는 조리에 맞지 않는 일이라고 할 수는 없을 것이다. 여자로서 거의 그녀의 전 생애를 두고 노상 마셔온 쑥과 노회(蘆薈)[1]의 잔을 마지막으로 길게 숨도 쉬지 않고 단숨에 들이마시고 싶은 거역할 수 없는 욕망이 그런 때에 생겨나는 것이 아닐까? 앞으로 그녀의 입술에 대어질 생활의 술은 참으로 진하고 맛있고 쾌활한 것으로서, 양각(陽刻) 순금의 큰 술잔에 담겨 있는 것임에 틀림없다. 그렇지 않다면 가장 강렬한 힘을 가진 흥분제처럼 그녀가 마신 고배의 찌꺼기의 뒷맛으로서 피치 못할 우울한 권태를 남기게만 될 것이다.

진주는 이 세상 사람답지 않게 화려한 몸단장을 해놓았다. 이 환하게 빛나는 환영 같은 아이가 우울한 회색빛을 한 존재에서 태어났다는 것은 누가 보아도 상상할 수 없는 일이었을 것이다. 또한 이 아이의 옷을 고안하는 데 필요했을 그만큼 호화롭고 그만큼 미묘한 상상력이 헤스터의 간단한 옷에 그다지도 뚜렷한 특색을 부여한, 필시 한결 더 어려운 일도 성취했을 동일한 상상력이었다는 것은 누가 보아도 상상할 수 없는 일이었을 것이다. 귀여운 진주에게 그다지도 적합하다고 생각된 그 옷은 그녀의 성격의 유출이며, 불가피한 전개이며, 외부적으로 나타난 표적처럼 생각되어서 도저히 그녀에게서는 떼어놓을 수 없는 것으로 되어 있었다. 그것은 마치 나비의 날개에서 수많은 빛깔로 된 광채를 떼어놓을 수 없는 것 같은, 또한 빛나는 꽃송이에서 빛깔이 묻은 광채를 떼어버릴 수 없는 것 같은 것이었다. 그처럼 그녀의 옷은 그녀의 성격과는 완전히 동일한 관념으로 되어 있었다. 그런데 이 일 많은 날에 이 아이의 기분에 어떤 이상한 동요와 흥분이 생겨났다. 그것은 금강석이 그것을 단 가슴의 여러 가지 고통에 따라서 반짝거리는 그 미광(微光)과 흡사하다고 할 수 있었다. 아이들이라는 것은 자기에게 관계가 있는 사람들의 마음의 동요에 대해서 언제나 공감을 갖고 있는 것이다. 가정 내의 일 중에서도, 어떤 종류의 것

---

1 노회(蘆薈): 백합과의 상록 여러해살이풀. 알로에.

이든, 걱정이라든가 급박한 개혁 같은 것의 느낌은 언제나 유달리 날카롭다. 그 때문에 어머니의 조용하지 않은 가슴 위의 진주였던 진주는, 바로 그녀의 정신의 무용에 따라서, 헤스터의 이마의 대리석과 같은 가라앉은 평성 속에서는 아무도 발견할 수 없는 감정을 나타내고 있었던 것이다.

이 흥분은 이 어린애로 하여금 어머니의 곁을 걸어가게 하지 않고, 새처럼 팔랑팔랑 뛰게 했다. 그녀는 끊임없이 뚜렷하지 않은 격렬한 소리로 그리고 가다가는 귀가 뚫어질 정도의 음악 같은 소리로 고함을 쳤다. 두 사람이 장거리에까지 왔을 때, 어린애는 이 고장의 분주하게 들끓고 있는 사람들을 보자, 더욱더 불안해져서 가만히 있지 않았다. 여느 때는 이 고장은 마을의 공회당 앞의 널따랗고 쓸쓸한 풀밭 같은 곳으로서, 거리의 제사업(諸事業)의 중심지 같은 느낌이 없었기 때문이다.

"어머, 웬일야. 엄마?" 그녀는 외쳤다. "왜 모두 사람들이 오늘은 일을 안 하고 놀지? 오늘은 온 세상이 다 노는 날인가? 저것 봐. 저기 대장장이가 오네! 술에 그을은 얼굴을 오늘은 아주 깨끗하게 씻고, 주일날의 나들이 옷을 입고, 누가 친절하게 웃고 노는 법을 가르쳐주면 나도 한번 대판 웃고 유쾌하게 해보겠다는 듯한 얼굴인데! 그리구, 저기, 감방지기 브래킷 영감이 나를 보구 고개를 끄덕거리고 웃고 있어. 왜 저러지 엄마?"

"너를 갓난아기 때 보아서 알구 있어." 하고 헤스터는 대답했다.

"그렇다구 나를 보고 고개를 끄덕이고 싱글벙글 웃어도 되나. 시커멓고 음침하고 기분 나쁜 눈을 한 늙은이 같으니라구!" 하고 진주는 말했다. "고개를 끄덕거리구 싶으면 엄마나 보고 그럴 거지. 엄마는 회색빛 옷을 입고 주홍 글자를 달구 있으니까 말야. 그런데 저것 봐. 엄마, 낯선 사람들이 참 많은데? 토인도 있어. 그리고 수부들도 있어! 무엇 하러 모두 이 장거리에 왔을까?"

"행렬이 지나가는 것을 구경하려고 와서 기다리고 있는 거야." 헤스터는 말했다. "지사님하고 여러 관리님들이 행진을 하셔, 목사님들하고 훌륭한 분들하고 같이. 음악대가 오고, 그리고 그 앞에서 병정들이 걸어와요."

"그럼, 그 목사님도 오셔?' 진주는 물었다. "그리구 나한테 두 손을 내밀어주실까? 엄마가 개울가에서 나를 그분이 있는 데로 데리고 갔을 때처럼."

"그분도 오셔." 어머니는 대답했다. "그렇지만 오늘은 너한테 인사는 해주지 않으셔. 너도 인사하면 안 돼."

"정말 이상하고 불쌍한 분야. 그분은!" 하고 어린애는 혼잣말 비슷하게 말했다. "캄캄한 밤에 우리들을 옆으로 불러서 엄마 손하고 내 손을 잡아주었지. 저 교수대 위에서 그분하고 같이 서 있었을 때 말야. 그리고 그 깊은 숲속에서, 늙은 고목들만이 듣고 있고 하늘이 쬐끔 보이는 곳에선 그분은 엄마하고 얘기를 했지! 이끼가 두껍게 자라난 자리 위에 앉아서. 그리구 그분은 내 이마에 입을 맞춰주고 그랬지. 암만 개울물에 씻어도 떨어지지 않았어! 그런데 햇빛이 비치고 있는 아래에선, 그리구 여러 사람들이 있는 속에선 우리들을 모른 체한단 말이지. 우리들도 모른 체하지 않으면 아니 되구! 이상하고 불쌍한 분야. 밤낮 손을 가슴 위에 얹고 있어!"

"듣기 싫어, 진주! 너한테는 아직 그런 일은 몰라." 하고 그녀의 어머니는 말했다. "목사님 일은 이제 그만 생각해. 그리구 네 옆을 좀 둘러봐, 오늘은 모두들 정말 유쾌한 얼굴들을 하구 있다. 아이들은 학교에서 나오고 어른들은 일터에서, 들에서, 모두 나와서 즐거운 기분이 되려고 하구 있어. 오늘은 말야, 새 지사님이 우리나라를 다스리기 시작하시는 날야. 그래서 ― 아주 옛날에 사람들이 모여서 나라라는 것이 생겼을 때부터 줄곧 사람들이 해 내려온 습관야 ― 모두들 기뻐하고 즐거워하는 거야. 즐거운 좋은 세월이 기분 나쁜 낡은 세계를 떠다밀고 찾아왔다는 듯이 말야!"

사람들의 얼굴을 빛내고 있는 보기 드문 희열의 빛에 대해서는 헤스터가 말한 대로였다. 연중에서 축제일 때에는 — 여태까지 그러했듯이, 또한 2백 년 동안을 대부분 그러했듯이 — 청교도들은 인간의 약점에 대해서 용서해줄 수 있어 보이는 모든 즐거움과 공적인 희열을 담뿍 갖고 있었다. 그 때문에 이날만은 평소의 시꺼먼 구름을 멀리 쫓아버렸지만, 그렇게 해보았대야 다른 대부분의 사회 같으면 무슨 일반적인 고민의 시기에 보이는 것 같은 찌뿌드드한 표정으로밖에는 보이지 않았다.

그러나 아마 우리들은 그 당시의 기분과 풍습을 특징 짓고 있는 회색이나 검정 빛깔을 지나치게 과장해서 생각하고 있는지도 모른다. 지금 보스턴의 장거리에 모여 있는 사람들은 청교도적 우울을 물려받고 태어난 사람들은 아니었다. 그들은 순 영국 태생들로서, 그들의 조상은 엘리자베스 시대의 밝고 유복한 생활을 하고 있었다. 그 시대로 말하자면 영국의 생활에 있어서, 이것을 하나의 커다란 덩어리로 볼 때, 여태 세계에서 그 유례를 본 일이 없는, 당당하고 화려하고 즐거운 시기였다고 생각할 수 있다. 그들이 만약에 그 전통적인 취미에 따랐더라면 이 뉴잉글랜드의 식민지의 사람들은 공적인 중요성을 가진 모든 행사를 불꽃놀이, 잔치, 꽃수레, 행렬 같은 것으로 와자지껄하게 장식했을 것이다. 또한 장엄한 예식을 거행하더라도, 그 장엄성을 유쾌한 오락과 결부시켜서, 말하자면 그런 축제일에는 국민들이 입는 예복 같은 것을 화려하고 아름다운 수를 놓는다든가 하는 일도 실행할 수 없는 일은 아니었다. 하기는 식민지의 정치적인 새해를 맞이하는 날에 이것을 축하하는 방법으로서 이런 종류의 계획 같은 것이 전혀 없는 것은 아니었다. 자랑스러운 옛날의 런던에서 — 왕위 대관식 같은 때는 고사하고, 시장 취임식 같은 때라도 — 그들이 본 일들의 기억에 남을 만한 화려한 것의 희미한 반성과, 여러 가지로 희박해진 퇴색한 그 기억의 되풀이가 우리들의 조상들이 제정한 습관 속에서는 아직도 장관들의 취임식 같은 때에 분명히 남아 있는 것이다. 이 공화국의 조상과 건립자들은— 정치가, 목사, 군인들은— 외관적으로 의식 절차를 갖추고 위엄 있는 외모를 꾸미는 것을 그들의 의무로 생각하고 있었다. 의식 절차와 위엄은, 옛날식의 생각에 따라서, 공적이나 혹은 사회적인 높은 지위에 알맞은 의상으로 생각되었던 것이다. 모두들 나와서 인민들이 보는 앞에서 행렬을 짓고 움직이기 시작했다. 그리고 그처럼 새로 만들어진 정부의 단순한 골격에 필요한 위엄을 부여하고 있었던 것이다.

그리고 보면 인민들에 대해서도 역시 격려까지는 안 했지만 장려는 했다. 말하자면 다른 때에는 항상 그들의 종교와 똑같은 물건으로 간주되는 맛없는 일상적인 실무에 대한 여러 가지 규정을 이날만은 그 실시를 다소 완화해도 된다는 것이었다. 사실상 이 고장에서는 엘리자베스 여왕 시대나 제임스 왕 시대의 영국에서 볼 수 있었던 것 같은 일반적인 오락을 시행하는 일이 없었다. — 극장의 연극 같은 값싼 구경거리도 없었다. 소리꾼들이 수금(竪琴)을 뜯으며 옛날 속요(俗謠)를 부르러 오는 일도 없었다. 악기에 맞추어서 잔나비[2]의 춤을 추는 광대도 없었다. 재주 있는 무당의 흉내를 내는 요술쟁이도 없었다. 백 년 전 옛날부터 대체로 전해 내려오는 우스꽝스러운 소리로 군중들의 인기를 끄는 재담가도 없었다. 모든 그런 우스꽝스러운 여러 부분의 연예인들은 엄격한 법률에 의해서 통제되었을 뿐만 아니라, 또한 그런 법률에 활력을 준 일반 국민의 정서로서도 엄금되어 있었을 것이다. 그러나 그럼에도 불구하고 인민의 위대하고 정직한 얼굴은 미소를 지었다. 필시 엄격하게, 그러나 역시 만면에 미소를 지었던 것이다. 또한 운동 경기도 일찍이 이 식민지 사람들이 영국의 마을 장거리나 촌의 잔디밭에서 옛날에 구경도 하고 해보기도 한 것이 없지 않았다. 그리고 이러한 것들은 인민들이 가장 필요로 하고 있는 용기와

---

2 잔나비 : 원숭이.

담력을 위해서 이 새로운 땅 위에서도 성행하게 하는 것이 좋을 것이라고 생각되었다. 씨름은 콘월 지방과 데번셔 지방에서 유행하던 여러 가지 방식의 것을 이 장거리의 여기저기에서 볼 수 있었다. 거리의 한 모퉁이에서는 목검 시합이 사이좋게 벌어지고 있다. 그리고 ― 가장 많은 사람들의 흥미를 끌고 있는 것으로서 ― 우리들의 얘기의 책장 위에 이미 여러 번 나온 형대의 높은 단 위에서는 두서너 명의 검술 선생이 방패와 날이 넓은 칼을 가지고 시합을 시작하고 있었다. 그런데 군중들이 크게 실망한 것이, 이 시합은 거리의 형리의 간섭을 받고 중지되고 말았다. 형리는 법을 시행하는 신성한 장소가 그렇게 모독을 당하고 법의 존엄성이 손상되는 것을 도저히 묵과할 수 없었던 것이다.

대체로 그들은(이 시대의 사람들은 즐거운 위안이 없는 생활 태도의 제일 단계에 있던 사람들이지만, 그러나 즐겁게 놀 줄 아는 한참 좋은 시대를 알고 있던 조상의 후예들이다) 축제일을 경축하는 일에 있어서 그들의 후예와 비교해볼 때, 막상 우리들과 같은 훨씬 후대의 사람들과 비교해보더라도, 아무래도 우세했다고 단언해도 좋을 것 같다. 그들의 바로 다음 대의 사람들, 즉 초기 이주민의 다음 대의 사람들은 청교주의의 가장 어두운 그늘을 지니고 있었고, 그 때문에 국민의 안색(顔色)을 어둡게 했고, 그 후의 몇 해가 걸려도 그 안색을 명랑하게 만들지는 못했던 것이다. 우리들은 오늘날까지 아직도 잊어버리고 있는 유락(遊樂)의 기술을 다시 배울 필요가 있다.

장거리에서 벌어진 인생의 회화(繪畵)는 대체로 그 색채가 영국의 이주민이 갖고 있는 구슬픈 회색과 갈색과 검정색이었지만 그래도 역시 몇 가지의 다른 빛깔이 혼합되어서 활기를 띠게 되었다. 토인들의 일단 ― 그들은 이상한 수를 놓은 사슴 가죽 옷에 빨간색과 황토색의 조개껍질을 꿰서 만든 띠를 두르고, 깃털을 달고, 활과 화살과 뾰죽한 돌이 끝에 달린 창을 갖고 있다 ― 은 청교도도 따르지 못할 만한 딱딱하고 엄숙한 얼굴 모양을 하고 군중들로부터 떨어져 서 있었다. 이런 극채색(極彩色)의 야만인들은 우악스러운 얼굴을 하고 있었지만, 그들이 이 장면의 가장 난폭한 존재는 아니었다. 그 방면의 명예를 좀 더 정당하게 요구할 수 있는 것은 몇 명의 수부들이며, ─그 중미 스페인령에서 온 배의 선원의 일부이며─그들은 이 선거 축제일의 놀이를 보러 상륙해 왔던 것이다. 그들은 어지간히 험하게 보이는 무서운 것을 모르는 무뢰한들이었고 햇볕에 탄 시꺼먼 얼굴을 하고 수염을 터부룩하게 기르고 있었다. 그들의 잘룩한 통 넓은 바지는 허리에다 가죽 혁대를 두르고 있었는데, 그중에는 거친 황금판(黃金板)으로 혁대[3] 고리로 한 것도 많았다. 모두들 기다란 단검을 차고 있었다. 장검을 늘어뜨리고 있는 자도 있었다. 야자수 잎으로 만든 챙이 널따란 모자 밑으로 두 눈알을 반짝거리고 있었고, 인심 좋게 즐거운 웃음을 웃을 때에도 일종의 야수적인 잔인성을 갖고 있었다. 그들은 두려움도 사양도 없이, 다른 모든 사람들을 구속하고 있는 행동의 규칙을 짓밟고 있었다. 거리의 형리의 바로 코 밑에서 담배를 피웠다. 이런 짓을 거리 사람이 했으면, 한 모금에 일 실링씩 벌금을 내야 했을 것이다. 그리고 마음대로 호주머니에서 빨병[4]을 꺼내서 포도주와 화주(火酒)를 꿀꺽꿀꺽 마셨다. 그리고 그것을 주위에서 놀라서 입을 벌리고 바라보고 있는 군중에게 무턱대고 권하기도 했다. 이것은 분명히 당시의 불완전한 도덕이 특색을 나타내는 것으로서, 엄격하다고 하면서도, 선원 계급에게만은 특별한 허가가 있어서, 상륙한 뒤의 기분을 내는 행위뿐만 아니라 그들의 세상인 바다에서의 그보다 더한 난잡한 행패에 대해서도 너그럽게 보아주고 있었다. 당시의 선원들은 우리들의 시대에서 볼 때는 거의 해적이라고 벌

---

3 혁대 : 번역문에는 '현대'라고 표기되었지만 오기로 보임.
4 빨병 : 먹는 물을 담아 가지고 다니는 그릇. 수통.

할 수 있을 만한 행동까지도 예사로 했다. 이를테면, 이 문제의 배의 선원들만 해도 바다를 왕래하는 족속들 중에서 그다지 나쁜 편은 아니었는데, 털어놓고 말하자면 스페인 상선들을 약탈하는 정도의 범법 행위는 분명히 하고 있었다. 오늘날의 법정에 나가면 모두 다 목이 위태로울 정도였을 것이다.

그런데 그 시대의 바다는 지극히 제멋대로 높아지고 굽이치고 거품을 받고는 했다. 혹은 다만 지배를 받고 있던 것은 폭풍우에 대해서뿐이었고, 인간의 법률 따위에 의한 지배는 전혀 없었다. 해상의 수부들은 그 직업을 그만두면, 곧 자기의 소원에 따라서 육지에서는 청렴 정직하고 경건한 신사가 될 수도 있었다. 그뿐만 아니라 그 난폭한 뱃사람 생활을 일평생 본업으로 삼는 사람이라도 그들과 거래를 하거나 간단히 상종을 하는 것은 그다지 불명예스러운 일이라고 생각되지 않았다. 그 때문에 청교도의 장로들까지도 꺼먼 장옷을 입고 풀을 먹인 깃을 달고 끝이 뾰죽한 모자를 쓰고 이 유쾌한 선원들의 소란스러운 행동과 광폭한 태도에 대해서 불친절하지도 않은 미소를 보내고 있었다. 따라서 그 로저 칠링워스 노의사 같은 저명한 시민이 이 수상한 선박의 선장과 다정스럽게 밀담을 하면서 장거리로 들어오는 것을 보아도 놀라운 느낌이나 비난의 소리를 일으키는 일은 없었던 것이다.

선장은 지극히 화려한 옷차림을 하고 있었고 군중 속의 어디를 가도 두드러지게 눈에 띄었다. 그는 수많은 끈을 옷 위에 늘어뜨리고 모자에는 금줄을 두르고 순금 사슬을 감고, 꼭대기에는 깃털을 꽂고 있었다. 허리에는 칼을 차고 이마에는 칼자국이 있었다. 그 칼자국을 또한 그는 머리카락을 묘하게 빗어가지고, 감추려고 하기보다는 오히려 자랑삼아 보이려고 마음을 쓰고 있는 것 같았다. 육지 사람이라면 도저히 이런 옷차림을 하고, 이런 얼굴을 보일 마음이 들지 않았을 것이다. 이런 건방진 거만한 태도로 그런 옷차림에 상처를 보였으면, 필시 재판관 앞에서 엄한 문초를 받고 아마 벌금형이 아니면 구금을 당하거나 자칫하면 칼을 쓰고 세상 사람들의 구경거리가 되었을지도 몰랐다. 그런데 이 선장에 한해서는 그런 모든 것이, 마치 물고기의 살에서 비늘이 반짝거리는 것처럼, 그 성격에 부속되어 있는 것이라고 여겨지고 있었던 것이다. 의사와 헤어지고 나서 브리스톨의 배의 선장은 어슬렁어슬렁 장거리를 걷고 있었다. 그러다가 헤스터 프린이 서 있는 곳으로 우연히 가까이 왔다. 헤스터의 얼굴을 알아보고 서슴지 않고 그녀에게 말을 걸었다. 헤스터가 서 있을 때에는 언제나 그렇듯이, 조그만 공지(空地)가 — 일종의 마력권(魔力圈) 같은 것이 — 그녀의 주위에 나 있었다. 사람들은 그 권에서 좀 떨어진 곳에서는 연방 떼밀고 밀치고 야단을 하면서도 그 권 안으로는 누구 하나 감히 발을 들여놓거나 그렇게 하려는 생각조차 하는 사람이 없었다. 이것이야말로 주홍 글자가 그 운명에 매여 있는 사람을 둘러싸고 있는 도덕적 고독의 한 유력한 표본이었다. 이러한 원인의 일부는 헤스터 자신의 섬적어하는 태도에도 있었지만 또한 일부는 그녀의 동포들의 본능적인, 그것은 결코 몰인정한 것은 아니었지만 본능적인 망설임에 의해서 그렇게 되던 것이다. 그런데 여태까지는 그러한 격리가 한 번도 유익한 역할을 해 본 일이 없었지만 이번에는 그 때문에 헤스터와 선장이 서로 이야기를 해도 남한테 엿들리거나 할 염려가 없어서 여간 편하지 않았다. 공중 앞에서의 헤스터 프린의 평판도 상당히 변해진 셈이다. 아무리 이 거리에서 엄격한 도덕심을 가진 것으로 이름난 부인이라도, 이렇게 남녀가 교제를 하게 되면 반드시 좋지 않은 소문이 일어나게 되는데, 헤스터에게는 그런 근심이 없었다.

"그렇게 돼서, 아주머니," 하고 뱃사람은 말했다. "아주머니가 주문한 것 말고 또 하나 침대를 만들라구 급사장한테 명령하지 않을 수 없게 됐군요! 이번 항해에는 괴혈병(壞血病)이나 티푸스의 근심은 없게 됐어요! 배의 의사 이외에 의사가 또 한 명 붙어 있으니까요. 단 하나 무서운 것은 약품이나 화약에서 오는 위험예요. 그 밖에 또 배에는 약제품이 상당히 많이 실려 있거든요. 스페인 배하구 그 거래를 했거든요."

"그게 무슨 소리예요?" 헤스터는 물었다. 겉으로보다도 마음속으로는 훨씬 더 놀라고 있었다. "승객이 또 있단 말이죠?"

"아니 아직도 모르고 계신 모양이로군?" 선장은 외쳤다. "여기 사는 의사 있지요 — 칠링워스라나 그러는 — 그 사람이 아주머니들하구 같이 우리 배의 솥의 밥을 먹구 싶대요. 아니, 아주머니는 알고 계실 텐데 그 사람 말로는 아주머니들하구는 잘 아는 사이이고, 아주머니가 얘기하신 그 신사분하고는 아주 절친한 친구라구 그러던데요. — 그 신사분은 여기의 완고한 청교도의 관리들이 노리고 있어서 위험한 처지에 있다믄요!"

"허긴 두 분은 서로 잘 알고 있는 사이이지요." 하고 헤스터는 대답했다. 얼굴 표정은 침착했지만 사실은 상당히 당황하고 있었다. "오랫동안 같이 살고 있었으니깐요."

그 이상의 말은 헤스터와 선장 사이에서는 교환되지 않았다. 그러나 그때 바로 로저 칠링워스가 장거리의 제일 먼 길 모퉁이에 서서 그녀를 바라보고 미소를 짓고 있는 것을 헤스터는 보았던 것이다. 그 미소는 — 널따란 왁작거리는 이 네거리를 넘어서 군중들의 얘기 소리와 웃음소리를 넘어서, 여러 가지 사상과 기분과 흥미를 넘어서 — 내밀적인 무거운 의미를 전하고 있었다.

22

행렬(行列)

헤스터 프린이 자기의 정신을 가다듬어서, 이 놀랍고 새로운 사태에 대
비해서 실행할 수 있을 만한 수단으로 자기가 할 수 있는 일을 생각할 여
유도 없이 군악대의 음악 소리가 옆의 거리에서 울려오는 것이 들렸다.
그것은 관리와 시민들의 행렬이 집회소를 향해서 행진해 오는 것이었다.
이 집회소에서는 그 당시 이미 제정되어 있고 그 후로 내리 지켜온 습관
에 따라서 지금 딤스데일 씨가 선거 축하의 설교를 하게 되어 있었다. 곧
행렬의 선두가 나타났다. 천천히 위엄 있는 행진으로 거리 모퉁이를 돌
고 장거리를 지나서 다가오는 것이었다. 맨 앞에서 악대가 왔다. 그것은
여러 가지 악기로 구성되어 있었다. 아마도 그 상호 간의 조화는 불완전
한 것이었을 것이다. 그리고 그다지 잘 불지도 못했을 것이다. 그러나 그
래도 북과 나팔이 군중들에게 호소하는 악대의 커다란 목적은 — 즉 눈앞
을 지나가는 인생의 광경에 보통 이상의 한결 더 높고 한결 더 영웅적인
모습을 부여하는 목적은 이루어지고 있었다. 귀여운 진주는 처음에는 손
뼉을 치고 있었는데 이내 아침내 계속해서 그녀를 흥분시킨 그 불안한 마
음의 동요를 잠시 동안 잊어버리고 있었다. 그녀는 잠자코 바라보고 있
었다. 그리고 하늘을 나는 해조처럼 길게 뽑는 음악의 소리와 높이 치달

는 장단을 타고 하늘 높이 몸이 떠올라가는 듯한 감흥에 젖어 있었다. 그러나 그녀는 그 악대의 뒤를 따라오면서 행렬의 명예로운 호위 노릇을 하고 있는 육군 군대의 무기와 반짝거리는 갑옷 위에 햇볕이 섬섬하게 비치고 있는 것을 보고 다시 본시의 기분으로 되돌아갔다. 이 병정들의 일대는 ─ 그것은 오늘날도 역시 단체로서 존재를 보지하고 있고, 고대에서부터 내려오는 유서 깊은 명예를 가지고 오늘날에 이르기까지 행진을 계속하고 있다. ─ 용병적(傭兵的)인 데가 조금도 없었다. 그 대열에 채우고 있는 사람들은 말하자면 신사들이었고, 그들은 상무적(尙武的) 정신을 왕성하게 느끼고, 일종의 문장원(紋章院)[1] 같은 것을 설립하려고 하고 있었다. 그곳에서 그들은 성당기사(聖堂騎士)의 단체에서 하듯이 병학(兵學)을 연구하고, 또한 평화시의 훈련이 허용하는 데까지 전쟁 훈련을 하자는 것이었다.[2] 이 육군 군인들에게 쏠린 높은 존경의 표시는 이 대열에 들어 있는 모든 사람들의 호연한 태도에도 나타나 있었다. 그들 중의 일부는 실제 구라파의 전쟁에서 홀랜드 지방과 그 밖의 여러 전쟁터에 종군을 하고, 군인으로서의 명예를 지닐 수 있는 자격을 충분히 갖고 있었다. 그 밖에 또한 그들이 반짝거리는 갑옷을 입고 찬란한 투구 위에 깃털을 달고 있는 모습은 실로 당당하고 현란해 보였고, 그것은 현대의 군대가 아무리 화려하게 꾸며보려고 해도 도저히 따라갈 수 없는 것이었다.

그런데 바로 그 육군 호위대의 뒤에서 따라온 고위층의 문관들은 안목이 있는 구경꾼들의 눈에는 한결 더 가치 있는 것이었다. 그들은 외면적인 행동에 있어서도 장엄한 특질을 보였고 군인들의 거창한 활보를 우스

1　문장원은 영국 왕 리처드 3세 때(1483)에 창설된 기관으로서, 군인의 상훈(賞勳)에 관한 일을 취급하는 것이 주요한 목적이었다. ─ 역주
2　성당기사의 단체란 1118년경 예루살렘에 설립된 종교단체로서, 성도 순례를 하는 신도들을 보호하는 것이 주요한 목적이었다. ─ 역주

꽝스럽다고까지는 하지 않더라도 야비스러운 것으로 보이게 할 정도였다. 그 당시에는 우리들이 말하는 재능이라는 것이 지금보다 훨씬 중요한 것으로 보여지지 않았고, 그 대신에 안정과 위엄성을 만들어내는 용량이 많은 것이 훨씬 더 많은 중요성을 갖고 있었다. 민중들은 세속적인 권리에 의해서, 존경의 자질을 갖고 있었다. 그것은 그들의 후손들의 대(代)에는 막상 남아 있다 하더라도 아주 근소의 정도밖에는 존재하지 않았고, 공직자를 선출하고 평가하는 데 있어서도 엄청나게 그 힘이 감퇴되고 있다. 이런 변화는 좋다고도 할 수 있고 나쁘다고 할 수 있을 것이다. 그리고 아마 부분적으로 말하면 양쪽이 다 타당할 것이다. 그 옛날에는 이 영국의 이주민들은 이 투박한 해안으로 건너와서, — 왕이나 귀족 같은 모든 위엄 있는 계급을 뒤에 두고 왔지만, 그래도 한쪽으로는 사람을 존경하는 능력과 필요를 여전히 강하게 보지하고 있었다 — 그들은 고령의 백발 노인들을 존경하고 있었다 — 오랜 시련에 견디어낸 경건한 인격에 — 견실한 지혜와 착실한 경험에 — 영구(永久)의 이념을 주고 명망이라는 일반적인 정의를 내릴 수 있는 엄숙하고 무게 있는 종류의 자질을 가진 사람들에게 존경을 표시하고 있었다. 그 때문에 그 원시기의 정치가들 — 브래드스트리트, 엔디코트, 더들리, 벨링엄, 그리고 그들의 동료들 — 은 초기에 인민들의 선출에 의해서 권세 있는 지위에 오르게 되었지만, 그다지 광채를 띤 편은 못 되었던 모양이고, 지능의 활동보다도 오히려 진중한 근엄미 때문에 유명했던 것이다. 그들은 인내력이 있고, 독립심이 있었고, 일단 유사시에는 광포한 폭동의 판도를 막아내는 해안의 암벽처럼 국가의 안녕을 위해서 결연히 일어섰던 것이다. 그러한 성격의 특징은 이 새로운 식민지의 관리들의 네모난 얼굴과 잘 발달된 장대한 체구에 여실히 나타나 있었다. 자연스럽게 구비된 권위 있는 태도로 말하자면, 모국(母國) 영국은 이 실제적인 민주주의의 선구자들이 귀족원 의원이

나 국왕의 추밀원 고문관이 되어도 조금도 부끄러워할 필요가 없었을 것이다.

관리들의 뒤에는 젊은 저명한 목사가 따라왔다. 이 사람의 입에서 축제의 종교 강연이 있을 것을 사람들은 기대하고 있었다. 그의 직업 같은 것은 그 당시에는 정치가의 생활보다도 훨씬 더 지적 능력이 발휘되었던 것이다. 왜냐하면 — 고상한 동기는 어찌 되었든 간에 — 그러한 직업은 거의 숭배에 가까운 사회의 존경을 받았기 때문에, 가장 큰 대망을 품고 있는 야심 있는 사람들까지도 가장 힘 있게 끌어들일 만한 것이었다. 목사로 성공을 하면 — 인크리스 매더의 경우처럼 — 정치적 권세까지도 손쉽게 잡을 수 있었던 것이다.[3]

지금 이 딤스데일 목사를 본 사람의 비평에 의하면, 여태껏 이 목사가 이 뉴잉글랜드에 발을 들여놓은 이후 오늘 행렬 속에서 발을 맞추어 걷는 보조나 태도에서 볼 수 있는 것 같은 힘찬 모습을 보인 일이 한 번도 없었다는 것이다. 다른 때처럼 걸음걸이에 약하디약한 데가 없었다. 몸이 꾸부정하지도 않았다. 손은 여느 때처럼 가슴 위에 얹혀 있지 않았다. 그러나 이 목사를 정확하게 관찰해보면, 그 힘찬 기운이 육체에서 오는 것이 아니라는 것을 알 수 있었다. 그것은 정신의 힘이며, 천사의 부축으로 그에게 부여된 것이었다. 그것은 오랫동안 계속돼온 열렬한 사색의 용광로의 뜨거운 불길 속에서만 증류될 수 있는, 강력한 흥분제가 넣어주는 활기라고도 할 수 있었다. 혹은 아마도 그의 민감한 기질이 하늘을 향해서 음파를 보내고 그것이 올라가는 사이사이로 그를 고양시킨, 늠름하고 찌

---

3 인크리스 매더(1639~1723)는 후년에 하버드 대학 총장까지 지낸 미국 종교계의 거물. 종교 이외에 정치와 과학 방면에도 활동이 많았고, 130여 권의 저서를 남겨 놓았다. – 역주

르는 듯하게 날카롭게 퍼지는 음악 소리로 활기를 얻게 되었는지도 모른다. 그럼에도 불구하고 딤스데일 씨의 표정은 무엇에 정신이 팔린 사람처럼 멍청했고, 그가 음악을 듣고 있는지 어떤지도 의심스러울 정도였다. 과연 그의 몸은 전에 없는 힘을 가지고 앞을 향해 걸어가고 있었다. 그러나 그의 마음은 어디에 있었던가? 마음은 그 자신의 영역의 깊은 곳에 자리를 잡고, 분주히 초인적인 활기를 띠고 움직이면서, 곧 거기에서 출발해 나올 당당한 사상의 행렬을 지휘하고 있었다. 그 때문에 그는 눈에 아무것도 보이지 않았다. 귀에도 아무것도 들리지 않았다. 자기의 주위에 무엇이 있는지도 알지를 못했다. 다만 정신적인 요소가 연약한 몸을 이끌고 전진하고 있었다. 그 몸의 무거운 짐도 깨닫지 못하고 오히려 그것은 그 자신과 똑같은 정신적인 것으로 바꾸어놓고 있었다. 비범한 지능을 가진 사람들은 병약하게 되어도 간간이 그런 거대한 노력을 할 수 있을 만한 힘을 갖고 있었고 그런 노력 속에 수십 일간의 생명력을 쓸어 넣고는, 그 후 같은 날짜만큼 생명력을 잃고 있게 되는 수가 항용 있다.

헤스터 프린은 목사를 지그시 바라보고 있었는데 어떤 무슨 쓸쓸한 힘이 그녀를 내리누르는 것을 느꼈다. 그러나 웬일인지 그것이 어디에서 오는 건지 그녀에게는 알 수 없었다. 다만 그 사람이 자기 자신의 세계에서 아주 멀리 떨어져 있는 듯이 생각되고 도저히 자기의 손에는 닿을 수 없는 곳에 있는 듯이 생각되었던 것이다. 서로 한 번쯤은 시선의 교환이 있음직한 일이라고 그녀는 생각하고 있었다. 그녀는 그 어둠침침한 숲의 일을 생각했다. 거기에는 쓸쓸한 조그만 골짜기가 있고 사랑이 있고 고민이 있고 이끼 낀 나무 기둥이 있었고, 거기에서 그들 두 사람은 나란히 손을 잡고 앉아서 구슬프고도 정열에 찬 이야기를 개울의 우울한 속삭임과 함께 교환했던 것이다. 그때 얼마나 깊이 두 사람은 서로 이해하고 있었던가! 그런데 저 사람이 바로 그때의 그 사람인가? 그녀는 지금 거의 그와는 알지 못하는 사이인 것 같은 생각이 들었다. 말하자면 화려한 음악 속에 싸여서 장엄하고도 거룩한 장로들의 행렬 속에 끼여서 자랑스럽게 지나가는 그. 그 사회적인 지위 속에 있는 그에게는 그녀의 손은 자라지 않았다. 특히 지금과 같은 동정심이 없는 그의 마음의 머나먼 전경(全景), 그 전경을 통해서 그녀가 그를 볼 때 더군다나 손에 자랄 수 없는 그였던 것이다. 그녀의 마음은 우울해졌다. 모든 것은 망상이었다. 분명히 그녀가 꿈에서 본 것처럼 목사와 자기와의 사이에는 진정한 유대가 있을 수 없다고 생각했다. 그리고 헤스터에게도 여자다운 원한이 있었다. 도저히 그를 용서할 수 없다고 그녀는 생각했던 것이다. ─ 자기들 운명의 무거운 발자국 소리가 점점 가까이 들려오게 되어 있는 지금으로서는 추호도 용서할 수 없다 ─ 그는 두 사람의 공동 세계에서 자기만 어쩌면 그렇게 살짝 빠질 수 있나 ─ 그녀는 어둠 속을 더듬으면서 차디찬 두 손을 내밀고 있는데 그가 없어졌다고 생각했던 것이다.

진주는 어머니의 감정을 알아차리고 거기에 호응하는 것같이도 보였고, 또한 그녀 자신이 목사의 신변을 둘러싸고 있는 소원한 촉지할 수 없는 느낌을 깨닫고 있는 것같이도 보였다. 행렬이 지나갈 동안에 어린아이가 불안을 느끼고 이리저리로 몸을 움직이고 있는 모습은 지금 막 날아가려는 새처럼 보였다. 행렬이 전부 지나간 뒤에 그녀는 헤스터의 얼굴을 쳐다보았다. ─

"엄마," 하고 그녀는 말했다. "저이가 개울가에 입을 맞춰준 그 목사님야?"

"그런 소리 말아요, 착하지, 진주!" 그녀의 어머니는 속삭이었다. "우리들은 말야, 그 숲속에서 한 일은 무슨 일이고 장거리에서 언제나 입 밖에 내서는 안 돼."

"난 그이처럼 생각이 안 되는데 ─ 아주 퍽 달라졌어." 어린아이는 말을 계속했다. "그렇지 않았더면, 나는 뛰어나가서 그분한테 입을 맞추어주세요, 여러 사람들이 보는 앞에서 그 어두운 나무 사이에서 한 것처럼, 하구 말하려고 그랬어. 엄마 그럼 목사님은 무어라구 말하셨을까? 가슴을 손으로 펑 치면서, 나를 노려보구 저리로 가라고 소리를 질렀을까?"

"소리는 무슨 소리를 지르셨을라구." 헤스터는 대답했다. "그저 지금은 입을 맞출 때가 아니다. 장거리에서 입을 맞추는 게 아니다. 그렇게 말씀하셨겠지. 바보, 하지만 그분한테 말을 걸지 않은 건 잘했어!"

딤스데일 씨에 대해서 똑같은 감정을 품은 또 하나의 불평이 다른 사람의 입을 통해서 발설되었다. 그 사람은 괴벽 — 혹은 미쳤다고 해도 된다 — 서러웠기 때문에, 거리 사람들이 감히 할 수 없는 일을 했던 것이다. — 즉 주홍 글자를 달고 있는 사람하고 군중들이 보는 앞에서 얘기를 시작했던 것이다. — 그것은 히빈스 여사였다. 이 여자는 굉장한 호화로운 몸차림을 하고, 세 겹 깃을 달고 수를 놓은 흉의(胸衣)를 입고 화려한 우단 가운을 걸치고, 금 손잡이가 달린 지팡이를 들고 행렬을 구경하러 나왔던 것이다. 이 노처녀는 그 당시에 유행하던 마술놀이의 주동자라는 명성을(그 명성 때문에 그녀는 후일 목숨까지도 빼앗기게 되었다) 떨치고 있었기 때문에, 군중들은 그녀가 지나가면 길을 비켜주고 그녀의 옷자락이 스치는 것도 두려워하는 모양이었다. 마치 그 옷의 호화로운 치마 주름 속에 역병이라도 들어 있는 것처럼 생각되었던 것이다. 헤스터 프린과 함께 서 있는 것을 보자 — 거의 대부분의 사람들이 이제는 헤스터에게 동정심을 품고 있었지만 — 히빈스 여사에 의해서 유발되는 공포의 감정은 두 배나 더 커졌다. 그래서 이 두 여자가 서 있는 곳에서 장거리에 있던 사람들은 모두 한꺼번에 물러섰던 것이다.

"그런데 이건 인간의 상상력으로는 도저히 생각할 수 없는 일이지!" 노여사는 헤스터에게 은근히 속삭거렸다. "저기 저 목사님 말야! 이 세상의 성자라구 사람들은 모두 칭찬을 하구 있지, 그리고 또 — 나는 억지로라도 그렇게 말해야지 — 그렇게 겉으로는 보이지! 그런데 저렇게 행렬 속을 걸어가구 있는 저 사람을 보고, 누가 저 사람이 바로 요전에 서재를 나서서 — 입속으로는 필시 히브리말로 성경의 구절을 우물우물 외우고 있었겠지 — 숲속으로 바람을 쏘이러 갔다고 누가 생각하겠소! 아, 하, 하! 우리들은 알구 있어, 그 까닭을 헤스터! 그렇지만 사실 그것이 똑같은 사람이었다고는 믿을 수 없어. 수많은 교회 사람들이 악대의 뒤를 따라가는 것을 나는 보았어요. 그 교회 사람들이 말야. 나하구 함께, 아무개 씨는 바이올린을 켜고 토인 마술사하고 라플란드의 요술사하고 손들을 서로 잡고 춤을 추었을 때 말야, 역시 같은 장단에 춤을 춘 사람들이었어! 그렇지만 그까짓 건 대단치 않은 일이구, 세상을 알고 있는 여자에게는 아무렇지도 않은 일이지. 그런데 문제는 이 목사 말야! 아니, 헤스터, 저 사람이 당신하고 숲속 길에서 만난 사람과 똑같은 사람인지 어떤지 아니 당신은 분명히 말할 수 있소?"

"그런데, 그런데 무슨 소리를 하시는지 통 모르겠는데요." 하고 헤스터 프린은 대답했다. 히빈스 여사의 정신이 말짱하지 않다고 생각했기 때문에 그렇게 대답은 했지만, 그녀가 그렇게 수많은 사람들(그 속에 헤스터도 넣어서)과 악마왕과의 개인적 관계를 확신 있게 인정하고 있는 모습에는 이상하리만큼 깜짝 놀라고 두려운 마음이 들었던 것이다. "딤스데일 목사님 같은 글이 많으시고, 하나님을 섬기시고, 주님의 심부름을 하시는 분을 그렇게 경솔하게 비평할 수는 나는 없어요!"

"바보로군 — 바보야!" 노여사는 헤스터에게 손가락질을 하면서 외쳤다. "나는 자주 숲속엘 다닌단 말야. 그러면서 누가 거기 갔는지 안 갔는지를 판단할 줄을 모를 줄 알아? 알구 있단 말야. 숲속에서 춤을 출 때 쓰고 있던 들꽃 화환의 이파리가 한 잎, 머리카락에 붙어서 남아 있지 않더라도, 알구 있단 말야! 여보, 나는 당신을 알구 있어. 그 표적을 보았거던. 그 표적은 햇빛이 비치는 곳에서는 누구나 다 볼 수 있어. 그리고 어둠 속에서는 빨간 불꽃처럼 타구 있거든. 당신은 그걸 백주에 달고 있었거든. 그러니까 그 표지에 대해선 말할 것도 없어. 그런데 저 목사는 말야! 좀 더 다가와서 내 말 좀 잘 들어봐요! 이 딤스데일 목사처럼 이름을 쓰고 도장을 찍고 마왕의 제자가 되어 있으면서 그 약속을 공표할 용기가 없으면, 마왕은 그것을 보고 역시 그것을 처벌하는 방법을 알고 있단 말야. 제자의 표적이 백주에 온 세상 사람들의 눈에 띄게 하신단 말야! 저 목사님은 언제나 손을 가슴 위에 얹고 있는데, 그건 무엇인가를 감추려구 그러는 게 아냐? 응, 헤스터!"

"무엇인데요? 히빈스 할머니." 귀여운 진주는 열심히 물었다. "할머니는 그걸 보았어요?"

"아무것도 아녜요, 아가씨." 히빈스 여사는 진주에게 깊은 존경의 뜻을 표하면서 대답했다. "이제 곧 알게 돼요. 얼마 안 있으면. 아가씨는 악마왕의 핏줄을 타고 났다구 모두들 사람들이 말하고 있어요. 나하구 같이 어느 날 밤에 아가씨의 아버님을 만나러 달려가보지 않겠어요? 그럼 어째서 목사님이 손을 가슴 위에 얹고 있는지 가르쳐드릴게요!"

장거리의 사람들이 모두 들을 수 있을 만한 날카롭고 커다란 목소리로 웃으면서, 괴상한 노여사는 사라져갔다.

그때에는 벌써 집회소에서는 서두의 기도도 끝나고, 딤스데일 목사의 목소리가 들려오고 있었다. 설교가 시작된 모양이었다. 어쩔 수 없이 헤스터는 그쪽으로 다가갔다. 성당 부근은 사람들이 산더미같이 꽉 차 있어서 더 비집고 들어갈 틈이 없었고, 그녀는 바로 그 형대의 높다란 단 옆에 서 있었다. 거기만 해도 상당히 가까운 곳이라 그녀의 귀에는 설교의 소리가 충분히 들렸다. 목사의 특징 있는 목소리가 또렷또렷하지는 않지만 여러 가지 억양으로 울리는 것을 들을 수 있었다.

이 육성의 악음[4]은 그 자체가 하나의 풍부한 천품이었고 그것을 듣는 사람은 설교자가 말하는 것의 뜻은 모르더라도, 그 음조와 억양만으로 몸을 앞뒤로 흔들고 싶은 감이 들 정도였다. 다른 모든 음악처럼 그 말을 듣는 사람이 어디서 교육을 받았든지 간에, 심금에 통하는 언어를 가지고 열정과 애수와 높고 낮은 감정을 토로하고 있었던 것이다. 그의 목소리는 교회당의 벽에 둘러싸여서 훼방을 받고 있기는 했지만, 헤스터 프린은 열심히 그에게 귀를 기울이고 있었다. 그리고 차차 그에 동감하게 되었던 것이다. 그 설교는 들려오는 소리가 그다지 또렷또렷하지는 않았지만, 오히려 그 때문에 그녀에게는 더 철저한 의미를 갖고 있었다. 그 말들이 만약에 좀 더 또렷하게 들렸더라면, 오히려 투박한 매개물에 지나지 않았고, 정신적인 느낌을 흐리게 할 뿐이었을 것이다. 그녀에게 들려오는 것은 나지막한 목소리였다. 바람이 차차 멎어갈 때와 같았다. 그것이 차차 곱고 힘차게 높아짐에 따라서 그와 함께 그녀의 마음도 차차 높아져간다. 그러다가는 드디어 엄숙하고 장엄한 분위기 속에 그녀를 휘감아버린다고 생각될 정도로 그것은 거대한 힘을 갖고 온다. 그러면서도, 그 소리는 가다가는 엄숙한 힘을 갖고 있으면서도 그 속에 일종의 근본적인 애소의 성질을 항상 지니고 있었다. 높은 소리도 낮은 소리도 고민을 나타내고 있었다. ─속삭임도 고함 소리도 고민하는 인류의 그것처럼 들렸다. 거기에 모든 사람들의 심금을 울리는 것이 있었다. 가다가는 이 깊은 애수에 찬 음조가 귀에 들려오는 전부이고, 황량한 침묵 속에 겨우 탄식 소리가 들릴 정도만 하게 되기도 했다. 그러다가는 목사의 목소리는 점점 더 높아지고 명령하는 듯한 강한 기세를 띠고. ─그러자 목소리는 치밀어 오

---

4 악음(樂音): 진동이 규칙적이고, 일정한 높이가 있는 음. 고른음.

르는 듯이 높다랗고 굵게 터져 나왔다. — 가장 넓고 강한 폭과 힘을 띠고 교회당 안을 꽉 채웠고, 견고한 벽을 뚫고 밖으로 번져 나가려고 할 때에도, — 만약에 청중이 정신을 집중하고 마음을 가다듬어 잘 들어보면, 여전히 같은 고통의 외침을 들을 수 있었을 것이다. 그것은 무엇이었을까? 인간의 마음이 슬픔의 짐을 지고 혹은 죄를 짓고는, 그 죄나 슬픔의 비밀을 전 인류의 커다란 심장을 향해서 호소하려는 신음이었던 것이다. 하나하나의 어조 속에 — 모든 순간에 — 동정과 용서를 탄원하는 — 결코 헛되지 않은 신음 소리였다! 그 목사에게 지금 가장 적절한 힘을 주고 있는 것은 이 심각하고도 끊임없는 복음이었던 것이다.

그동안에 헤스터는 동상처럼 형대 아래에 서 있었다. 만약에 목사의 소리가 그녀를 거기에 서 있게 하지 않았더라도 무슨 다른, 그 장소에 피치 못할 자력이 작용하고 있었을 것이다. 이곳에서 그녀의 불명예스러운 생활의 제일 첫 시간이 시작되었으니까. 그녀의 마음속에 한 가지 느낌이 느껴졌다 — 생각이라고 하기에는 너무나 애매했다. 하지만 무겁게 그녀의 마음을 누르고 있었다. — 그것은 그녀의 한평생의 생활이란 것이, 여기까지도 그렇고 이제부터 앞으로도 그렇고, 그녀의 생활에 통일을 부여하는 한 점인 것처럼 이 장소와 관련을 맺고 있는 게 아닌가 하는 느낌이었다.

귀여운 진주는 그동안에 어머니의 곁을 떠나서 이 장거리 안을 제멋대로 놀러 다니고 있었다. 그녀는 그 유별나게 반짝거리는 환한 빛으로 음산한 군중들을 명랑하게 해주었다. 마치 아름다운 깃털을 가진 새가 우거진 나뭇잎의 어둠침침한 속에서 들쑥날쑥하고 요리조리 날아다니면서, 컴컴한 나무 그늘의 나무 전체를 밝게 하고 있는 것 같았다. 그녀는 파동적인, 그러나 때에 따라서는 날카로운 불규칙적인 동작을 하고 있었다. 그것은 그녀의 정신이 끊임없이 움직이는 활력을 나타내는 것으로 더군다나 오늘은 이중(二重)으로 불요불굴의 기세를 가지고 발끝으로 깡충깡충 뛰면서 걸어 다니고 있었다. 왜냐하면 그녀의 정신이 어머니의 불안한 마음 위에서 움직이고 있고 그와 진동을 함께하고 있기 때문이었다. 진주는 그 당시 활동적이고 능동적인 호기심을 끄는 것이 보이면, 즉시 그쪽으로 달려갔다. 그리고 말하자면 사람이든 물건이든 탐나는 것이 있으면 냉큼 자기의 것처럼 움켜잡는 것이었다. 그리고 눈곱만큼도 그 답례로 자기를 죽이고 상대방의 비위를 맞추려고 하는 일이 없었다. 청교도들은 그것을 바라보고 있었는데, 막상 미소를 띠고 바라보고 있기는 했지만 역시 이 어린아이를 그 형용할 수 없는 매력의 아름다움과 고집으로 조그만 몸에서 빛을 발하면서 활발한 동작과 함께 반짝거리는 것을 보고는 악마의 소생이라고 말하지 않을 수 없었다. 그녀는 달려가서, 야생적인 토인의 얼굴을 들여다본다. 그러면 토인은 자기보다도 더 야성적인 천성을 가진 어린애가 있는 것을 알게 된다. 그리고 또한 그녀는 선천적인 대담성을 발휘하고, 그러면서도 역시 그녀의 특색인 섬적은 태도를 하고 뱃사람들이 모여 있는 속으로 뛰어 들어간다. 수부들은, 토인들이 야인인 것처럼 시꺼먼 얼굴을 한 대해(大海)의 야인이다. 그러면 그들은 진주를 이상스럽게 감탄한 듯이 바라다본다. 마치 바다의 물거품이 어린 계집애의 형상을 하고 밤의 바다의 뱃머리 밑에서 반짝거리는 바닷불의 넋을 타고 뛰어들기나 한 것 같은 생각이 들었던 것이다.

이 수부들 중의 한 사람 — 그것은 사실은 아까 헤스터 프린에게 말을 건 선장이었다 — 은 몹시 가동을 하고 살짝 입을 맞춰줄 작정으로 그녀에게 손을 대려고 했다. 그런데 그녀를 잡는 것은 하늘을 나는 참새를 잡는 것만큼 힘이 드는 일이라는 것을 알고 그는 모자에 감은 그 순금 사슬을 벗겨서 그것을 어린아이에게 던져주었다. 진주는 그것을 목과 허리에 마구 휘감았다. 그 솜씨가 어찌나 희한한지 그렇게 휘감은 것을 보니 그것이 그녀의 일부로 되어버려서 그것을 감고 있지 않은 그녀를 상상하기가 곤란할 만큼 되어버렸다.

"너의 엄마가, 저쪽에 주홍 글자를 단 여자이지?" 하고 그 선장은 말했다. "너 엄마한테 내 얘기 좀 전해주겠니?"

"내 마음에 드는 말이면, 전해드리죠." 하고 진주는 대답했다.

"그럼, 이렇게 가서 말해라." 그는 말했다. "나는 그 꺼먼 얼굴을 한, 어깨가 불쑥 튀어나온 의사 노인하구 또 얘기를 했어. 그랬더니, 그 노인은 엄마가 알고 있는 신사를 데리고 배에 타기로 약속을 했대. 그러니까 엄마는 엄마하고 나의 일밖에는 다른 일은 걱정하지 않아도 된다구 그래. 그렇게 말해라. 요 꼬마 악마야."

"히빈스 할머니가 우리 아빠는 악마라구 그랬어!" 진주는 심술궂은 미소를 띠면서 외쳤다. "아저씨가 나한테 그런 욕을 하면, 아저씨를 악마님한테 가서 이를 테야. 그러면 아저씨 배 같은 건 폭풍에 혼이 날 거야!"

장거리를 빙빙 돌아다니다가 진주는 어머니가 있는 곳으로 돌아와서, 선장이 말한 것을 전했다. 헤스터의 강하고 냉정하고 줄기차게 견디어온 정신도 드디어 이 피치 못할 운명의 무정하고 어두운 얼굴 앞에서는 거의 까부러져버렸다. 이 운명은 바로 ─ 목사와 그녀가 비참한 미로(迷路)에서 밖으로 빠져나가려고 하나의 길이 열릴 것같이 생각된 그 찰나에 ─ 무자비한 미소를 띠고 그들의 길 한복판에 자태를 나타냈던 것이다.

선장의 통고가 그녀를 빠뜨리게 한 무서운 난관에 마음을 괴롭히고 있는데, 한편 그녀는 또 다른 하나의 시련에 부딪히고 있었다. 시골에서 올라온 사람들이 그녀의 주위에 잔뜩 모였는데 그들은 주홍 글자를 가끔 듣고는 있었지만 허다한 허위가 섞이거나 과장된 소문 때문에 주홍 글자가 무서운 글자라는 것만 알았지 자기들의 육안으로 그것을 직접 본 일이 없는 사람들이었다. 그 사람들은 다른 여러 가지 종류의 오락물을 모조리

보고 난 뒤에 지금 헤스터의 주위로 무례하게도 염치없이 어정어정 모여와서 와글거렸던 것이다. 예절도 사양도 없는 모습이었지만, 그래도 5, 6야드의 원주를 사이에 두고 그 안에는 들어오려고 하지 않았다. 말하자면 그만한 거리를 두고 서서 그들은 그 신비로운 표지가 유발하는 혐오의 정(情)의 원심력으로 그 자리에 꼼짝하지 않고 있었다. 선원의 무리들도 역시 모두 다가왔다. 구경꾼들이 몰려 있는 것을 보고 주홍 글자의 의미를 알아차리고는 그들의 악당다운 햇볕에 그을은 얼굴을 그 둘레 속으로 들이밀었던 것이다. 토인들까지도, 백인의 호기심의 싸늘한 그림자에 감염되어서 군중들 속을 어슬렁어슬렁 걸어와서는 뱀 같은 까만 눈으로 헤스터의 가슴을 노려보았다. 필시 이런 반짝거리는 수놓은 표지를 붙이고 있는 사람은 이 민족 가운데에서 높은 위엄을 지닌 대인물일 거라고 생각했을 것이다. 하다못해 거리의 주민들까지도(그들의 이 시들한 사물에 대한 흥미는 다른 사람들이 재미있어 하는 것을 보고 공감을 느끼고 시름시름 또 활기를 띠기 시작했다) 똑같은 곳으로 어슬렁어슬렁 몰려와서, 헤스터 프린에게 가책을 주는 것이었다. 그 가책은 아마도 그들의 차디찬 낯익은 눈초리를 그녀의 낯익은 치욕의 낙인에 쏟고 있는 것이기 때문에, 다른 누구의 가책보다도 한결 더 괴로웠을 것이다. 헤스터는 7년 전에 그녀가 감옥에서 나올 때 그녀를 기다리고 있던 아낙네의 무리들과 똑같은 바로 그 낯익은 얼굴들이라는 것을 알았다. 단 한 사람만이 없었다. 그것은 그중 젊은, 모두들 욕을 하는 중에서 단 혼자서만 동정을 보여준 부인으로, 그 부인의 수의(襚衣)는 그녀가 그 후에 만들어주었던 것이다. 마지막 시간에, 이 시간에 그녀는 그 불타는 글자를 이제 막 떼어버리게 되어 있었는데, 그것은 이상하게도 여기까지의 어느 때보다도 더한층 주시와 자극의 중심이 되어서, 이처럼 어느 때보다도 더한층 괴롭게 가슴을 태우지 않으면 아니 되었다. 이런 일은 그녀가 그것을 몸에 붙이게 된 후 처음 당하는 일이었다.

헤스터는 그 욕된 마법(魔法)의 권내에 서 있었다. 그 권내야말로 그녀의 판결문의 교활한 잔인성이 영원히 그녀를 못 박아놓은 곳이라고 생각되었는데 그동안에 그 감탄할 만한 설교사는 신성한 단상에서 청중을 내려다보고 있었다. 청중들의 가장 깊은 정신은 완전히 설교사의 손아귀 속에 쥐어지고 말았던 것이다. 교회당 안에서 성자처럼 생각되고 있는 목사! 장거리에서 주홍 글자를 붙이고 있는 부인! 똑같은 살을 태우는 낙인이 이 두 사람의 가슴 위에 찍혀 있었다는 것을 어떤 상상력이 감히 불측하게 추측할 수 있었을까?

23

드러난 주홍 글자

그 웅변 소리에 귀를 기울이고 있는 청중들의 마음은 굽이치는 바다 물결에 탄 듯이 드높이 솟아 올라갔는데 그것도 드디어 멎을 때가 되었다. 당내(堂內)는 한때 조용히 가라앉았다. 신령의 선탁(宣託)이 내린 뒤처럼 깊은 침묵이 왔다. 그러더니 나지막한 속삭임 소리가 들려왔고, 반쯤 목소리를 죽인 웅성대는 말소리가 퍼졌다. 흡사 청중들은 여태껏 다른 사람의 심령의 세계 속으로 그 희한한 마술의 힘에 끌려 옮겨 들어갔다가 풀려 나와서, 아직도 그들의 위에 무겁게 내려앉은 경탄과 경외감(敬畏感)을 안은 채 자기들의 세계로 되돌아오고 있는 길인 듯이 보였다. 그러나 곧 군중들은 교회의 문밖으로 쏟아져 나오기 시작했다. 설교가 끝난 지금에 와서는, 그들은 물러서 있던 거대한 사파[1]의 세계의 인생을 지지하기 위해서, 좀 더 적당한 세속적인 숨을 쉬고 싶었다. 사실상 교회당 안의 공기는 그 설교사가 불길 같은 언어로 바꾸어놓았고 그의 사상의 풍부한 향기를 실어놓았던 것이다.

밖으로 나오자 그들의 광희는 말로 터져 나왔다. 행길에서도 장거리에

---

1 사파(娑婆) : 괴로움이 많은 인간 세계. 사바.

서도 목사를 칭찬하는 소리가 물거품처럼 일었다. 그의 설교를 들은 사람들은 자기들이 말할 줄 알고 들을 줄 아는 것보다 더 잘 알고 있는 일을 서로 얘기를 하지 않고는 직성이 풀리지 않았다. 그들이 이구동성으로 증명하는 말에 의하면 여태까지 아무도 오늘 그가 얘기한 것처럼 심오하고 우아하게 그처럼 고마운 정신을 가지고 말한 사람은 없었다는 것이었다. 그의 입을 통해서 나온 것보다도 더 명료하게 영감이 인간의 입을 통해서 발설된 일이 없었다는 것이었다. 영감의 힘이 말하자면 하늘에서 그의 위로 내려앉아서, 그를 사로잡고, 끊임없이 그를 그의 앞에 놓인 초고(草稿)에서 끌어올려서, 청중에게처럼 자기 자신에게도 필시 이상하게 생각되었을 사상을 가지고 그를 충만시키고 있었던 것이 분명히 눈에 보였다. 그의 화제는 하나님과 인류 사회와의 관계인 것같이 들렸고 특히 그들이 황무지 속에서 개척하고 있는 뉴잉글랜드에 관련된 것이었다. 그리고 그의 연설이 차차 끝머리에 다가오자, 예언 비슷한 정신이 그의 위에 내려앉았고 마치 고대 이스라엘의 예언자들이 받은 것 같은 강한 힘으로써 그 예언의 목적에 복종되고 있는 것같이 보였다. 단 한 가지 다른 것은 유태의 예언자들은 그들의 나라에 심판이 내리고 파멸이 올 것이라고 고했지만 그의 사명은 새로 모인 하나님의 백성들을 위해서 영광된 운명을 예언하는 일이었다는 것뿐이다. 그런데 그의 설교의 전체를 통해서 무슨 심오하고 구슬픈 비탄의 저음(低音)이 흐르고 있었다. 이것은 곧 얼마 후에 죽어갈 사람이 자연히 갖게 되는 한탄이라고밖에는 달리 해석할 수 없는 것이었다. 그렇다. 사람들이 사랑하고 있던 — 그도 역시 탄식을 하지 않고는 하늘을 향해서 떠날 수 없을 만큼 모든 그들을 사랑하고 있었지만 — 그들의 목사는 불원간² 요절할 불길한 징조를 갖고 있었다. 그리고 불원

---

2 불원간(不遠間) : 앞으로 오래지 아니한 동안.

간 사람들을 애통한 눈물에 젖게 할 것이다. 그가 오랫동안 이 세상에 살아 있지 못할 것이라는 생각이 그가 빚어낸 인상에 마지막 강조점을 주었다. 그것은 마치 천사가 천당으로 날아가는 도중에 그 반짝거리는 날개를 한순간 그들 인민들 위에서 펄럭거리고는 — 그것은 음영인 동시에 또한 광채이기도 했다. — 그들의 위에 황금빛 진리의 비를 내린 것 같았다.

이리하여 딤스데일 목사에게는 — 대부분의 사람들에게도 제각기 다른 세계에서 그런 일이 있고 먼 훗날에 가서 비로소 알게 되기까지는 모르고 있는 것이 보통이지만 — 여태까지의 어느 시기보다도 또한 앞으로 다가올 어떤 시기에서보다도 한층 더 광휘에 차고 개가에 찬 인생의 한 시기가 도래했던 것이다. 그는 이 순간에 가장 탁월하고 자랑스러운 절정에 서 있었다. 이 절정은 그의 직업의 성질 그 자체가 높은 발판으로 되어 있는 뉴잉글랜드의 초창기에 있어서, 목사가 재능과 지능과 풍부한 학문과 사람들을 탄복시키는 웅변과 순진무구한 명성으로 도달할 수 있는 가장 높은 봉우리인 것이다. 이 목사가 그 선거 축제의 설교 끝머리에 다다라서, 설교단의 방석 위에서 머리를 수그렸을 때, 그가 점유한 위치는 그런 것이었다. 그때 헤스터 프린은 형대 옆에 서 있었다. 가슴에서는 여전히 주홍 글자가 타고 있었다.

이제 또다시 음악 소리와 교회당 문을 나오는 육군 의장병의 율동적인 발걸음 소리가 들려왔다. 행렬은 거기에서부터 거리의 공관으로 진행해 가서, 거기서 장엄한 만찬회가 벌어지고 그것으로 이날의 예식의 끝을 맺을 예정이었다.

그리하여 또다시 점잖은 백발을 한 장로들의 행렬이 군중들 사이를 지나서 움직여 오는 것이 보였다. 사람들은, 지사와 관리들과 점잖은 노인들과 고마운 목사들과 저명한 명사들이 줄을 지어 인파(人波) 속으로 다가오자, 양쪽으로 정중하게 길을 비켰다. 그들이 장거리의 바로 한복판까지 왔을 때, 그들을 맞는 고함 소리가 터져 나왔다. 이것은 ─ 물론 그 고함 소리는 이 시대가 그 통치자들에게 바치는 천진난만한 충성심에서 가외의 힘과 양(量)을 획득할 수 있었겠지만 ─ 그 사람들의 귓속에 아직도 여운을 남기고 있는, 그 박력 있는 웅변에 의해서 청중에게 점화된 열의의 참을 수 없는 폭발처럼 느껴졌던 것이다. 사람들은 제각기 자기들의 내부에서 그 충동을 느꼈다. 그리고 같은 정신을 호흡으로 옆에 있는 사람들로부터도 느꼈다. 교회당 안에서는 그 충동이 간신히 눌러지고 있었다. 그런데 밖으로 나오자 그것은 하늘 꼭대기까지 울려 퍼졌다. 질풍이나 우레나 바다의 파도 소리 같은 악음(樂音)보다도 한층 더 인상적인 소리를 낼 수 있는 인간과, 그에 필적하게 교묘하게 만들어진 교향악적인 감정의 힘이 있었다. 수많은 마음이 합해서 하나의 광대한 마음을 만드는 것처럼, 수많은 소리의 커다란 파동이 보편적인 충동에 의해서 하나의 위대한 고함 소리에 합쳐져서 울렸던 것이다. 뉴잉글랜드의 땅에서 이런 고함 소리가 오른 것은 이번이 처음이었다. 뉴잉글랜드의 땅에 이 목사만큼 동포들로부터 존경을 받은 사람이 나타난 일이 없었던 것이다.

그러면 그의 모습은 어떠했던가? 그의 머리의 주위에는 원광(圓光)의 미분자가 공중에 떠 있지 않았던가? 그다지도 그는 정신이 승화되고 열렬한 숭배자들로부터 그처럼 성화(聖化)되어 있으면서도 행렬 속에 끼어 있는 그의 발은 사실상 대지의 먼지를 밟고 있었던가?

군인과 정부의 원로(元老)들의 행렬이 가까워짐에 따라서, 모든 사람들의 눈은 그 목사가 행렬 속에 끼어서 다가오는 쪽으로 돌리어졌다. 군중들의 일부가 차차 그의 모습을 발견하게 되자, 외치던 소리가 수그러지고 나지막한 속삭임 소리로 변했다. 그처럼 훌륭한 성공을 하고 나서, 그는 어쩌면 저렇게 파리하고 창백하게만 보일까! 그의 정력은 ─ 혹은 영감이라고 해도 된다. 그것은 하늘에서 내려진 힘을 가지고 계속된, 그 신성한 하나님의 가르치심을 그가 다 얘기할 때까지 그를 지탱하고 있었는데 ―이제 충실하게 그 임무를 완수했기 때문에 물러서버렸다. 바로 조금 전까지만 해도 사람들이 목도한, 두 볼에 피어오른 홍조가 지금은 다 타버린 재 속으로 절망한 듯이 떨어져버리는 불꽃처럼 꺼져 없어졌다. 그런 죽음의 빛을 띠고 있는 것을 보면 살아 있는 사람처럼 보이지가 않았다. 맥이 하나도 없이 길 위를 시들시들 걸어가면서, 그러면서 쓰러지지는 않고 비틀거리고 가는 모습은 몸속에 생명이 있는 사람같이 보이지가 않았다.

그의 동료 목사의 한 사람은 ― 그것은 백발의 존 윌슨 목사였지만 ―딤스데일 씨가 지금 지능과 감각이 모조리 쇠퇴해서 형편없는 모습을 하고 있는 것을 보고 달려와서 그를 부축하려고 했다. 목사는 몸을 떨면서도 단호하게 그 노인의 팔을 뿌리쳤다. 그는 여전히 앞으로 걸어가고 있었다. 그의 동작은 걸어가고 있는 것이라고 하면 걸어가고 있는 것이라고도 볼 수 있었겠지만 그것은 어머니가 팔을 벌리고 아이가 걸음마를 타고 있는 것을 보고 있는 앞에서 비틀비틀 걸어가고 있는 어린애의 걸음걸이와 똑같았다. 그리고 이제 그는 그의 어린애와 같이 걷고 있는지 어떤지도 분간할 수 없을 만한 형편없는 걸음걸이로, 그가 잘 기억하고 있는 비바람에 찌든 형대의 정면에까지 다다랐던 것이다. 이 형대는 바로 넋 없이 지나간 몇 년 동안을 사이에 둔 먼 옛날에, 헤스터 프린이 온 세상의 주목을 받고 서 있던 곳이다. 거기에 헤스터 프린이 어린 진주의 손을 잡고 서 있었다. 그리고 주홍 글자가 그녀의 가슴에 있었다. 목사는 여기서 발을 멈추었다. 악대는 여전히 당당하게 명쾌한 행진곡을 불고 행렬은 거기에 발을 맞추어 움직이고 있었지만 그는 걸음을 멈추었다. 악대를 그에게 앞으로 전진하라고! 외치고 있었다. 잔치에 나가라고 ― 그러나 그는 걸음을 멈추었다.

벨링엄이 그 마지막 순간에 불안스러운 눈초리로 그를 지켜보고 있었다. 그는 행렬 속의 그의 자리를 떠나서 목사를 간호하려고 뛰쳐나왔다. 딤스데일 씨의 모습을 볼 때 그렇게 하지 않으면 도저히 쓰러져버릴 것만 같았던 것이다. 그러나 목사의 표정에는 지사를 근접할 수 없게 하는 그 무엇이 있었다. 지사는 이심전심의 애매한 암시 같은 것에는 따르지 않는 사람이었지만 사양하기로 했다. 그동안에 군중들은 이상스러운 경외감(敬畏感)을 품고 바라보고 있었다. 지상(地上)에서 그다지도 목사가 쇠약해진다는 것은, 그들의 생각으로는 천상(天上)의 힘을 얻는 다른 모습에 지나지 않았던 것이다. 설사 지금 그가 그들이 보는 앞에서 승천을 하고, 점점 어둠침침하고 점점 더 밝아지면서 드디어 하늘 위의 불 속으로 꺼져버린다 하더라도, 그처럼 신성한 사람으로서는 있음직한 기적이라고 생각되었을 것이다.

그는 형대 쪽으로 두 팔을 벌렸다. "헤스터," 그는 말했다. "이리 와요! 진주도 이리 온!"

그가 두 사람을 바라다보는 얼굴빛은 처참해 보였다. 그러나 그런 중에도 어떤 부드럽고 자랑스러운 기색이 감돌고 있었다. 어린아이는 그녀의 특색의 하나인 그 새 같은 날쌘 동작으로 그의 곁으로 달려갔다. 그리고 그의 무릎을 꼭 껴안았다. 헤스터 프린도 — 피치 못할 운명에 끌려가는 듯이, 그리고 그녀의 강한 의지에 거역하는 듯이 천천히 — 그의 옆으로 다가갔다. 그러나 그의 곁에까지 가기 전에 걸음을 멈추었다. 이 순간에 로저 칠링워스는 군중들 속을 헤치고 나타났다 — 마치 땅속을 뚫고 나온 사람처럼 그의 얼굴은 시꺼멓고 불안스럽고 흉악해 보였다. 그리고 목사가 하려고 하는 일을 눈치채고 그것을 방해하려고 들었다. 그러나 그것은 하여간에 이 노의사는 앞으로 달려 나와서 목사의 팔을 잡았다.

"미쳤군. 안 돼! 무엇을 하려는 거야?" 하고 그는 중얼거렸다. "저 여자를 가라구 그래! 이 아이도 밀어제쳐! 그러면 모든 일이 다 잘되지! 명예를 더럽히지 말아! 불명예스럽게 죽으면 안 돼! 나는 아직도 그대를 구할 수 있단 말야! 그대는 그대의 신성한 직업에 똥칠을 하려구 그러나?"

"하하, 이 악마야! 때는 이미 늦었어." 목사는 두려운 듯한 표정으로, 그러면서도 상대방의 눈을 빤히 쳐다보면서 대답했다. "너의 힘은 이제 그전만큼 그렇게 효과가 없을걸! 하나님의 도움으로, 인젠 너한테서 피하게 됐어!"

그는 다시 주홍 글자를 단 여자 쪽으로 손을 내밀었다.

"헤스터 프린," 그는 찌르는 듯한 열렬한 목소리로 외쳤다. "내가 7년 전에 하려고 하면서 못한 일 ― 나 자신의 무거운 죄와 비참한 고통 때문에 ― 내가 지금 하려고 하는 일을 이 최후의 순간에 고맙게도 용서해주시는 두렵고 인자하신 주님의 이름으로, 자아 이리 와요! 그리고 당신의 힘으로 내 몸을 싸줘요! 헤스터, 당신의 힘을 주시오! 그렇지만 그것은 하나님이 우리들에게 용서해주신 뜻에 따라야 해요! 이 불쌍하고 고약한 늙은이는 전력을 다해서 그것을 방해하려고 드는 거야! ― 그의 모든 힘과 악마의 힘을 빌려가지고. 자아 헤스터, 어서 와요! 저 형대 위로 나를 도와서 올라가게 해주어요!"

군중은 물 끓듯이 소란스러워졌다. 목사의 가까운 주변에 서 있던 점잖은 고관들은 깜짝 놀라면서, 그러나 그들이 목격하고 있는 일의 뜻을 몰라서 당황해가지고 ― 눈앞에 나타난 그 설명을 이해할 수도 없고 그 밖의 다른 상상도 할 줄을 모르고 ― 우두커니 그대로 잠자코 서서, 지금 하나님이 행하시려고 하는 심판의 구경꾼 노릇만 하고 있었다. 그들은 헤스터의 어깨에 기대서 팔을 껴안기면서 형대로 다가가서 그 위로 올라서는 목사를 보았다. 죄로 태어난 어린애의 손을 그래도 그는 꼭 잡고 있었다. 로저 칠링워스 노인이 그 뒤에서 따라 올라갔다. 그들 전부가 배우로 되어 있는 죄악과 비탄의 희곡에 친한 관계를 갖고 있고 그 때문에 이 최후의 막에 등장할 만한 권리가 충분히 있다는 듯한 표정이었다.

"그대가 온 세상을 다 찾아다녀봐도," 그는 목사를 음흉하게 바라다보면서 말하는 것이었다. "이 형대 위만 한 숨을 장소가 없지 — 제아무리 높은 곳이라 하더라도, 제아무리 낮은 곳이라 하더라도 없단 말야 — 아무리 나한테서 도망을 쳐보려구 해도 말야."

"나를 여기에 인도해주신 하나님에게 감사할 뿐야." 하고 목사는 대답했다.

그래도 그는 몸을 떨고 있었다. 입술에는 가냘픈 미소가 어려 있었지만, 눈에는 숨길 수 없는 의혹과 근심의 표정을 담고 헤스터 쪽을 돌아다보았다.

"이편이 낫지," 그는 속삭이었다. "숲속에서 우리들이 꾼 꿈보다는?"

"모르겠어요! 모르겠어요!" 그녀는 숨 가쁘게 대답했다. "나을지도 몰라요. 그래요. 이렇게 모두 함께 죽읍시다! 귀여운 진주도 우리들하고 같이 죽지요."

"당신하고 진주는 하나님이 하라고 하시는 대로 해요." 목사는 말했다. "하나님은 인자하셔! 지금은 하나님이 나에게 보여주신 그 뜻을 실행해야겠어. 왜냐하면, 헤스터, 나는 곧 죽어요. 그러니까 내 수치는 내 몸에 지니고 가고 싶어. 자아, 빨리 해야 해."

한쪽은 헤스터 프린의 부축을 받고 한쪽은 귀여운 진주의 손을 잡은 채 딤스데일 목사는 위엄 있는 고관들과 그의 동료였던 거룩한 목사들과 사람들이 모여 있는 쪽으로 몸을 돌렸다. 사람들의 커다란 가슴은 놀라움에 꽉 차 있었다. 그러면서도 눈물겨운 동정에 어려 있었다. 무슨 심오한 인생의 문제가 — 그것은 죄에 충만되어 있는 것이라면, 역시 또한 고민과 회한으로도 충만되어 있었다. — 그들의 눈앞에 펼쳐지려고 하고 있는 것을 알고 있었던 것이다. 오정을 겨우 넘어섰을까 말까 한 태양이 목사의 위에 내리쪼이고 있었다. 그리고 영원한 정의의 법정에 서서 자기의 죄를 선언하려고 대지 위에 드높이 서 있는 그의 모습을 뚜렷이 비추고 있었다.

"뉴잉글랜드의 여러분!" 그는 외쳤다. 그 목소리는 크고 엄숙하고 당당하게 사람들의 위로 울려 퍼졌다. — 그러나 노상 그 목소리는 떨리고 있었다. 그리고 때때로 찌르는 듯한 새된 소리가 후회와 번뇌의 측량할 수 없는 깊은 곳에서 치밀어 올랐다. "저를 사랑해주신 여러분! — 저를 성스러운 사람이라고 생각해주신 여러분! — 이 저를 보아주십시오. 이 세상의 한 사람의 죄인을! 드디어! — 드디어! — 저는 이곳에 섰습니다. 이곳에 7년 전에 이 여인과 함께 서 있어야 했었을 겁니다. 이곳에, 지금 저는 여기까지 기어 올라왔지만 그 조그마한 힘보다도 더 큰 힘이 이 여인의 팔이 지금 이 무서운 순간에도 나를 땅에 쓰러지지 않게 부축해주고 있습니다. 보십시오, 헤스터가 붙이고 있는 주홍 글자를! 여러분은 모두 이것을 보시고 겁을 내셨습니다! 이 사람이 어디를 걸어가든 — 어디에서 마음의 휴식처를 찾으려고 하든, 이 비참한 무거운 짐을 지고는 어디를 가든 — 이 글자가 이 사람의 몸의 주위에 소름이 끼치는 무서운 빛과 처참한 혐오의 감정을 던졌던 것입니다. 그런데 여러분 가운데에 한 사람의 사나이가 서 있었습니다. 그 사나이가 갖고 있는 죄와 수치스러운 낙인에는, 여러분은 몸을 떨지 않았습니다!"

여기까지 말했을 때, 목사는 이제 그의 비밀의 나머지 부분을 고백하지 못하고 숨을 거두지나 않을까 하는 생각이 들게 했다. 그러나 그는 육체의 쇠약을 이겨냈다 — 그리고 또한 마음의 쇠약도 이겨냈다 — 그는 점점 더 짙어지는 심신의 쇠약에 기진맥진해 있었던 것이다. 그는 부축의 손길을 뿌리치고, 열정에 찬 발걸음을 양쪽의 두 사람들보다도 한 발자국 앞쪽으로 내어디뎠다.

"낙인은 이 사람한테 찍혀져 있었습니다!" 그는 말을 계속했다. 그의 목소리에는 거센 끈기가 섞여 있었다. 어떤 일이 있어도 전부 다 얘기를 하고야 말겠다고 그는 결심했던 것이다. "하나님의 눈은 그것을 보셨습니다! 천사들은 항상 그것에 손가락질을 하고 있었습니다! 악마는 그것을 잘 알고 있었습니다! 그리고 항상 그의 불타는 손가락으로 그것을 만지고는 불안하게 했습니다! 그렇지만 그 사나이는 그것을 교묘하게 사람들의 눈에서 감추고 여러분 사이를 걸어 다니고 있었습니다! 애처로운 정신은 얼굴에 나타내고 있었습니다! 죄 많은 세상에서 너무나 깨끗한 것이었기 때문에, 구슬픈 정신을 얼굴에 나타내고 있었습니다! 천국의 동포들을 잃어버렸기 때문에. 지금 그 사나이가 임종에 임박해서 여러분의 앞에 섰습니다! 그 사나이는 여러분에게 다시 한번 헤스터의 주홍 글자를 보아달라고 말합니다! 그 사나이의 말은 이렇습니다! 헤스터의 글자가 아무리 이상하고 무섭게 보이더라도 그것은 그 사나이가 그의 가슴에 달고 있는 글자의 그림자에 지나지 않는다. 그리고 그것조차도, 그 사나이가 달고 있는 빨간 낙인조차도, 그 사나이의 마음속에 찍혀 있는 낙인에 비하면 비교가 안 될 만큼 작다. 죄인을 하나님이 재판하시는 것에 의심을 갖고 있는 분이 계시면 누구든지 여기에 와서 보아주세요. 보아주세요! 보아주세요, 무서운 그 증거를!"

경련을 일으키면서 그는 그의 가슴에서 목사의 널따란 깃을 잡아 뜯었다. 증거는 나타났다! 그러나 그 노정된 것을 서술하는 것은 불순한 일이다. 한순간 공포에 사로잡힌 군중들의 시선은 이 무서운 기적 위로 쏠리었다. 그동안 목사는 그의 얼굴에 개가의 붉은빛을 띠고 서 있었다. 그 모습은 가장 고통스러운 고통의 극점에서 승리를 얻은 사람 같았다. 그러자 털썩하고 그는 형대 위로 쓰러졌다! 헤스터가 얼마간 그의 몸을 치켜 올렸다. 그리고 그의 머리를 자기의 가슴에다 대고 괴어주었다. 로저 칠링워스 노인은 그의 옆에 꿇어앉았다. 멍하니 둔감한 얼굴을 하고 있었다. 마치 생명이 다 빠져나간 사람처럼 보였다.

"그대는 나한테서 도망을 쳤구나!" 그는 연거푸 되풀이해 말했다. "그대는 나한테서 도망을 쳤구나!"

"하나님이 당신을 용서해주시기를 빌겠소!" 목사는 말했다. "당신도 역시 무거운 죄를 지었소!"

그는 그의 임종의 눈을 노인에게서 돌리고 여자와 어린아이를 물끄러미 바라다보았다.

"진주야." 그의 목소리는 가냘팠다. 그리고 그의 얼굴에는 부드러운 상쾌한 미소가 어렸다. 깊은 안식 속으로 잠겨 들어가는 정신의 미소 같은 것이었다. 아니 이제는 이미 무거운 짐을 내려놓았으니까. 거의 어린아이하고 같이 놀 수도 있다는 듯한 표정이었다. ─"착한 우리 진주야, 자아 입을 맞춰다우? 저기 숲속에선 해주지 않았지! 그러나 인제 해주겠지?"

진주는 그의 입술에 입을 맞추었다. 주문(呪文)은 찢기어버렸다. 이 야생적인 어린아이도 역시 한 역(役)을 맡아보게 된 비극의 이 대장면(大場面)은 그녀의 동정심을 넓고 크게 풀어헤쳐 놓았다. 그리고 그녀의 눈물은 아버지의 뺨 위로 떨어졌다. 그 눈물은 그녀가 앞으로는 인간적인 즐거움과 슬픔 속에서 성장하고 영원히 세상과 싸우는 일을 하지 않고 세상의 여자가 되겠다는 서약이었다. 그녀의 어머니에 대해서도 진주는 고민의 사자[3]였던 사명은 다 끝마쳤다.

"헤스터," 목사는 말했다. "잘 있소!"

"이제 우리들은 못 만나게 되나요?" 그녀는 얼굴을 그의 얼굴에 가까이 갖다 대고 속삭이었다. "저세상에 가서 같이 살 수 있게 될까요? 분명히,

---

3 사자(使者) : 명령이나 부탁을 받고 심부름하는 사람.

분명히, 우리들은 이 모든 괴로움을 가지고 피차 죄의 속죄를 했어요! 당신은 지금 이 세상을 떠나시려고 눈을 반짝거리시면서 먼 영원 쪽을 바라다보고 계셔요! 무엇이 보이지요. 말해주세요!"

"쉬위, 헤스터, 쉬위!" 그는 떨리는 목소리로 엄숙하게 말했다. "우리들이 깨뜨린 법률! — 여기서 이렇게 무섭게 탄로가 난 죄! — 그것만을 마음속에 간직하고 있어요! 걱정이 되는 건! 걱정이 되는 건 말야! 필시, 우리들이 우리들의 하나님을 잊어버렸을 때 — 서로 간의 영혼에 대한 존경을 잃어버렸을 때 — 그때는 이미 우리들이 저세상에서, 영원하고 깨끗한 결합을 해서 다시 만나자고 소원을 해도 안 될 거야. 하나님은 알고 계셔. 하나님은 인자하셔! 하나님은 그 인자하심을 특히 나의 괴로운 고민 속에서 보여주셨어. 이 불타는 가책을 나의 가슴에 찍어주신 것만 보아도 알 수 있어! 저 음흉한 무서운 노인을 보내셔서 이 가책을 심장 속에서 불타고 있게 하신 것만 보아도 알 수 있어! 나를 이리로 데리고 오셔서, 사람들이 보는 앞에서 이 자랑스럽고 남부끄러운 죽음을 당하게 하시는 것만 보아도 알 수 있어! 이 괴로움 중의 단 하나만 없었더라도 나는 영원히 잃어버리게 됐을 거야! 하나님은 얼마나 거룩하시오! 그 뜻을 이루게 하시오! 잘 있소!"

이 마지막 말은 목사의 꺼져가는 숨 속에서 나왔다. 그때까지 조용히 서 있던 군중들은 일제히 이상한 신음 소리를 냈다. 그것은 다만 그러한 나지막한 신음 소리에 의해서만 겨우 나타낼 수 있는 경외(敬畏)와 경이(驚異)의 감정이었다. 그리고 그것은 이 세상을 떠난 정신을 따라서 육중하게 웅성거리면서 굽이쳤던 것이다.

24

후일담(後日譚)

여러 날이 지난 뒤에 앞 장에서 이야기한 장면에 대해서 사람들이 그들의 생각을 가다듬을 만한 시간적 여유를 갖게 된 뒤에 형대 위에서 벌어진 사건에 대한 여러 가지 구구한 말이 떠돌았다.

그것을 본 대부분의 사람들은 그 불행한 목사의 가슴 위에 '주홍 글자'가 헤스터 프린이 달고 있던 것과 똑같은 글자가 살에 새겨져 있는 것을 분명히 보았다고 말했다. 그 원인에 대해서는 여러 가지 설명이 있었는데 모두가 다 필연적으로 억측에서 나온 것들이었을 것이다. 어느 사람은 이렇게 말했다. 딤스데일 목사는 헤스터 프린이 바로 그 치욕적인 표지를 붙인 날 고행을 시작했다. 그것을 그 후도 여러 가지 방법으로 그는 계속해가면서 자기의 몸에 무서운 가책을 가했다. 또 어떤 사람은 이렇게 우겨댔다. 그 낙인은 훨씬 후일에 비로소 생긴 것이다. 그런데 로저 칠링워스 노인은, 능란한 마술사이기 때문에 마술과 독약의 힘으로 그것이 나타나게 했던 것이다. 또 어떤 사람은 중얼거렸다. 그 사람들은 목사의 특수한 감수성과 그의 정신이 육체에 미치는 이상스러운 힘을 가장 잘 알고 있었다. 그 무서운 상징은 끊임없이 발동하는 회한의 이(齒)가 깊은 마음속으로부터 밖으로 뚫고 나와서, 드디어 그 글자를 사람의 눈에 보이게 함으로써 하나님의 무서운 심판을 나타내게 한 것이다. 독자 여러분은 이러한 구구한 주장의 어느 것을 택해도 좋다. 우리들은 이미 이 이상한 일에 대해서 수집할 수 있는 모든 해명의 빛을 던져보았다. 따라서 이제 그 일도 다 끝난 이상 기꺼이 우리들의 뇌리에서 그 깊은 인상을 지워버리고 싶다. 너무 오랫동안 그에 대해서 생각해왔기 때문에 멀미가 날 정도로 너무 뚜렷하게 그것이 머릿속에 박혀 있는 것이다.

그런데 이상한 일은, 그 장면을 처음부터 끝까지 전부 구경하고, 한시도 딤스데일 목사로부터 눈을 떼지 않았다고 언명하는 일부의 사람들이 그의 가슴 위에는 갓난아기의 가슴처럼 아무 표적도 나타나 있지 않았다고 그런 말들을 부정하고 있는 것이다. 그들의 보고에 의하면, 그가 임종할 때 말한 말 중에는, 헤스터 프린이 그처럼 오랫동안 주홍 글자를 붙이고 있던 죄에 관해서 그가 무슨 조금만큼도 관계가 있다는 말을 하지도 않았고, 비치지도 않았다는 것이다. 이러한 지극히 존경할 만한 목격자들의 말에 의하면 목사는 이미 죽을 때가 임박한 것을 알고, 그리고 또한 군중들의 존경이 이미 그를 성인이나 천사처럼 취급하고 있다는 것을 알고 ― 자기의 숨을 그 타락한 여자의 팔에 안겨서 거두고 그렇게 함으로써 세상 사람들에게 인간의 정도라는 것이 제아무리 훌륭하더라도 기실 전혀 가치가 없다는 것을 보여주고자 하였다는 것이다. 인류의 정신적 선을 위한 노력에 일생을 바친 뒤에 그는 그의 죽어가는 방식으로써 비유담(比喩譚)을 만들었다. 그것은 그를 숭배하는 사람들에게 우리들 인간은 무한한 순결이라는 견지에서 볼 것 같으면, 모두가 다 죄인이라는 위대하고도 구슬픈 교훈을 강력하게 주입하려고 한 것이다. 우리들 중에 가장 신성한 사람이라 할지라도 다만 조금쯤 동포들보다 두각을 나타내고 있을 정도이고 겨우 그가 할 수 있는 일은 한층 더 뚜렷하게 우리들을 내려다보시는 하나님의 자비를 식별하고 항상 야망에 차서 위만 바라다보고 있는 허깨비 같은 인간의 가치를 한층 더 결정적으로 부정하는 일이라는 것을 목사는 그들에게 가르쳐주려고 한 것이다. 이러한 중대한 진리를 이러니 저러니 논의하는 일은 이만 그만두고, 이 딤스데일 씨의 이야기의 해석은 친구들—특히 목사 친구들의 완고한 충성심의 일례에 지나지 않는 것이라고 생각할 정도로 해두었으면 좋겠다. 그들은 이따금씩, 백주의 태양이 주홍 글자를 비치듯이 분명한 증거가 드러나서 그 사나이를 허위에 찬 죄에 더럽혀진 먼지 같은 동물로 입증할 때에도, 그렇게 말함으로써 그 사나이의 인격을 보지하려고 드는 것이다.

우리들이 주로 의지해온 근거—오래된 날짜가 붙은 수기(手記)로서 여러 사람들의 구술의 증명으로 쓰인 것인데, 그중에는 헤스터 프린을 알고 있는 사람도 있고, 동시대의 목격자한테서 얘기를 들은 사람도 있다는 여태까지 서술해온 견해를 충분히 확증하고 있다. 불쌍한 목사의 비참한 경험이 우리들에게 가르쳐주고 있는 수많은 교훈 중에서 다만 다음 같은 일만을 적어두기로 하자.—"진실돼라. 진실돼라. 진실돼라. 비록 그대의 최악의 죄는 아닐지라도, 최악의 죄를 추측하게 하는 어떤 특성을 자유로이 세상에 내보여라."

딤스데일 씨는 죽고 난 바로 직후부터, 로저 칠링워스라고 하는 노인의 풍모와 태도에 나타난 변화만큼 현저한 것은 없었다. 그의 체력도 정신도 모조리—그의 생명의 힘과 지혜의 힘까지 모조리—즉시로 그에게서 사라져버린 것같이 보였다. 날이 갈수록 눈에 띄게 그는 시들어져 갔고, 가죽과 뼈만 남아가지고 거의 사람의 눈에서 꺼져 없어질 듯한 것이 마치 뿌리를 뽑혀서 내동댕이쳐진 잡초가 햇볕에 시들어가는 것 같았다. 이 불행한 사나이는 원수를 추적하고, 계획적으로 복수를 실천하는 일을 그의 일생의 방침으로 삼고 있었다. 그 때문에 그가 완전히 개가를 올리고 악의 방침도 이것을 지지할 만한 재료가 더 이상 없어진 극점에 달하게 되자, 요컨대 그가 할 수 있는 악마의 일이 이 지상에서는 더 이상 없게 되자, 이 비인간적인 인간에게 남아 있는 것은 악마가 충분히 일감을 찾아주고, 그만한 보수를 지불해주는 지옥으로 가는 일뿐이었다. 그러나 오랫동안 우리들의 친구가 되어온 허깨비 같은 것들에 대해서도 로저 칠링워스에게나 그의 친구들에게나 마찬가지로 우리들은 기꺼이 자비로운 태도를 취하고 싶다. 증오와 애정은 근본에 있어서는 똑같은 것인지 어떤지, 이것은 흥미 있는 문제로서 관찰하고 고찰할 만한 가치가 있는 것이다. 양자는 다 같이 그의 궁극의 전개에 있어서는 고도의 친근감과 심금(心琴)의 이해를 예상하는 것으로서, 그것들은 서로 그의 애정과 정신생활의 양식을 상대방에게 구하고 있는 것이다. 상대방이 거세됨으로써 그것들은 열정적인 애인이나 혹은 그에 못지않게 정열적인 원수를 쓸쓸하고 슬프게 만들게 되는 것이다. 그러니까 철학적으로 생각하면 이 두 개의 격정은 본질적으로는 동일한 것이며, 다만 하나는 천상의 광명으로 비추어지고, 또 하나는 어둠침침하고 처참한 작광(灼光) 속에 비추어지고 있다는 차이가 있을 뿐이다. 정신적인 세계에 있어서는, 노의사도 목사도 — 두 사람이 다 사실상 피차의 희생자가 되었지만 — 그들의 이 세상에 있어서의 증오와 반감의 퇴적이 자기들도 모르는 사이에 황금빛으로 빛나는 사랑으로 변형되어 있는 것을 발견했을지도 모른다.

이런 논의는 그만해두고, 우리들은 독자에게 알려야 할 일이 있다. 로저 칠링워스 노인이 죽을 때(그것은 이 일이 있은 지 일 년도 채 못 되어서였다) 남겨놓은, 벨링엄 지사와 윌슨 목사가 직접 유산 집행자로 되어 있는 유언장에 의해서 그는 뉴잉글랜드와 영국에 있는 상당히 많은 유산을 헤스터 프린의 딸인 그 귀여운 진주에게 물려주었던 것이다.

이리하여 진주 — 그 꼬마 귀신 같은 아이 — 일부 사람들은 그 당시까지도 여전히 그녀를 악마의 후예라고 생각하고 있었다 — 는 세계에서 그

시대의 가장 부유한 부호의 상속자가 되었다. 이러한 사정이 세상의 평판에 지대한 변화를 일으키게 된 것은 있을 수 없는 일이 아니었다. 그리고 만약 모녀가 이 고장에 머물러 있었더라면 귀여운 진주는 혼기가 되면 그 야생적인 피를 가장 경건하고 헌신적인 청교도의 혈통과 혼합하게 되었을지도 모른다. 그러나 의사가 죽고 나서 얼마 후에, 주홍 글자를 단 사람은 자태를 감추고 말았다. 그녀와 함께 진주도 없어졌다. 지극히 막연한 소식이 어쩌다가 바다를 건너서 들려왔지만, 그것은 유목(流木)의 형체 없는 파편에 머리 문자가 적힌 것이 해변가에 밀려 올라오듯이 — 오랫동안을 두고 믿음직한 소식은 한 번도 받아보지를 못했다. 주홍 글자의 얘기는 차차 전설로 되어갔다. 그러나 그 매력은 여전히 강렬했고, 그 불쌍한 목사가 죽은 형태는 헤스터 프린이 살고 있던 해변가의 오두막집과 마찬가지로 언제까지나 두렵게 생각되었다. 그녀의 이 집이 있는 곳의 가까운 근처에서 어느 날 오후에 어린아이들이 놀고 있을 때, 상당히 키가 큰 여자가 회색 옷을 입고 이 오두막집으로 가까이 오는 것이 보였다. 그 오랫동안에 그 집은 한 번도 열리어진 일이 없었던 것이다. 그런데 그녀가 그 자물쇠를 열었는지, 썩은 나무 문과 문고리가 미는 대로 저절로 떨어져 나가서 열렸는지, 혹은 유령처럼 이 닫혀둔 문 속으로 그대로 미끄러져 들어갔는지, 아무튼 들어갔던 것이다.

문턱에서 그녀는 잠시 걸음을 멈추었다. 그리고 약간 뒤를 돌아다보았다. 아마 단 혼자서 이처럼 딴사람처럼 변한 모습으로 그 괴로웠던 반평생을 살던 집으로 다시 들어가는 것이 견딜 수 없이 슬프고 쓸쓸했을지도 모른다. 그러나 그녀가 망설인 것은 다만 잠시 동안이었다. 그러나 가슴에 있는 주홍 글자는 그 잠시 동안에도 충분히 드러나 보였다.

이리하여 헤스터 프린은 돌아왔던 것이다. 그리고 오랫동안 버려두었던 수치를 다시 집어 들었다. 그러나 귀여운 진주는 어디에 있었나? 아직도 살아 있다면 꽃다운 묘령의 아가씨일 것이다. 그 요정 같은 어린아이가 요절을 해서 결혼도 하기 전에 무덤으로 갔는지, 혹은 그녀의 분방하고 풍부한 성격이 한결 길이 들고 부드러워져서 부인으로서의 따뜻한 행복을 누리게 되었는지 아무도 아는 사람도 없고, 확실한 소문을 들은 사람도 없었다. 그러나 헤스터의 나머지 생애를 통해서 이 주홍 글자의 은자(隱者)는 다른 나라에 살고 있는 어떤 사람의 애정과 관심의 대상으로 되어 있다는 사실이 알려지게 되었다. 편지가 왔다. 그 편지에는 문장(紋章)의 봉인이 찍혀 있었다. 그러나 그것은 영국의 문장첩에는 없는 것이었다. 오두막집 속에는 안락한 사치스러운 물품들이 많이 있었다. 그런 것들은 헤스터가 좋아하지 않는 종류의 것이었고, 다만 돈 있는 사람들만이 살 수 있고, 애정 있는 사람에게만 보내줄 생각을 가질 수 있는 것들이었다. 그리고 그 밖에 자디잔 물품들도 많이 있었다. 조그마한 장식품, 항상 잊어버릴 수 없게 하는 아름다운 기념품들, 그런 것들은 애정에 찬 마음의 충동에서 가냘픈 손으로 만들어진 것임에 틀림없었다. 그리고 한번은 헤스터가 갓난아기의 옷에 수를 놓고 있는 것을 본 사람이 있었다. 지극히 화려한 모양으로 꾸민 기가 막히게 예쁜 것으로서, 만약에 이런 옷을 입은 애기가 우리들의 빛깔 없는 사회에 나타나게 되면 큰 소동이 일어날 것만 같은 것이었다.

요컨대 당시의 믿을 만한 소문에 의하면 — 그리고 그로부터 약 1세기 후에 조사를 한 감사관 퓨 씨의 말에 의하면 — 그리고 또한 최근에 그의 후임으로 온 감사관의 말에 의하면, 진주는 살아 있을 뿐만이 아니라[1] 결혼

---

1 작자(作者) 호손이 이 소설의 재료를 세일럼 세관 이 층에서 우연히 발견했다는 이야기가 이 소설의 서장(序章) 「세관」에서 자세히 소개되고 있다. 여기에서 호손은 좀먹고 퇴색한 주홍 글자와 거기에 첨부된 기록을 보았는데, 그 기록을 쓴 사람은 감사관 퓨 씨였다고 한다. 물론 이것은 모두 다 호손의 창작이다. ─역주

을 해서 행복하게 살고 있다. 그리고 어머니를 여러 가지로 보살피고 위로해주고 있다. 그리고 이 고독한 슬픈 어머니를 자기 집의 노변(爐邊)으로 맞아들일 수 있다면, 그보다 더 즐거운 일은 없다고 생각하고 있다고 한다.

그러나 헤스터 프린으로서는 진주가 가정을 갖고 있는 낯선 고장보다도 이 고장에, 뉴잉글랜드에, 한결 더 진정한 생활이 있었다. 여기에는 그녀의 죄가 있었다. 슬픔도 여기에 있었다. 그리고 또한 회개의 행위가 여기에는 있어야 했다. 그 때문에 그녀는 돌아왔다. 그래서 자기 스스로의 의사로 말하자면, 그 당시의 제아무리 가혹하고 엄격한 관리라도 그것을 명령할 수는 없었을 것이니까 — 여태껏 우리들이 얘기해온 그 표지를 다시 몸에 붙였던 것이다. 그 후, 그것은 그녀의 몸에서 한 번도 떨어진 일이 없었다. 그러나 헤스터의 일생을 누빈 고생스러운 시름에 찬 헌신적인 세월이 흘러가는 동안에 주홍 글자는 세상 사람들의 조소와 혐오를 자아내는 낙인이 아니라 그것을 보면 슬픔이 느껴지고 그것을 보면 두려우면서도 존경감이 우러나는 상징으로 되었던 것이다. 그리고 또한 헤스터 프린은 아무런 이기적인 목적이 없고, 또한 어떠한 일이 있어도 자기 자신의 이익과 향락을 위해서 사는 일이 없었기 때문에 사람들은 모두들 그들의 슬픈 일과 괴로운 일을 그녀에게 갖고 와서 의논을 했다. 커다란 고통을 몸소 뚫고 나온 사람으로서 그녀를 사용하고 있었던 것이다. 특히 부인들은 — 끊임없이 되풀이되어 일어나는 일로서 그들의 열정이 상처를 받았다든가, 속았다든가, 배반을 당했다든가, 버림을 당했다든가, 잘못을 저질렀다든가, 죄를 범했다든가 하는 괴로운 일로 — 또한 아무도 알아주지 않고, 아무도 찾아주는 사람도 없이 자기의 가슴을 아무에게도 맡길 사람이 없어서, 구슬픈 무거운 짐을 지고 — 헤스터의 오두막집으로 찾아와서 어째서 우리들은 이렇게 불행한가요, 어떻게 하면 좋겠나요 하고 묻는 것이었다. 헤스터는 힘자라는 데까지 그들을 위로해주고 의논의 상대를 해주었다. 그녀는 또한 그들에게 자기의 굳센 신념을 말하면서 위로해주기도 했다. 여느 날이고 세상이 좀 더 성숙해지고, 좀 더 밝은 시절이 와서 하나님의 시절이 도래하게 되면, 새로운 진리가 나타날 것이고, 그렇게 되면 남녀 사이의 모든 관계는 상호 간의 행복의 좀 더 확실한 토대 위에 세워질 것이라고 하는 것이 그것이었다. 아직 젊었을 때는 헤스터도 자기 자신이 예언자가 될 운명인지도 모른다고 터무니없는 상상을 해본 일도 있었다. 그러나 벌써 오래전에 그런 고맙고 신비스러운 진리가 죄에 더럽히고 수치에 머리가 수그러지고, 한평생 무거운 짐을 지고 있는 여자에게 위임될 리가 없다는 것을 잘 알고 있었다. 앞으로 올 계시의 천사나 사도는 실로 여자일 것이다. 그러나 마음이 고결하고 정하고, 아름답지 않으면 아니 된다. 또한 어둠침침한 비탄을 통해서가 아니라 심령의 희열을 통해서 지혜롭게 되어야 한다. 그리고 그러한 목적을 세우고 성공한 인생의 가장 진실된 시험을 통해서 신성한 사랑이 얼마나 우리들을 행복하게 하는가를 보여주는 사람이어야 한다고 생각하고 있는 것이었다.

그처럼 헤스터는 말했다. 그리고 그녀의 구슬픈 눈을 숙이고 주홍 글자를 바라다보았다. 그로부터 여러 해가 지난 뒤에, 새로운 무덤이 생겼다. 후일 킹스 채플이 세워진 땅의 옆에 있는 공동묘지이며, 오래된 우묵하게 내려앉은 묘의 바로 옆이었다. 그것은 오래된 우묵하게 내려앉은 문의 바로 옆에 생겼는데, 그 두 무덤 사이에는 거리가 있었다. 마치 여기에 잠자고 있는 두 사람의 재[2]는 서로 혼합된 권리가 없다는 듯이 보였다. 그런데 한 개의 비석이 세워지고, 그것이 그 두 무덤을 대표하고 있었다. 주위에는 가문(家紋)을 새긴 수많은 기념비가 세워져 있었다. 그리고 그 간소하고 얄팍한 비석 위에는 ― 주의 깊은 탐색자는 지금도 그것을 찾아볼 수

---

2 재 : '뼛가루' 정도로 해석할 수 있음. 원문에는 'dust'로 표기됨.

있을 것이다, 그리고 그 뜻을 몰라서 당황할 것이다 — 방패 모양의 가문 같은 것이 나타나 있다. 그것은 가문(家紋)으로서 그 속에 새겨진 비명(碑銘)은 지금 우리들이 끝을 맺는 이야기를 대표하는 격언도 되고, 간단한 서술도 될 수 있는 것이다. 이 이야기는 참으로 음산하다. 그 어두운 그늘보다도 더 음산한 불빛이 한 점(點)에서 영원히 작열하고 있으므로 해서, 비로소 좀 누그러질 수 있는 것이다. 즉 —

"검은 바탕 위에 주홍 글자 A."

　너새니얼 호손(Nathaniel Hawthorne)은 1804년 7월 4일에 미국 매사추세
츠주의 해안 지방 세일럼(Salem)에서 태어났다. 이 지방은 그의 소설 가운
데에도 빈번히 등장한다. 이 『주홍 글씨(*Scarlet Letter, a Romance*)』에는 「세관」
이라는 제목으로 상당히 긴 서문이 붙어 있는데, 그것은 이 세일럼의 세
관의 다락방 속에서 한 뭉치의 옛날 문서 보따리가 발견되고, 그 속에 이
소설의 전거(典據)가 된 이야기가 적혀 있었다는 자초지종이 적혀 있다.
이 「세관」은 명작이라는 정평이 있는 것인데, 본 역서에서는 직접 원 이
야기의 줄거리와 관련이 없는 것이기 때문에 생략되고 있다.

　처음에는 그는 익명으로 잡지에 단편소설을 쓰고 있었으나 차차 평판
이 좋아지자, 1837년에 그 단편을 모아서 출판했는데, 그것이 『트와이스
톨드 테일즈(*Twice Told Tales*)』[1]라는 단편집이다.

　그때까지는 고향인 세일럼에 머물러 있었는데, 이내 보스턴의 세관에
취직을 하게 되고 콩코드 교외로 이사를 하고, 그 후에 소설집의 제목으
로 삼는 '구목사관(舊牧師館)'에서 살면서, 거기서 부지런히 창작 생활을
했다. 그로부터 7년 후에 ─ 42세 때 ─ 세일럼으로 돌아와서 그곳의 세

1 　『트와이스 톨드 테일즈(*Twice Told Tales*)』: 『케케묵은 이야기들』 정도로 옮길 수 있
　다.

관 일을 보았고, 3년 후에 거기를 그만두고 주로 문학에 전념하려고 결심했다. 그리고 최초로 쓴 것이 1850년에 출판된 이『주홍 글씨』이다.

『주홍 글씨』는 심리소설이라고들 한다. 그 당시의 소설에 비해서 심리적 묘사에 애를 쓰고 있는 점이 분명히 이 소설의 특징이다. 그러나 이 소설 속에서는 작자가 작중 인물에 젊어지우고, 또한 작자 자신도 젊어지고 있는 죄에 대한 의식이 지극히 주요하고 엄격한 것으로 되어 있다. 그것은 이 소설을 형성하고 있는 여러 인물이 이 이야기 속에서 범하고 있는 죄의 의식뿐만이 아니라, 인간이 젊어지고 있는 죄의 무게가 모든 사람의 짐으로 되어 있는 것이다. 이 소설은 심리 묘사 이외에 상징과 신비를 다루는 수법이라든지, 풍속을 서술하고 역사를 논하는 취미라든지, 꽉 짜인 빈틈 없는 구성의 묘미라든지, 그 밖에 여러 가지 면에서 특색이 있지만, 이 죄의 의식이라는 것이 가장 주목되어야 할 점이라고 생각된다. 그것은『트와이스 톨드 테일즈』에서도 이미 현저하게 나타난 이 작자의 특징인 것이다.

호손은 그 후 다시 콩코드에 가서 살았고, 또한『주홍 글씨』가 출판된 3년 후에 영국 리버풀의 영사로서 갔고, 이태리에도 4, 5년간 가 있었으며, 1860년에 미국으로 다시 돌아와서, 콩코드에서 여생을 보내고, 드디어 1864년 5월 19일[2]에 북쪽 산악 속의 명승지 플리머스에서 죽었는데, 소설가로서의 전성기는『주홍 글씨』다음에『일곱 처마 집(*The House of the Seven Gables*)』(1851년)을 쓰고『블라이스데일 로맨스(*The Blithdale Romance*)』(1852년)를 쓰기 시작한 40대의 중간쯤이었다고 생각된다. 1860년에는『대리석의 인주신(人主神)(*The Marble Faun*)』이 나와서 그의 애독자들에게 열렬한 환영을 받았다.

2　19일 : 번역본에는 '18일'로 표기되어 있으나 호손의 사망일은 19일이다.

호손의 문장은 한 구절이 상당히 길어서, 우리 말로 번역을 하려면 불가불 군데군데 잘라서 하지 않으면 아니 된다. 또한 옛날식 말투라든지, 수식적인 말이 많아서 문체상으로 볼 때 번역이 여간 힘이 들지 않는다. 우리말로 좀 더 부드럽게 해서 번역할 수 있는 데가 적지 않았지만, 되도록 원문에 충실을 기하는 의미에서 어떤 데는 축자적인 역을 일부러 했다.

텍스트로는 'New American Library'판의 *The Scarlet Letter, a Romance*를 썼고 후쿠하라(福原爆太郎) 씨의 일본말 역과 최재서(崔載瑞) 씨의 우리말 역을 참고로 해서 내 딴에는 결정판을 내보려고 노력해보았다.

1967년 3월
김수영

1804년 7월 4일 미국 매사추세츠주 세일럼(Salem)에서 너새니얼 헤이손(Nathaniel Hathorne)과 엘리자베스 클라크 매닝(Elizabeth Clarke Manning) 부부 사이에서 출생했다. 본명은 너새니얼 헤이손(Nathaniel Hathorne).

1808년 선장으로 일하던 아버지가 황열병으로 사망하자 어머니는 두 딸과 호손을 데리고 친정으로 들어가 생활했다.

1813년 4월 학교에서 공놀이를 하다가 발을 다쳐 거의 2년 동안 학교에 다닐 수 없었다. 이 기간에 폭넓은 독서를 했다.

1818년 가족이 메인주(Maine) 레이먼드(Raymond)로 이사했다. 호손은 이곳 저곳을 돌아다니고 사냥하고 낚시 등을 했다.

1819년 대학 준비를 위해 세일럼으로 돌아왔다.

1821년 메인주 브런즈윅(Brunswick)에 있는 보딘대학(Bowdoin College)에 입학했다. 재학 중에 훗날 시인이 된 헨리 워즈워스 롱펠로(Henry Wadsworth Longfellow), 여행가 호레이쇼 브리지(Horatio Bridge), 제14대 미국 대통령 프랭클린 피어스(Franklin Pierce) 등과 친구가 된다. 자신의 성 헤이손(Hathorne)에 'w'를 붙여 호손(Hawthorne)이라 한다. 영국에서 이주한 호손의 선조는 판사를 포함한 정치적 지위를 가지고 있었는데 가혹한 판결로 악명이 높아 호손은 자신을 조상들과 분리하기 위해 성을 바꾸었다는 견해가 있다.

1825년 보딘대학을 졸업하고 세일럼에 돌아와 가족과 함께 살았다.

1828년 보딘대학의 생활을 바탕으로 한 장편소설 『팬쇼(Fanshawe)』를 자비로 출판했다. 대학 시절에 쓰기 시작한 단편집 『내 고향 이야기 7편 (Seven Tales of My Native Land)』을 출판하지 못하자 원고를 불태웠다.

1830년	세일럼에서 발행하는 『세일럼 가제트(The Salem Gazette)』에 5편의 단편을 발표했다.
1834년	몇 편의 단편을 『뉴잉글랜드 잡지(New England Magazine)』에 발표했다.
1836년	『유용하고 재미있는 지식의 미국 잡지(The American Magazine of Useful and Entertaining Knowledge)』의 편집자로 일하기 위해 보스턴으로 이사했다. 잡지는 단명했다.
1837년	『케케묵은 이야기들(Twice-Told Tales)』을 출판했다. 훗날 아내가 되는 소피아 아멜리아 피바디(Sophia Amelia Peabody)를 만났다.
1839~1940년	결혼에 드는 돈을 마련하기 위해 보스턴 세관에서 소금과 석탄 측정자로 일했다.
1841년	유토피아 공간인 '브룩 농장(Brook Farm)'에서 공동체 생활을 했다. 모험에 동의했다기보다 결혼 비용을 모으는 데 도움이 되었기 때문이라는 견해가 있다.
1842년	소피아 피바디와 결혼하고 매사추세츠주 콩코드에 있는 랠프 왈도 에머슨(Ralph Waldo Emerson)에게 빌린 '옛 목사관(Old Manse)'으로 이사했다.
1844년 3월	첫딸 우나(Una)가 태어났다.
1845년	가족을 데리고 세일럼으로 이사했다.
1846년	두 번째 단편소설집 『옛 목사관 이끼(Mosses from a Old Manse)』를 출간했다. 비평가들의 찬사를 받았다. 제임스 포크(James Knox Polk) 대통령에 의해 세일럼 세관 검사관으로 임명되었다. 첫째 아들 줄리안(Julian)이 태어났다.
1849년	재커리 테일러(Zachary Taylor)가 12대 대통령으로 선출된 후 공직에서 해임되었다. 민주당원인 호손은 해고의 억울함을 글로 발표해 뉴잉글랜드에서 화제가 되었다. 『주홍 글씨(The Scarlet Letter)』와 「세관

(The Custom-House)」을 쓰기 시작했다.

1850년 3월   『주홍 글씨』를 출판했다. 베스트셀러가 되었다. 매사추세츠주 레녹
            스로 이사했다. 그곳에서 소설가이자 시인인 허먼 멜빌(Herman
            Melville)을 만나 친구가 되었다.

1851년   장편소설 『일곱 박공의 집(The House of the Seven Gables)』을 출판했다.
            매사추세츠주의 웨스트뉴턴으로 이사했다. 둘째 딸 로즈(Rose)가 태
            어났다.

1852년   장편소설 『블라이스데일 로맨스(The Blithedale Romance)』를 출간했다.
            콩코드의 집을 사서 '웨이사이드(Wayside)' 라고 이름 지었다. 동창생
            인 프랭클린 피어스가 민주당 대통령 후보로 선출되자 그의 선거용
            자서전을 썼다. 피어스를 '평화를 추구하는 사람' 으로 묘사했다.

1853년   피어스 대통령에 의해 영국 리버풀의 영사로 임명되어, 가족과 함께
            영국으로 이주했다.

1857년   피어스 대통령이 퇴임하자, 영사직을 사직했다.

1858년   가족과 함께 로마로 여행 가서 그곳에 거주했다. 나중에는 피렌체에
            거주했다. 이탈리아에서의 관찰을 바탕으로 소설을 쓰기 시작했다.

1859년   영국으로 돌아와 소설을 계속 썼다.

1860년   『대리석 목신상(The Marble Fawn)』을 출판했다. 가족과 함께 콩코드
            의 웨이사이드로 돌아왔다.

1863년   영국을 관찰한 수상집 『우리의 고향(Our Old Home)』을 출간했다. 건
            강이 좋지 않아 몇 권의 소설을 완성하지 못했다.

1864년 5월 19일 피어스와 함께 여행하던 중 뉴햄프셔주(New Hampshire)의 플리머
            스(Plymouth)에서 사망했다. 매사추세츠주 콩코드의 슬리피 할로
            (Sleepy Hollow) 묘지에 매장되었다.*

---

* 1998년 미국 'EMC/Paradigm Publishing'에서 출간한 『주홍 글씨』에 수록된 너새니
  얼 호손의 연보를 발췌해서 번역했고, 몇 가지 사항은 위키피디아(https://en.wiki-
  pedia.org/wiki/Nathaniel_Hawthorne)에서 도움 받음. (맹문재)

　김수영 시인이 너새니얼 호손의 장편소설인 『주홍 글씨』를 번역해서 창우
사에서 출간한 것은 1967년이었다. 세로쓰기로 편집되었고, 책값은 350원이
었다. 김수영이 1968년 6월 16일 타계한 것을 생각해보면 이 작업은 그의 번
역 활동에서 후기의 산물에 속한다고 볼 수 있다. 김수영은 『주홍 글씨』 이후
1968년 3월 뮤리얼 스파크의 장편소설 『메멘토 모리』(신구문화사)를 번역해
서 출간하는 것으로 그의 번역 생활을 마감했다. 그의 사후에 제임스 볼드윈
의 장편소설 『또 하나의 나라』(신구문화사)가 번역되어 출간되었는데, 언제
번역을 마무리했는지는 알 수 없다.

　김수영은 『주홍 글씨』를 인간이 짊어지고 있는 죄를 형상화한 심리소설로
높게 평가했다. 심리 묘사뿐만 아니라 상징을 다루는 수법, 풍속과 역사를
담아낸 의식, 빈틈없는 구성 등도 주목했다.

　『주홍 글씨』는 간통을 범한 헤스터 프린, 그의 상대인 딤스데일 목사, 두
사람 사이에서 태어난 펄, 헤스터 프린의 남편이자 의사인 로저 칠링워스 등
네 사람이 7년간 겪은 심리적 갈등을 담고 있다.
　헤스터 프린은 불륜의 처벌로 'A'라는 주홍 글자를 가슴에 새기고 살아가
야 했다. 'A'는 간통(Adultery)의 머리글자를 의미한다. 헤스터 프린은 주홍

글자로 인해 사람들로부터 경계와 외면을 당했지만, 진심으로 사람들에게 봉사하고 어려운 이들에게 자선을 베풀었다. 그 결과 그녀의 'A'라는 주홍 글자는 천사(Angel)와 Able(유능)의 의미를 갖게 되었다.

로저 칠링워스는 두 사람의 불륜 사실을 알고 딤스데일 목사에게 정신적 복수를 실행한다. 그것으로 딤스데일은 죄책감과 신경과민 등에 시달려 쇠약해진다. 더 이상 방관할 수 없다고 생각한 헤스터 프린은 딤스데일에게 로저 칠링워스의 정체를 알리고, 배를 타고 두 사람의 신분을 숨길 수 있는 곳으로 떠나기로 한다. 그렇지만 딤스데일은 자신의 죄를 고백하고 세상을 뜬다. 소설은 딤스데일 목사의 죄책감과 헤스터 프린의 순결한 마음을 대비시켜 종교와 사랑의 의의와 본질을 묻고 있다.

재출간하는 『주홍 글씨』는 김수영의 번역을 최대한 살리면서 맞춤법, 띄어쓰기, 외래어 표기 등을 현대 맞춤법 규정에 따랐다. 편집상 명백한 오류가 있거나, 문맥상 수정이 필요하거나, 번역에서 빠진 부분은 바로잡거나 보충해 넣었고 그 사항을 밝혔다. 번역문이 평서문으로 되어 있지만 원문이 의문문이나 감탄문인 경우는 물음표나 느낌표로 문장부호를 바꾸었다. 김수영이 단 주석은 그대로 살리면서 필요한 경우는 보충했다. 편집상의 오류로 주석의 위치를 찾을 수 없는 경우는 편집자가 임의로 추정한 위치에 넣고 그 사항을 밝혔다. 김수영이 단 각주에는 '역주'라고 표시했으며, 그 외의 각주는 편집자가 단 것이다. 단행본과 잡지 및 신문의 경우는 『 』, 대화는 " ", 강조는 ' ' 등으로 표기했다.

『주홍 글씨』는 김수영의 번역 목록에 당당하게 들어갈 수 있는 작품이다. 독자들에게 소설의 내용을 정확하게 제공하려고 공을 들인 모습에서 시인

김수영이 대단한 번역가였음을 다시금 확인할 수 있다.

『주홍 글씨』가 번역 출간된 지 56년 만에 푸른사상사에서 재출간된다. 작업이 만만하지 않았지만, 올해 97세의 김현경 여사님과 함께했기에 매우 기쁘다. 늘 건강하시어 또 다른 작업을 함께하시길 응원한다.

맹문재